# SNOW BLIND

스노우 블라인드

# SNOW BLIND

# SNOW BLIND

## 스노우 블라인드

**라그나르 요나손** 장편소설 | **김선형** 옮김

BOOK PLAZA

# 평단의 찬사

〈인디펜던트〉가 선정한 2015년 최고의 범죄소설

〈크라임 스릴러 걸〉이 선정한 2015년 최고의 범죄소설

〈산드라 포이〉가 선정한 올해의 책들

〈리딩룸 위드 어 뷰〉가 선정한 2015년 최고의 책들

"라그나르 요나손의 글에는 싸늘하고 시적인 아름다움이 있다. 아이슬란드 느와르 걸작들의 반열에 새롭게 오른 필독서."

〈피터 제임스〉

"입체적인 캐릭터들과 정교하게 짜인 플롯. 눈과 어둠에 둘러싸여 외부 세계와 차단된 작은 마을의 삶이 본질적으로 폐쇄적이라는 사실로부터 창출되는 강렬한 분위기를 멋지게 포착하고 있다."

〈바네사 로버트슨〉

"등장인물을 모조리 의심하게 만든 건 이번이 처음이다. 내 점수는 A+! 꾸물거리지 말고 어서 가서 한 권 사서 읽을 것!"

J. 에스크리바노, 〈어 크라임 이즈 어풋〉

"아름다운 문체로 쓰인 〈스노우 블라인드〉는 멋진 캐릭터들, 기가 막힌 공간감, 영악하게 구축된 플롯, 그리고 아이슬란드와 스칸디나비아 범죄소설 팬들을 매혹시키는 사색적이고 폐소공포증을 유발하는 분위기를 갖추고 있다. 처음부터 끝까지 어긋나는 음표 하나 찾을 수 없는 작품이다."

〈오스트레일리언 크라임 픽션〉

"나는 범죄소설이라면 정신 못 차리게 좋아하지만 그 중에서도 특별한 배경을 가진 소설이라면 말할 것도 없다. 그리고 북부 아이슬란드의 목가적이고 조용한 어항인 시클루 피요두르를 배경으로 하고 있는 이 소설은 기대에 부응했다…. 절대추천!"

〈프롬 실버데일 위드 러브〉

"미스테리라는 사실을 놓치지 않는 소설. 환상적인 책이며 의심의 여지없이 2015년 출간된 가장 품격 있는 추리소설이다. 그 어떤 책보다 더 열렬하게 추천한다. 한 마디로 눈부시다."

〈레이첼 홀〉

"아이슬란드 느와르의 황태자가 배출한 〈스노우 블라인드〉에 이어 속편인 숨 막히는 최신 스릴러 〈나이트 블라인드〉로 돌아왔다. 라그나 르 요나손은 〈나이트 블라인드〉에서 최고의 스칸디나비아 느와르를 클래식한 미스테리 전통과 접목해 애가사 크리스티 추리소설 같은 반전을 선사한다."

〈애티커스 핀치〉

"플롯은 독창적이고 신비스럽고 스릴 넘치며 작가의 놀라운 재능을 보여준다. 그러나 인상적인 건 플롯뿐만이 아니다. 캐릭터들은 모두가 각자 나름대로 대단히 입체적이다. 어떤 사람들은 증오하다가 사랑하게 될 것이고, 또 다른 이들은 사랑하다가 증오하게 될 것이며, 모두를 의심하게 되겠지만 그 중 일부는 또 사랑하게 될 것이다."

〈애지스 북스〉

다크 아이슬란드 시리즈의 배경이 되는 시클루 피요두르 지역의 사진이다. 아이슬란드의 최북단에 위치해 북극해와 가깝고, 눈사태로 터널이 차단되면 마을은 완전히 고립된다. 이 외딴 '눈의 마을'에서는 특이할만한 사건이 일어나지 않는 것이 보통이며, '아리 토르' 같은 외지인은 폐소공포증을 겪기 일쑤다.

시클루 피요두르의 낮(위)과 밤(아래). 가운데 불이 밝혀진 부분이 마을이고, 주위에는 눈 덮인 새하얀 산들이 난공불락의 요새처럼 장엄한 모습으로 치솟아 있다. Photo © Sigurður Ægisson

# Snow Blind

........................................................................................

앞이 보이지 않는다.
눈보라 때문에.


설맹(雪盲).
그것은 정의롭지 못한 인간에게
자연이 보내는 경고일까?

# 프롤로그

## 시클루 피요두르
### 2009년 1월 14일 수요일

붉은 혈흔은 정적을 찢는 비명소리 같았다.

눈 덮인 순백의 땅은 하얗다 못해 겨울밤의 어둠을 다 쫓아버릴 기세였다. 그 날은 아침부터 줄기차게 눈이 내렸다. 탐스럽고 묵직한 눈송이가 우아하게 땅으로 떨어졌다. 저녁에 눈발이 잦아들더니 그 후로 더는 내리지 않았다.

돌아다니는 사람도 별로 없었다. 대부분 실내에 머물러 창밖의 날씨를 즐기는데 만족했다. 마을 중심가에 있는 '드라마 클럽Dramatic Society'이라는 극단에서 사람이 죽은 후로 외출을 삼가는 사람들도 있었다. 이런 저런 괴담들은 빠르게 퍼져 나갔고, 마을의 겉모습은 평온했지만 분위기는 의혹으로 무겁게 가라앉아 있었다. 마을 위로 한 마리 새가 날아갔다면, 그 새는 아마 평상시와 다른 데가 있는 줄도 몰랐으리라. 공기 중에 감도는 팽팽한 긴장감과 불안감, 심지어 두려움마저도 느끼지 못했을 것이다. 만일 그 새가 하필 마을 한가운데 자리한 어느 작은 집 뒤뜰 위로 날아간 게 아니라면.

뜨락을 에워싼 키 큰 나무들은 화려한 겨울옷을 걸치고 있었다. 눈의 무게를 못 이겨 나뭇가지들이 축축 처져 있긴 했어도, 순백의 세공으로 치장한 나무들의 어두운 형체는 무서운

도깨비보다는 축제의 광대를 더 닮은 모습이었다.

따스한 집들로부터 흘러나오는 다사로운 불빛과 가로등불이 도로를 환히 밝혔다. 늦은 시각이었지만 뒤뜰이 어두워 눈에 띄지 않는다든가 그런 건 아니었다.

그날 밤 마을을 빙 둘러 에워싸고 지켜주는 산들은 새하얗게 물들어 산마루들이 보일락 말락 했다. 그 산들이 지난 며칠 동안 마을을 수호할 의무를 다하지 못해, 꼭 짚어 설명할 수 없는 무엇, 어떤 위협이 몰래 마을로 침투한 것 같았다. 그리고 사람들의 눈에 띄지 않고 숨어 있었던 것이다. 바로 그날 밤까지.

그녀는 뒤뜰 한가운데 누워 있었다. 눈의 천사처럼.

멀리서 보면 평화로워 보였다.

그녀는 양 팔을 쫙 벌리고 있었다. 빛바랜 청바지를 입고 허리 위로는 나체였다. 긴 머리카락이 눈 속에서 작은 왕관처럼 온몸을 휘감고 있었다. 눈은 그런 붉은 빛으로 물들어서는 안 된다.

그녀 주위로 피가 흥건하게 고여 있었다.

피부는 무섭도록 빠른 속도로 창백해지고 있었다. 그녀를 에워싼 강렬한 진홍빛에 반응이라도 하듯 대리석 색깔로 변해갔다.

입술은 파랬다. 얕은 숨이 밭았다.

그녀는 캄캄한 하늘을 올려다보고 있는 것 같았다.

그러더니 덜컥 눈을 감았다.

# 1

## 레이캬비크
### 2008년 봄

자정이 멀지 않은 시각이었지만 아직도 훤했다. 낮이 점점 더 길어지고 있었다. 새로운 하루가 시작되면 전날보다 훨씬 더 환했고, 그래서 어쩐지 뭔가 좋은 일이 있을 것만 같다는 희망을 가져다주었다. 아리 토르 아라손Ari Thór Arason 역시 밝은 앞날을 기대하고 있었다. 여자 친구 크리스틴Kristín이 마침내 올두가타에 있는 그의 작은 아파트로 짐을 옮겼던 것이다. 하지만 동거는 형식적인 의례에 불과했다. 어차피 대개는 그의 집에서 밤을 보내고 있었으니까. 다만 시험 전날에는 평화롭고 조용한 부모님 집에서 공부를 하고 싶다고 했다. 그럴 때면 밤늦은 시각까지 책을 읽기 일쑤였다.

크리스틴은 샤워를 하고 허리에 수건을 두른 채 침실로 들어왔다.

"피곤해 죽겠다. 가끔 내가 왜 의대에 가기로 했나 싶을 때가 있다니까."

아리 토르는 침실의 작은 책상에서 몸을 돌려 그녀를 보았다.

"자기는 멋진 의사가 될 거야."

크리스틴은 침대 이불 위에 몸을 쭉 뻗고 누웠다. 하얀 이불 위로 후광처럼 금빛 머리칼이 펼쳐졌다.

천사 같아. 아리 토르는 생각했다. 기지개를 켜고 나서 두 팔을 상체 옆으로 부드럽게 내리는 그녀의 모습이 감탄스러웠다.

눈의 천사 같아.

"고마워, 자기. 그리고 자긴 기가 막힌 경찰이 될 거야." 크리스틴이 말했다. "하지만 난 아직도 자기가 신학 학위과정을 마치면 좋겠다는 생각이 들어." 그 말을 덧붙이지 않고는 못 배기는 그녀다.

굳이 그렇게 콕 집어 말해주지 않아도 아리 토르 역시 잘 알고 있다. 처음에는 철학 공부를 하다가 결국 포기하고 신학으로 돌아섰다. 그러다 결국 신학도 접고 경찰대학에 등록하게 되었다. 아리 토르는 한 번도 뿌리를 내리고 정착해 본 적이 없다. 항상 기질에 맞는 무언가를, 짜릿한 흥분을 주는 무언가를 끊임없이 쫓아다녔다. 어쩌면 신학과에 지원했던 것역시, 존재할 리가 없다고 굳게 믿던 신에 대한 도전이었을지도 모른다. 어머니가 돌아가시고 아버지가 흔적도 없이 실종되셨던 열세 살 때부터 그 어딘가에 존재할지도 모를 신은 그에게서 정상적으로 성장할 기회 자체를 박탈해 버렸던 것이다. 크리스틴을 만나고 아버지의 실종에 대한 수수께끼를 조금이나마 풀 수 있게 된 후로 – 불과 2년 전의 일이다 – 그는 비로소 마음의 평화를 찾게 되었다. 경찰대학에 진학하겠다는 생각을 처음 품게 된 것도 그 무렵이다. 목사보다는 경찰 노릇을 훨씬 잘 할 것 같았다. 경찰대학에서 수련하면서 몸매도 탄탄하게 다져졌다. 웨이트 트레이닝과 달리기, 수영을 하다 보니 예전과 달리 어깨가 떡 벌어졌다. 밤낮으로 신학 교과서를 팔 때는 이렇게 몸이 좋았던 적이 없다.

"그래, 나도 알아." 아리 토르는 약간 찔리는 마음으로 대답했다. "신학을 아예 잊은 건 아니야. 잠깐 놓고 있을 뿐이지."

"아직 기억이 생생할 때 노력을 해서 끝을 내야지. 한참 쉬다가 다시 시작하려고 하면 너무 어렵잖아." 아리 토르는 그건 그녀의 경험에서 우러난 말이 아니라는 걸 알고 있었다. 크리스틴은 일을 시작하면 무조건 끝을 보았고, 치는 시험마다 훨훨 날아다녔다. 앞날에 거칠 것이 없어 보이는 그녀는 이제 의대 6년 과정 중 5학년을 갓 마친 참이었다. 질투가 나는 건 아니었다. 그저 자랑스럽기만 했다. 조만간 두 사람은 크리스틴이 전문의 과정을 마칠 수 있게 외국으로 진출해야 했다. 한 번도 입 밖에 내어 의논한 적은 없지만 아리 토르는 이 문제를 항상 날카롭게 의식하고 있었다.

크리스틴은 머리 뒤에 베개를 받치고 그를 바라보았다. "침실에 책상이 있으니까 좀 어색하지 않아? 그리고 이 아파트 진짜 작아도 너무 작은 거 아니야?"

"작다고? 아니, 난 좋은데. 도심 밖으로 나가는 건 정말 싫어."

그녀가 베개에 머리를 파묻으며 뒤로 누웠다. "아무튼, 뭐 급할 건 없으니까."

"우리 둘이 있기엔 자리가 차고 넘치는데." 아리 토르가 일어섰다. "그냥 좀 아늑하게 지내면 되지."

그는 타월을 치우고 조심스럽게 그녀의 몸 위에 엎드려 길고 깊은 키스를 했다. 그녀는 키스에 응답했고, 팔로 그의 어깨를 감싸며 가까이 끌어당겼다.

## 2

어떻게 밥을 잊어버리고 안 갖고 올 수가 있어?

널찍하고 한적한 자기 집에서 오 분 거리에 있는 작은 골목 인도 음식점에 전화를 하려고 수화기를 드는 그녀의 표정이 험악했다. 널찍한 차고 위로 양지바른 안뜰을 갖춘 오렌지색 지붕의 세련된 2층 벽돌집은 대가족에게는 꿈의 저택이었다. 아이들은 모두 둥지를 떠나고 은퇴가 멀지 않은 지금도 그녀 부부는 여전히 여기에서 행복했다.

그녀는 화를 가라앉히려고 애쓰면서 누군가 전화를 받기를 기다렸다. 텔레비전 앞에 앉아 따끈따끈한 치킨 카레를 밥에 곁들여 먹는 순간만 고대하고 있었던 것이다. 집에는 그녀 혼자뿐이었다. 남편은 출장을 갔고 아마 지금쯤은 야간 비행기를 탔을지 모르겠다. 집에는 다음 날 아침 돌아올 예정이었다.

분통이 터지는 건, 이 인도 음식점이 배달을 하지 않아서 하는 수 없이 그녀가 다시 가지러 나갔다 와야 할 테고 그러면 나머지 식사가 다 식어버릴 거라는 점이다. 다 엉망진창이야. 그나마 바깥이 따뜻해져서 걷는 게 그렇게 힘들지는 않았다.

누군가 전화를 받았을 때, 그녀는 곧장 용건으로 들어갔다.

"누가 밥도 없이 카레를 먹어요?" 불만을 토로하는 그녀의 언성이 과하다시피 높아져 누가 봐도 예의에 어긋나 버린다.

웨이터가 사과를 하며 조심스럽게 즉시 새로 음식을 준비해 드리겠다고 말하자, 그녀는 쾅 소리를 내며 수화기를 내려놓고 분노를 삼키며 어둠 속으로 나섰다.

　십 분 후, 느긋한 저녁시간을 즐길 생각을 하며 봉지에 담긴 밥을 들고 돌아온 그녀는 핸드백 속의 열쇠를 찾는 시간이 어쩐지 보통 때보다 길게 느껴졌다. 열쇠가 자물쇠에 딱 맞물려 돌아가는 순간, 그녀는 어떤 존재를, 뭔가 잘못된 기척을 감지했다.
　그러나 그 때는 이미 너무 늦었다.

## 3

# 레이캬비크
## 2008년 여름

아리 토르는 비를 흠뻑 맞고 들어왔다. 올두가타의 한 아파트 단지에 있는 집에 오면 언제나 마음이 따뜻해지곤 했지만, 특히 지난 여름은 유달리 따스하기 이를 데 없었다.

"안녕, 자기 왔어?" 크리스틴이 침실 책상에서 그를 불렀다. 그녀는 국립 병원에서 당직을 서지 않을 때면 교과서만 들여다보고 있었다.

크리스틴이 짐을 싸서 들어온 후로 아파트에 새로운 활력이 감돌았다. 예전에는 우중충하던 벽이 갑자기 새하얗고 환해 보였다. 크리스틴은 그냥 책상에 앉아 말없이 책을 읽고 있을 때에도 남다른 분위기가 있었다. 아리 토르에게는 그 에너지가 한없이 매혹적이었다. 가끔은 자기 삶이 통제 불능이라는 생각이 들 때가 있었다. 아리 토르는 이미 스물네 살이었고 미래는 텅 빈 백지가 아니었다. 하지만 크리스틴에게는 아무 말도 하지 않았다. 감정을 말로 표현하는 건 쉬운 일이 아니다.

아리 토르는 침실 안을 들여다보았다. 크리스틴이 앞에 책을 펼치고 앉아 있었다.

왜 저렇게 여름 내내 책만 보고 있어야 했던 걸까?

햇살은 그녀를 유혹하지 못하는 모양이었다.

"병원까지 걸어서 출퇴근하는 것만 해도 충분해. 야외에서 보내는 시간은 그걸로 됐어."

볕 좋은 휴일이면 시내로 산책을 나가자고 좋은 말로 설득해 보곤 했지만, 그녀는 놀리듯 말하고 그만이었다. 그 해 여름 아리 토르는 경찰대 마지막 학기를 앞두고 케플라비크 Keflavík 공항 경찰 병력과 함께 수습 훈련을 하고 있었다.

가끔은 무슨 바람이 불어서 자기가 신학을 포기하고 다른 분야에서 재능을 시험해 볼 생각을 했을까 하는 생각이 들 때도 있다. 그것도 불과 일 년 전의 일이고, 학업은 잠정적으로 중단한 것이긴 했지만. 그는 원래 교과서와 오랜 시간 씨름하는 스타일이 아니었다. 밖에 나가서 이것저것 다양한 활동을 해야 직성이 풀렸다. 경찰 일은 묘하게 그를 매료시키는 데가 있었다. 짜릿한 흥분과 드라마. 확실히 돈 때문은 아니었다. 신학기가 임박한 시점이었지만 그는 경찰대 입학 허가를 받았다.

경찰 일은 즐거웠다. 책임감과 짜릿하게 분출하는 아드레날린이 그의 기질과 잘 맞았다.

이제 훈련은 거의 다 끝났다. 딱 한 학기만 더 마치면 경찰 자격증을 따게 된다. 졸업을 하고 나면 다음 단계는 무엇이 될지 아직은 명확하지 않았다. 경찰직 여러 군데에 지원을 했지만 이미 몇 번 거절을 당했고 아직 제안을 해온 곳도 없었다.

"응, 나 들어 왔어. 뭐 새로운 소식 있어?" 아리 토르는 젖은 코트를 걸면서 크리스틴에게 큰 소리로 말했다. 그리고 방에 들어가서 책에 몰두해 있는 그녀의 뒷목덜미에 키스를 했다.

"안녕." 그녀 목소리는 따뜻했지만 책을 치우지는 않았다.

"잘 되어 가고 있어?"

그녀는 조심스럽게 진도를 표시하고 책을 덮은 뒤 그를 돌아보았다. "나쁘지 않아. 자긴 운동하러 갔었어?"

"어, 그러고 나니까 기분 좋네."

그의 핸드폰이 울렸다.

복도로 나가 코트 호주머니에서 전화를 꺼냈다.

"아리 토르?" 쩌렁쩌렁 울리는 목소리가 말했다. "아리 토르 아라손?"

"접니다." 발신인 번호가 모르는 번호라서 살짝 의심스러워하며 그는 대답했다.

"내 이름은 토마스라고 하네. 시클루 피요두르Siglufjördur 경찰국에 있고." 말투는 이제 약간 호의적으로 바뀌어 있었다.

아리 토르는 대화가 들리지 않도록 부엌으로 자리를 옮겼다. 시클루 피요두르는 크리스틴에게 말하지 않고 지원했던 보직 중 하나였다. 그곳에 대해서 잘 알지도 못했다. 아이슬란드에서 그 이상 북쪽으로 더 가기도 힘들다는 정도뿐. 레이캬비크보다 북극권에 아마 더 가까울 것이다.

"일자리를 제안하고 싶군." 자칭 토마스Tómas라고 하는 사람이 말했다.

아리 토르는 약간 당황했다. 시클루 피요두르에 취직한다는 건 솔직히 진지하게 고려해본 적이 없다. "글쎄요…."

"대답은 지금 당장 해야 하네. 이 자리를 차지하려고 대기하고 있는 애들이 아주 많아. 자네보다 훨씬 경험이 많은 사람들도 많고. 나는 자네의 학문적 배경이 마음에 들어. 철학과 신학. 작은 마을에서 좋은 경찰이 되려면 딱 그런 공부가 필요하지."

"하겠습니다." 아리 토르는 대답해 놓고 자기가 놀랐다. "감사합니다. 제겐 큰 의미가 있습니다."

"천만에. 일단 2년 계약으로 시작하지." 토마스가 말했다. "형기가 2년이다 이 말이야!" 쩌렁쩌렁한 너털웃음이 전화선을 타고 메아리쳤다. "그리고 원한다면 얼마든지 더 있을 수 있을 걸세. 언제 시작할 수 있나?"

"글쎄요, 이번 겨울에 시험이 좀 있어서…."

"최종 시험은 여기서 칠 수도 있을 걸세. 11월은 어떤가, 대충 중순쯤? 이 마을을 좀 알아가기에 아주 완벽한 시간이지. 1월까지는 해가 좀 짧아질 테고, 스키장도 개장할 거야. 여기 슬로프들이 아주 훌륭하단 말이야. 그리고 어쩌면 성탄절은 휴가를 낼 수도 있고."

아리 토르는 사실 스키는 타지 않을 거라 생각을 했지만, 대신 그냥 감사하다는 말만 되풀이했다. 이 시끌벅적하고 친절한 남자와 잘 지낼 수 있을 거라는 느낌이 들었다.

★

침실로 돌아왔을 때 크리스틴은 여전히 공부에 몰두하고 있었다.

"나 취직했어." 그가 불쑥 말했다.

크리스틴이 고개를 들어 올려다보았다. "뭐라고? 정말?" 그녀는 책을 덮고 몸을 홱 돌려 그를 보았다. 이번에는 진도 표시도 잊고서. "멋지다!"

그 목소리에 순전한 행복감이 묻어났다. 크리스틴은 언제나 말투가 조곤조곤했다. 세상 무엇에도 놀라지 않는 사람 같았다. 하지만 아리 토르는 이제 그녀의 표정을 읽는 법을 배워가고 있었다. 짧은 금발과 강렬하게 대비되는 푸른 눈은 그녀를 처음 본 사람을 홀려 정신을 쏙 빼놓곤 했지만, 사실 그 저변에는 천성적으로 단호하고 자기주장이 강한 성격이 자리하고 있었다. 자기가 원하는 걸 정확하게 아는 사람이었다.

"알아, 믿기지가 않지. 이렇게 빨리 취직이 될 줄 상상도 못했어. 12월에 졸업하는 경찰대 학생들이 얼마나 많은데, 사실 보직은 별로 없으니까."

"그런데 어디야? 여기 시내야? 대체 근무?"

"아니, 2년 계약직이야…, 적어도."

"시내에서?" 한 번 더 되짚어 말하는 크리스틴의 표정을 보고, 아리 토르는 이미 그게 아닐지도 모른다는 의심을 하고 있다는 걸 알 수 있었다.

"아니, 사실, 그건 아니야." 그는 잠시 망설이다가 말을 이었다. "저 북부에 있어. 시클루 피요두르야."

크리스틴은 아무 말도 하지 않았다. 흘러가는 일분일초가 한 시간처럼 느껴졌다.

"시클루 피요두르?" 높아진 언성과 말투는 명확한 메시지를 담고 있었다.

"그래, 커다란 기회야." 그는 온화하게, 거의 애원하다시피 말했다. 이게 중요한 문제라는 걸, 자기가 처한 입장을 그녀가 알아주기를 간절히 바라면서.

"그런데 그러겠다고 했다고? 심지어 나한테 물어볼 생각도 하지 않고?" 그녀는 가늘게 실눈을 떴다. 그 목소리에는 원망이, 아니 심지어 분노가 묻어났다.

"그러니까…," 아리 토르는 망설였다. "가끔은 무조건 기회를 붙잡아야 할 때가 있어. 그 자리에서 당장 결정을 내리지 않았다면 그쪽에서 다른 사람을 찾았을 거야." 그는 잠시 침묵했다. "그 사람들이 나를 뽑았어." 그는 거의 변명조로 덧붙여 말했다.

아리 토르는 철학을 포기했고 다음에는 신학을 포기했다. 너무 어렸을 때 부모를 잃고, 유년기부터 험한 세상에서 혼자 살아왔다. 그러던 어느 날 크리스틴의 선택을 받았다. 바로 그때 지금 느끼는 이런 감정을 느꼈었다.

그들이 나를 뽑았어.

이건 진정한 첫 번째 직장이 될 것이다. 막중한 책임이 따르는 업무가 될 것이다. 그는 경찰대학에서 우수한 성적을 내기 위해 노력했었다. 그런데 왜 크리스틴은 그냥 잘 됐다고 축하해 주지 않는 걸까?

"제길, 자기 나하고 의논도 하지 않고, 그냥 그렇게 시클루피요두르로 가버리겠다고 결정해 버릴 수는 없는 거야. 다시 생각을 좀 해 보겠다고 말해." 크리스틴의 목소리가 싸늘했다.

"제발 이러지 마. 이걸 놓고 위험을 감수하고 싶지는 않아. 11월 중순에 내가 왔으면 하니까, 마지막 시험 몇 개는 거기서 치고 성탄절 휴가 때 내려올게. 왜 자기도 같이 갈 수 있는지 알아보려고도 않는 거야?"

"난 여기서 공부도 해야 하고 일도 해야 해. 그건 자기도 잘 알잖아, 아리 토르. 가끔 난 정말 자기가 이해가 안 돼." 그녀는 벌떡 일어섰다. "이건 진짜 말도 안 돼. 난 우리가 파트너인 줄 알았어. 모든 걸 같이 하는 줄 알았다고." 그녀는 눈물을 감추려고 고개를 돌렸다. "산책 좀 다녀올게."

그녀는 종종걸음으로 침실을 박차고 통로로 나가버렸다.

아리 토르는 그 자리에 못 박힌 듯 가만히 서 있었다. 통제할 수 없이 치닫는 상황에 할 말을 잃고 말았다.

그녀를 외쳐 부르려는 순간 현관문이 쾅 닫히는 소리가 들렸다.

# 4

## 시클루 피요두르

### 2008년 11월

부엉이 우글라Ugla가 나무등걸에 홰를 치고 앉아 있었지.

고향 파트렉스 피요두르Patreksfjördur에 있는 부모님 집 다락방 창가에 둘이 앉아 있을 때면 옛 남자친구인 아구스트Ágúst는 언제나 그 오랜 동시를 읊조렸다.

그 추억은 우글라의 입술에 미소를 머금게 했다. 그를 생각하며 다시 웃을 수 있게 된 건 불과 최근의 일이다. 시클루 피요두르로 이사를 온지도 - 그것도 혼자서 - 4년이 지났다.

그리고 마지막으로 파트렉스 피요두르를 가본 것 역시 4년 전의 일이었다.

부모님은 정기적으로 그녀를 만나러 오셨고 바로 얼마 전 시월에도 여기 와 계셨었다. 두 분은 2주일 동안 그녀와 함께 머물다가 다시 서부로 돌아가셨다. 이제 그녀는 다시 혼자가 되었다.

여기서도 좋은 친구들을 좀 사귀었지만 특별히 가까운 사람도 만들지 않고 과거 얘기도 절대 하지 않았다. 사람들 눈에 그녀는 그저 웨스트 피요두르 지방에서 이사 온 흔한 외지 사람에 불과했다.

그녀는 마을 청년들이 자기에 대해서 꾸며낸 터무니없는 얘기들을 구설수에 올리고 있다는 걸 알았다. 이젠 워낙 산전수전 겪고 뻔뻔해진 터라 그런 게 별로 중요하지도 않았다. 시클루 피요두르에서 청년들이 그녀를 두고 무슨 말을 하든 전혀 개의치 않았다. 조금이라도 그녀의 마음을 움직이는 청년은 단 하나뿐이었다.

그게 아구스트였다. 파트렉스 피요두르에서 가장 잘생긴 청년이었다. 아니, 적어도 그녀에겐 그렇게 보였다.

일곱 살 때부터 친구였던 두 사람의 관계는 십대 때 한층 깊어졌다. 그 후로는 줄곧 떼려야 뗄 수 없는 사이였다.

우글라와 아구스트, 그 이름들은 따로 나눌 수 없이 얽혀 있었다. 파트렉스 피요두르에서는, 적어도 그곳에서는 그랬다. 그러나 여기 시클루 피요두르에서는 얘기가 다르다. 아무도 그들에 대해 아무것도 모른다.

그게 그녀에게도 좋았다. 서부에서 온 수수께끼의 젊은 여인 노릇을 하면서, 사람들이 자기에 대해 이런 저런 이야기들을 꾸며내어 퍼뜨리는 것도 꽤나 좋았다. 하지만 속살거리는 얘기들에 전혀 신경을 쓰지 않았다고 말한다면, 그것도 거짓말이다. 그 중에서도 특히 마음에 상처가 되는 이야기가 하나 있었다. 그녀가 쉽고 헤픈 여자라는 풍문이었는데, 어쩌다 그런 얘기가 돌아다니게 되었는지 그녀로서는 도저히 이해가 되지 않았다.

모든 걸 바꿔놓은 과거의 그 사건이 있은 직후, 그녀는 웨스트 피요두르 지역을 떠나기로 결정을 내렸다. 일단 부모님은 완강히 반대하셨다. 아직 학업을 마치지도 않았다는 이유에서였다. 그녀는 이사피요두르 대학의 마지막 학년를 남겨두고 있었다.

우글라는 봄 학기 시험을 무사히 치르는데 성공했고, 국내의 다른 지역에 취업을 하기 위해 지원했다. 곧 시클루 피요두르의 생선가공회사에서 연락이 왔다. 파트렉스 피요두르의 사람들 대부분이 그렇듯, 그녀 역시 어렸을 때부터 어업에 종사했고 또 그 일에 익숙했다. 하지만 실제로 하고 싶은 일은 따로 있었다. 몇 달 동안 공장에서 일한 뒤 사무직에 파트타임 일자리가 날지도 모른다는 언질을 받았다. 지원을 하고 일자리를 따낸 그녀는 공장 현장에서의 노동 시간은 줄이고 절반은 사무직으로 근무하며 지낼 수 있게 되었다. 아이슬란드를 말려죽일 기세로 퍼져가던 지긋지긋한 경기침체가 자기한테까지 큰 영향을 미치지는 않기를 바랐다. 그녀는 그 일이 필요했고, 실업자가 되어 파트렉스 피요두르로 돌아가 부모님과 함께 사는 사태만큼은 끝까지 피하고 싶었다.

생선공장의 인사관리 담당자는 어떤 주택의 작은 지하 별채의 단기 임대 얘기를 해주었다. 시클루 피요두르에 얼마나 머물러야 할지 결정을 내리는 사이 몸을 뉘일 수 있는 적당한 숙소였다. 흐롤푸르라는 정정한 신사가 집을 보여주었다. 여든 쯤 되어 보였는데, 나중에 알고 보니 아흔에 가까운 나이라고 했다.

머지않아 그녀는 그 흐롤푸르라는 노인이 유명한 작가 흐롤푸르 크리스찬손Hrólfur Kristjánsson이라는 사실을 알게 되었다. 그가 쓴 책 〈언덕의 북쪽North of the Hills〉을 학창 시절에 읽은 기억이 있었다. 반 아이들은 1941년에 쓰인 책을 읽으라는 숙제를 받았다. 보나마나 참을 수 없이 지루하고 목가적인 연애 소설이겠지, 그녀는 그렇게 생각했었다. 하지만 오판이었다. 그녀는 하룻저녁에 〈언덕의 북쪽〉을 다 읽었고, 지금까지도 그 압도적인 아름다움에 경탄하고 있었다. 반 학생들 전체적으로는 독서목록에 있던 다른 책들보다 그 책을 특별히 사랑했던 것 같지는 않다. 하지만 그 책에는 왠지 우글라의 마음을 사로잡는 면이 있었다. 40년대에 차떼기로 책이 팔려나가게 만들었던 것도 그와 똑같은 매력이었을 것이다. 아이슬란드 뿐아니라 전 세계적으로 날개 돋친 듯 팔렸었다.

바로 그 작가를 마주하고 있다는 사실을 깨달았던 건 2004년 봄 맑고 화창한 어느 날의 일이다. 살짝 구부정한 이 남자에게는 어쩐지 따스한 온기가 흘렀다. 젊었을 때는 남달리 훤칠한 키에 압도적인 풍채를 자랑했을 게 분명했다. 목소리는 강인했지만 왠지 부성애가 느껴졌다. 하지만 사실 그는 슬하에 자식이 없었다. 마른 몸에 반백의 머리카락은 벗겨지고 있었고, 존경 받는 걸 당연하게 여기는 사람 특유의 권위가 풍겼다.

그는 피요르드 해안가(북유럽의 해안을 피요르드 해안이라 하는데, 해빙기에 빙하가 녹아 없어진 자리에 깊은 계곡이 형성되고 그곳을 바닷물이 채운 해안을 의미: 역주)를 내다보는 전망을 갖춘, 홀라베구르Hólavegur 소재의 화려한 대저택에 살았다. 저택은 관리상태가 훌륭했고 옆에 딸린 커다란 차고에는 오래된 빨간색 메르세데스 벤츠가 있었다. 우글라가 아는 한, 지하실 별채는 간간히, 대체로 새로 온 노동자들이나 주위를 에워싼 산들 한가운데서 평화와 고요를 찾고자 하는 예술가에게 임대해주곤 하는 모양이었다. 그러나 흐롤푸르는 절대 아무나 그 집에 묵게 하지는 않았다. 세 들어올 사람들은 꼼꼼하게 직접 모두 만나보았다. 겉보기에 마뜩지 않으면 그 자리에서 단칼에 거절하는 걸로도 유명했다.

"생선공장 일을 하고 있다고 했어요?" 그는 물었다. 힘찬 목소리는 허스키했고, 지하실 전체에 울려 퍼지는 힘이 있었다. 그는 그녀를 위아래로 훑어보았다. 날카롭고 탐색적인 눈빛에는 기쁨과 절망이 모두 담겨 있었다.

"일단은요." 그녀는 나직하게 말했다. 그가 아니라 차라리 마룻바닥에 대고 대답하는 꼴이었다.

"뭐라고? 큰 소리로 말을 해요, 아가씨." 그는 성마르게 다그쳤다.

그녀는 목소리를 높였다. "그래요, 일단은요." 그녀는 같은 말을 되풀이했다.

"그리고 부모님도 이 사실을 알고 계세요? 굉장히 어려 보이는데." 빤히 쳐다보는 그의 입매가 기묘하게 뒤틀렸다. 마치 웃음을 지으려고 하는 한편, 웃지 않으려고 이를 악무는 것 같기도 했다.

"그래요, 물론이지요. 하지만 제 일은 제가 결정할 수 있어요." 그녀는 이제 또렷또렷하게, 아까보다 훨씬 단호한 어조로 말하고 있었다.

"좋아요. 살면서 자기 일은 알아서 결정하는 사람들이 좋지요. 그리고 커피 마셔요?" 그의 목소리가 이제 아까보다 좀 우호적으로 변했다.

"그래요." 그녀는 거짓말을 했다. 우글라는 아직 커피를 마시지 않았지만, 커피를 마시는 습관을 들이는 정도는 새로운 도전이라고 할 수도 없었다.

그녀가 마음에 든 건 확실했다. 그는 그녀를 자기 별채에 세 들어 사는 사람으로 인정했다. 그리고 그녀는 흐롤푸르와 일주일에 한 번씩 마주앉아 커피 한 주전자를 나누어 마시는 일이 습관이 되었다. 꼭 해야 할 이유는 없었고, 부담도 없었다. 그와 함께 과거 이야기를 나누는 건 순전한 즐거움이었다. 2차 대전이 발발해 귀국하기 전까지 해외에서 지냈던 시간들, 청어 열풍이 불었던 시절, 나중에 다닌 해외여행들과 저명한 작가가 된 후로 참가하게 된 학회들 이야기.

그 보답으로 흐롤푸르는 우글라에게 껍데기를 벗고 나오라고 설득했고, 우글라 역시 조금 더 삶을 즐기게 되었다.

우글라는 과거 이야기를 거의 하지 않았고 아구스트 얘기는 입 밖에도 내지 않았다. 두 사람이 만나면 주로 책과 음악 이야기를 나누었다. 그녀는 고향 파트렉스 피요두르에서 어렸을 때부터 피아노를 배웠다. 찾아갈 때마다 흐롤푸르는 연주를 해달라고 부탁했다. 언젠가 드뷔시의 소곡 연주를 끝마친 뒤, 흐롤푸르는 뜻밖의 이야기를 꺼내 그녀를 놀라게 했다.

"제자를 찾는다고 광고를 하지 그래요?"

"제자요? 자격을 갖춘 교사도 아닌 걸요." 그녀는 살짝 창피한 느낌이 들었다.

"그 정도면 연주 실력은 훌륭해요. 사실 아주 잘 하는데요. 기초는 가르칠 수 있지 않을까요?"

그의 목소리에서는 후원과 믿음이 느껴졌다. 지인으로 시작했던 관계는 서서히 소중한 우정으로 발전했다.

"내 피아노를 써도 돼요." 그가 덧붙여 말했다.

"잘 생각해 볼게요." 대답은 했지만 괜한 자격지심을 떨쳐내긴 힘들었다.

삶이 이만하면 꽤 괜찮다고 느껴지던 어느 날, 그녀는 협동조합 창문에 광고를 한 장 붙였다. 황급히 A4용지에 쓴 문구였다. "피아노 레슨 합니다. 레슨비는 조율할 수 있습니다." 이렇게 쓰고 이름과 전화번호를 다섯 개 쪽지에 나눠 적어 누구든 관심이 있는 사람이 뜯어가서 나중에 참조할 수 있게 했다. 그녀가 이렇게 적극적으로 나서자 흐롤푸르는 몹시 좋아했지만, 아직 문의해 오는 사람은 아무도 없었다.

그렇다고 둘이서 음악 이야기만 한 건 아니었다. 그녀는 파트렉스 피요두르에 살면서 이사피요두르의 칼리지(일부 유럽 국가에서 고교 졸업 후 대학 진학 전에 다니는 2년제 교육기관: 역주)에 다니던 시절 연극에 관심이 있었다는 걸 솔직히 시인했다. 아마추어 연극 활동에 참여도 했었다고. 그 화두가 부상한 건, 그녀와 흐롤푸르가 창가에서 커피와 페이스트리를 앞에 놓고 이야기를 나누던 어느 유월 저녁이었다. 피요르드 해안가의 물이 거울처럼 잔잔했고 마을은 반짝이고 있었다. 해는 산맥 뒤로 넘어가고 있었고 석양은 피요르드 해안 동쪽의 산꼭대기들만 비추고 있었다.

"있잖아요, 내가 드라마 클럽의 단장이라오." 흐롤푸르는 아무렇지도 않게, 하지만 다분히 의도적으로 말을 흘렸다.

"드라마 클럽이라는 게 있나요? 여기 시클루 피요두르에서요?" 우글라는 놀라움을 숨길 수 없었다.

"겉모습에 속으면 안 돼요. 이 마을도 옛날에는 꽤 컸어요. 지금도 인구는 줄고 있지만 여전히 큰 마을이고. 당연히 드라마 클럽이 있지." 흐롤푸르는 미소를 지었다. 살짝 일그러진 그의 미소에 이제 익숙했다. 그 뒤에는 참된 따스함이 있다는 걸 알고 있었다.

"큰 조직은 아니지요. 기껏해야 일 년에 한 작품 올릴까 말까 하니까. 생각해 봤는데, 아무래도 연출자한테 아가씨 이름을 알려줘야 하겠어요."

"아, 제발 그러지 마세요. 제가 잘 못 할 거예요." 거절에 진심이 담기지 않았을 뿐 아니라 어차피 흐롤푸르는 마음대로할 거라는 걸 그녀는 잘 알았다. 결국 흐롤푸르는 일을 저질렀고, 우글라는 이듬해 가을 어느 희극에 캐스팅이 되었다.

무대에서는 얼마나 쉽게 자신을 잊을 수 있는지, 그녀 스스로도 믿기지가 않았다.

풋라이트들을 보면 마치 다른 세상에 발을 내딛는 기분이었다. 관객도 더 이상 아무 의미가 없었다. 한 명이든 두 명이든 쉰 명이든, 어차피 눈부신 조명 속에서 하나로 어우러졌다. 무대에 올라 희곡의 대사를 기억하고 자기 것이 아닌 감정을 관객 앞에서 연기하는 데 집중하면 더 이상 웨스트 피요두르에도, 시클루 피요두르에도 있지 않았다. 강렬한 몰입을 통해 짧은 순간에나마 아구스트에 대한 생각마저 잊었다.

연극이 끝나고 박수갈채가 쏟아지면 희열에 휩싸여 무대 위를 둥둥 떠다니는 기분이 들었다. 그래서 공연이 끝나면 조용히 앉아 다시 지상으로 내려오기를 기다리는 게 습관이 되었다. 그러고 나면 다시금 우울이 깔리고 아구스트의 추억이 돌아왔다. 그러나 공연이 거듭될수록 우울은 점점 더 견딜 만해졌고 그 때마다 슬픔이 돌아오기까지의 시간도 점점 길어졌다. 무대는 그녀가 어둠에서 탈출하는 길이 되어버린 느낌이었다.

노인과 친해진 것이 이런 크나큰 기쁨의 원천일 것이다. 물론 혼자 힘으로는 드라마 클럽 근처에도 가지 못했을 거라는 사실도 우글라는 잘 알고 있다.

그래서 이제 지하실 별채를 떠나야겠다는 결심이 섰을 때에도 차마 말을 꺼내기가 어려웠다. 시클루 피요두르 중심의 노르두가타Nordurgata에 훨씬 크고 가구도 다 갖춰진 임대 주택을 내주겠노라는 제안을 받은 터였다. 결심을 굳힌 건 그 집에 피아노가 있기 때문이었다. 그곳으로 옮기겠다는 결심을 이미 했을 뿐 아니라, 이제는 마을 중심가에 그녀가 자기 집이라고 할 만한 항구적인 보금자리를 마련해야 했다. 지하 별채는 아늑하기는 했지만 절대 오래 살만한 집은 못 되었다. 노르두가타의 아파트는 올바른 방향을 향한 일보전진이었다. 훨씬 넓고 편리할 뿐 아니라 작은 정원까지 딸려 있었다.

우글라는 아직 독신이었다. 매력적이라고 생각되는 마을 청년이 한둘 있기는 했지만, 어쩐지 선뜻 마음이 내키질 않았다. 일단은 아구스트의 추억이 그녀를 붙잡은 것일 수도 있고, 어쩌면 그냥 시클루 피요두르가 정말 고향으로 삼고 싶은 곳인지 마음의 결정이 되지 않은 것일 수도 있었다. 뿌리를 내릴 준비는 아직 되지 않았다, 적어도 지금 당장은.

이사를 한 뒤로도 흐롤푸르와는 왕래를 계속 했고, 수요일 오후만 되면 그녀는 흐롤푸르와 커피를 함께 마시기 위해 마을 중심가의 아파트에서 가파른 언덕을 넘어 홀라베구르의 저택까지 갔다. 바로 아래 별채에 살던 때와 똑같이. 그들은 이런 저런 이야기들로 수다를 떨었다. 그의 과거와 옛날의 여행들, 그리고 그녀의 미래에 대해서 이야기를 했다. 멋진 노인이라고, 그녀는 자주 생각했다. 앞으로도 오래 오래 건강하게 사시길 빌면서.

이제 그녀의 삶은 또 한 번 전환점을 맞았다. 드라마 클럽의 연출자인 울푸르가 최근 새 연극의 주연을 맡아달라고 요청해왔다. 성탄절 직후 개막할 예정이기 때문에, 리허설이 곧 시작될 거라고 했다.

주연을 맡는다고? 걷잡을 수 없이 마음이 설레었다. 그저 아마추어 동호회에 불과했지만, 그래도 주연은 주연이다.

역할도 훌륭했다. 연극은 지역 주민이 집필한 것으로, 운이 좋으면 반경을 넓혀 북해안 부근에서 제일 큰 도시인 근방의 아쿠레이리Akureyri나 심지어 레이캬비크에서 공연하게 될 수도 있었다.

십일월이었고 새 아파트에도 잘 정착하고 있었다. 두 발로 혼자 일어선 스스로가 자랑스러웠고, 무엇보다 연극에서 맡게 될 역할이 기대되었다. 눈이 내리고 있었다. 그녀는 창 밖에 내리는 진주처럼 새하얀, 아름다운 눈을 바라보고 있었다. 그렇게 눈을 바라보고 있자니 깊디깊은 마음의 평화가 찾아왔다.

뒷뜰로 나가는 문을 열고 나가 차가운 밤공기를 깊이 들이마시려 했지만, 날카로운 북풍 때문에 빨리 닫고 들어올 수밖에 없었다. 그러다가 문득 그녀는 자기도 모르게 아구스트를 생각하고 있다는 걸 깨달았다.

어째서 그런 일이 그녀에게 일어났어야만 했을까? 어째서 그는 그렇게 갑자기 죽어버렸어야 했던 걸까? 어째서 그렇게 어린 나이에 그토록 비극적인 상실을 겪어야 했던 걸까? 공평하지 않았다.

그녀는 눈을 감고 파트렉스 피요두르의 창가 자리를 떠올렸다. 마음속으로는 오래된 동시를 읊조리면서.

부엉이 우글라, 나무둥걸에 홰를 쳤네.
다음엔 누구지?
하나, 둘,
그리고 너였지.

# 5

그녀의 첫 번째 반응은 공포가 아니었다. 뭔가 잘못됐다는 걸, 누군가 어둠 속 그녀 뒤에 서 있었다는 걸, 미리 알아차리지 못했다는 사실에 일단 분노가 치밀었다. 그 다음에야 무서운 공포가 덮쳐왔다.

그는 문짝으로 그녀를 세차게 밀어붙였고, 한 손으로 그녀 입을 막고 다른 손으로는 자물쇠에 꽂힌 열쇠를 돌렸다. 문이 열리자 그는 문간으로 그녀를 밀쳤고 하마터면 그녀는 균형을 잃고 쓰러질 뻔했다. 그의 손이 여전히 그녀의 입을 꽉 틀어막고 있었다. 충격으로 마비가 올 지경이 되어, 행여 그가 손에 힘을 푼다고 해도, 소리를 지르거나 도움을 청할 기력이 있을지 자신이 없었다. 그가 조심스럽게 문을 닫은 다음 몇 초는 희미하고 흐릿했다. 그녀는 다른 세상에 있어서 저항할 힘조차 다 잃어버린 것 같았다.

돌아설 수가 없었기에, 아직 그를 볼 기회도 없었다.

그는 갑자기 동작을 멈췄다. 일평생처럼 느껴지는 시간 동안 아무 일도 일어나지 않았다. 그녀는 뭐든 다음 행동은 자기한테 달렸다는 사실을 감지했다. 그는 왼손이 아니라 오른손으로 그녀를 잡고 있었다. 어떻게 하면 가능성이 있을까 생각해 내려 애썼다. 주먹이나 발길질로 급습해서 풀려난 다음에 도망쳐서, 도와달라고 소리를 지르면…

하지만 너무 늦었다. 대책을 고심하느라 너무 오래 망설이는 바람에 그에게 먼저 행동할 기회를 넘겨줘 버렸다. 그가 날카로운 사냥칼의 칼집을 벗겨 버린 것이다.

# 6

## 시클루 피요두르
### 2008년 11월

바다 쪽에서 배로 들어오거나 차로 산악도로를 넘어 들어오는 길은 겨울 동안 완전히 차단되었다. 그러니 이제 정규 비행편도 운항되지 않는 비좁은 시클루 피요두르 공항에 착륙할 수 있는 경비행기를 소유한 지인이라도 있는 게 아니라면, 외지인이 이 소도시로 진입할 수 있는 유일한 통로는 비좁고 낡은 터널뿐이었다.

아리 토르는 이런 작은 도시에서 자동차는 필요가 없다고 판단하고, 노란색 토요타 소형차는 크리스틴이 쓰도록 두고 왔다. 크리스틴은 일과 공부로 너무 바빠서 시클루 피요두르의 새 임지까지 그를 데려다 줄 짬이 나지 않았다. 아리 토르는 북부로 같이 여행을 떠나면 함께 조용하고 평화로운 시간을 보낼 수 있는 좋은 기회가 될 거라고 열심히 설득해 봤지만 그녀는 요지부동이었다.

크리스틴은 그의 결정에 여전히 불만이었다. 별 말은 하지 않았지만 시클루 피요두르 이야기가 나올 때마다 차가운 침묵으로 응수했고 대화는 끊기고 말았다. 두 사람 모두 각자의 공부에 몰두해 있었고, 크리스틴은 교과과정을 소화하면서 병원 일도 병행하고 있었다. 아리 토르는 같이 가줄 시간이 없다는 크리스틴에게 짜증이 났다. 성탄절까지 한 달도 넘게 헤어져 있어야 하는데. 아무리 생각지 않으려 해도 크리스틴에게 자신이 얼마나 중요한 사람인 걸까 하는 의문으로 자꾸만 되돌아가게 되었다. 최우선 순위일까? 아니면 의학 공부 바로 다음으로 2등일까? 아니 어쩌면 공부와 일보다 못한 3위가 아닐까?

크리스틴은 그를 다정하게 안아주며 작별의 키스를 했다.

"행운을 빌어, 내 사랑." 그 말투에는 따스함이 듬뿍 담겨 있었다.

하지만 두 사람 사이에는 전에 없던 장벽이 있었다. 아리 토르는 그 얇고 보이지 않는 경계선을 감지할 수 있었고, 크리스틴도 아마 새로 그어진 선을 알아챘을 것이다.

시클루 피요두르 경찰서장인 토마스 경사가 북부의 소도시 사우다우르크로쿠르Saudárkrókur 공항으로 그를 마중 나왔다. 정기 운항 항공편이 있는 공항 중에서는, 시클루 피요두르에서 남쪽으로 60마일 떨어진 이곳이 가장 가까웠다.

"직접 만나게 되어 기쁘군." 토마스가 말했다. 아리 토르가 처음 통화했던 당시의 기억보다 더욱 쩌렁쩌렁하게 울리는 목소리였다. 토마스는 50대를 앞둔 나이로 따뜻한 얼굴 주위로 백발 - 아니 듬성듬성 남아 있는 백발의 잔해를 두르고 있었다. 정수리는 터럭 하나도 없이 말끔한 대머리였다.

"저도 그렇습니다." 아리 토르는 난기류에 정신없이 흔들리는 비행기를 아침부터 타고 오느라 지쳐 있었다.

"보통 여기서부터 시클루 피요두르까지는 한 시간 반 걸리는데, 지금은 도로 상태가 최악이라 좀 더 걸릴 지도 모르겠네. 도착이나 제대로 잘 하면 다행이지!" 토마스는 섬뜩한 말을 유머랍시고 내뱉고 자기 혼자 너털웃음을 웃었다. 아리 토르는 아무 말도 하지 않았다. 이 남자를 어떻게 받아들여야 할까 고민스러웠다.

토마스는 가는 길에 말을 많이 하지는 않았다. 예전에도 꽤나 자주 다니던 길이 분명한데도 운전에 굉장히 집중하는 눈치였다.

"북부 출신이세요?" 아리 토르가 물었다.

"여기서 나서 여기서 자란 토박이지. 앞으로도 아무 데도 안 갈 걸세." 토마스가 대답했다.

"외지인들이 거기서 잘 지내나요?"

"글세…, 뭐, 대개는 그럭저럭 지내지. 자네도 알아서 자격을 입증해야 대우를 받을 거야. 반겨주는 사람들도 있겠지만, 마뜩잖게 생각하는 사람들도 있을 테니까. 마을 사람들은 대부분 자네에 대해 알고 있고 만남을 기대하고 있다네." 그는 잠시 말을 멈추었다. "에이리쿠르Eiríkur 영감이 은퇴하고 자네가 그 후임으로 오는 거거든. 내 기억이 맞다면 에이리쿠르 영감은 1964년에 북부로 이사를 와서 눌러 앉았을 거야. 하지만 우리 눈에는 아직도 외지 사람으로 보인단 말이지!"

토마스는 껄껄 웃었지만 아리 토르는 웃음이 나지 않았다.

이게 잘 한 결정일까? 영원히 외톨이로 남을지도 모르는 작은 시골 마을로 이사를 가는 게?

산맥의 터널에 다다르기 전 마지막 몇 킬로미터는 아리 토르 생전 처음 보는 험악한 길이었다. 길은 간신히 차 한 대가 지나갈 간격을 두고 산등성이를 둘러 뱀처럼 굽이쳤다. 오른편으로는 눈 덮인 새하얀 산들이 난공불락의 요새처럼 장엄한 모습으로 치솟아 있었고, 왼편으로는 폭풍에 풍화된 광활한 스카가 피요두르Skagafjödur를 까마득하게 내려다보는 소름 끼치는 직벽이 있었다. 한순간의 실수나 빙판이라도 나오면 내일은 없었다. 크리스틴이 같이 오지 않은 건 차라리 잘 된 일이었는지 모르겠다. 크리스틴이 혼자 그 길을 운전해 돌아가야 한다면 보통 걱정이 아니었으리라.

그러면서도 크리스틴 생각을 하자 의혹이 잇달아 파도처럼 그를 덮쳤다. 어째서 그녀는 며칠 휴가를 내고 그와 함께 시간을 보내지 않았을까? 그게 그렇게 어려운 부탁이었나?

마침내 터널 입구가 가까워지자 긴장을 좀 풀었다. 어쨌든 멀쩡하게 살아서 목적지까지 다 왔다고 생각했다. 하지만 안도감은 길지 못했다. 그가 예상했던 건 널찍하고 환한 조명으로 밝혀진 현대적 터널이었다. 그러나 눈앞에 있는 건 절대로 들어가서는 안 될 곳처럼 보였다. 비좁은 일차선 터널이었던 것이다. 아리 토르가 훗날 알게 된 바로는, 40년 전 아이슬 란드에 터널이라는 게 몇 개 없던 시절 산등성이를 파서 만든 굴이라고 한다. 여기저기 잘 보이지도 않는 바위천장에서 물이 뚝뚝 떨어지고 있는 것도 마음의 안정에 전혀 도움이 되지 않았다. 아리 토르는 갑자기 예전에 한 번도 경험해보지 못한 기분에 사로잡혔다. 압도적인 폐소공포증이었다.

그는 눈을 꼭 감고 공포심을 떨쳐 버리려 애썼다.

이런 식으로 시클루 피요두르와의 인연을 시작하고 싶지 않았다. 여기서 2년, 어쩌면 더 오랜 시간을 보낼 계획으로 온 것이다. 예전에도 여러 번 터널을 지나 운전한 적이 있었지만 이렇게 불편한 감정은 처음이었다. 단순히 위험한 터널만이 아니라 외진 시클루 피요두르라는 마을 자체가 이런 식으로 내 감정을 불안하게 뒤흔드는 걸까?

아리 토르가 눈을 뜨는 순간 차가 모퉁이를 돌았고, 문득 눈앞에 탁 트인 야외로 이어지는 터널 입구가 나타났다. 그의 심장박동이 서서히 느려졌고, 토마스가 "시클루 피요두르에 온 것을 환영하네"라고 인사할 무렵에는 이제 완전히 평온을 되찾았다.

시클루 피요두르는 흐린 날 특유의 음울한 잿빛으로 그를 반겼다. 구름과 스콜이 둥글게 에워싼 산맥을 가리고 위풍당당함을 마음껏 자랑하지 못하게 막았다. 마을 집의 지붕들이 흐릿한 어둠과 정원을 얇게 덮은 눈의 장막 때문에 무채색으로 보였다.

간혹 뜬금없는 풀들이 겨울이 왔다는 사실을 인정할 수 없다는 듯 반항적으로 고개를 삐죽삐죽 눈 밖으로 내밀고 있는가 하면, 위압적인 산들이 사방으로 높다랗게 우뚝 솟아 그들을 굽어보고 있었다.

"혹독한 겨울이 될까요?" 아리 토르는 밝은 앞날이 펼쳐질 거라는 위로를 듣고 싶은 사람처럼 물었다. 설마 오늘이 좀 특별히 우중충한 날이겠지? 토마스는 신참의 질문에 껄껄 웃더니 깊은 베이스 목소리로 대답했다. "시클루 피요두르의 겨울은 언제나 혹독하다네, 이 친구야."

사람들도 별로 보이지 않았고 차도 뜸했다. 정오가 가까워지고 있었다. 아리 토르는 점심때가 되면 거리가 좀 더 활발해질 거라 생각했다.

"여기는 아주 조용하네요." 아리 토르는 침묵을 깨고 말했다. "경제 위기가 여기까지 영향을 미치는 모양이지요?"

"경제 위기? 여기는 전혀 그런 건 없어. 경제 위기 같은 건 레이캬비크에나 있는 거고, 북부까지 올라오지도 않지. 우리는 워낙 멀리 있으니까." 토마스는 마을 중심의 광장으로 차를 몰고 들어가며 말했다. "우리야 어차피 시클루 피요두르가 번창하던 시절도 다 놓쳤으니까, 경제 위기가 닥칠 걱정도 없다네."

"저희도 마찬가집니다." 아리 토르가 말했다. "학생한테는 번성기라는 게 별로 없었죠."

"여기 경기 침체라는 게 있다면 그건 바다 쪽에서 오는 거라네." 토마스가 말을 이었다. "옛날에 청어가 없어지기 전까지는 여기가 북적북적했지. 요즘은 그렇게 사람들이 많지가 않아. 대충 만 이천에서 만 삼천 명 되나."

"과속 딱지 뗄 일도 별로 없겠네요? 차도 몇 대 없는 것 같은데."

"잘 듣게." 토마스가 진지하게 말했다. 말투도 심각해졌다. "이건 딱지나 떼 주는 일이 아니야. 오히려 정반대지. 여기는 워낙 소수의 지역사회라 우리는 단순한 동네 경찰 이상의 존재란 말일세. 최대한 딱지를 적게 떼는 게 오히려 우리가 할 일이야! 자네도 곧 저 남부와는 일처리 방식이 아주 다르다는 걸 알게 될 거야. 워낙 유대가 끈끈한 사회라서 말이야. 걱정 말게, 좀 지나면 다 알게 될 거야."

토마스는 주도로인 아달가타를 따라 차를 몰았다. 작은 레스토랑, 상점들과 아직 사람이 살고 있는 것처럼 보이는 낡은 집들 몇 채가 길가에 늘어서 있었다.

"자네가 묵을 곳은 여기서 왼쪽으로 조금 더 가서 에이라가타Eyrargata에 있네." 토마스가 길에서 눈을 떼지 않고 방향을 가리키며 말했다. "일단 경찰서를 지나쳐 갈 테니까, 뭐가 어디 있는지 좀 감을 잡도록 해 봐."

토마스는 오른쪽으로 돌아 다시 우회전을 해서 아달가타와

평행을 그리는 그라나가타로 들어서더니 속도를 늦췄다.

"한 번 둘러보겠나, 아니면 먼저 집부터 가보고 싶나?" 그는 싹싹하게 말했다.

집이라고?

또 다시 아까의 그 불편한 느낌, 폐소공포증과 향수가 밀려왔다. 정말로 강렬한 피요르드 해안에 에워싸인 이 낯선 공간을 언젠가는 내 터전이라고 생각하게 될까? 지금 이 순간 크리스틴은 뭘 하고 있을까, 하는 생각이 섬광처럼 그의 뇌리를 스쳤다. 레이캬비크, 우리 집에서.

"아무래도 집에 가서 짐부터 편하게 푸는 게 좋겠습니다." 아리 토르는 목이 메어오는 걸 꾹 참으며 말했다.

잠시 후 토마스는 에이라가타 거리의 어느 집 앞에 주차를 했다. 수 세대 전에 지은 듯한 다른 집들과 따닥따닥 엉켜 붙어 있는 집이었다.

"자네 마음에 들면 좋겠군. 일단 시작은 여기서 하자고. 마을에서 몇 년 전에 이 집을 사들였는데, 그렇게 관리 상태가 좋지는 못해. 그래도 대체로 외부만 손을 좀 보면 되지만 말이야. 그만하면 충분히 편할 거야. 팔려고 내놓은 지가 벌써 언젠지 모르겠군. 자네한테는 과하게 큰 집이지만 때가 되면 자네 애인도 북부로 살러 올지도 모르잖나. 대가족에게는 완벽한 집이지." 토마스가 씩 웃으며 말했다.

아리 토르는 웃음으로 답하려 애썼다.

"자네한테 차는 안 나오지만, 솔직히 이런 동네에서는 차가 필요 없어." 토마스가 덧붙여 말했다. "남부로 갈 일이 있으면 우리 중에서 누가 사우다우르크로쿠르 공항까지 데려다 줄 테고, 아니면 누구 그쪽으로 가는 사람을 하나 찾으면 되지."

아리 토르는 한 발 물러서서 집을 좀 더 찬찬히 살펴보았다. 마지막으로 칠한 연한 붉은 색 페인트가 부슬부슬 벗겨지고 있었다. 2층 건물이었고, 위층은 처마와 이어져 있었다. 지붕은 원색의 빨강이었지만 담요처럼 덮인 눈 밑에 거의 가려져 있었다. 그 집은 야트막한 지하실 위에 지어져, 반지하층의 창문 두 개가 보였다. 커다란 삽이 지하실 문 옆에 기대어 세워져 있었다.

"저게 필요할 거야." 토마스가 말했다. 웃음소리는 호탕했다. "진짜 눈이 내리면 길을 파서 만들고 나와야 할 테니까. 자네가 눈에 갇혀 있으면 우리한테 아무 쓸모가 없잖나!"

아리 토르의 불편한 마음이 커져만 갔고 심장은 더욱 빨리 뛰었다.

두 사람은 현관으로 올라가는 계단 쪽으로 갔지만 아리 토르는 주저했다.

"뭘 기다리고 있는 건가, 이 친구야?" 토마스가 물었다. "문을 열게. 여기 이러고 있다가는 우리 둘 다 얼어 죽겠어."

"열쇠가 없어요." 아리 토르는 어색하게 말했다.

"열쇠?" 토마스는 손잡이를 돌려 문을 열고 안으로 들어가며 말했다. "문을 잠그는 사람은 아무도 없다네. 그럴 필요가 없거든. 여기서는 어차피 아무 일도 일어나지 않으니까."

하지만 그러면서도 그는 호주머니에서 주섬주섬 열쇠 꾸러미를 꺼내 아리 토르에게 건네주었다. "그래도 자네가 열쇠 꾸러미를 갖고 싶어할 것 같아서, 그냥 확실히 해두려고 가져왔지." 그는 미소를 지어보였다. "그럼 나중에 보지."

아리 토르는 혼자가 되었다. 문을 닫았다. 주방에서 창 밖을 내다보니 길 건너 집들이 보였다. 화창한 날에는 산맥이 보일 수도 있을 것 같았다. 그러면 좋을 텐데.

토마스가 한 말이 마음속에서 메아리쳤다.

"여기서는 아무 일도 일어나지 않으니까."

내가 제 발로 어딜 기어들어온 거야?

내가 대체 제 발로 어딜 기어들어온 거지?

# 7

예전에도 사냥칼을 본 적이 있다. 남편이 여러 개 가지고 있었다. 그러나 그 무엇으로도 이 순간을 대비할 수는 없었을 것이다.

갑자기 온몸이 뻣뻣하게 굳고 사지에서 힘이 스르륵 빠져나갔다. 눈앞으로 새카만 어둠이 퍼져나갔다. 그가 움켜쥔 손아귀를 풀었는지, 아니면 그녀를 땅바닥에 내동댕이쳤는지 마룻바닥에 풀썩 쓰러졌던 것이다.

그 때 처음으로 그녀는 그를 보았다. 온통 검은 옷을 입고 있었다. 추레한 가죽재킷, 검은색 진과 운동화, 그리고 눈코입만 내놓고 얼굴을 다 가린 스키 모자. 그녀는 남자라고 확신했다. 처음 그 존재감을 느꼈을 때부터 확신이 있었다. 손아귀의 힘으로 보아 젊은 남자가 틀림없었다. 목숨을 부지하고 살아나가더라도 절대로 그 얼굴을 다시 알아볼 수는 없다는 걸 직감했다.

그녀는 씩씩거리는 그의 말소리를 들었다. 조용히 하지 않으면 칼로 찌르겠다고, 한 치도 망설임 없이 단칼에 찌르겠다고 말했다. 그 말을 믿을 수밖에 없었다.

처음으로 그녀는 자기가 죽을 수 있는 목숨이라는 걸 절감했다. 이것이 그녀 삶 최후의 몇 초일지도 모른다는 생각이 들자 차가운 식은 땀이 이마에 맺혔다.

온갖 의문들이 정신없이 뇌리를 스쳤다. 다음엔 무슨 일이 닥칠까? 칠흑의 영겁, 아니면 천국? 쓰러질 때의 충격으로 온몸이 아파 괴로워

하며 마룻바닥에 누운 채로 그녀는 거실 한가운데 서 있는 그를 지켜보고 있었다. 손에는 흉기를 들고, 당장이라도 행동에 돌입할 태세를 갖추고 있는 그를.

몇 년 만에 처음으로 그녀는 자기도 모르게 기도를 하고 있었다.

# 8

## 시클루 피요두르
### 2008년 12월

아리 토르가 침실로 고른 방은 천장이 낮았다. 이층에서 제일 큰 방은 여기가 아니었다. 그는 어쩐지 제일 큰 방에 있는 더블베드보다 싱글베드를 고르고 싶었다. 마치 이건 둘이 아니라 혼자서 하는 일이라는 걸 스스로에게 강조하려는 듯 말이다.

침대를 이리 저리 돌려서 잠에 들 때나 잠에서 깰 때 곧장 하늘을 볼 수 있는 자리를 찾았다. 하지만 사실 칠흑 같은 어둠 말고 다른 게 보이는 일은 정말 흔치 않았다.

알람시계가 네 번째로 울렸다. 아리 토르는 꿈나라에 머물 수 있는 귀한 십 분을 더 허락해 줄 버튼을 찾아 팔을 뻗었다. 그러고 나면 언제나 다시 잠에 빠져들었고, 그 때마다 완전히 다른 새로운 꿈을 꾸었다. 그가 쓰고 연출하고 주연을 맡은 단편 영화를 연달아 보는 것 같았다.

열 시가 가까운 시각이었다. 정오부터 교대근무를 시작해야 했다. 처음 한두 주일의 일이 주마등처럼 스쳐지나갔다. 끈질기게 그를 괴롭히던 불편한 마음은 덜해졌다. 그는 기말고사 준비를 하고 초과 근무 제안이 들어오면 닥치는 대로 다 받아

일을 하면서 견뎌보려 애썼다. 폐소공포증은 보통 침대에 혼자 앉아 칠흑 같은 하늘을 바라보는 저녁 시간에 찾아오곤 했다. 그래도 휑한 천장보다는 유리창을 보는 편이 훨씬 나았다.

가끔 악천후가 닥치는 날이면 심란한 기분을 주체하기 어려웠다. 특히 폭설이 내리면 더욱 그랬다. 그는 아직 인터넷 연결도 하지 못한 터였다. 다른 이유들도 있었지만 다분히 고의였다. 이메일은 직장에서 확인할 수 있었고 저녁때 집으로 돌아오면 - 그렇다, 집, 새로운 개념이나 마찬가지였다 - 바깥세상과 최대한 담을 쌓고 평화롭고 고요하게 보내는 편이 좋았다.

혼자 맛있는 걸 요리해 먹을 솜씨는 되었다. 일주일 만에 아리 토르는 동네 어물전의 단골이 되었다. 마을 광장 옆에 있는 기분 좋은 가게에는 항상 싱싱한 생선들이 가득했다. 아리 토르는 어머니가 월요일마다 구워주시던 친숙한 생선 대구와 더 감칠맛이 도는 핼리벗을 사서 먹어보았다. 그러나 지금까지 먹어본 것 중에서 입맛에 가장 잘 맞는 생선은 갓 잡은 송어였다. 살짝만 간을 해서 포일에 싸 놓았다가 오븐에 구워 먹었다. 향을 잃지 않으면서 생선살이 뼈에서 부드럽게 떨어질 정도로만 구웠다.

식사를 하고 나서는 경찰대 교재를 공부하고 재미로 보려고 사 놓은 책들을 푹 빠져 읽었다. 첫 주에는 잠깐 커피 마시는 시간을 빌어 도서관에 가서 읽으려 했지만, 거기서 시간이 없어 못 읽은 책들을 빌려왔다. 그리고 교재만 파다가 답답하면 이런 책들을 붙잡고 읽었다.

클래식 음악 CD들도 몇 장 빌려와서 독서나 일을 하지 않는 시간에 그냥 거실 어둠 속에 앉아 틀어놓고 들었다. 크리스틴과 돌아가신 부모님을 생각하며 외로움에 젖었다. 어떤 날은 저녁때 라디오를 들으며 시간을 때웠다. 아이슬란드 심포니 오케스트라의 생방송 연주였다. 들을 때마다 어렸을 때 교통사고로 돌아가신 어머니의 추억이 떠올랐다. 어머니는 그 오케스트라의 바이올린 주자였다.

아리 토르는 최대한 텔레비전을 보지 않으려 했다. 그저 가끔 뉴스나 챙겨보는 정도였다. 그가 보기에는, 대형 은행들이 파산한 뒤로 레이캬비크가 대혼란으로 빠져들었고, 격렬한 반정부 시위들로 날마다 시끄러워지는 것 같았다.

교대근무를 마치고 나면 그는 반드시 해변으로 돌아가는 우회로를 통해 퇴근했고, 가끔은 바닷가에서 발길을 멈추고 한참을 머무르기도 했다. 바닷가에 있다는 게 어쩐지 위로가 되었다. 이런 까마득한 외딴 마을에서 마음 편하게 적응하는 데 도움이 되었다. 종종 험하게 굽이치는 파도를 바라보고 있자면 레이캬비크의 바닷가에 서 있다는 생각마저 들었다. 그때도 올다가타에 있는 아파트에서 걸어갈 만한 거리에 바다가 있었다. 그리고 밤에도 바다를 생각하면, 여전히 그를 사방에서 옥죄어 덮치는 그 숨 막히는 폐소공포증을 조금이나마 피할 수 있었다.

일은 꽤 마음에 들었다. 경찰서는 근무지라기보다는 직원식당에 가까운 사교의 중심이었다. 커피를 마시러 놀러오는 단골손님들도 있었다. 심지어 일주일에도 몇 번씩 찾아와 이런저런 일들에 대해 수다를 떨러 오는 사람들도 있었다. 경제 위기, 시위와 정부 같은 화두들로 주로 언쟁이 붙었고, 또 날씨 얘기도 빠지지 않았다. 그가 온 후 처음 며칠 동안은 경찰서 커피 코너에 눈에 띄게 사람들이 북적거렸다. 기회를 봐서 저 아래 남부에서 온 신참을 한 번 보고 싶어하는 사람들도 많았던 것이다.

어느 날, 경찰서에서 커피를 마시며 토마스는 아리 토르가 신학 학사 자격을 갖추었다는 얘기를 했었다.

"아니, 그건 꼭 그렇지가 않아요." 아리 토르는 재빨리 그 말을 바로잡아주었다.

"하지만 신학 전공을 했잖아, 안 그런가?"

"그래요." 아리 토르는 망설였다. "하지만 끝내 졸업은 못했어요. 휴학을 하고 대신 경찰대에 진학했거든요."

"휴학"이라는 말이 자기 입에서 나오자 자기가 더 놀랐다. 신학 학사 과정을 끝내지 못할 거라는 사실을 마음속 깊은 곳에서는 이미 알고 있었다.

"오호라! 그거 정말 대단하군!" 몇 년 동안 토마스와 함께 일한 동료 경찰 흘리누Hlynur가 말했다.

아리 토르는 흘리누가 삼십대 중반이라고 알고 있었지만, 외모는 더 나이 들어 보였다. 머리숱이 적어지기 시작한데다, 몸 상태도 경찰 기준을 통과할 수 있는지 의심스러워 보였다. 게다가 사람이 곁에 너무 가까이 다가오는 걸 막으려는 듯, 거리를 둔다는 느낌이 들었다.

"우리 중에 미래의 성직자가 있다 이거지!" 흘리누가 계속 말했다.

아리 토르는 웃을 기분이 아니었지만 억지로 미소를 띠었다.

"우리 같은 평범한 인간들이 못 푸는 사건들을 해결할 건가?" 흘리누가 물었다. "저 윗분의 도움을 좀 받아서?"

그는 토마스와 함께 웃음을 터뜨렸다.

"아리 목사님이라." 흘리누가 말했다. "아리 토르 목사님께서 수수께끼를 해결하신다!"

그 후로 정말 말도 안 되는 사람들이 그를 보고 "사제"라든가 "아리 토르 목사님"이라고 부르는 데 재미를 붙였다. 원래 별명 따위를 싫어하면서도 아리 토르는 장단을 맞춰 주었다. 특별한 열의도 없이 건성으로 시작했다가 중간에 그만둔 전공 덕에 달게 된 별명이 마음에 들 리가 없었다.

처음 일을 시작하던 날 크리스틴에게 전화를 걸었지만 그녀는 받지 않았다. 북부까지 오는 길을 설명하면서 토마스와 집을 자세히 묘사하는 이메일을 보냈다. 그가 느낀 감정에 대해서는 한 마디도 하지 않았다. 이 격리된 마을에 도착하자 우울과 어둠만이 그를 반기더라는 얘기는 하지 않았다. 그곳에 취직할 때 크리스틴이 보여준 반응이 아직도 서운하다거나, 잠시 짬을 내서 같이 와줬다면 - 아니 적어도 일주일 정도만이라도 함께 시간을 보내주었다면 좋았을 거라는 얘기도 하지 않았다. 혹시 그가 만사를 너무 쉽게 생각하기를 원치 않았던 걸까? 아니면 몇 주일 후 그가 눈 덮인 북방의 오지를 일찌감치 포기하고 레이캬비크로 돌아오길 바라고 있는지도 모른다.

아리 토르는 다음 날 그녀의 답장을 받았다. 병원 일과 공부 얘기를 하면서, 명예퇴직 바람이 불어 아버지가 오랜 세월 몸담으셨던 은행에서 해고되었다는 소식을 전해왔다. 크리스틴이 얼마나 상심할지 그는 잘 알고 있었다. 건축사무소에서 일하는 그녀 어머니도 틀림없이 경제 위기의 여파를 느끼게 될 터였다. 크리스틴은 굳이 구구절절 설명하고 싶지 않은 게 분명했다. 그 짧은 이메일에는 어떤 종류의 감정도 담겨 있지 않았다. 그가 보낸 이메일이 그러했듯이.

다음 날 그는 크리스틴과 전화로 연락이 닿았다. 오랜 근무를 마치고 막 퇴근해서, 고민을 털어놓을 마음의 준비를 채 못한 시각이었다. 두 사람은 피상적인 일들에 대해 한참 얘기를 나누었지만, 깊은 대화는 전혀 나누지 못했다. 크리스틴은 언제나 차분하고 조용했고, 워낙 소소한 일상적 일들에 화를 내는 일이 별로 없었다. 그래서 아리 토르는 두 사람 모두와 연관된 주제를 언급하기 꺼려하는 게 자기만의 기분인지 확실히 판단할 수가 없었다.

몇 주일이 흘러가는 사이 두 사람은 날마다 전화로 대화를 나누었지만, 아리 토르는 여전히 새 직장에 취직했을 때 크리스틴이 지지해 주지 않아 서운했다는 얘기를 털어놓지 않았고, 크리스틴 역시 그 화두를 피하는 눈치였다. 그리고 크리스틴은 아직도 그가 레이캬비크를 떠났다는 사실 자체에 짜증이 나 있기도 했다. 새로운 장소에서 혼자 살아가던 그로서는 약간의 위로라도 절실히 필요했다. 그러나 두 사람은 이런 문제들을 파헤치기보다 짤막짤막한 대화들만 나누었다.

그러나 이제는 진짜로 그녀와 통화를 해야 했다. 벌써 12월도 중순이 되어가고 있었다. 시클루 피요두르에 온지도 한 달이 넘었고 크리스마스는 코앞에 다가와 있었다. 토마스가 연휴 기간에도 근무하라고 했다는 얘기를 전해야 했는데, 아무래도 말을 꺼내기가 쉽지 않았다. 토마스는 사실 부탁이라고 표현했지만 현실적으로 아리 토르 입장에서 싫다고 할 수는 없지 않은가. 거절할 입장도 아니거니와 자기도 능력을 인정받고 싶었다.

시리얼과 차가운 우유, 어제 신문으로 하루를 시작했다. 신문이 늦게 배달되는 것도 이제는 익숙해지고 있었다. 이 머나먼 시클루 피요두르에 조간신문이 도착하려면 적어도 한낮은 되어야 했다. 뭐 그렇게 중요한 일도 아니었다. 여기서는 생활의 리듬이 달랐고, 시간도 더 느리게 흘렀으며 도시보다 북적

거리면서 분주할 이유도 없었다. 신문은 그냥 때가 되면 오면
되었다.

그는 크리스틴에게 전화를 걸었는데, 저쪽에서 전화를 받을
때까지 좀 기다려야 했다.

"어, 나 일 하느라고 금방 전화를 못 받았어. 자기 잘 지내?"

"뭐 괜찮아." 그는 이 말을 하고는 부엌 창 밖을 물끄러미 바
라보며 망설였다. 온 마을이 두껍게 쌓인 눈에 파묻혀 있었다.
묵직한 사륜구동 차량 말고는 자동차가 다닐 곳이 못 되었다.
여기서 필요한 건 좋은 장화 한 켤레, 아니면 스키였다. "자기
있는 데는 눈이 좀 쌓여 있어? 여기서는 줄창 눈이 내리네."

"아니, 여기는 하나도 안 와. 그냥 춥고 바람도 없어. 하지만
발이 시려. 레이캬비크에서는 성탄절에 눈을 못 볼 거 같아.
자기는 북쪽 지방의 화이트 크리스마스를 못 봐서 아쉽겠네."

아리 토르는 잠시 아무 대답도 할 수 없었다. 앞으로는 써야
할 단어를 조심스럽게 골라야 했다.

크리스틴이 계속해서 말했다. "엄마아빠하고 의논을 했는데,
작년처럼 우리가 두 분과 함께 크리스마스 만찬을 해야 할 것
같아. 그러니까 크리스마스 트리는 사지 말고 그냥 부모님 계
신 곳으로 떠나면 돼. 자기가 집에 트리를 놓고 싶으면 모르겠
는데…"

"있잖아…, 자기한테 할 얘기가 있어."

"응?"

"그게, 토마스가 어제 나한테 언질을 줬는데, 아무래도 성탄절 기간에 몇 번 당직을 서야 할 것 같아…."

침묵이 흘렀다.

"몇 번?" 그녀의 목소리가 매서웠다. "아니 그게 대체 무슨 뜻이야?"

"그러니까, 크리스마스이브, 성탄절 당일, 그리고 새해가 되기 전에 몇 번 더."

계속되는 침묵이 귀가 멀어버릴 듯 요란했다.

"그러니까 자기는 언제 남부로 내려오는 건데?"

"아무래도 일월 초에 일주일 휴가를 내서 내려가는 게 최선일 것 같아."

"내년? 자기 농담해? 크리스마스 때 안 온다는 거야?" 목소리는 얼음처럼 차가웠지만 언성은 높이지 않았다. "우리는 크리스마스 때 모든 걸 다 의논하기로 했잖아. 내년의 계획을 정리하고. 그러니까 일월까지 우리가 얼굴도 못 본다는 말 아니야? 아니면 심지어 이월까지 못 볼 수도 있지?"

"내가 일월에 내려가도록 애써볼게. 여기서는 신참이라 내 마음대로 할 수가 없어. 적어도 여기서 진짜로 취직할 기회를 주었다는 사실 자체를 고마워해야 한다고." 그는 살짝 짜증이 복받쳤지만 감정을 숨겼다. 굳이 긴장을 고조시키고 싶지는 않았다.

"기회? 자기 눈에 콩깍지가 씌인 거야, 아리 토르… 이 기회라는 게…. 우리 관계를 진전시키거나, 가정을 가꿀 수 있는…, 그런 기회가 아니잖아? 우리가 서로 오백 킬로미터나 떨어져 있어. 오백 킬로미터라고, 아리 토르."

대충 계산하면 오백이 아니라 사백이야, 그는 마음속으로 혼자 읊조렸지만 지금 말꼬리를 잡을 때가 아니었다.

"나로서는 어쩔 수 없는 일이야. 다른 사람들도 나보다 더 오래 여기 있었지만 가족이 있어…." 그는 자기가 뱉은 말을 금세 후회했다.

"그래서? 당신은 레이캬비크에 가족이 있는 게 아니야? 나는 어떻게 해? 그리고 우리 부모님은 어떡하고?"

"그런 뜻으로 한 말 아니야."

다시 침묵.

"나 이제 끊어야 해." 그녀 목소리가 한층 더 나지막하게 깔렸다. 살짝 울음소리가 섞여 있었다. "가봐야 해. 지금 호출이 왔어. 나중에 얘기하자."

# 9

그의 의중을 파악할 길이 없었다.

끔찍한 예감이 덮쳐왔다. 결론을 내기가 무서운 생각들이 꼬리를 물었다. 이건 단순 강도일까, 아니면 훨씬 더 나쁜 일일까?

경고를 묵살하고 그냥 비명을 질러버릴까, 온 힘을 쥐어짜 소리를 지를까, 하는 생각이 섬광처럼 뇌리를 스쳤지만, 주변에는 소리를 들을 만한 사람이 거의 없었고 널쩍널쩍한 정원들이 커다란 주택들을 갈라놓고 있었다.

세상의 골칫거리로부터 단절되고자 거액을 지불하고 이 한적한 동네의 여기 이 널쩍하고 외떨어진 집을 샀다. 이제 그런 그녀의 부유함이 그녀를 볼모로 잡고 있었다.

그는 아무 말 없이 주변을 둘러보았다. 그녀는 말은커녕 겁이 나서 그를 제대로 쳐다보지도 못했다. 그는 거실을 둘러보고 아무 말도 하지 않았다. 침묵이 묵직하게 내리깔렸다. 침묵과 불확정성.

에라, 모르겠다. 어째서 말을 못 하는 거지? 아무 말이라도 하면 정신없이 끓어오르는 그녀의 생각이 좀 잠잠해질 텐데.

그녀의 마음은 두 자식들에게로 향했다. 오래 전 둥지를 떠나 각자의 가정을 꾸리고 있었다. 꼭 필요한 순간에 그 애들이 불쑥 나타날 리 만무했다. 연휴나 크리스마스 때가 아니면 부모를 찾아오는 일도 흔치 않았다.

그렇다. 그녀는 이 알지도 못하는 남자와 단둘이었다.

그는 가만히 서서 거실 크기를 재고 있는 것처럼 보였다. 훌륭한 거실이었다. 부동산 잡지에 나올 것처럼 멋지게 꾸며져 있었다. 벽에는 전원 풍경을 그린 수채화 두 점이 걸려 있었고, 세련된 커피 테이블과 새 것 같은 소파, 남편 가문에서 물려받은 낡은 목제 책상과 마지막으로 턱도 없이 비싼 디자이너 가구인 가죽 팔걸이의자가 놓여 있었다. 그녀는 그 의자를 몹시 아꼈다. 그런데 그가 그 의자에 털썩 주저앉아 칼끝으로 팔걸이 부분을 훑으며 어깨 너머로 그녀를 바라보는 바람에 그녀는 충격에 빠지고 말았다. 그는 뭐라고 말을 했다. 쉰 목소리로 내뱉은 단 한 마디였다. 나중에 그녀가 자기 목소리를 알아듣는 일이 없도록 하려는 듯, 차라리 속삭임에 가깝게 내뱉었다. 이건 좋은 징조였다. 그가 얼굴을 가리기로 했다는 사실도 마찬가지다. 어쩌면 목숨은 살려줄 지도 모르겠다.

그가 무슨 말을 했는지 알아들으려 애를 썼다.

"죄송한데 뭐라고요?" 그녀는 공포에 질려 속삭이다시피 말했다.

"보석이 어디 있느냐고 했다."

그냥 빌어먹을 도둑이야, 그녀는 결론을 내리고 안도했다.

그녀는 일어섰지만 기절할 것 같아, 복도를 지나 계단 쪽을 가리키며 균형을 유지하려 애썼다. 일부는 위층 침실에 있었지만, 남편은 제일 비싼 보석들을 문서며 기타 귀중품과 함께 아래층 작은 서재 금고에 따로 보관했다. 그녀는 금고를 열 수 있는 비밀번호를 모른다는 사실에 약간 마음이 놓였다.

그가 나이프를 잡고 있는 품은 부주의하다 싶을 정도였지만 잘 다

룰 줄 아는 것 같았다. 이번에 처음 써 보는 게 아니라는 느낌이 들었다. 계단 위층으로 올라가는 그녀를 그가 뒤에서 따라왔다. 침실의 보석을 재빨리 보여주면서, 이런 일을 굳이 질질 끌 일이 없다고 부주의하게 생각해 버렸다. 그도 자기 목적을 이루고 빨리 떠나고, 자기 목숨은 살려주면 좋겠다고.

그는 보석상자의 내용물을 침대 위에 쏟더니 그녀의 추억들을 뒤적거렸다. 약혼반지, 생일 선물들, 결혼 선물들. 그녀는 남편을 생각했다. 이 남자가 그녀를 풀어주지 않는다면 어떻게 될까? 혹시…

그녀는 미래를 생각했다. 다른 세상을 여행하고 탐색하며 보내기로 계획했던 두 사람의 황금기를 생각했다.

이 더러운 범죄자가 그 모든 걸 앗아가 버릴 것인가?

# 10

## 시클루 피요두르
### 2008년 12월 14일 일요일

꼬박 이 년. 믿어지지도 않았다. 아리 토르는 바로 어제 일처럼 기억했다. 크리스틴에게 처음 크리스마스 선물을 사주려고 시내에 가던 때를.

추억들이 우글라의 집 옆에 서 있던 아리 토르의 머릿속을 미끄러지듯 스쳤다. 교회 종소리가 피요두르를 따라 울렸다. 교회의 종소리는 마을을 뚫고 메아리쳐 어느 쪽에서 나는 소리인지조차 분간하기 어렵게 만들었다. 아리 토르는 본능적으로 산맥을 바라보았다. 종소리는 교회가 아니라 산에서 굴러내려오는 것 같았다. 갑자기 눈앞에 산맥이 아니라 바로 이 년 전 레이캬비크의 호숫가 고적한 저녁이 선하게 보이는 듯했다.

기말고사가 임박했을 무렵 어느 날 그는 하루 저녁만큼은 신학 공부를 덮기로 했다. 의학교과서 개정판들을 가지고 씨름하는 크리스틴은 집에 두고 혼자 외출을 했다. 그녀는 어차피 책을 놓고 나가도 찌무룩해 있을 게 틀림없었다. 그는 도심으로 걸어가서 저녁까지 문을 여는 서점에서 책을 두 권 산 뒤, 레이캬비크 도심의 랜드마크인 호수 쪽으로 터덜터덜 걸어갔었다. 그 날 날씨는 계절에 맞지 않게 고요했고, 재킷 옷깃

아래로 냉기가 맵싸하게 스며들었다. 하늘에는 두껍게 먹구름이 걸려 있었지만, 크리스마스 조명이 도시 구석구석을 밝혀 아직도 환했다. 의사당을 등지고 시민회관을 오른편에 둔 채 그는 호숫가에 서 있었다. 주변에는 사람들도 몇 명 없었다. 그는 자기 몸에서 분리된 사람처럼 순전한 관찰자의 입장에서 근사한 풍광을 감상했다. 왼쪽에서 오른쪽으로 필름 시퀀스처럼 시선을 이동했다.

시간은 밤 아홉 시였다. 창가를 촛불과 은은하게 빛나는 크리스마스 트리들로 장식한 근엄한 대저택들이 시야에 펼쳐져 있었고, 성당 종소리가 울리고 있었다. 도시의 평화가 성탄절의 인파보다 강하다는 증거를 보여준 것 같았다. 호수의 거위들은 종소리에 응답해 울었다. 그는 꼼짝도 않고 서서, 그 순간의 정기를 호흡했다. 시간은 생각보다 훨씬 더 느릿하게 흘렀다.

종소리가 계속 울려 퍼지고 있었지만, 이번에는 시클루 피요두르의 종이었다. 아리 토르는 추억에 에워싸여 발걸음을 멈췄다. 우글라가 그의 어깨에 손을 얹었다. 깃털처럼 가벼운 손길이었지만, 그래도 아리 토르는 화들짝 놀랐다. 그는 즉시 – 아쉬운 마음으로 – 크리스틴을 생각했다. 그녀가 아니라는 걸 잘 알고 있음에도 불구하고.

그는 돌아보고 미소를 지었다.

그녀가 서 있었다. 피아노 선생인 우글라. 짙은 청바지에 새하얀 티셔츠를 걸친 그녀는 이십대 초반으로 키가 크고 늘씬했다. 날씨는 쌀쌀해도 그녀 주위에는 어쩐지 따뜻한 느낌이 감돌았는데, 그에 반해 눈빛에는 슬픔이 비쳐 보였다. 가로등 불빛이 긴 금발에 맺혀 은은히 빛났다. 그녀가 그의 미소에 답해 웃었다.

"들어오지 않을 거예요? 여기서 얼어죽겠어요."

아리 토르는 몇 주 전 협동조합 창문에 붙은 광고를 보았다. 늘 피아노를 치고 싶었지만 배울 시간도 없고 그렇게까지 열의도 생기지 않았었다. 그는 이름과 전화번호가 적혀 있는 종이 쪼가리를 잡아떼어 가져갔고, 지금은 두 번째 레슨을 받기 위해 여기 와 있었다.

방한복을 챙겨 입은 그는 반팔 차림으로 계단에 서 있는 우글라의 팔에 오소소 돋은 소름을 보았다.

피하 근육이 수축해서 그래, 크리스틴이 소름을 의학적으로 설명하며 했던 말이 기억났다. 크리스틴을 볼 때마다 매번 소름이 쫙 돋는다고, 그런 낡고 진부한 애정 표현을 썼더니 그녀는 그렇게 대답했었다.

"고마워요." 그는 코트를 로비의 옷걸이에 걸고 문을 닫았다. "지난 번 수업 이후로 연습은 못 했어요. 연습을 할 피아노가 없어서요. 아마 선생님께서 가르쳐 보신 중에 최악의 제자일 겁니다."

"걱정 마세요. 최고이자 최악의 학생이니까. 제가 가르치는 학생은 딱 한 사람이니까 그냥 최고라고 하죠. 저도 애초에 제가 광고를 왜 붙였을까 싶기는 한데요. 흐롤푸르 영감님 때문에 흥미가 동했었어요."

"흐롤푸르? 그 작가 선생님 말씀이세요?" 아리 토르가 물었다. 마을에 살고 있다는 거장에 대해 들은 적이 있었다.

"그 분 맞아요. 정말 멋지고 근사한 인품의 노인이시죠. 한번 만나 보셔야 해요. 책에 사인을 해달라고 하시든가. 누가 알아요 - 마지막 기회일지! 물론 연세에 비해 정정하시고, 칼날처럼 예리하시지만요."

"그 분 책은 한 권도 읽어본 적 없지만, 그래도 만나 뵐 기회가 있으면 좋겠군요."

"〈언덕의 북쪽〉을 읽어보셔야 해요. 정말 명작이거든요. 그분이 쓰신 유일한 소설인데 대단해요. 그 후로는 단편과 시만 쓰셨어요."

"그건 몰랐는데요…."

"제가 그 책 빌려드릴게요." 우글라가 그의 말허리를 끊고 대답했다. "저한테 사인해 주신 책이니까 책에 뭐 흘리거나 하시면 안 돼요." 그녀는 따뜻한 미소를 지었다. "음료는 뭐 하실래요? 커피?"

"차도 있으세요?"

아리 토르는 대학 시절에 커피를 하도 많이 마셔서 커피 냄새만 맡아도 카페인과 스트레스로 점철된 야간 강의의 불편한 기억이 떠올랐다. 그래서 대신 차를 마시며 커피를 끊으려 하고 있었다.

"물론이죠. 앉으시면 차를 좀 끓여드릴게요."

그는 깊숙하고 붉은 팔걸이의자에 편안히 앉아 손을 팔걸이에 올려놓고 거실을 찬찬히 둘러보았다. 첫 번째 수업을 하는 동안 우글라는 가구가 구비된 주택을 임대했다면서, 그 중에 피아노도 끼어 있었다고 말했다. 젊은 여자가 꾸민 집이라고는 아무도 생각지 않을 분위기였다. 카펫에 거의 다 가려진 아름다운 원목 마루를 보면 마치 한 발짝 시간을 거슬러 올라간 느낌이었다. 진한 갈색의 작업대 같은 비좁은 책장 두 개가 놓여 있었다. 집 주인이 책들은 다 빼서 가지고 간 모양이었다. 책장 선반 위에는 문고판 책 몇 권만 남아 있었다. 대체로는 추리물과 로맨스가 뒤섞여 있는 와중에 근사하게 제본된 흐롤푸르 크리스찬손의 〈언덕의 북쪽〉이 한 권 꽂혀 있었다. 소파 뒤 긴 벽에는 명화 프린트가 한 장 걸려 있었고 맞은편에 피아노가 놓여 있었으며 그 위에 수북하게 악보가 쌓여 있었다.

우글라가 김이 오르는 머그잔을 들고 부엌에서 나왔다.

"자격증 없이 피아노를 가르치는 게 법을 어기는 건 아니면 좋겠네요." 그녀는 그에게 머그잔과 티백 두 개를 건네주며 말했다. "우리 집에 차가 두 종류밖에 없어요." 그녀는 변명을 했다.

"감사합니다. 불법이라고 해도 전 모른 척해드릴게요." 아리 토르는 미소를 지으며 티백을 뜨거운 물에 넣었다. "경찰은 무면허 교사들을 추적하는 것보다는 더 좋은 할 일이 많아요." 그는 그렇게 말해놓고 스스로 정말 그런가 의문을 가졌다. 시클루 피요두르에서 보낸 며칠은 흥미로운 경험이었다. 커다란 지프를 타고 다니면서 정기적으로 순찰을 돌지만 별로 할 일은 없었다. 속도제한을 어기는 사람들조차 거의 없었다. 적어도 마을 중심가에서는 없었거니와, 잘못하면 까마득한 낭떠러지로 직행하게 되는 눈 쌓인 터널에서도 당연히 과속은 없었다. 딱지가 무서워서가 아니라 정말로 위험했기 때문이다. 아리 토르는 딱 한 번 교통사고 현장을 참관했는데 가벼운 추돌 사고였다. 그리고 두 번인가 자동차 문을 따 달라는 부탁을 받았다. 몇 번인가 술주정뱅이를 집에 데려다준 적도 있다. 여기서는 경찰이 폭넓은 서비스를 제공하는 게 분명했다.

"전 커피를 마셔야겠어요." 우글라가 말했다. "그리고 레슨을 시작하죠."

레슨은 한 번에 45분씩으로 되어 있었지만, 지난주에 아리 토르는 레슨이 끝난 후 우글라와 한 시간 동안이나 잡담을 나누었다.

지난 몇 주일 동안 그는 철저히 낯선 세상에 떨어진 외톨이 신참이라는 느낌을 절실하게 받았다. 아무도 그에게 다가와주지 않았지만, 그가 누군지 모르는 사람은 없었다. 이 외진 마을에서는 모두가 서로를 잘 알았다. 헬스클럽이나 수영장에서도 그에게 말을 걸어오는 사람이 없었다. 하지만 동네 주민들이 경찰서 신참이 누군지 확인하려는 듯 평가하는 시선으로 자신을 훑어보는 느낌은 종종 받았다.

한 번은 운전하면서 핸드폰으로 전화 통화를 한 주민에게 딱지를 떼려 했던 적이 있다.

"당신 대체 누구요? 경찰관이요? 난 여기 새 경찰이 들어온 줄 몰랐네." 운전하던 사람은 독설을 퍼부었다.

아리 토르는 그 남자가 모른 체할 뿐이라는 걸 잘 알고 있었다.

"경찰차하고 제복을 훔친 게 아니라는 걸 내가 어떻게 믿어?" 오만하게 미소를 지을락 말락 하며 그가 계속 추궁했다.

아리 토르도 미소로 응수했다.

"이번에는 딱지를 떼지 않겠습니다." 답답해 죽을 지경이었지만 그는 예의를 지켰다. "다시는 그러지 마십시오." 다음번에 걸리면 이런 이해심은 보여주지 않을 테니까.

아리 토르는 사람들이 자기를 주시하고 있다는 걸 알고 있었다. 순찰을 돌면서 모퉁이에서 깜박 잊고 깜박이를 안 켠 적이 있었는데, 다음번에 토마스를 만났을 때 한 소리를 들었다. 익명의 행인이 제보를 했다는 것이다.

"설마 공원을 산책하는 정도로 생각한 건 아니겠지? 여기 살인범이나 뭐 그런 치들이 있는 건 아니지만, 그래도 유치원

놀이터도 아니란 말일세." 토마스가 경고를 했다.

어쩐지 굉장히 외롭게 느껴졌다. 주말 동안 시클루 피요두르에 놀러 왔다가 체재 기간이 하루하루 늘어난 이방인 같았다. 돌아가는 표를 깜박 잊고 사지 못한 여행자처럼 말이다.

그는 경찰서에서 커피를 마시며 토마스나 흘리누와 어울려 일상적인 이야기를 나눌 수 있었다. 그렇지만 그저 정치와 스포츠에 대한 피상적인 얘기들일 뿐이었다.

아리 토르는 우글라가 다른 사람들과 다르다는 걸 금세 알아보았다. 그녀는 따뜻하게 그를 반겨주었다. 기꺼이 시간을 내어주었고 필요하면 그의 말을 경청해주었다.

"시클루 피요두르는 마음에 드세요?" 그녀는 반쯤 미소를 짓다 말고 물었다.

"뭐, 그럭저럭 괜찮습니다." 그는 좀 망설이며 말했다.

"알아요. 처음엔 힘들죠. 너무 작은 동네라서요. 사람들이 뒤에서 얘기도 많이 하고. 저도 다 겪어 봤어요…" 그녀의 목소리는 마음을 어루만지고 달래주었다. "파트렉스 피요두르 출신이라는 게 도움이 되었어요. 이런 작은 동네들이 어떤지 잘 알고 있었으니까요. 물론 세상에 똑같은 동네는 하나도 없지만요. 여기 생활은 웨스트 피요두르 지방과는 많이 다른데, 꼭 짚어 말하라고 하면 잘 모르겠어요. 모든 마을은 다 나름대로 매력이 있는 것 같아요." 그녀는 묘한 미소를 띠며 말했다. 그의 기분을 좋게 만들어주려고 애쓰는 느낌이었다.

우글라에게는 어쩐지 사람의 마음을 사로잡고 타인의 신뢰를 이끌어내는 매력이 있었다.

"목사가 되시려고 공부한다고 들었어요." 그녀가 말했다.

"꼭 그런 건 아니에요. 그만둔 지 한참 됐습니다."

"공부는 끝까지 마치셔야죠."

아리는 이런 얘기에 휘말리고 싶지 않아서 대화의 주제를 돌리려 했다.

"선생님은요? 대학은?"

"그래요." 그녀는 재빨리 대답했다. "언젠가는요. 먼저 칼리지부터 마쳐야죠…. 제가 파트렉스 피요두르를 좀 급하게 떠나야 했거든요." 그녀는 말꼬리를 흐렸다.

아리 토르는 파트렉스 피요두르에서 있었던 일 중에 말하고 싶지 않은 게 있다는 걸 눈치챘다.

짧지만 살짝 불편한 침묵이 흐르고 우글라가 다시 말했다. "아무래도 아쿠레이리나 레이캬비크에 있는 대학에 가야 할 것 같아요. 그렇게 큰 도시에 사는 게 좋을 것 같지는 않지만."

"그렇게 크지도 않아요. 아마 좋아하실 겁니다. 제 아파트도 항구 근처 레이캬비크 도심에 있는 걸요."

그는 자기가 어느새 그녀를 오랜 친구처럼 대하며 말하고 있다는 걸 깨닫고 놀랐다. 왠지 몰라도 크리스틴 이야기는 하고 싶지 않았다. 레이캬비크의 아파트에서 여자 친구와 동거

중이라는 얘기는 굳이 들먹이고 싶지 않았던 것이다. 엄밀히 말하면, 우글라도 직접적으로 묻지 않았으니 아리 토르가 거짓말을 한 건 아니었다.

"그러면 굉장히 큰 변화를 겪으셨네요." 그녀가 말했다. "그래도 역시나 항구에 가까운 데 사시네요. 다른 항구이기는 하지만."

우글라에게는 여전히 묘한 분위기가 있었다. 물론 가족과 멀리 떨어져 살고 있어서일 수도 있지만, 그냥 그 정도로 설명할 수 없는 더 깊은 슬픔이 있었다.

"그리고 산맥들도, 왜 있잖아요…." 그가 미소를 지었다.

"그 산맥들이 옥죄어 들어오는 것 같죠?"

"바로 그거예요." 순순히 동의한 그는 곧 화제를 좀 덜 불편한 쪽으로 돌렸다. "크리스마스 때 여기 계실 건가요?"

"네, 부모님께서 오셔서 같이 성탄절을 보낼 거거든요. 크리스마스 요리를 잘 하는 편은 아니라서 어머니한테 뭔가 특별한 요리를 해달라고 부탁할 거예요." 목소리가 들뜬 것으로 보아 기대하고 있는 눈치였다.

"저도 그런 건 잘 못해요." 아리 토르는 약간 겸손을 가장하며 말했다. "하지만 뭔가 축제 분위기에 어울릴만한 요리를 생각해서 만들어 보려고 노력은 하지요." 그는 아직도 뜨거운 차를 마셨다. "나는 크리스마스이브에 당직을 서야 해요. 혼자 있을 거니까 저녁 만찬하고 좋은 책 몇 권을 갖고 가려고요."

"너무 불쌍한데요."

아리 토르는 그녀의 솔직함이 마음에 들었다. "맞아요. 하지만 저한테는 별로 선택의 여지가 없어서요."

"부모님께서 크리스마스 휴가를 위해서 북부로 오시나요?" 그녀가 물었다. 물론 나쁜 뜻으로 던진 질문이 아니었다. 부모님과 일찍 사별했다고 자기소개를 하는 건 아무리 반복해도 익숙해지지 않았지만, 그래도 그녀의 질문에 기분 나빠할 생각은 없었다.

"아니…, 부모님은 오래 전에 돌아가셨어요." 그는 그녀의 눈을 들여다보고 말하고는, 곧 눈길을 떨어뜨렸다. 그녀는 어색하게 커피잔을 내려다보았다.

"죄송해요." 그녀는 진심을 담아 말했다. "정말 미안해요, 전혀 몰랐어요."

"괜찮아요." 그는 말했다. "익숙해지거든요."

"정말로요?" 우글라는 놀라서 물었다.

아리 토르는 어깨를 으쓱했다.

"정말 익숙해진단 말이에요?" 그녀가 물었다.

"그래요…, 그런 것 같아요. 그렇다고 할 수 있죠." 그는 대답했다. "하지만 극복하는 데 오랜 시간이 걸리죠. 하룻밤에 되는 건 아니에요. 하지만 그래도 수월해집니다. 계속 버텨야 해요, 계속 살아야 하니까…."

우글라는 아무 말 없이 앉아 있었다.

"어째서 그런 걸 물어보세요?" 아리 토르가 마침내 물었다.

그녀는 한참을 말없이 가만히 있었다. 머그잔에 세상 모든 질문의 해답이 들어 있는 것처럼 물끄러미 쳐다보면서.

마침내 그녀가 눈길을 들었다. "저도…, 몇 년 전 남자친구를 잃었어요." 그녀는 말했다. "그래서 여기로 이사 온 거예요."

사별을 경험하고 연민을 받는 쪽에 익숙했던 아리 토르는 뭐라 대답해야 할지 알 수가 없었다.

"조의를 표합니다." 그는 달리 할 말이 없어 그렇게 말했지만, 자기 말이 공허하고 의미가 없다는 걸 알고 있었다. 차라리 꽃집에서 흔한 위로의 카드 한 장을 사서 건네는 게 낫겠다는 생각이 들었다.

"고마워요."

"어떻게 돌아가셨나요?"

"글쎄요…, 파트렉스 피요두르에서 둘이 외출을 했었죠. 거기 작은 바가 있었는데 그이가…" 아구스트, 라고 말하고 싶었지만 그 이름을 차마 입 밖에 내어 말할 수 없다는 듯 망설였다. "그이가 외지에서 온 어떤 사람하고 시비가 붙었어요. 술이 아주 많이 취한 사람이었죠. 주먹으로 맞고 쓰러졌는데 다시는 깨어나지 못했어요…. 그냥 딱 한 대 맞았을 뿐인데." 그녀가 덧붙여 말했다.

그녀의 표정은 참담했지만, 아리 토르는 그녀가 그 얘기를 자신한테 털어놓고서 조금이나마 속이 후련해졌을 거라는 느낌을 받았다.

"유감입니다." 그가 말했다. "정말 유감이에요."

"고마워요." 그녀는 다시 중얼거렸다.

그녀는 커피잔을 한쪽으로 치우고 시계를 보았다.

"저녁 내내 제가 여기 붙들어 둘 수는 없지요." 뻔히 드러나는 작위적인 말투로 짐짓 명랑한 척하면서 그녀가 말했다. "이제 시작을 해야 되지 않겠어요?"

"그럼요. 전 지난주에 배운 걸 다시 복습해야 해요. 한심하기 짝이 없을 겁니다!"

그는 피아노 앞에 앉아 키보드에 손을 얹었다.

"아니, 그러면 안 돼요." 우글라는 그의 오른손을 들어서 움직이며 고쳐 주었다. 그는 그녀의 손길에 얼굴이 후끈 달아올랐다. 그녀에게서 기분 좋고 따뜻한 에너지가 전해졌다.

"고마워요, 훨씬 낫네요." 그는 말했다. 갑자기 크리스틴과의 거리가 수천 마일쯤 되는 것처럼 까마득하게 느껴졌다.

# 11

그가 이번에는 훨씬 더 큰 소리로 물었다. 돈이 어디 있느냐고. 겁을 주면서도 바깥에 들리지는 않을 정도로 딱 맞춘 언성이었다. 여전히 밥을 가지러 갈 때 입었던 코트를 걸치고 있던 그녀는 처음에 물었을 때 이미 지갑을 건네준 터였다.

밥. 그걸 잊어버렸었나? 그녀는 뇌리에서 그 생각을 떨쳐버렸다. 이런 순간에 배달 음식 따위를 걱정할 수 있는 자신이 놀라웠다.

그는 재빨리 그녀의 지갑을 살펴보고, 현금이 별로 없다는 걸 알아챈 후 다시 한 번 빌어먹을 돈을 어디 숨겨놓았느냐고 물었다.

그녀는 고개를 저었고 그는 금고에 대해 물었다.

이번에도 그녀는 고개를 저었지만 아마 눈빛에서 속내가 드러났던 모양이다. 먹이를 좇는 고양이처럼 그는 냄새를 맡았다.

한 발짝 가까이 다가오며 그는 칼날을 그녀의 목에 대었다.

"기회는 한 번뿐이야. 의미 있게 써야지." 소름끼치게 무서운 목소리였다.

그는 말을 이었다. "금고가 없다고 하면 난 지금 당장, 여기서 널 죽일 거야. 내가 헛소리는 절대 못 참는 성미거든."

그녀는 즉시 대답을 하고 복도에서 서재로 이어지는 통로를 지나 계단으로 내려가는 길을 보여주었다. 그가 조명 스위치를 켜자 저전력 전구가 방 안을 밝혔고 묵직하고 견고한 금고가 눈앞에 나타났다.

그는 그녀를 바라보았다.

그녀는 그가 묻기도 전에 대답을 해주었다.

"비밀번호는 몰라요. 제 말 믿어주세요!" 그녀는 거의 울부짖다시피 말했다. "남편이 집에 올 때까지 제발 기다려주세요!"

그는 나이프를 치켜들었고 그녀의 심장이 두방망이질 쳤다.

아마 그 순간 그녀의 목숨을 구한 건 전화벨소리였을 것이다. 아니, 적어도 목숨을 조금 더 오래 부지하게는 해주었다고 해야 할까.

# 12

## 시클루 피요두르
### 2008년 크리스마스이브

"메리 크리스마스, 우리 막내!" 토마스가 유쾌하게 외치며 차가운 밤길 속으로 나갔다.

아리 토르가 대답을 막 하려는데 문이 닫혔고, 어차피 자기 밖에 못 듣는 크리스마스 인사를 해 봤자 무슨 소용이 있나 싶어 그만두었다. 아리 토르는 경찰서 컴퓨터 앞에 혼자 앉았다. 빨강과 흰색 종이 사슬과 싸구려 장식품들이 걸려 있는 플라스틱 크리스마스 트리가 문간에 놓여 있었다. 경찰서에 어울리는 크리스마스는 이게 끝이었다.

어쩌면 그거면 충분했을지도 모른다. 휴일에 사람들이 북적거리고 모여들만한 곳은 아니니까. 아리 토르는 거기 유일하게 혼자 있는 사람이 될 예정이었다. 크리스마스이브 정오부터 크리스마스 당일 정오까지 당직을 서야 했기 때문이다. 외롭 겠지만 당직 수당이 두둑할 테고, 과외 근무는 언제나 환영이었다. 그는 나라 경제가 이 모양이니 일자리가 있는 것만도 고마운 거라고 마음을 다잡았다.

그도 자기가 고대하던 크리스마스가 이런 건 아니었다는 사실을 인정했다. 크리스틴과 동거하기 시작한 후 처음 맞는 크리스마스인데. 하지만 한편으로 그는 어쩌면 앞으로 두 사람이 그리 오래 함께 살게 되지 않을지도 모른다는 의혹을 품지 않을 수 없었다. 그는 나라 반대편 끝으로 이사를 했는데 그녀가 뒤따라올 가능성은 거의 없었다. 그녀가 아직도 레이캬비크의 아파트에 살고 있다는 사실은 별로 큰 위로가 되지 못했다. 그 아파트는 지금 이 순간 그의 집이 아니었고, 시클루피요두르 역시 크리스틴의 집이 될 수 없었다.

이메일을 보내거나 전화를 하고 싶은 마음이 굴뚝같았지만, 왠지 선뜻 그렇게 되지가 않았다. 그녀가 먼저 전화를 해야 할 것 같았다. 세상에서 수 마일씩 떨어져 친구도 없이 빌어먹을 종이 사슬 따위에나 에워싸인 채 이 외딴 마을에 혼자 버려진 사람은 바로 그였다.

바깥에서는 펑펑 폭설이 한없이 내리고 있었고 아리 토르는 컴퓨터 모니터와 짙어지는 눈발에 번갈아 눈길을 주었다. 외로운 당직이 될 전망이었다. 바람을 쐬러 바깥으로 나가 인도에 섰다. 두말할 것 없이 레이캬비크의 공기보다 훨씬 맑았다. 그리고 문 앞의 눈을 삽으로 치웠다. 눈에 갇히고 싶은 마음은 없었거니와, 당연한 얘기지만 비상사태가 생기면 빨리 출동해야 했다.

아리 토르는 토마스의 말들을 떠올렸다.

여기서는 아무 일도 일어나지 않아.

지금까지 그의 일은 점점 더 단조로워지고 있었다. 순찰을 돌고 가끔 하찮은 출동 건수가 있을 뿐이었다. 그의 책상에 올라온 유일하게 심각한 사건은 고기잡이 배에서 어떤 선원의 다리가 부러진 사건이었다. 그 때 다른 선원들의 진술을 받는 일 정도가 고작이었다. 사건 정황을 받아 적느라 최선을 다했지만 대체 무슨 일이 일어났는지 이해하기가 보통 어려운 게 아니었다. 선원들이 일부러 배를 타 본 경험이 전혀 없는 남부의 젊은이 아리 토르를 정신 못 차리게 만들려고 쓸데없이 항해 전문용어들을 잔뜩 썼다는 느낌을 지울 수 없었다. 그러나 굳이 풀어서 설명해달라고 부탁하면서 그들 장단에 놀아날 생각은 전혀 없었다.

그는 고요한 마을을 내다보았다.

그 전날 그는 작은 서점에 들러 새로 출간된 소설을 한 권 샀다. 크리스마스에 받고 싶던 선물 중 하나였는데 자기 자신 말고 다른 사람이 사줄 리 없다는 걸 잘 알고 있었다. 사실 크리스마스 선물 위시리스트는 그의 머릿속에만 존재했다. 심지어 크리스틴도 작년 크리스마스에 선물을 사줄 때 그 목록에 뭐가 올라와 있는지 전혀 짐작하지 못했다. 아리 토르의 부모님은 크리스마스이브 때마다 새 책을 사주곤 하셨다. 크리스마스이브에 새 책을 새벽녘까지 읽는 아이슬란드 전통은 그의 가정에서 몹시 중요했다. 어머니와 아버지가 돌아가시고 열세 살이라는 어리고 여린 나이에 고아가 된 그는 할머니와 함께 살게 되었다. 그 때부터 그는 크리스마스 때마다 반드시 스스로에게 책을, 특별히 읽고 싶었던 책을 사주기로 했다.

"마음이 동하면 여섯 시쯤 저녁을 먹으러 집에 가도 돼. 전화만 가지고 가면 말이야." 토마스는 퇴근하기 전에 그렇게 말했다. 하지만 집에서 기다리는 건 침묵과 사방의 벽뿐이었기에, 혼자 저녁을 먹겠다고 집에 갈 이유가 없다는 결정을 내리는 데는 그리 오래 걸리지 않았다. 그 날 아침 그는 전통적인 아이슬란드 크리스마스 만찬 요리를 해 먹었다. 훈제 돼지고기 요리였는데, 그걸 포일로 싸서 그것과 함께 크리스마스 에일 맥주 몇 캔, 커다란 흰 양초, 새 책, 도서관에서 빌려온 CD 한 장을 챙겨 왔다.

올해는 크리스마스 선물을 하나도 받지 못할 터였다. 심지어 크리스틴에게서도 선물은 없다.

다른 생각을 하려고 애썼지만 자꾸만 크리스틴 생각이 불쑥불쑥 떠올랐다. 형용할 수 없이 뜨거운 원망의 마음이 타올랐다. 하지만 솔직히, 그 역시 그녀에게 선물을 보내지 않았다. 그녀를 두고 떠나올 때 그가 실수를 한 건 사실이었다. 그녀와 상의도 하지 않고 결정을 내려 버렸으니까. 그러나 자존심 때문에 실수를 인정할 수가 없었다. 크리스마스 연휴 때 레이캬비크로 내려가지 못한다는 얘기를 나눈 후로 두 사람은 한 번도 연락하지 않았다. 그녀를 실망시킨 자신이 창피스러웠고, 아직도 그녀가 화나 있을까 봐 두렵기도 했다. 마음속 깊은 곳에서는, 그녀 쪽에서 한 발 먼저 내디뎌 다가와 주고 손을 뻗어주고 모든 게 다 잘 될 거라고 말해주길 바라고 있었다.

혹시라도 크리스틴이 무언가를 보냈을까 봐 그는 하루 종일 우편물을 기다리고 있었다. 작은 선물이라도, 아니면 크리스마스 카드라도. 마침내 우편함에 뭔가 뚝 떨어졌다. 달랑 크리스마스 카드 한 장이었다. 그는 조바심을 치며 봉투를 찢었다. 가슴이 두근두근했다.

빌어먹을.

어린 시절의 친구가 보낸 카드였다. 크리스틴에게서는 아무것도 없었다. 그는 실망감을 떨쳐 버리고 옛 친구가 자기 생각을 해주었다는 사실에 기뻐하려고 노력했다.

간간이 크리스틴에게 전화를 걸려고 수화기를 집어 들기도 했다. 그럴 때마다 어떤 목소리가 크리스마스의 축제 분위기에 푹 젖어 보라고, 군이 낙심한 마음은 신경 쓰지 말라고, 두 사람의 불화는 잊으라고 귓전에 속살거리는 느낌이 들었다. 하지만 그녀의 반응이 어떨지 생각하면 겁이 났다. 괜히 사서 실망하지 않으려면 전화는 안 하는 게 나았다.

★

토마스는 거울 앞에서 넥타이를 고쳐 맸다. 눈이 피로하고 눈꺼풀이 무거웠다.

아내가 어째서 시클루 피요두르를 떠나 다른 곳으로 이사를 가려 하는지 알 수가 없었다. 도무지 의중을 알 수가 없었다. 그가 뭘 잘못했던 걸까?

두 사람은 결혼한 지 삼십 년이 되었다. 지난 가을부터 그녀는 넌지시 느낌을 흘리기 시작했다. 이 마을을 떠나 다른 데로 이사를 가서 남부의 대학에 등록하고 싶다고 했다. 그는 이해할 수가 없었다. 어째서 이 나이가 되어 다시 공부를 시작하고 싶다고 하는 건지. 아내는 토마스에게도 원한다면 레이캬비크로 가서 같이 살자고 말했다. 하지만 그건 사실 현실적으로 불가능한 대안이었다. 그는 시클루 피요두르도 직장도 포기할 수가 없었으니까. 아내가 마음을 바꿔 준다면 좋겠지만, 그럴 것 같지는 않았다.

"이혼? 당신 그 얘기를 하는 거야?"

"아니…, 난 당신도 같이 가면 좋겠어." 그녀의 말투는, 이 문제에 있어 그에게는 결정권이 없다는 걸 확실히 하고 있었다. "내겐 변화가 필요해."

하지만 그는 변화가 필요하지 않았다.

두 사람은 아들 녀석과의 의논을 남겨두고 있었다. 두 사람의 아들은 이제 어린 소년이 아니었고, 열다섯의 건장한 청년이 되어 이듬해 겨울 아쿠레이리의 칼리지로 진학할 예정이었다. 큰 아들은 이미 떠난 지 오래였다. 십 년 전 고향을 떠난 그 애는 북부로 오는 일도 흔치 않았다.

아내는 봄까지 기다렸다가 이사를 하겠다고 했다.

변화.

아내의 표정으로 보아 돌아오지 않을 생각이라는 걸 알 수 있었다. 그리고 아들은 칼리지로 가버릴 테고 그는 혼자 남겨질 것이다.

그는 거울 앞에서 집중하려 애썼다. 넥타이가 너무 짧게 매어졌다.

빌어먹을 넥타이, 그는 생각했다.

아내가 작년 크리스마스 때 선물로 준 넥타이였다.

아내는 돌아오지 않을 것이다.

★

그 날 저녁 여섯 시를 앞두고 경찰서 전화가 울리는 바람에 아리 토르는 소스라치게 놀랐다. 침묵은 완전했었다. 컴퓨터 윙윙거리는 소리와 벽시계 소리 말고는 아무 소리도 들리지 않았다.

폐소공포증이 스멀스멀 덮쳐왔다. 경찰서를 에워싼 눈이 점점 더 묵직하게 쌓이면서 두려움도 깊어졌다. 마치 날씨의 신들이 힘을 합쳐 경찰서 건물 주위로 그가 결코 무너뜨리지 못할 장벽을 쌓고 있는 느낌이었다. 주위를 에워싼 모든 것들이 흐릿해지더니 갑자기 숨을 쉬기가 힘들어졌다. 그러나 이번에는 공포증이 금세 지나갔다.

전화기 벨소리가 정적을 깨는 순간 그는 혹시 크리스틴이 아닐까 희망에 찼다.

아무것도 없는 핸드폰 액정을 확인한 그는 울리는 벨소리가 자기 폰이 아니라 책상 위의 전화라는 걸 깨달았다.

여기서는 아무 일도 일어나지 않아.

아리 토르는 황급히 전화를 받았다.

"경찰입니다."

아무 대답도 없었지만, 누군가 수화기를 들고 있는 게 분명했다. 그는 발신자 번호를 보고 핸드폰이라는 사실을 깨달았다.

"여보세요?"

"…그는…"

희미한 속삭임에 불과했고, 남자인지 여자인지, 젊었는지 늙었는지조차 파악하기 어려웠다.

아리 토르는 부르르 몸을 떨었지만, 전화 때문인지 아니면 스멀스멀 배어드는 싸늘한 한기 때문인지 확실히 알 수가 없었다. 가차 없이 내리는 눈.

저 눈이 그치기나 할까, 그런 생각이 들었다.

"여보세요?" 그는 다시 물었다. 목소리를 깔고 좀 더 권위적으로 들리게 하려 애쓰면서.

"…아무래도 그가 나를 해칠 것 같아…"

아리 토르는 그 목소리에서 확실히 공포를 읽었다. 공포와 절망. 그게 아니라면 혹시 아리 토르가 자신의 두려움을 – 폐소공포증과 고독을 – 전화를 건 사람에게 투사한 걸까?

"뭐라고 하셨어요?" 그가 재차 묻는데 전화가 끊겼다.

그 번호로 다시 전화를 걸어봤지만 아무도 받지 않았다. 경찰 데이터베이스에서 그 전화번호를 찾아보았다. 등록된 사용자가 없는 것으로 보아 어디 간이매점에서 산 유심Usim인 것 같았다. 심지어 여기 시클루 피요두르에 있는 매점일 수도 있다. 그러나 그 전화는 전국 어디에서 걸려왔다 해도 이상하지 않았다.

그는 뭘 어떻게 해야 할지 알 수가 없어서, 한순간 기다렸다가 다시 그 번호로 전화를 걸었다.

벨이 울리고 이번에는 누군가 전화를 받았다. 아까와 똑같은, 속삭이는 목소리였다. "죄송해요…. 그러지 말았어야 했는데…, 미안해요…." 그리고 또 다시 전화는 끊기고 말았다.

혼란스러워진 아리 토르는 바깥의 어둠속을 물끄러미 바라보았다.

이 빌어먹을 어둠.

"무슨 일이든 생기면 나한테 전화를 해." 그 말을 하던 토마스의 말투에는 희미한 양심의 가책이 느껴졌었다. 크리스마스 연휴 동안 경찰서를 새로 온 신참한테 맡기는 게 공평한 일은 아니라는 자각을 하고 있는 눈치였다.

지금 시각은 다섯 시 반이었다. 토마스는 인생을 평정심으로 바라보며 굳이 사서 스트레스를 받지 않는 성격이었다. 특히나 크리스마스 연휴에는 더욱이 그러했다. 그러니 아직 나갈 채비는 전혀 하지 않고 있을 것이다.

빌어먹을, 모르겠다, 아리 토르는 토마스의 전화번호를 돌렸다.

"여보세요?" 수화기 저편에서 친숙하고 힘차고 다정한 베이스 톤의 목소리가 들려왔다.

"토마스? 저 아리 토르입니다…. 이런 어색한 시간에 전화를 해서 죄송합니다…."

"잘 지냈나." 토마스는 어딘가 다른 데 정신이 팔린 것 같았고, 보통 때보다 훨씬 활기가 덜했다. "크리스마스는 우리가 준비를 마쳐야 시작되는 거니까 굳이 서두르고 싶은 마음이 없네. 아직 선물을 포장하고 있는 중이야. 문제는 신부님이 미사를 여섯 시 정각에 시작한다는 거지. 뭐 하긴 우리 경찰 식구들이 미사 중간에 들어가는 게 이번이 처음은 아니겠지마는." 그는 껄껄 웃었지만 어쩐지 억지웃음 같았다.

"이상한 전화를 받았는데, 어떻게 해석해야 할지 모르겠어요." 아리 토르가 말했다. "남자인지 여자인지 모르겠는데, 전화를 건 사람이 신변의 위협을 받고 있다는 얘기를 속삭였어요. 아니 제가 듣기엔 그렇게 들렸어요. 그런데 다시 전화를 해 봤더니 실수였다는 둥 그러더군요."

"괜히 신경 쓰지 말게." 토마스는 멍하니 말했다. 피로한 목소리였다. "가끔씩 그런 전화가 온다니까. 보통 어린 애들이 장난전화를 걸곤 하지. 애들이란." 그는 더 뭐라고 하기 전에 잠깐 망설였다. "그래서 다시 전화를 했을 때 그 사람이 장난 전화였다고 인정한 거지?"

"뭐, 그런 것 같습니다."

"그러면 걱정 말게. 크리스마스에 경찰 노릇을 하고 있다는 것도 짜증나는데, 양심이라는 게 없는 인간들이 있단 말이야. 어이, 목사님, 뭐 다른 생각 같은 거 하실 거 없으쇼? 설교나 그런 거 생각해야 하는 거 아니요?"

너털웃음은 이번에도 억지스러웠고 아리 토르는 수화기의 속삭이는 목소리 때문에 심란해진 마음의 불안감을 떨쳐 버리려고 애써 미소를 지어 보았다.

"그러게요. 어, 가족 분들께 안부 전해 주십시오."

"그러지."

"그리고 성탄 축하합니다." 아리 토르는 덧붙여 말했지만 토마스는 이미 수화기를 내려놓은 후였다.

아리 토르는 자기가 사온 책을 집어 들었다. 원래는 저녁을 먹고 읽겠다고 다짐했었다. 권태를 쫓기 위해 소소한 즐거움들을 찔끔찔끔 꺼내 누리고 있었다. 그는 책장을 몇 장 넘겨 봤지만 내용이 하나도 눈에 들어오지 않았다. 집중을 할 수가 없어 일어나 문을 열고 눈밭으로 나가 산맥을 바라보았다. 사람들은 산맥을 길들이기 위해 터널을 뚫고, 인간이 아니라 트롤(스칸디나비아 신화 속 거인: 역주)이 쌓은 것 같은 거대한 눈사태 방지벽을 만들어 자연의 기세를 막아보려 최선을 다하고 있었다. 아리 토르는 고개를 들어 하늘을 바라보고 눈을 감았다. 깃털처럼 가벼운 눈송이가 하나씩 떨어져내려 얼굴에 내려앉았다.

경찰서 안에서 소리가 났다. 이번에는 일반 전화가 아니라 그의 핸드폰에서 울린 소리였다. 문자메시지인 듯했다.

크리스틴!?

그는 얼굴의 눈을 훔치고, 하마터면 미끄러져 넘어질 뻔하며 젖은 발로 책상으로 달려갔다. 연한 원목으로 만든 낡은 책상은 화사한 구석이라고는 찾아볼 수 없었다. 아마 이 경찰서에서 그나마 가장 우아한 가구였다. 책상에 놓인 그의 폰에서 메시지가 왔다는 빨간 표시등이 깜박이고 있었다. 이 작은 불빛이 그 어떤 크리스마스 조명보다 더 반가웠다.

아리 토르는 아까의 전화를, 속삭이던 목소리를, 공포와 불안을 잊고 재빨리 폰을 낚아채 화면을 보았다. 실망감이 덮쳐왔다. 크리스틴이 아니었다. 심지어 아는 전화번호도 아니었다.

하지만 문자를 읽은 그는 깜짝 놀랐다.

"메리 크리스마스! 근무 재밌게 잘 하세요!" 문자 맨 밑에 우글라라는 이름이 쓰여 있었다.

크리스틴도 보내지 않은 크리스마스 인사를 우글라가 기억해 뒀다가 보냈단 말인가?

크리스틴의 홀대, 아니 고집에 짜증이 치솟던 마음이 차츰 우글라의 문자에 대한 기쁨으로 변해갔다. 우글라 생각을 떠올리자 자기도 모르게 입가에 미소가 번졌다. 그녀의 모습을 눈앞에 그려 보았다. 키는 크지만 그보다는 작았고, 음악가답게 섬세한 손가락을 갖고 있었다.

우글라는 부모님과 함께 크리스마스에 필요한 모든 걸 집에 갖춰두고 즐기고 있을 텐데, 그 와중에도 그를 잊지 않고 기억해 주었다. 감사 인사와 함께 행복한 크리스마스 보내라는 메시지를 답장으로 보내고, 다시 책을 들고 자리에 앉았다. 이번에는 훨씬 수월하게 독서에 집중할 수 있었다.

★

교회 종소리가 마을을 뚫고 산맥까지 울려 퍼지며 크리스마스를 알렸다. 하지만 오로지 마을 주민들을 위한 소리인 것처럼, 산맥 너머로 멀리 퍼져나가지는 못했다.

아리 토르는 책을 치우고 가방에서 초를 꺼내 창가에 놓고 성냥불로 심지에 불을 붙였다. 그리고 서류더미를 한 쪽으로 밀고 저녁식사를 차릴 자리를 만든 후 크리스마스 에일 맥주 한 캔을 유리잔에 부었다. 그러자 크리스마스 때면 늘 훈제 돼지고기 요리를 만드시고 똑같은 곡을 레코드로 틀어 주시던 어머니 생각이 자연스레 떠올랐다. 그 음악을 듣다 보면, 라디오로 전국에 동시 생방송되는 크리스마스 미사에서 들려주는 교회 종소리에 맞춰 어느새 성탄의 날이 밝아오곤 했다.

그는 가방에서 CD를 꺼냈다. 그리고는 오래됐지만 제법 쓸

만한 경찰서의 CD플레이어에 넣었다. 음악이 시작되기 전에 볼륨을 높였다. 이 순간 듣고 싶은 음악은 너무나 정확히 알고 있었다. 비발디의 〈사계〉 중 겨울의 라르고였다.

그 음악과 함께 성탄절이 도래했다.

## 13

코트 호주머니 안에 있는 핸드폰 – 어째서 그걸 쓰려 하지 않았던 거지? 어째서 경찰서에 전화를 하려 하지 않았을까? 손가락으로 더듬어 숫자 세 개만 누르면 되는데 얼마든지 쉽게 할 수 있었을 텐데…. 빌어먹을. 그걸 생각하기엔 이제 너무 늦었다. 지금 폰이 울리고 있고 그 껈지르는 듯한 벨소리가 코트 호주머니에서 비명을 지르고 있으니.

그는 화들짝 놀랐고 그녀의 목덜미에 대고 있던 면도날처럼 날카로운 나이프로 그녀를 살짝 베었다. 그녀가 상처에 손을 대보니 그리 깊지는 않았다.

그는 폰을 홱 빼앗아 액정화면을 보더니 그녀에게 보여주었다. 남편이었다. 비행기를 타기 전에 통화를 하고 싶어 건 게 분명했다.

"제발, 전화 주세요." 그녀가 속삭였다. "남편이에요. 내가 전화를 안 받으면 걱정할 거예요." 솔직히 그건 사실이 아니었다. 남편은 그 나름대로 신경을 써서 집전화가 아니라 굳이 핸드폰으로 전화를 걸었다. 혹시 그녀가 잠이 들었다면 핸드폰을 무음으로 돌려놓았을 거라 생각했고, 그렇다면 굳이 깨우고 싶지 않았을 것이다.

검은 옷을 입은 남자는 잠시 생각에 잠겼다. 그녀의 말이 사실인지 아닌지 가늠해 보려 애쓰는 눈치였다. 그 사이 전화기는 계속 울어댔고, 갈수록 벨소리는 점점 커졌다.

그러더니 그는 그녀를 바라보며 가죽 재킷 안주머니로 폰을 집어 넣어버렸다.

"지금 당장, 비밀번호 대!"

"난 몰라요!" 애원을 하는 그녀의 심장이 미친 듯이 뛰었다. "제 말 좀 제발 믿어주세요!"

## 14

# 시클루 피요두르
## 2009년 1월 8일 목요일

우글라는 일어섰다. 그녀는 찢어져서 비닐이 덧대어진 낡은 부엌 의자에 앉아 있었다. 그녀는 잠시 멈추고 자기 앞에 서 있는 남자의 눈을 지그시 들여다보았다. 그의 이름은 칼Karl이었다. 그는 마흔하고도 두세 살 더 먹은 나이였지만 아직 숱 많은 검은 머리에 새치도 없었다. 우글라는 그의 표정에 어딘지 이상한 데가 있다는 느낌을 받았다. 희미하지만 뚜렷한 사시 끼가 있는 눈은 "이리 오라"면서도 동시에 "절대 가까이 다가오지 말라"고 말하는 느낌이 들었다. 그녀는 그에게 다가섰고, 그는 그녀를 잡아 끌어안고 열정적으로 키스를 했다.

연극 연출가 울푸르Úlfur가 박수를 쳤고, 그 소리가 홀에 메아리쳤다.

"잘 했어! 보아하니 토요일 준비가 거의 다 된 것 같군!"

시간이 늦어지고 있었고, 리허설은 오후 다섯 시부터 계속 진행되고 있었다.

"어디 두고 봅시다." 2층 객석에서 깊고 단호한 목소리가 들렸다. 드라마 클럽 단장인 흐롤푸르와 극작가 팔미Pálmi가 리허설을 지켜보고 있었다. "두고 봅시다." 흐롤푸르가 다시 한 번 말했다.

우글라와 칼은 무대에서 연출가의 지시를 기다리고 있었다. 흐롤푸르가 선수를 쳐서 울푸르는 김이 빠진 모양이었다.

리허설이 진행되고 있던 장소는 아달가타의 극장이었다. 극장 로비에는 드라마 클럽의 초창기인 1950년대까지 거슬러 올라가는 낡은 흑백 공연 포스터들이 걸려 있었다.

극장은 정문에서 통로를 통해 무대가 설치된 공연장으로 이어져 있었다. 무대 왼편 계단이 객석으로 이어졌고, 공연장에는 의자들이 놓여 토요일 밤의 개막 공연을 기다리고 있었다.

★

칼은 몇 발자국 만에 무대 아래로 성큼성큼 내려왔다. 그리고 리허설이 끝났다는 연출가의 공식 선언이 떨어질 때까지 기다렸다. 금세 연극의 막이 오를 텐데 지금 와서 연출가의 비위를 거스를 위험을 무릅쓸 수는 없었다. 울푸르는 주도권을 잡는 걸 좋아했고, 이건 그의 쇼였다. 유일하게 그의 권위를 존중하지 않는 사람은 드라마 클럽의 단장인 흐롤푸르 영감이었다. 그는 매처럼 매서운 눈길로 2층 객석에 앉아 리허설을 빠짐없이 지켜보았다. 몇 마디 하지 않았지만 모두 부정적인 발언뿐이었다.

칼은 무대에 서면 짜릿한 흥분을 느꼈다. 조명을 받으며 무대에 서서 객석의 평범한 인간들을 내려다보는 게 좋았다. 이 무대에서 그는 부동의 스타로 관객의 주목과 갈채를 온몸으로 빨아들였다. 남자 주연을 하면 스포트라이트를 받는 시간이 한층 더 길어졌다.

그는 주섬주섬 호주머니에서 핸드폰을 찾아 집에서 기다리고 있을 린다Linda에게 문자메시지를 보냈다. 아직 연습중이야. 한 시간 남았어. 이따 봐. 들통날 위험을 무릅쓰고 한 거짓말이었다. 하지만 그는 원래 위험을 즐기는 인물이었다.

그가 린다와 함께 토르못가타Thormódsgata의 집을 빌려 북부로 이사 온 지 6개월이 되었다. 집세는 병원에서 간호사로 일하는 린다의 봉급으로 충당했다.

린다에게서는 답이 없었지만, 칼은 그녀가 근무 시간이라 대답할 시간이 없을 거라는 사실도 어차피 잘 알고 있었다. 그러면 더 좋지, 그는 마음속으로 자기합리화를 했다. 리허설을 한다는 핑계로 린다의 전화를 안 받을 때도 있었다. 설마지금 그가 전화해주길 바라는 건 아니겠지. 미소를 띠며 그는 두 번째 문자메시지를 쳤다. 이번에는 린다한테 보내는 게 아니었다.

"오늘밤은 그만하면 된 것 같군." 울푸르가 권위적이고 불길한 목소리로 말했다. "모두 내일 봅시다. 저녁 내내 연습할 각오를 하고 오고. 완벽해야 하니까." 그러더니 한 번 더 힘주어 말했다. "완벽해야 한다고."

칼은 재빨리 작별인사를 하고 어두운 겨울 밤 속으로 사라졌다.

★

극작가 팔미는 2층 객석에서 내려와 연출가 울푸르를 만났다. 두 사람은 함께 공연장 출구로 향했다. 그들은 은퇴 후 연금으로 생활하고 있었으며 드라마 클럽에서 새롭게 에너지를 분출하고 있었다. 팔미는 전직 학교 교사였으며, 울푸르는 외교관 경력이 있었다.

"우리 앉아서 마지막으로 모든 걸 되짚어볼까요?" 울푸르는 이 말을 하면서 계단 쪽을 흘끔흘끔 바라보았다. 흐롤푸르가 내려오기를 기다리는 눈치였다. "흐롤푸르 단장님이 와인 한 잔에 기분 좋은 대화를 나누자고 할지도 모르겠는데." 그는 미소를 지으며 언성을 낮췄다. "아니면 기분 좋은 와인 한 잔에 대화를 나누든가." 그는 자기가 한 썰렁한 말장난에 또 웃었다.

"불행히도 전 이번에는 안 되겠는데요." 팔미가 애원조로 말했다. "오늘 아침 덴마크에서 온 손님들이 있어서요."

"손님들?"

"네, 로사Rosa라는 할머니인데요. 아들과 함께 오늘 아침 도착해서 일주일 동안 묵는다고 했어요. 어쩌다가 그러시라고 했는지 저도 잘 모르겠네요."

"알았어요. 그런데 날마다 접대를 해야 합니까?"

"그건 모르겠어요… 나한테는 폐를 끼치지 않겠다고 하셨는데. 평생 염원이었던 이 곳에 왔으니 그냥 편하게 지내고 싶다고 하시던데."

"친척입니까?"

"아니요, 하지만 덴마크에서 우리 아버지와 친하게 지내신 분입니다." 팔미는 그가 쓴 어휘며 강조점을 후회했다. '친했다' 는 말이 로맨틱하거나 부적절한 관계를 암시하려는 건 아니었 는데 그런 식으로 전해져 버린 것 같아 걱정스러웠다.

"그래서? 그 말은…?"

"솔직히 말하자면 전혀 모릅니다. 아버지가 덴마크의 코펜하 겐으로 이사하셨을 때는 우리 어머니와는 이미 헤어진 뒤셨 거든요. 난 꼬치꼬치 따져 묻는 성격이 아니라서요. 이번에 알 아볼 기회가 되면 잡아야겠죠. 그 영감이 뭘 하다가 거기서 결핵에 걸렸는지를." 그는 잠시 말을 멈췄다.

"가끔 흐롤푸르에게 물어볼까 생각해본 적도 있어요." 그는 말을 이었다. "그 당시에 흐롤푸르도 아버지처럼 코펜하겐에 서 공부를 하고 있었다는 거 아시죠? 그 옛날 여기 시클루 피 요두르에서 두 분이 친하게 지낸 사이였거든요. 물론 그 분이 우리 아버지와 오랜 시간을 보내신 것 같지는 않습니다만. 적 어도 아버지의 말년에는 말이에요."

"기회가 오면 양손으로 붙들어요. 다시 기회가 없을 수도 있 으니까. 그 노부인이 폭설에 갇히지는 않으셨으면 좋겠는데요."

"그야 당연하지요!"

팔미는 잠시 울푸르의 어깨에 손을 얹었다가 곧 떠났다.

★

드라마 클럽의 잡일 담당 레이푸르Leifur는 소품을 재빨리 치우고 협동조합으로 달려 나가 가게 문이 닫히려는 순간 도착했다. 손님은 그밖에 없었다. 그는 심드렁하게 냉장고 진열장을 둘러보았다. 특별 할인가로 나온 갈은 쇠고기가 눈길을 끌었다. 그 주변에 놓인 닭봉이나 흐늘흐늘한 닭가슴살 같은 한심한 물건들에 비해 훨씬 매력적으로 보이는 상품이었다.

레이푸르는 삼십내 중반이었고 드라마 클럽에서 맡은 역할을 몹시 즐기고 있었다. 이제 개막까지는 이틀밖에 남지 않았다. 극장 일은 기억을 덮어두는 완벽한 수단이었고, 첫 공연 날짜 역시 그에게 생각을 돌릴 다른 관심사가 꼭 필요한 일자였다. 1월 15일.

그 날짜는 기억 속에 에칭처럼 또렷하게 새겨져 있었다. 이십 년도 넘은 신년 전야와 함께.

열한 살이었다. 그는 어렸을 때조차 크리스마스에 크게 감흥을 느끼지 못했던 아이였다. 하지만 신년 전야만 생각하면 신이 나서 어쩔 줄 몰랐다. 불꽃놀이도 구경할 수 있었고, 이젠 다 커서 아버지와 형을 도와 폭죽을 터뜨릴 수도 있었다. 그는 몇 주일 동안 그 날만 고대하고 있었다. 열일곱 살이 다 되어가던 형 아르니Árni가 불꽃놀이를 책임지고 보통 때보다 더 많은 폭죽을 사기 위해 저축도 했었다. 그런데 레이푸르는 덜컥 독감에 걸리고 말았다. 밖에 나가서 폭죽을 터뜨리고 싶다고 했지만 부모님은 단칼에 거절했고 대신 창 밖으로 구경만 하라고 했다. 그건 겨울밤의 암흑 속에서 라이브로 보는 흥분과는 비교도 할 수 없었다. 눈물을 흘리고 울 나이는 아니었고, 그는 자기연민과 낙심에 휩싸여 집 뒤쪽에 있는 비좁은 자기 방에 처박혀 창 밖으로 가끔 폭죽 몇 개가 날아가는 모습을 훔쳐보았다. 하지만 거실로 나가 축제가 벌어지고 있는 앞쪽 유리창을 내다보지는 않겠다고 고집을 부리고 있었다.

그 후로 며칠 동안 레이푸르의 가족들 사이에서는 아르니가 얼마나 잘 해냈는지 몇 번이나 칭찬이 오갔다. 레이푸르는 절대 대화에 끼지 않고 문을 닫고 자기 방에 처박혀 있기를 잘했다고 스스로를 설득하려 애썼다. 물론 아르니는 동생의 허세를 꿰뚫어보고 내년에는 같이 구경하자고 약속하며 기분을 달래주려 했다. 그러나 그것이 두 사람이 함께 보낸 마지막 신년 전야였다.

레이푸르는 전화번호부에 올라간 직업란에 따르면 목수였다. 하지만 그건 소망과 현실이 뒤섞인 호칭이었다. 그는 언제나 손재주가 좋았고 어떻게든 목수가 될 거라 생각했었다. 불과 열 살의 나이에 그는 언젠가 아르니와 함께 시클루 피요두르에서 커다란 작업 공방을 운영하기로 다짐했었다. 널빤지와 망치, 톱만 있으면 차고에서 한없이 시간을 보낼 수 있는 아이에게 그보다 더 멋진 장래희망은 없었다. 게다가 그의 형은 절대 약속을 깨뜨릴 사람이 아니었다.

그러나 수많은 다른 것들도 그러했듯, 이런 멋진 결의 역시 허무한 끝을 맺고 말았다.

학교를 졸업한 레이푸르는 기술 전문 칼리지에 등록했고, 칼리지 과정을 마친 후 다시 시클루 피요두르로 돌아와 집에서 작은 공방을 열었다. 복층 구조의 주택이었는데 레이푸르가 구입한 건 위층이었다. 독신남과 충실한 래브라도 견이 살기에 적당한 크기였다. 그는 방 하나를 작업실로 꾸미고 가끔씩 일거리를 받아 작업을 했다. 시간당 작업수당도 굉장히 낮았지만 어차피 수요가 그렇게 많지도 않았다. 대도시보다는 만사가 조용한 곳이었고, 사람들은 제대로 된 목수를 고용하기보다는 차라리 자기가 직접 시간을 내서 뚝딱뚝딱 고치는 쪽을 택했다. 그러나 레이푸르는 포기하지 않고 여가 시간을 활용해 공방을 운영했다. 세상을 떠난 형도 그걸 원했을 테니까.

고정수입은 칼리지를 졸업하고 시클루 피요두르로 돌아온 후로 줄곧 일했던 주유소에 의지했다. 아무리 전망이 밝다 해도 여기가 아닌 다른 곳에서 정착하는 건 한 번도 생각해본 적이 없었다. 부모님을 떠난다는 생각은 해보지도 못했고, 따라서 아예 의논거리조차 되지 못했다. 부모님이 그에게 어떤 압력을 행사한다든가 보답을 원한 것도 아니었다. 하지만 그는 부모님 곁을 떠나 실망을 드릴 수가 없었다. 둘째 아들까지 잃는다는 건 두 분께 너무 가혹했다.

토르못가타의 작은 2층 주택은 그의 집이었고, 그곳에서 그는 편안했다. 기회가 생길 때마다 나무로 작업하는 게 좋았고, 그럴 때 가장 행복했다. 달리 말해, 누구도 괴롭힐 수 없는 그 자신만의 세상에 사는 것 같았다. 연극 일은 천운과도 같았다. 자원봉사로 일하는 것이긴 해도 재능을 한껏 발휘할 수 있는 다양한 기회들을 제공해 주었으니까. 그가 아는 한, 아마추어 프로덕션에 참가하는 사람들은 아무도 돈을 받고 일하지 않았지만 참가한다는 것만으로도 소정의 특권이 생겼다.

세월이 흘러가면서 그의 섬세한 목공 솜씨는 점점 더 큰 찬사를 받았고, 이제는 모든 공연의 무대장치를 제작하는 일을 떠맡게 되었다. 흐롤푸르와 울푸르, 그리고 다채로운 캐릭터들이 제시하는 일정한 한계 안에서는 권한을 백지위임 받고 일하고 있었다. 레이푸르는 논쟁을 좋아하는 편이 아니라서 다른 사람들이 원하는 대로 맞춰주는 편이었다.

목공 일 뿐 아니라 그간 참여한 모든 공연에서 단역으로 출연할 기회를 얻기도 했다. 작은 극단에서는 모든 사람들이 역할을 맡아야 해서, 그는 몇 줄 안 되는 단역들 뿐 아니라 주연의 언더스터디(불시의 비상사태가 생겨 연극의 주연이 무대에 오르지 못할 경우를 대비해 조연 중 한 사람이 주연의 역할을 숙지해 놓는 것: 역주) 역할도 함께 맡고 있었다. 그는 무수히 반복해서 모든 대사를 철저히 외웠다. 레이푸르는 심한 무대공포증을 앓고 있었지만, 드라마 클럽에서는 제 물을 만난 듯 신이 났다. 물론 언제나 그의 제일 큰 역할은 무대 뒤에서 이루어졌지만.

그는 대개 개를 산책시키는 일로 하루를 시작했다. 주유소에서 일을 마치고 나면 수영장에 갔다. 수영을 하러 간 게 아니라 그곳에 있는 헬스장에서 웨이트 트레이닝을 하기 위해서였다. 가끔 자주 오는 다른 사람들과 마주치는 일이 있긴 했지만 그처럼 엄격하게 정해진 운동 루틴을 지키는 사람은 별로 없었다. 보통은 체력 단련을 하는 축구 팀 선수들이 대부분이었다. 물론 그보다 훨씬 나이가 어린 친구들이었다. 그리고 아래층에 사는 이웃 칼 - 극단 단원이었다 - 과 아내 린다가 자주 운동하러 오곤 했다. 힘든 하루 일을 잊고 긴장을 풀면서 한 번 더 개를 산책시키고 공방에서 한동안 작업을 할 만한 에너지를 충전하는 데 좋은 곳이었다. 그는 할 일이 있건 없건 반드시 저녁마다 공방에서 시간을 보냈다. 하다못해 집에서 쓰거나 나눠줄 소품들이라도 만들곤 했다.

사람들은 시간이 모든 상처를 치유해 줄 거라 말하지만 레이푸르는 그 말을 과연 믿어야 하는지 확신이 없었다. 슬픔은 여전히 지워지지 않고 남아 있었다. 그는 여전히, 누군가에게 분노하고 있었다. 형의 살인범에게.

그, 아니 그녀일지도 모르지만 아무튼 살인범은 지금도 그 모든 일을 잊고 잘 살아가고 있을 것이다. 아르니를 알지도 못할 테고, 젊은 청년 아르니의 앞날이 얼마나 창창했는지 그런 건 상관도 하지 않는 사람이었을 것이다.

아르니는 가족들이 무모한 운전자를 용서하고 씩씩하게 삶을 살아가길 바랐을 게 틀림없다. 아르니 형은 그런 사람이었다. 언제나 기꺼이 남을 용서해 주었던 순진한 십대 소년이었다. 하지만 레이푸르는 아무것도 용서하지 않았다.

★

린다 크리스텐센Linda Christensen은 몸이 좋지 않아 조퇴를 했다.

지난 며칠 눈발이 가벼워져 다행이라고 생각했다. 추위도 부담스러웠지만 어둠에 대처하는 게 훨씬 더 어려웠다. 그녀는 어둠 속에서 불안을 느꼈다.

"이제 난 근무 끝나고 가요." 그녀는 수간호사에게 보고했다. 아이슬란드에서 태어났지만 덴마크에서 여러 해 살았던 린다의 아이슬란드어는 완벽에 가까웠다. 아이슬란드로 다시 돌아온 후 일 년 동안은 덴마크 억양이 남아 있었지만 이제는 그것도 완전히 사라졌다. 하지만 여전히 그녀는 스스로 외지인이라는 느낌을 받았다. 아이슬란드 사람보다는 덴마크 사람이라는 느낌이었다. 어쩌면 그것도 시간이 흐르면 달라질지 모르지만.

그녀는 코트를 걸치고 집으로 출발했다.

★

레이푸르가 터벅터벅 걸어 집으로 돌아가는데 날씨가 유달리 맑았다.

시리게 추웠지만 극장에서 집까지는 걸어서도 그리 멀지 않았고 컬러풀한 집들을 몇 채만 지나면 되었다. 수리가 좀 필요한 집들도 있었지만 새 주인이 들어오면서 새로운 생명을 얻고 거듭난 집들도 꽤 있었다. 레이푸르는 마을 도심의 낡은 집들이 레이캬비크 사람들 소유로 넘어가 별장이 되고 있는 상황을 잘 알고 있었다. 그게 긍정적인 일인지는 알 수 없었지만, 적어도 마을에 활기를 불어넣고 있는 건 사실이었다.

모퉁이를 돌아 토르못가타에 들어선 레이푸르는 집 밖에 서 있는 린다를 보았다. 코트를 꼭 여며 쥔 그녀의 얼굴은 창백하고 눈빛은 피로해 보였다. 린다는 그를 보고 놀란 기색이었다.

"안녕하세요." 그녀는 인사를 하고 잠시 아무 말도 없었다. "리허설에서 일찍 나오셨나 봐요?"

그녀는 열없는 미소로 감춰보려 했지만 그 목소리에 뚜렷하게 드러나는 근심을 지울 수는 없었다.

"그럴 리가요. 울푸르가 허락할 리가 없죠." 레이푸르는 미소로 답하며 말했다. "우리 모두 한 시간 전에 연습을 다 끝냈습니다."

린다는 재빨리 표정을 가다듬었지만 그로서는 순간 그 얼굴을 스쳐가던 혼란과 분노, 실망감을 눈치채지 않을 도리가 없었다. 그녀는 고개를 끄덕이더니 열쇠를 꺼내 문을 열고 집 안으로 들어갔다.

## 15

# 시클루 피요두르
## 2009년 1월 9일 금요일

안나 에이나르스토티르Anna Einarsdóttir는 전날 밤의 리허설에 참석하지 않았다. 매주 목요일 병원에서 당직 근무가 있었다. 불행하게도 비중이 높은 역할이 아니어서 어차피 별로 상관도 없었다. 연출가로서는 목요일마다 우글라와 칼의 장면들을 따로 리허설하는 게 훨씬 편했다.

금요일에 안나는 협동조합 근무가 끝나자마자 출발해 네 시정각에 칼같이 극장에 도착했다. 바로 마을 광장 건너편이라 멀지도 않았고, 빗속을 뚫고 오는 길이라 서두르기도 했었다. 그 날은 대체로 맑고 차분한 날씨였지만 네 시가 가까워지자 비가 내리기 시작했었다. 그것도 세차게.

로비에서 그녀는 문간에 놓인 커다란 매트에 조심스럽게 신발을 닦았다. 매표소에서는 니나 아르나토티르Nína Arnadóttir가 무릎에 뜨개질 거리를 놓고 앉아 있다가 안나를 따뜻하게 맞아주었다.

"안녕하세요." 안나도 인사를 했다. "여기 오래 계셨어요?" 답을 이미 알고 있는 질문이었지만 그냥 물어봤다. 드라마 클럽이 개막 공연을 준비할 때가 되면 니나는 여기를 두 번째 집으로 삼곤 했다. 그녀는 혼자 살았기 때문에 사람이 북적거리고 긴장감이 고조되는 상황을 몹시 즐겼고, 언제나 제일 먼저 와서 제일 늦게 떠나곤 했다.

"점심때부터 와 있었어요. 누군가는 스타들의 등장을 대비해 모든 걸 확실히 준비해 놔야 하니까." 니나가 미소를 띠며 말했다.

로비에 걸려 있는 옛날 포스터들 중에는 세계대전 당시 것들도 있었다. 로비를 둘러보다 보면 안나는 시간을 초월해 오래 전 흘러가버린 과거로 들어온 느낌이 들었다. 그녀가 책과 영화들 속에서만 접해 본 시대였다. 안나는 스물네 살이었고 시클루 피요두르에서 태어나 자라서 남부의 레이캬비크로 가서 2년제 칼리지를 마치고 곧장 4년제 대학에 진학했다.

칼리지 재학 시절에는 이모와 함께 살 수 있었지만, 대학에서 역사 학사 과정을 시작하면서부터는 기회가 나자마자 기숙사로 옮겼다. 이제는 학업을 마치고 학사 학위를 따낸 그녀는 옛날에 혼자서 했던 다짐을 지키러 고향으로 돌아왔다. 일 년 정도 고향에서 쉬면서 인생의 다음 단계에서 무엇을 할지 결정하기로 했었던 것이다.

시클루 피요두르에서는 일자리를 구하기가 쉽지 않았고, 딱하나 제안이 들어온 것이 협동조합 일이었다. 거기에 더해 병원에서 몇 번 자원봉사 당직을 서기도 했다. 그 병원에 입원해 계시는 할아버지를 뵐 수도 있어서 일거양득이었다.

새해가 된 지도 일주일이 지났으니 이제는 미래를 위해 결정을 내려야 할 때가 되었다. 북부로 다시 돌아온 후 얼마 되지 않아 그녀는 봄이 되면 초등학교 교사 자리가 날지도 모른다는 얘기를 들었다. 항상 마음의 고향이었던 마을에 눌러앉을 수 있게 해줄 매력적인 보직이 아닐 수 없었다. 남부에서는 경제 위기 이후로 대규모 해고사태가 있었기 때문에 교직도 매우 드물었다. 전공으로 익힌 지식을 공유할 수 있다는 점에서 교직은 그녀의 오랜 꿈이었고, 초등학교 교사 자리는 완벽한 일자리였다. 그녀는 이미 교장에게 관심이 있다고 말을 해두었고, 젊은 처녀가 교직원으로 합류한다니 벌써부터 좋아하는 사람들이 꽤 있었다. 무슨 계약서에 서명을 하거나 한 건 아니었지만, 대다수 사람들은 그 자리가 안나의 것이라고 암묵적으로 생각하고 있었다.

★

머리카락에서 빗물을 털며 들어온 레이푸르는 자기만의 세상에 빠져 포스터들을 유심히 살펴보고 있는 안나를 보았다. 그 시점에서 안나는 거의 모델처럼 예뻐 보였다. 길고 검은 머리, 깎은 듯한 콧날과 입술이 옆모습에서 또렷하게 두드러져 보였다. 그녀가 돌아서서 그를 보았다.

"안녕하세요." 레이푸르가 예의바르게 인사를 했지만, 그녀에게 그의 존재는 안중에도 없었다.

앞모습이 훤히 보이자 갑자기 그녀는 못생겨 보였다. 옆모습에서만 느껴지던 화려한 매력은 다 벗겨져 버리고 찾아볼 수 없었다. 시점의 변화로 이렇게까지 달라보이다니 이상할 정도였다. 그녀는 두 얼굴을 가진 처녀 같았다.

아무래도 좀 더 그녀와 친해져야 할지도 모르겠다. 레이푸르가 사교성이 뛰어난 사람은 아닌데다가, 안나는 레이푸르보다 몇 년은 어린 나이였으니 말이다. 저런 여자가 그와 어울려 시간을 보내는 데 흥미를 가질 리가 없다. 하지만 곧 그는 특유의 부정적 생각에 빠지지 말아야겠다고 생각하고, 머릿속에서 정신 차리라고 스스로에게 세차게 발길질을 했다.

열린 문 밖 거리로 눈길을 돌리자 빨강 메르세데스 벤츠가 정차하더니 드라마 클럽 단장이 도착하는 모습이 보였다.

"이 한심한 연극을 최대한 말이 되게 만들어 봐야지요!" 흐롤푸르가 자동차에서 내려 로비에 나타나 말했다. 그 목소리가 불필요하리만큼 요란했다.

"아주 잘 될 거라고 생각합니다." 안나가 공손하게 말했다.

"아, 그렇게 생각해요? 그쪽 생각은 그렇단 말이죠? 뭐 대단히 특별한 작품이 될 리야 없지요. 워낙 각본이 평범하고 아마추어들로 가득 찬 무대니까. 그래도 슬쩍 넘어갈 수는 있을 겁니다."

흐롤푸르는 코트를 벗고 아무 말 없이 자동적으로 니나에게 건네주었다.

"에딘버러에 1955년쯤 갔던 기억이 나는군요. 그 때 난 내 책의 낭송회를 하러 갔었는데 마침 아트페스티벌이 열리고 있어 몇몇 프로덕션들을 보러 갔었소. 그게 진짜 연극이었지, 암, 제대로 된 연극이고말고. 부업으로 연극하는 사람들과 내가 지금 뭘 하고 있나 그런 생각이 시도 때도 없이 든단 말이요."

니나는 흐롤푸르의 코트를 받아 걸고, 팔미와 울푸르가 도착하자 그쪽으로 돌아섰다. 팔미는 극장 안으로 들어오기 전에 우산을 접었고, 울푸르가 잇달아 들어와 험악한 표정으로 쿵쿵 발을 구르며 장화의 물을 털었다.

"그러면 이제 좀 일선에서 물러나실 때가 됐나 봅니다." 연출가 울푸르가 나지막하지만 울림이 있는 목소리로 말했다.

흐롤푸르가 돌아보더니 눈앞에 있는 땅딸막한 체구의 남자를 내려다보았다. 둥근 안경과 검은 펠트 모자를 쓴 울푸르는 늙고 피로해 보였다.

레이푸르는 울푸르를 볼 때마다, 전혀 어울리지 않는 장소에 뚝 떨어진 늙은 행정가를 떠올리곤 했다. 울푸르는 자기 역할에 '거의' 걸맞는 외모에 '거의' 모범적인 행실을 하면서도 존경과 찬사를 '약간 지나치게' 구걸하는 경향이 있었다. 레이푸르는 그가 약간 코믹한 인물이라고 생각했다. 늙은 외교관의 오만함으로는 그 우스꽝스러움을 상쇄할 비책을 찾기 힘들었다.

"일선에서 물러나요?" 흐롤푸르가 물었다. "분별력은 어디 갖다 팔아먹고 왔습니까? 이 모든 걸 통합해 운영할 수 있는 사람은 나 말고는 없소이다. 난 앞으로도 이 일에 내 시간을 희생할 작정이요. 아직 살 날이 많이 남았으니까. 그 점에 대해서는 전혀 걱정할 것 없어요, 울푸르."

울푸르가 분노의 반격을 준비하고 있다는 게 훤히 드러났다. 머리에 쓴 펠트 모자를 팩 벗고 대머리를 드러내는 순간, 그의 뺨이 시뻘겋게 달아오르고 눈이 가늘어졌다.

흐롤푸르는 그에게 응수할 기회를 주지 않고 니나 쪽을 돌아보았다.

"이런, 이런, 니나. 혹시 내 코트를 좀 찾아줄 수 있겠소? 호주머니에 뭘 넣어두고 맡겨버렸군."

그녀는 아무 말도 없이 코트를 건네주었다.

레이푸르는 흐롤푸르가 코트 호주머니에서 신문을 꺼내면서 작은 술병처럼 보이는 뭔가 수상한 물건을 함께 꺼내는 것을 보았다. 이어, 다시 코트를 니나에게 주고 그 늙은 두 다리가 허락하는 최대한 빠른 걸음으로 공연장 안으로 들어가는 모습까지 줄곧 주시했다.

흐롤푸르가 리허설 현장에 그 작은 술병을 들고 온 것이 이번이 처음은 아니었다. 이번에는 차까지 몰고 왔으니, 한 잔 걸치고 나면 같은 동네인 홀라베구르Hólavegur에 사는 안나에게 집까지 태워달라고 부탁할 가능성이 높았다. 레이푸르가 예전에도 본 적이 있는 상황이었다.

레이푸르는 칼과 우글라가 극장에 도착했을 때도 노신사를 눈길로 뒤쫓고 있었다. 울푸르가 두리번거렸다. 화가 잔뜩 나 있었지만 아무 일도 없었다는 인상을 주려고 최선을 다하고 있었다. 그는 양손으로 박수를 치고 억지로 미소를 지었다.

"좋아요, 우리 연습 시작합시다, 어때요?"

★

무대의 자기 자리에서 안나는 공연장 한가운데에 선 우글라와 칼이 대화에 깊이 몰두해 있는 모습을 볼 수 있었다. 그녀는 고개를 돌려 극작가 팔미를 보았다. 그는 평상시와 달리 정신이 딴 데 팔려 있는 것 같았다. 노인치고는 민첩하지만 그래도 외모와 동작 모두에서 나이든 티가 난다고 안나는 생각했다. 늙긴 했지만 여전히 팔미는 잘생긴 남자였다. 그리고 한창 때 상당한 매력남으로 인기를 끌었을 거라는 걸 상상하기 어렵지 않았다. 하지만 무슨 이유에선지 그는 지금까지 독신남으로 남았다.

은퇴를 하고 나서 현재 그는 혼자 시클루 피요두르에 살면서 추위와 어둠 속에서 열심히 글을 쓰며 분주하게 살고 있었다.

이것이 안나가 살고 싶은 삶일까? 학교에 취업 신청을 하는 게 옳은 선택일까? 여기 뿌리를 내리는 게? 아니면 레이캬비크에서 더 잘 살아갈 수 있을까? 옳은 결정인지는 확신할 수 없었지만, 가장 명백하고 단순한 대안이기는 했다. 레이캬비크로 돌아가면 순전히 그녀 혼자 힘으로 버텨 살아가야 했으니까. 여기서는 월세가 싼 집을 구하기 전까지 몇 년 더 부모님 집 지하실에 얹혀 살 수 있었다.

자기한테 다른 친구들 같은 추진력이 없어서 여기에 정착하기로 한 것은 아닐까 그런 생각도 들었다. 레이캬비크에서 혼자 사는 건 어떤 면에서 재밌기도 했지만, 책임감으로 점철된 삶은 예상보다 더 힘들었다. 그녀는 그 모든 걸 한동안 미뤄두고 싶었다. 그리고 부모님 쪽에서도 떠나지 말라는 암묵적인 부탁이 있었다.

그녀는 팔미를 보던 눈길을 돌려 2층 객석을 바라보았다. 흐롤푸르와 울푸르가 황제처럼 앉아 한눈에 들어오는 아래의 풍경을 내려다보고 있었다. 우글라와 칼이 드레스 리허설(무대의상을 입고서 하는 최종 단계의 연습: 역주) 준비를 마치고 무대에 서 있었고, 레이푸르가 세트 뒤 어딘가에 대기하고 있는 게 틀림없었다. 안나는 언제나 우글라를 볼 때마다 살짝 신경이 거슬렸다. 외지인인 주제에 극단의 일원으로 참여하는 것만도 감지덕지해야 할 우글라가 당연히 자기 것이었던 주연 자리를 빼앗아 버렸다.

안나는 어떻게 이런 일이 일어났는지 잘 알고 있었다. 흐롤푸르 영감이 자기 지하실 별채에 세들어 사는 여자한테 반했고, 두 사람은 우글라가 이사를 나간 후에도 계속해서 오랫동안 함께 커피를 마시는 시간을 가지고 있었다. 흐롤푸르가 우글라를 감싸고돌고 있었고, 안나는 이것이 배역 캐스팅에 결정적인 영향을 미쳤다고 믿어 의심치 않았다. 물론 명목상 연출가는 울푸르였고 그가 결정권을 갖고 있었지만, 안나는 진정한 내막을 알았다.

강인하고 단호한 흐롤푸르의 존재감이 언제나 배경에 자리 잡고 있었다. 그리고 모두가 그 사실을 알고 있었다.

## 16

재킷 반대편 호주머니에서 찌르는 듯한 벨소리가 울리자 그도 그녀만큼이나 놀란 눈치였다. 자기도 핸드폰이 있다는 걸 깜박 잊고 있었던 모양이었다.

덕분에 그녀는 호흡을 가다듬고 마음을 진정시키고 생각을 할 기회를 얻게 되었다. 다음에는 무슨 일이 일어날까? 남편한테 전화를 하지 않는다면 금고 비밀번호를 말해줄 수가 없는데, 남편이 그런 걸 허락해 줄 리도 없다. 전화 통화를 허락해 준다 해도 도저히 조리 있게 설명을 할 수가 없을 것이다.

그녀는 지금 그에게 아무 쓸모없는 존재였다. 혹시 그가 남편이 돌아올 때까지 기다렸다가 강제로 금고를 열게 만들겠다고 결심할 수도 있다. 아니 어쩌면 그녀 역시 일말의 값어치가 있을지도 모른다. 비밀번호를 알려주면 그녀 목숨을 살려주겠다고 할 수도 있다. 그러나 확신할 길은 없다.

그는 전화에 대고 날카로운 몇 마디로 답을 했다. "그래… 아니…, 아직은…"

이미 벌써 그는 그녀를 죽이겠다고 협박을 한 번 했다. 허풍을 치는 걸까, 아니면 진심일까? 이번에도 아무것도 확신할 수 없었다.

그는 통로로 나가서 전화 통화를 계속했다. 그녀가 지켜보는 사이 그는 왼쪽으로 돌아 손님방과 정원으로 나가는 출입문이 있는 복도로 들어섰다. 오른편에는 거실과 로비, 그리고 밖으로 나가는 문이 있었다. 그건 뜻밖의 기회였고 재빠른 판단이 필요했다.

중얼거리는 그의 목소리가 차츰 희미해졌다. 복도를 따라 몇 발자국 더 들어갔다는 걸 알 수 있었다. 그녀가 덫에 걸린 짐승처럼 창문도 없는 서재에 그냥 가만히 있을 거라고 생각하는 것이다.

그녀의 생각은 다시 남편에게로 향했다. 그는 지금쯤 비행기를 타고 집으로 돌아오고 있을 것이다. 남편이라면 그녀가 어떻게 하길 바랄까? 이건 분명히 그녀에게 주어진 단 한 번의 기회였다. 기회를 잡을 것인가, 아니면 기다리며 희망할 것인가?

무엇 때문에 결정을 내렸는지는 알 길이 없다. 본능에 이끌려 행동하기 시작했다.

그녀는 재빨리 복도를 훑어보았다. 그는 등을 돌리고 서 있었다. 이건 그녀의 기회였다. 뛰면서 그의 주의를 끌 것인가, 아니면 조용히 까치발로 갈 것인가?

그녀는 통로로 발을 들여놓았다. 그는 아직 그녀의 동향을 눈치채지 못했다. 그녀는 성큼성큼 그를 피해 걸으면서도 발소리는 절대 나지 않게 했다. 그가 뒤따라오고 있다고 생각지는 않았다.

심장 소리가 어쩌나 큰지 그에게까지 다 들릴 것만 같았다.

그녀는 모퉁이를 돌아 시야에서 사라졌고, 현관까지는 불과 몇 발자국 남지 않았다. 문이 잠겨 있기 때문에 양손을 써서 열어야 했다. 확고한 손길로 정확히 움직여야 문을 열 수 있었다.

그 때 그의 소리가 들렸다. 몸을 던져 문손잡이를 잡고 자물쇠를 찾아 헤맸지만 마음처럼 손이 움직여 주질 않았다. 그가 덮칠 때까지는 불과 몇 초의 시간 여유밖에 없다는 걸 그녀는 잘 알고 있었다.

절망의 눈물을 삼키며 그녀는 다시 문으로 손을 뻗었다.

그리고 다시 한 번 시도했다.

# 17

## 시클루 피요두르
### 2009년 1월 9일 금요일

여기서는 아무 일도 일어나지 않아.

극장 로비는 장엄하고 화려했다. 포스터들은 흘러간 시대의 증인이었고 공기는 시클루 피요두르의 역사로 묵직했다. 이곳에서 예술은 좋을 때나 나쁠 때나 번창했었다. 마을의 황금기에는 드라마 클럽이 헤아릴 수 없이 많은 공연들을 올렸었다. 그 때 바다는 청어떼로 가득 차서 염장 공장이 밤낮으로 분주하기 이를 데 없었다. 청어가 사라지고 나서도 공연은 계속되었다. 이 지역의 현실에서는 번창이라는 단어가 사전에서나 찾아볼 수 있게 되었다. 여전히 남부에서는 번영이 현실이었지만 이곳에서는 이미 까마득한 옛일이었다. 반면, 무대 위에서는 사랑이 이루어졌다가 사라졌고 사람들이 살고 죽었다. 심지어 연극 주인공이 살인을 당할 때에도 공연장 관객은 만원이었다.

오후 한나절부터 한 번도 쉬지 않고 비가 계속 내렸고, 마침내 하늘이 맑아질 기미가 보이기 시작했다. 아리 토르는 극장을 즐겨 찾지는 않았지만 훌륭한 공연 뒤의 흥분은 이해했다. 공기에 밴 긴장감이 고조되는 경우는 흔히 있지만, 시클루 피요두르 극장에서의 그 금요일 저녁 분위기는 가히 압도적이었다. 이번에는 공연도 없었고 공연장도 텅 비어 있었는데도 말이다. 그와 토마스는 둘 다 그 날 밤 당직이었기에 도저히 시체와의 만남을 피할 수 없었다. 두 사람이 바라보고 있는 건 틀림없이 시체였다. 하지만 토마스는 시신의 손목에서 맥박을 짚어 보았다.

드라마 클럽에서 피를 처음 보는 건 아니다. 아니 적어도 관객 눈에 피로 보이는 건 흔히 볼 수 있었다. 그러나 노인의 머리에 난 찢어진 상처에서 흘러나온 이 피는 기이하리만큼 비현실적으로 보였다. 형편없는 B급 영화에서 볼 수 있는 케첩처럼, 애초에 거기 어울리지 않아 보였다.

"계단에서 굴러 떨어진 게 틀림없어요." 아리 토르가 말했다.

"그야 보면 뻔하지." 토마스가 무뚝뚝하게 말했다. 보통 때의 쾌활함은 이미 사라진 지 오래였다. 누가 봐도 심각한 사건이었고 사람들의 주목을 끌게 되어 있었다.

마을 최고의 유력 인사가 두 사람 눈앞에서 바닥에 쓰러져 있었다. 한 때 아이슬란드에서 가장 유명한 작가였던 흐롤푸르 크리스찬손이다. 최근 몇 년 들어 그의 작품이 유행에서 뒤처지긴 했지만 – 아니 최근 몇십 년이라고 해야 할까 – 여전히 그의 죽음은 신문 1면을 장식할 만한 뉴스거리가 틀림없었다.

아리 토르와 토마스는 흐롤푸르가 술을 마셨다는 사실을 눈치챌 수밖에 없었다. 알코올 냄새가 코를 찔렀다.

"이런 빌어먹을." 토마스는 나지막하게 욕을 했다. "그 재수 없는 기자들이 사건을 부풀려서 기사를 쓰게 만들 수는 없어. 언론에 한 마디도 흘리지 말게, 알겠지?" 그의 목소리는 단호했다.

아리 토르는 어떻게 반응해야 좋을지 잘 알 수가 없어서 고개를 끄덕였다. 토마스는 보통 아버지처럼 다정한 사람이었고, 아리 토르는 존경할 만한 진짜 아버지를 가져본 지 아주 오래 되었다. 아버지를 잃은 건 대략 십 년 전이었고, 그는 아버지가 걱정해주는 게 ― 혹은 아버지의 훈계가 ― 어떤 기분인지 거의 잊고 있었다. 그는 평정심을 유지하려고 애쓰며 주위를 둘러보았다. 흐롤푸르는 맨 밑의 계단 위에 머리를 두고 층계 밑바닥에 똑바로 누워 있었다.

"뒤로 넘어진 것처럼 보입니다." 아리 토르가 말했다. "누가 밀었을 수도 있다는 얘기지요."

"말도 안 되는 소리 하지 말게." 토마스가 버럭 소리를 질렀다. "그런 빌어먹을 헛소리는 집어치우라고."

아리 토르는 당황했다.

"사진 찍는 데 집중해."

아리 토르는 사체를 촬영하고 로비로 갔다. 시체를 처음 신고한 니나가 거기서 기다리고 있었다. 그녀는 걱정스러워 보였지만, 눈에 띄게 동요한 기미는 없었다. 아리 토르는 토마스의 격한 질책에 상처를 받았지만, 계속 사진을 찍었다. 뭔가 의견을 내고 자기도 쓸모가 있다는 걸 보여주고 싶었다. 결국 그는 니나에게로 갔다.

"여기서 연극 연습이 있었습니까?" 그가 물었다. "내일이 초연 무대 아닌가요?"

"네…, 리허설을 했어요."

"그럼 다들 어디 있습니까?" 그가 물었다.

"그러니까…, 어…, 저녁식사 시간이라 쉬었어요. 전 방금 돌아와서 봤어요…. 흐롤푸르가…, 저기 누워 있는 걸."

아리 토르는 디지털 카메라를 주머니에 넣고 공연장 쪽으로 가다가 토마스가 나타나는 바람에 문간에서 멈춰 섰다. "우리…, 그러니까, 전문가를 불러야 하지 않을까요?"

"그러니까 레이캬비크에서 온 경찰들 말인가? 이건 쉽게 설명할 수 있는 사고야. 영감이 틀림없이…," 토마스는 언성을 낮췄다. "좀 술을 심하게 마신 거지. 피로하고 불안하고. 이건 사고야. 이런 걸 대신 해달라고 전문가 팀을 부를 필요는 없네."

아리 토르는 니나가 로비에서 나와 공연장 쪽으로 가까이 다가와서 경찰관들이 하는 말을 한 마디도 빠짐없이 경청하고 있다는 걸 알아챘다. 그녀는 자기가 엿듣고 있었다는 사실을 숨기려는 듯 해어진 빨간 코트를 걸치고 고리에 걸려 있던 물방울무늬 우산을 집어 들고서 공연장 안으로 들어왔다. 그리고는 경찰관들에게 슬픈 표정을 지어 보였다. "혹시 제가 집에 가면 안 될 이유가 있나요? 기절할 것 같아요. 시체는 생전 처음 본단 말이에요."

"앰뷸런스 오고 있나?" 토마스가 아리 토르에게 묻고 니나를 보았다. "미안해요. 집에 가시기 전에 저희와 얘기를 좀 나눠 주셔야 합니다. 앉아서 마음을 좀 진정시키세요."

그녀는 지친 미소를 짓더니 한숨을 쉬었다.

아리 토르는 토마스에게 앰뷸런스가 오고 있다고 말했다. "그 사람들이 시신을 처리해도 됩니까?" 그는 상사 앞에서 또 실수를 할까 봐 불안해하며 말했다.

"그래, 그래도 될 거야. 전부 다 사진을 찍었잖나, 안 그런가? 여기는 의심스러운 점이 하나도 없어. 여기 다른 사람이 있었나요?" 그 질문은 니나를 향한 것이었다.

완전히 정신이 딴 데 팔려 있던 니나는 대답하지 않았다.

토마스가 기침을 했다. "니나, 이 일이 일어났을 때 여기 누구 다른 사람이 있었나요?"

"뭐라고요?" 그녀는 말을 더듬으며, 정신없이 주위를 바라보았다.

토마스는 그녀를 무섭게 노려보았다. 인내심이 썰물처럼 빠져나가고 있었다.

"여기 누구 다른 사람이 있었느냐고요?" 그는 다시 물었다. 쩌렁쩌렁한 목소리가 텅 빈 매표소 건물 안에서 메아리쳤다.

"그래요…." 그녀는 생각에 잠긴 것처럼 보였다. "아니, 제 말은…, 없었던 것 같아요. 저녁 시간에 저는 지하실에 내려가 있었어요. 무대 아래 지하실이 있거든요. 그리로 내려가는 계단이 뒤쪽에 있어요. 청소를 하고 있었죠 – 옛날 의상들은 다 그 지하실에 보관하거든요 – 그리고 저 아래 낡은 소파에서 누워서 좀 쉬었죠. 사람들이 리허설을 하는 동안에 전 먼저 식사를 했거든요. 저녁 식사 때는 나와 흐롤푸르 말고는 여기 아무도 없었어요. 그는 혼자 2층 객석에 있었어요."

"그러면 여기 들어와서…, 들어와서 시체를 발견했을 때 아무도 없었던 거 확실해요?" 토마스가 물었다.

아리 토르는 그가 토마스와 함께 현장에 도착했을 때 건물에 있던 유일한 사람이 니나라는 걸 확인하기 위해 최선을 다했다. 지하실과 2층 객석을 확인해 봤지만, 낡은 의자 몇 개와 테이블 한두 개가 나왔을 뿐이다. 한 테이블 위에는 펼쳐진 신문이 놓여 있었다.

"그래요, 확실해요. 인기척은 전혀 듣지 못했어요."

"흐롤푸르가 술을 마시고 있었는지 아닌지 알고 있습니까?" 토마스가 물었다.

"그래요. 올 때 술병을 들고 왔어요. 허리에 달고 다니는 작은 휴대용 술병이었죠. 날씨가 엉망이었는데 직접 차를 몰고 왔어요."

아리 토르가 니나에게 한 가지 질문을 하려고 하는데, 토마스가 먼저 덥석 끼어들었다.

"그거면 됐습니다. 집에 가서 좀 쉬어요. 물어볼 게 더 있으면 내일 얘기를 하도록 하지요."

"다른 사람들은 식사 마치고 언제 오나요?" 아리 토르가 다시 기회를 잡아 물었다.

"울푸르가 모두에게 휴식시간을 한 시간 줬어요. 곧 돌아올 거예요. 십 분이나 십오 분만 더 있으면."

앰뷸런스 팀이 도착해 토마스는 더 이상 아무 말도 하지 못했다. 아무 말도 필요하지 않았고, 그들은 조용하게 효율적으로 일처리를 했다.

"아리 토르, 밖에서 망을 좀 봐주겠나? 사람들이 곧 도착할 텐데 떼거지로 구경꾼들이 몰려드는 건 원치 않아. 사고가 있었다고, 흐롤푸르가 계단에서 미끄러져서…, 목숨을 잃었다고 사람들에게 말할 걸세."

## 18

### 시클루 피요두르
#### 2009년 1월 9일 금요일

레이푸르가 뒷문을 통해 공연장에 들어가는데 문에서 끼익 소리가 났다. 토마스가 소스라쳐 놀란 듯 뒷문을 향해 재빨리 눈길을 드는 모습이 보였다.

레이푸르는 웅얼거리며 인삿말을 하고 주위를 두리번거렸다. 앰뷸런스 대원들이 흐롤푸르의 몸을 들것에 실어 옮기고 있었다.

"그 동안 내내 여기 있었나?" 토마스가 물었다.

"그 동안 내내요?" 레이푸르는 당황했다. 그는 바싹 깎은 머리와 지난 며칠 동안 돋아난 턱수염을 한 손으로 쓸었다. "아니요, 저녁 먹고 방금 들어왔습니다."

토마스는 기다렸다.

레이푸르는 다음 질문이 뭔지 미리 다 알고 있었다. "여기 뒷문이 있어요. 무대 뒤에. 무슨 일이 있습니까?" 그가 물었다.

"층계에서 사고가 있었어." 토마스가 단정하듯 말했다. "흐롤푸르가 낙상한 것 같군…. 사망했어."

사망했습니다.

레이푸르가 도저히 잊을 수 없는 말이었다. 23년 전 1월 15

일 그 날 저녁 그가 집에 들어왔을 때 목사가 현관에서 그의 부모님에게 했던 말이다. 레이푸르는 거실에 있었으니, 원래 듣지 못했어야 하는 말이었다.

가족들은 레이푸르의 형 아르니가 그 날 친구들 몇 명과 마을 밖으로 나갈 거라는 걸 알고 있었다. 시클루 피요두르에서 인접한 마을로서, 위험한 좁은 길을 타고 차를 몰아야 했다. 그들은 오후 일찍 출발했다가 그 날 밤에 돌아올 예정이었다. 레이푸르는 어머니가 아르니에게 제발 가지 말라고 애원했던 기억이 있었다. 도로 위에 살얼음이 끼어 있고 시야도 제한되어, 상황이 몹시 좋지 못하다고. 그러나 아르니는 고집을 피웠다. 새로 딴 운전면허를 써 보겠다고 작정을 하고 있었다.

그 날 저녁 늦게 누군가 문을 두드렸고 아버지가 문을 열어주었던 기억이 있다. 경찰을 대동하고 목사가 찾아와 레이푸르의 아버지에게 도로에서 사고가 있었다고 말했다. 자동차가 전복되었다고 했다. 조수석에 앉아 있던 아르니의 친구는 중환자실에 있고 회복할 거라고 했다.

"하지만 아르니는 사망했습니다." 목사는 그렇게 말했었다.

레이푸르는 생각에 잠겨 있다가 정신을 차리고 토마스를 바라보았다.

"어? 뭐라고 하셨습니까? 흐롤푸르가…, 사망했다고요?" 레이푸르가 물었다.

"맞아. 사고로 보여."

"단장님이 술을 많이 마셨어요." 레이푸르가 말했다. "그러니까…"

"괜찮네. 실족한 게 확실해. 저녁식사 시간 내내 외출했었나?"

"그랬어요." 레이푸르가 말했다. "이게 대체 무슨 일인지 모르겠네요."

"그냥 떨어진 거야." 토마스는 엄하게 말했다. "자네도 집에 가는 게 좋겠네. 오늘 저녁에 리허설은 없을 거야. 필요하면 나중에 우리가 연락할 테니 자세한 얘기를 좀 하도록 하지."

레이푸르는 고개를 끄덕였고, 아까 들어왔던 뒷문으로 다시 나갔다.

★

아리 토르는 극장 문을 닫고 나와 바깥에 섰다. 거기서 보초를 서고 있는 것 같았다. 비가 온 후라 공기는 축축했고 으슬으슬 온몸에 한기가 느껴졌다.

"경찰들이 여기서 뭘 하고 있는 거지?" 건물로 다가오던 한 남자가 말했다. 하지만 크게 걱정하는 눈치는 아니었다. 이십 대의 여자가 그와 함께 걸어왔다. "그리고 앰뷸런스까지? 무슨 일 있습니까?"

"드라마 클럽 분이십니까?"

"네. 칼이라고 합니다. 여기는 안나예요."

아리 토르는 자기 이름을 말해주고 소식을 전했다.

"죽었다고요? 정말입니까?" 칼이 충격을 받아 말했다.

아리 토르는 고개를 끄덕였다. "현장을 조사할 필요가 있습니다." 그는 해명했다. "집에 가 계시는 게 좋을 것 같습니다. 두 분과 할 얘기가 있으면 나중에 연락을 드리지요."

안나는 몹시 동요했다. 그러자 칼이 그녀 어깨를 팔로 감쌌고, 그러자 그녀가 눈에 띄게 깜짝 놀랐다. 나이가 지긋한 남자 둘이 와서 합류했다.

"여기 대체 무슨 일이야?" 두 사람 중에서 키 작은 사내가 물었다. "그리고 당신은 대체 누구쇼?"

"제 이름은 아리 토르라고 합니다. 경찰관입니다." 제복만 봐도 뻔한 얘기를 굳이 다시 말했다.

"그렇군요. 그 목사님. 난 울푸르라고 합니다. 드라마 클럽의 연출자요. 대체 이게 다 무슨 일이요? 왜 여기 앰뷸런스가 와 있어요?"

"사고가 났습니다."

"사고요?"

"흐롤푸르가 층계에서 실족했습니다."

"그 늙은 바보가 또 과하게 술을 마셨구만." 울푸르의 말투에는 충격보다 짜증이 섞여 있었다.

"돌아가셨습니다." 아리 토르가 말했다.

울푸르는 놀라 말을 잃었다.

앰뷸런스 대원들이 들것을 들고 문으로 들어왔다.

"끔찍한 일이군, 불쌍한 노인네…." 두 번째 노인이 말했다.

"선생님 성함이?" 아리 토르가 물었다.

"팔미요." 그는 대답했다. "나는…, 작가입니다. 희곡을 내가 썼어요." 정황에도 불구하고 그는 자긍심을 감추지 못했다.

울푸르가 건물에 들어가려 했지만, 아리 토르가 양 팔을 뻗고 앞을 막아섰다.

"지금 일어난 사태 때문에 여러분께 집에 돌아가 달라고 부탁하고 있습니다. 우리가 현장을 조사하고 있습니다."

"현장?" 울푸르는 아리 토르의 팔을 치고 앞으로 한 발 나섰다. "토마스 안에 있소? 내 그 사람하고 얘기 좀 해야겠어!" 한 마디 한 마디 할 때마다 분노가 점점 격해졌다. "개막 공연 전날 내 극장 문을 닫을 수는 없다고!"

아리 토르는 재빨리 생각을 했다. 두 가지 대안이 있었다. 굳게 버텨 서서 시끄러운 논쟁을 무릅쓰거나, 토마스를 부르거나. 이미 한 번 토마스한테 면박을 당한 터라 골칫거리를 상부로 올려야겠다는 결정을 하는 데는 그리 오래 걸리지 않았다. 토마스가 자기 마음대로 상황을 장악하고 싶어하는 게 틀림없었으니까.

"잠깐 기다리십시오." 그는 최대한 권위적인 말투를 쓰려 애쓰며 말했다. 그는 문틈을 슬쩍 들여다보고 토마스를 불렀다. 그러자 곧 토마스가 문간에 나타났다.

"안녕하십니까." 토마스가 울푸르에게 인사를 하고 또 다른 남자를 보았다. "안녕하세요, 팔미." 그는 안나와 칼에게도 목례를 했다. 안나와 칼은 한 발짝 물러섰다. "아리 토르가 무슨 일이 일어났는지 말씀을 드렸죠?"

"끔찍한 충격이군." 울푸르가 심각하게 말했다. 토마스가 나타나자 태도가 한층 진정되었다. "안에서 얘기 좀 할 수 있겠소?"

"우리는 가 봐야겠습니다." 칼이 여전히 한 팔로 안나를 감싸 안고 말했다. 토마스는 고개를 끄덕였고 두 사람은 황급히 사라졌다.

"그래요, 들어오시죠." 토마스는 울푸르와 팔미에게 말했다. "하지만 제발 부탁인데 계단 근처에는 가지 마십쇼. 확실히 사태를 파악할 때까지는 조사를 해야 합니다. 물론 제가 보기에는 명백한 사건 같지만 말입니다."

"정말요? 그러면 뭐가 어떻게 된 거라고 생각하십니까?" 토마스와 울푸르가 문 안으로 들어가자마자 팔미가 물었다. 아리 토르는 토마스의 뒷정리를 하며 따라 들어갔다.

"불쌍한 노인네가 계단에서 넘어졌습니다." 토마스가 확정을 짓겠다는 말투로 말했다.

"그 안에 뭐가 들어 있습니까?" 아리 토르가 물었다. 쇼핑백을 들고 있는 팔미에게 묻는 말이었다.

"각본의 최종수정고요. 두세 권 됩니다." 그는 그런 관심에 놀란 눈치였다.

"흐롤푸르와 내가 아까 마지막으로 몇 군데 고쳤소. 팔미가 자기 집에 가서 컴퓨터로 수정해서 새로 인쇄해온 거요." 울푸르가 설명을 했다. "내일이 개막 공연이라서 말이요."

"내일 공연은 아무래도 불가능할 것 같습니다." 토마스가 확고하게 말했다.

"우리는…, 흐롤푸르의 죽음 때문에 우리의 초연 무대를 망칠 수는 없단 말이요!" 울푸르가 격하게 감정을 터뜨렸다. 그러나 곧 후회하는 눈치였다.

"그런 건 우리가 상관할 바가 아닙니다." 토마스가 예의를 지키면서 차분하게 말했다. "내일 당장 공연장을 다시 쓰실 수 있을지부터가 의문입니다. 며칠 동안 개막 공연을 연기하는 게 제일 좋을 것 같습니다."

울푸르의 표정이 순식간에 어두워지면서 눈이 툭 튀어나왔다. "그런 건 있을 수 없는 일이야!" 그가 폭발했다. 아리 토르는 이 남자는 뭐든 자기 마음대로 하면서 사는 데 익숙하다는 인상을 받았다.

남자들을 번갈아 보면서 아리 토르는 그가 도와주지 않아도 이 정도 상황은 토마스가 얼마든지 해결할 수 있다는 판단을 내렸다. 서둘러 밖으로 나가 그는 정문에 위치를 잡고 섰다. 금세 우글라가 도착할 거라는 예상에서였다. 분명 우글라도 리허설에 왔을 테고, 그녀에게 무슨 일이 일어났는지 개인적으로 이야기를 하고 싶다는 이상한 욕구가 들었다. 안에서 일어나는 일은 그가 걱정할 필요가 없었다. 토마스, 울푸르와 팔미는 그의 의견 따위는 관심도 없을 거라고 확신했다. 보나 마나 서로 오랜 세월 알고 지낸 사이일 테고 말싸움을 하더라도 해결이 되면 알아서 자기 길을 갈 터였다. 아리 토르는 외지에서 왔을 뿐 아니라 머리에 피도 안 마른 신참이라는 관념이 있었다. 다들 새로 온 경찰이 이곳에 오래 머무를 리 없다고 믿고 있었다. 그는 그저 약간 경력을 쌓기 위해 여기 왔을 뿐일 테지만, 토마스는 앞으로도 오래도록 있을 것이다.

"이봐요, 여기서 뭐하고 있어요?" 우글라가 생각에 잠겨 있는 아리 토르를 흔들며 말했다. 미처 다가오는 그녀를 보지 못했다.

그는 잠시 말을 끊고 생각에 잠겼다. 자신이 없었는데, 그 이유는 스스로도 알 수가 없었다. "일이 좀 생겼어요." 마침내 그가 말했다. "사고가…, 계단에서 사고가 났어요."

그녀의 눈빛에서 일전에 보았던 그 어둠이 갑자기 다시 나타났다. 그녀는 그 당시 표정으로 질문을 던졌다.

"흐롤푸르 영감이 실족을 했어요." 그는 심각하게 말했다.

"상태는 어때요?" 안색이 잿빛이 된 그녀가 즉시 물었다.

"돌아가셨어요. 앰뷸런스가 와서 방금 데려갔어요."

우글라는 한순간 침묵에 휩싸여 가만히 있었다. 그리고 몇 방울의 눈물이 그녀의 뺨을 타고 흘러내리기 시작했다. 그녀는 가까이 다가와 그를 감싸 안았다. 아리 토르는 망설였지만 곧 그녀를 포옹했다.

잠시 후 그녀는 팔을 풀고 눈물을 닦았다.

"믿을 수가 없어요." 감정을 추스르려 애쓰며, 아직도 흐느낌이 남은 목소리로 그녀가 말했다. "그냥 믿어지지가 않아요." 그녀는 씩씩하게 눈물을 훔치고 미소를 지으려 애썼다. "정말 다정한 분이셨어요." 그녀는 뭘 어찌해야 할지 모르겠다는 듯, 잠시 아무 말도 하지 않았다.

"전 집에 돌아가는 게 좋을 것 같아요. 이런 꼴을 사람들에게 보일 수는 없어요." 그녀는 마침내 이렇게 말하고 재빨리 돌아섰다.

"그래요, 그럼요." 아리 토르가 돌아선 그녀의 등 뒤에서 말했다. 그리고 어둠속으로 사라지는 그녀를 혼란스러운 시선으로 멍하니 바라보았다.

울푸르가 문간에 나타났다. 토마스와 평화협정을 맺은 게 틀림없었다. 팔미가 험상궂게 인상을 쓰고 그 뒤를 바짝 따랐다. 그들은 아리 토르를 지나치면서 아무 말도 하지 않았고, 그 역시 그들 쪽을 보지도 않고 슬쩍 안으로 들어갔다.

"다시 경찰서로 가십니까?" 아리 토르가 물었다.

토마스가 자기 시계를 흘끔 보았다.

"1차 보고서를 내가 마무리하지. 가고 싶으면 자네는 퇴근해도 되네. 내일 보자고. 어쨌든 나는 몇 시간 더 일을 해야 할 것 같으니까." 토마스가 말했다. 묘하게도 계속 일을 하게 되어 오히려 마음이 편하다는 말투였다.

누가 들으면 집에 있는 가족들에게 돌아가고 싶지 않은 사람인 줄 알겠네, 아리 토르는 생각했다. 약간 의외라고 생각하면서 그는 거리로 나와 집으로 돌아갔다.

# 19

## 시클루 피요두르
### 2009년 1월 10일 토요일 새벽

아리 토르는 소스라치며 잠에서 깨어났다. 식은땀으로 흠뻑 젖어 여기가 어딘지도 알 수가 없었다. 자기 몸에 갇힌 수인 같은 기분으로 그는 호흡을 하려고 숨을 헐떡거렸다. 그는 일어나 앉아 주위를 살폈다. 짧고 날카로운 호흡을 헉헉 몰아쉬며, 숨을 폐까지 깊이 들이마시려고 애를 썼다. 사방 벽이 옥죄어 들어오는 것만 같아 미친 듯이 사방을 두리번거렸다. 소리를 지르고 싶었지만 어차피 소용이 없다는 걸 알고 있었다. 크리스마스이브에 경찰서에서 주체할 수 없이 덮쳐왔던 그 짓이기는 위압감과 똑같았다.

간신히 몸을 일으킨 그는 창 밖으로 칠흑처럼 검은 하늘을 내다보았다. 어둠 속에서 희미하게 빛나는 시계를 보니 한밤중이었고, 눈발이 날리기 시작하고 있었다. 그는 시클루 피요두르의 자기 방에 있다는 사실을 기억해 냈다. 창문 쪽으로 가서 문을 열고 허파 가득 맑고 얼음처럼 차가운 공기를 들이마셨다. 그래도 여전히 떨림은 멈추지 않았다. 머릿속으로 온갖 생각들이 어지럽게 휘몰아쳤다. 그는 도저히 통제할 수 없이 압도당하는 이런 기분을 떨쳐버려야만 했다. 침대를 보니 시트는 축축했고 흐트러져 있었다. 오늘밤 잠을 더 자기는 틀렸다. 아무래도 밖으로 나가야 했다 - 집 밖 어둠 속으로. 그는 그 생각이 머리에 떠오르자마자 묵살했다. 그걸로는 충분치 않았다. 길거리에 서서 하늘을 본들 마음의 평화를 찾을 수는 없었다. 눈발이 그의 마음을 가득 채울 것이다. 내리는 눈송이 하나하나가 이 낯선 곳에서 폭설에 발목 잡힐 가능성을 더 증폭시키고 있다는 걸 잘 알고 있으니. 그는 수인이었다.

아래층 마루 널빤지들이 끽끽 소리를 냈다.

돌연 그는 자기가 왜 그렇게 갑자기 잠에서 깼는지 깨달았다.

집 안에 누군가 사람이 있었다.

혼자가 아니었다.

심장이 귀가 멀 정도로 쿵쾅거렸다. 공포심에 혼란스러웠다. 그는 빨리 생각해야 한다는 걸 알았다. 바로 한순간 전, 숨도 못 쉴 정도로 덮쳐오던 눈 생각을 어서 그만두어야 했다. 그러나 꼼짝도 할 수 없었다.

그는 고개를 흔들고 최대한 조용히 계단으로 통하는 통로로 들어갔다. 아직도 저 아래의 기척을 의식하고 있었다. 누구인지 몰라도 희미한 소리로 보아 주목을 끌고 싶어하지 않는 것 같았다.

이제 정신을 바짝 차린 아리 토르는 소리 없이 욕을 내뱉었다.

대체 왜 문을 잠그지 않았던 거야?

토마스 말을 귀담아 듣지 말았어야 했는데.

그는 최대한 바닥을 적게 밟으려 노력하며 층계를 내려갔다. 아귀가 맞지 않는 널빤지들은 끽끽 소리를 낼 수 있다는 걸 잘 알고 있었지만, 그것들이 어느 건지 도저히 기억이 나지 않았다.

그는 모퉁이 계단을 돌아 내려가 복도로 들어서려고 하다가 망설였다. 이처럼 높은 자리를 점하고 있으면 더 안정감을 느낄 수 있었다. 훨씬 더 유리한 위치에 서게 되니까. 게다가 침입자가 여기 있다는 걸 그는 알고 있다. 얼마든지 불시에 급습할 수 있었다. 하지만 꼼짝도 않고 이렇게 모퉁이에 그냥 머물러 있고 싶은 마음도 컸다. 마음의 아지랑이를 걷어버리려 애를 썼다. 훈련을 그렇게 받았는데도 불구하고, 여전히 죽도록 무서웠다.

상대가 누군지 전혀 알 수가 없었다. 한 사람, 혹은 여럿? 하룻밤 잘 곳을 찾는 술주정뱅이, 주거침입자, 아니면 그를 해치려 하는 누군가?

그는 누군가 어둠 속에서 집 안을 돌아다니고 있다는 생각만 해도 온몸이 부르르 떨렸다.

빌어먹을!

불은 다 꺼져 있었다. 바깥 가로등의 은은한 불빛만 복도 끝 작은 창문으로 흘러들어오고 있었다. 아무것도 보이지 않았다. 거실 문이 닫혀 있었고, 커튼이 쳐져 있어서 그 안이 깜깜할 거라는 사실을 잘 알고 있었다. 복도가 거실로 이어져 있었고 거기서 아리 토르는 부엌으로 들어갈 수 있었고 그 뒤엔 작은 사무실이 있었다. 불청객이 이 방들 어디에 있을지 몰랐다. 저지르거나 죽거나 둘 중 하나였다.

그는 거실 문을 최대한 조용히 열었다. 집만큼이나 오래된 문은 견고했고 표면은 흰색으로 칠해져 세공으로 장식되어 있었다. 경첩이 마지막 윤활유 한 방울을 본 지 까마득하게 오래되었을 것이다.

칠흑 같은 어둠 속을 바라보며 열심히 귀를 기울였지만, 아무 소리도 들리지 않았다. 그는 손잡이에 손을 얹고 참을성 있게 기다렸다. 기다리면서 정적 속의 변화에 온 신경을 집중하고 있었다.

부스럭거리는 소리가 다시 시작되었다. 옆방에서 나는 소리가 분명했다. 주방과 거실 사이의 문은 닫혀 있었지만, 누군가 거기 있다는 사실만큼은 확실했다. 그는 등 뒤의 거실 문을 열어두고 복도의 희미한 불빛을 써서 조심스럽게 몇 발자국 디디며 방문객을 놀라게 하지 않도록 까치발로 걸었다.

방을 반쯤 건너갔을 때 그는 곧 실수를 깨달았다. 낡은 널빤지들이 전혀 고르지 않았고, 바닥이 ─ 사실, 백 년도 넘은 집 전체가 ─ 기울어져 있었다. 거실 문이 천천히 닫히기 시작했고, 그나마 아리 토르에게 남아 있던 희미한 빛조차 차단해

버렸다. 문을 고정할 버팀목도 없어, 평형을 찾으려는 문은 추동력이 붙어 세차게 다시 닫힐 터였다. 그는 신속하게, 소리 없이 돌아서서 손잡이를 잡으려 했으나 헛수고였다.

마침내 문이 닫히는 순간 난 쾅 소리는 그렇게 시끄럽지 않았지만, 밤의 정적 속에서는 드럼을 두드려대는 소리처럼 요란했다.

빌어먹을.

그는 방 한가운데에서 꼼짝도 않고 서서 그 소리가 멀리 퍼지지 않았기를 바랐지만, 그럴 수 없다는 사실을 잘 알고 있었다. 침입자는 즉각 반응했고, 이제는 더 이상 조용히 하려는 노력조차 하지 않았다. 그리고 아리 토르는 침입자가 가장 직접적인 경로로 도주하고자 현관 쪽으로 뛰쳐나갈 거라 짐작했다.

내가 잡을 거야, 내가 잡아야만 해.

이제는 칠흑처럼 깜깜해진 거실에서 막 출발하려고 하는데, 현관문이 쾅 소리를 내며 닫혔다. 그는 어둠 속에서 발이 걸려 넘어졌고, 거실 테이블 위로 쓰러지는 순간 어깨에 쓰라린 통증을 느꼈다. 기절하기 직전 그는 바깥 어딘가에서 괴로움의 비명소리를 들었다고 확신했다.

# 20

## 시클루 피요두르
### 2009년 1월 11일 일요일

우글라가 피아노에 앉아 오래된 곡조를 연주했다. 지난 세기 중반까지 거슬러 올라가는 가벼운 소곡이었다. 그녀가 외우고 있던 노래를 들을 때마다 흐롤푸르는 참 좋아했었다. 피아노 레슨 시간에 늦은 아리 토르를 기다리면서, 우글라는 그 곡을 무의식적으로 치고 있었다.

아직도 흐롤푸르가 죽었다는 사실을 믿기가 힘들었다. 나이에 비해 너무나 정정하고 건강해 보였는데… 제길! 어째서 계단에서 좀 더 조심하지 않았을까? 함께 만나 계속 커피를 마시고, 우정을 다질 수 있었을 텐데. 갑자기 그녀는 연주를 멈추고 흐롤푸르와 울푸르가 극장에서 말다툼을 했던 기억을 떠올렸다. 나쁘게 끝났을까? 흐롤푸르가 떼밀려 떨어진 건 아닐까?

솔직히 흐롤푸르는 그 날 저녁 심하게 취해 있었다. 그녀는 그 동안 내내 그가 술을 마셨을 때는 되도록 마주치지 않으려 애썼었다. 알코올이 그의 어두운 면을 끌어내곤 했다. 흐롤푸르는 그녀가 그런 상황에서는 되도록 자기를 만나지 않으려 한다는 사실을 금세 알아차렸다. 그래서 온전히 맑은 정신이 아닐 때는 절대 커피를 마시자고 부르지 않았다. 사람 신경을 심히 건드리는 성격이었지만 마음속으로는 양처럼 온순한 사람이었다.

우글라는 틀림없이 그를 그리워할 것이다. 문득 그녀는 자기 신세를 생각하게 되었다. 흐롤푸르가 늘 드라마 클럽에서 그녀의 수호천사 역할을 해주었고, 그녀 역시 그걸 너무나 잘 알고 있었다. 그러면 이제 어떻게 될까? 상황이 바뀔까? 이번에는 주연 자리를 빼앗아가기 힘들겠지만, 다음에는? 아마 앞으로는 주연이 안나에게 돌아가겠지?

울푸르는 모두에게 이메일을 보내 개막 공연이 2주일 연기되었다는 사실을 알렸다. 한 단어도 낭비하지 않는 간결하고 명료한 메시지였다. 아니, 그보다 상황에 대한 감정이 전혀 표출되어 있지 않은 이메일이었다.

물론 새로 정해진 개막 공연 날을 기다리는 것 말고는 할 수 있는 일이 아무것도 없었다. 우글라에게는 차라리 그냥 강행해 버렸더라면 더 좋았으리라. 그 주 내내 시험이라도 앞둔 기분으로 공연을 준비해 왔다. 앞으로 또 2주일 동안 이렇게 견딜 수 있을지 알 수가 없었다.

그녀는 벽에 걸린 시계를 슬쩍 보았다. 아리 토르의 방문을 그녀는 기다리고 있었는데, 그건 그가 유일한 제자이기 때문만은 아니었다. 그녀는 그와 함께 있는 게 좋았고, 그가 풍기는 분위기는 어쩐지 사람 마음을 차분하게 했다. 그가 핸섬한, 아니 우아하기까지 한 남자라는 사실을 부인할 수는 없었다.

그러나 그에게 끌리는 마음에는 뭔가 다른, 보이지도 않고 손으로 잡을 수도 없는 무언가 다른 이유가 있었다. 그는 입매뿐 아니라 눈빛으로도 미소를 지을 줄 알았다. 그녀가 그에게 매력을 느끼는 걸까? 외지 출신의 청년에게 외지 출신의 처녀가 반해버린 걸까? 아니, 그럴 리는 없지만….

예전에 우글라는 그런 식으로 흘러가는 생각을 허락지 않았다. 아리 토르에게 이미 남부에 두고 온 여자 친구가 있는지 그런 사실조차 알지 못했다. 그녀는 절대 그런 얘기를 하지 않았고, 그 역시 그런 말을 꺼낸 적이 없었다.

하지만 적어도 손가락에 반지를 끼고 있지는 않았다. 흐롤푸르의 죽음 이야기를 듣고 나서 극장 밖에서 그가 안아줄 때 단단하고 따뜻한 그 포옹이 솔직히 너무나 좋았다.

문을 두드리는 소리에 그녀는 소스라치며 현실로 돌아왔다. 삼십 분 늦긴 했지만 여기 그가 왔다는 사실 자체에 그녀 얼굴에는 절로 미소가 번졌다. 그렇지만 문을 열어준 순간, 기대에 찬 반가운 미소는 곧 충격으로 바뀌고 말았다.

"이 꼴 좀 봐요! 무슨 일이 있었어요?"

이마에는 커다란 반창고를 붙이고 있었고 왼쪽 눈썹 아래 또 다른 반창고 밑으로는 또렷하게 멍이 들어 있었다.

아리 토르는 그녀를 보고 웃었다. "범죄자를 습격하다가 생긴 상처라고 말할 수 있으면 참 좋겠네요. 들어오라고 얘기 안하실 거예요?"

"지각하셨어요. 하지만 들어오세요." 그녀는 미소를 미소로 받으며 따뜻하게 말했다.

"그런데 대체 어떻게 된 거예요?" 그녀는 함께 자리에 앉아 그의 다친 이마를 부드럽게 만지며 말했다. 그가 그 손길에 움찔하며 물러서지 않아 기뻤다.

"넘어졌어요."

그녀는 그 이상의 사연이 있다는 걸 감지했지만, 조용히 앉아 기다렸다.

"어젯밤 새벽에 누가 집 안에 들어왔습니다. 뭐, 문이 잠겨 있지 않은 상태에서 들어오는 걸 침입이라고 할 수 있을지는 모르겠지만요."

"여기서는 사람들이 문을 잠그지 않아요. 파트렉스 피요두르에서도 그랬고요. 그 사람 잡았어요?"

"아니요." 아리 토르는 반창고를 가리키며 말했다. "어둠속에서 실족하는 바람에 커피 테이블에 부딪혔어요. 그래서 현기증이 좀 생겼죠. 피가 철철 나서 지혈을 해야 했기 때문에 그 개새끼를 추격할 수가 없었어요. 여기서는 강도가 없는 줄 알았는데."

"어쩌면 외지에서 온 사람이 아닐까요?" 그녀가 가설을 내놓았다.

"그럴 수도 있죠."

"꿰맸어요?"

"아니요. 그냥 반창고로 붙였는데 괜찮을 거 같아요."

"심각한 상처가 아닌 건 확실해요?"

"그러길 바라야죠. 머리도 쓰라리지만, 어깨를 부딪는 바람에 그게 더 아파요."

"누구였는지 모르세요?"

"전혀 단서도 못 찾겠어요. 토마스한테 말했는데, 솔직히 별로 대단치 않게 생각하는 것 같아요. 그냥 이 마을에 심한 술고래들이 있는데, 좀 과하게 마시는 날이면 집을 잘못 찾아들어간다고 하더군요. 걱정하지 말라고 해서 그냥 그게 누구였든 내가 자기 마누라인 줄 알고 침대로 기어들어오지 않은 것만도 고맙게 생각하고 있어요!"

"하지만 토마스가 그 일은 어떻게 생각…" 그녀는 말머리를 꺼내다가 말고 잠시 쉬었다. 그리고 다음 말을 이었다. "흐롤푸르에 대해서는 어떻게 생각해요?"

"흐롤푸르?"

"그래요. 사고였나요?"

그는 대답하기 전에 주저했고, 그녀는 아직도 조사 중인 사건에 대해 그가 이러저러 말을 하기가 어려울 거라는 사실을 깨달았다.

그는 질문으로 답을 대신했다. "그런 것처럼 보이잖아요, 안 그런가요?"

"그렇겠죠. 하지만 경관님 생각은 어떠세요?"

"토마스는 확신하고 있어요. 철저히 확신하고 있습니다. 최대한 이 일을 축소하고 싶어하지요. 이 모든 일을 굉장히 불편하게 여기고 있어요. 유명한 작가가 계단에서 술에 취해 실족사했으니…"

"그렇지만 경관님 생각은 어떠시냐고요?" 그녀가 되풀이해 물었다.

아리 토르는 두통을 달래려는 것처럼 이마를 손으로 짚었다. "전 별로 깊이 생각해보지 않았습니다."

"혹시 그 말다툼하고 무슨 관련이 있는 건 아닐까 그런 생각이 들어서요." 그녀가 말했다.

"말다툼이요?"

"흐롤푸르와 울푸르요."

"정말입니까? 전 그건 몰랐습니다." 아리 토르가 말했다. "무슨 일로 말다툼을 했습니까?"

"굉장히 대단한 일일 수도 있고 아무것도 아닌 일일 수도 있어요. 그날 오후에 연습이 진행되면서 사이가 악화되었죠. 두 사람은 2층 객석에 앉아 있었는데 둘 다 기분이 형편없었어요. 흐롤푸르가 보통 때보다 훨씬 더 간섭을 많이 했고, 약주도 좀 하신 상태였죠. 울푸르가 굉장히 신경 거슬려 했어요. 결국 서로 고함을 질러대는 싸움으로 비화됐죠. 울푸르가 무슨 말을 했느냐 하면…" 그녀는 잠시 말을 끊었다가 다시 이야기를 계속했다. "'당신은 죽어야 그 입을 다물겠군.' 그렇게 말했어요. 그래서 모두가 조용해졌고 울푸르는 몇 분 후 리허설을 중단하고 휴식 시간을 선언했죠. 저녁식사 시간이요. 그리고…, 뭐, 우리가 돌아와 보니 흐롤푸르가 죽어 있었어요."

"그러면 혹시…?"

그녀는 자기가 방금 한 얘기의 심각성을 문득 또렷하게 인식했다.

"아뇨, 물론 아니죠. 하지만 그래도, 혹시 사고로, 고의적이지는 않게 말이죠." 그녀는 이 말을 하고 잠시 침묵했다. "울푸르가 마지막까지 그 자리에 남아 있었어요, 내가 알기로는. 칼과 내가 나갈 때는 공연장이나 로비에 아무도 없었어요. 칼과 저는 함께 걸었어요. 왜냐하면 칼이 아주 가까운 데에, 토르못가타에 살거든요. 안나는 이미 가버리고 없었고 팔미도 일찍 떠났지만 울푸르는 여전히 흐롤푸르와 함께 2층에 있었어요. 내 바로 뒤에 나왔을 거예요."

"그래요." 아리 토르는 우글라의 눈을 똑바로 마주보지 않으면서, 조용히 말했다. "틀림없이 그랬을 겁니다."

## 21

### 시클루 피요두르
#### 2009년 1월 12일 월요일

월요일 아침 7시도 채 못 된 시각에 밤새 쌓인 눈이 시민회관 광장을 두텁게 뒤덮고 있었다.

울푸르 스테인손Úlfur Steinsson은 생각에 깊이 잠겨 광장으로 걸어 들어갔고, 팔미도 반대편에서 진입해 그 쪽으로 걸어오고 있었다. 팔미는 두 사람 중에서는 키가 컸다. 마르고, 어깨에 무거운 짐이라도 짊어진 사람처럼 살짝 구부정하고 피로해 보였다.

울푸르가 팔미보다 먼저 눈길을 들었다. 그들은 서로에게 천천히 목례를 했다. 그렇게 이른 아침 시간에 쓸데없이 한 마디라도 했다가는 온 마을을 잠에서 깨울까 봐 두렵다는 듯, 말없이, 거의 동시에 고개를 끄덕였다. 울푸르는 발길을 멈출까 생각했지만 솔직히 정말로 잡담을 나눌 기분은 아니었다. 고맙게도 팔미도 발길을 멈출 기미를 보이지 않았고, 두 사람은 각자 갈 길을 갔다.

그는 오래 전 청년이었던 팔미를 기억했다. 이제 팔미는 일흔 줄이었고 그 나이답게 늙어보였다.

일 년 남았군. 울푸르는 생각했다. 내 나이 일흔이 될 때까지 일

년 남았어. 그는 솔직히 나이를 실감하기 시작했다는 사실을 인정해야 했다. 날마다, 거울을 볼 때마다, 절실하게 느낄 수밖에 없었다. 아주 조금만 힘든 일을 해도 숨이 턱에 차곤 했다.

대기는 완벽하게 고요했고 눈이 전혀 내리지 않았다. 울푸르는 보통 때처럼 검은 펠트 모자로 대머리를 가리고 있었다. 아주 드물게 폭설이 내릴 때 외출하게 되면 펠트 모자를 집에 두고 두꺼운 귀마개와 양모 모자를 대신 썼다.

대체 어쩌다 내가 이 후미진 시클루 피요두르에 처박히게 되었을까?

그는 그 답을 누구보다 잘 알았다. 은퇴 당시 고향인 시클루 피요두르로 돌아가겠다는 결정을 내린 건 다른 누구의 책임도 아닌 순전히 그의 몫이었다. 그러나 그런 결정이 쓰라리게 후회되는 날이면 전 부인 탓을 하고 싶어지곤 했다.

소냐Sonja는 그보다 열두 살 연하였고 눈에 띄게 아름다운 여인이었다. 사실 그녀는 너무나 매력적이라서 그런 여자가 스웨덴에 있는 아이슬란드 공관에서 일하는 마흔 살 남자인 자기의 어떤 면을 좋게 보았던 건지 늘 이해가 가지 않았다. 두 사람이 만났을 무렵 그는 그곳에 근무한 지 4년째였고 나름대로 이름을 알려가고 있었다. 그는 나이트클럽에서 주말을 보냈고 꽤나 통이 큰 씀씀이로 유명했다. 창창한 장래를 앞둔 아이슬란드 출신의 멋진 외교관이라고.

소냐는 불과 스물여덟 살이었고 처음 만난 순간부터 그의 마음을 온통 사로잡았다. 스웨덴의 수도 스톡홀름에서 여섯 아이의 아버지와 기나긴 결혼생활을 방금 정리했으며 양육권은 공동으로 갖고 있었다. 하지만 모성애가 강한 편이 아니어서 그들의 아이를 가지는 문제에 대한 확답을 울푸르에게 주지 않고 계속 미루었다.

스웨덴어를 제대로 하게 되는 데만도 오랜 시간이 걸린 낯선 아이슬란드인으로서, 그는 그녀의 아들한테 끝내 아버지 노릇을 못 했다. 제대로 된 관계를 형성할 수가 없었다. 둘 사이에서 아이를 갖자고 그녀를 좀 더 적극적으로 설득해야 했던 게 아닐까 생각이 들지만, 그는 일을 하며 서서히 정상에 다가가느라 너무나 바빴었다.

그리고 이제 그는 혼자가 되었다. 시클루 피요두르의 인적 없는 거리를 정처 없이 걸으며 맑은 아침 공기를 깊이 들이마시자 마음에 위로가 되었다. 마을에는 눈이 많이 내렸지만, 역시 풍광은 숨 막히게 아름다웠다. 그는 이런 북방 마을에서 눈이 얼마나 위험할 수 있는지 잘 알고 있었다. 한 치 앞이 보이지 않는 눈폭풍도 그렇고, 폭설이 내리면 자기 집에서도 밖으로 나올 때 굴을 파야 했고, 눈사태의 위협도 있었다. 하지만 지금 이 순간 만물이 고적했다. 폭풍이 몰아치기 직전의 고요일까?

그는 극장에서 몇 분 거리에 있는 수두르가타Sudurgata에 살았다. 옛날에 부모님이 사시던 집이었다. 아버지는 오래 전, 울푸르가 네 살 때 스물여섯 살의 나이로 세상을 떠났다.

아버지에 대해서는 희미한 기억들뿐이었고, 그 기억들은 바다, 그러니까 평온한 날의 잔잔한 바다와 연관되어 있었다. 그러나 아버지가 마지막 출항을 하던 날 바다는 전혀 평화롭지 않았다. 그 보트는 수많은 폭풍들을 견뎌낸 크고 튼튼한 어선이었다. 울푸르의 아버지와 아버지의 오랜 동료들은 수년 동안 교대로 그 배를 조종했고, 아슬아슬한 위기를 여러 번 넘겼지만 언제나 항구로 다시 돌아오곤 했다. 사람들이 최악의 겨울 날씨라고 했던 그 겨울날까지는. 험악한 날씨에 갇힌 배는 무섭게 날뛰는 겨울 북동풍을 정면으로 맞고 너덜너덜해져서 비실비실 집으로 돌아왔다. 하지만 타고 있던 사람은 두 명이 모자랐다. 마을 전체가 돌아오지 못한 사람들을 애도했고, 네 살짜리 아이는 아버지를 그리며 울었다.

울푸르는 아버지의 발자취를 따른다는 생각은 해본 적도 없었다. 되도록 배는 타지 않았고 물고기나 낚시와 관련된 모든 직업을 혐오했다. 시클루 피요두르는 청어라는 이름의 바다의 '은'을 무시하는 청년이 살 곳이 못 되었다. 그는 할 수 있게 되자마자 가장 가까운 도시인 아쿠레이리로 이사했고, 칼리지를 마치고 나서 아이슬란드의 수도 레이캬비크로 갔다. 그러나 고향이었던 시클루 피요두르는 떼려야 뗄 수 없는 슬픔에도 불구하고 여전히 그에게 강렬한 매력을 지니고 있었고, 아버지가 마지막으로 밟았던 육지였던 부두 역시 마찬가지였다.

울푸르의 어머니는 그가 떠난 후에도 시클루 피요두르의 커다란 집에서 돌아가시는 날까지 사셨다. 울푸르는 어머니를 혼자 거기 두고 온 것에 죄책감을 느낄 때가 많았다. 대학 교재를 앞에 두고 희미한 불만 켜놓고 어둠 속에 앉아 있다 보면, 문득 어머니에게로 생각이 흘러가곤 했다. 잔혹하게 돌변할 수 있는 자연과 함께 강고한 시클루 피요두르에 홀로 남아 있는 어머니 생각이 났다. 어머니는 한 번도 불평하지 않았고, 그에게 어서 떠나서 자기 길을 찾으라고, 그리고 재능을 십분 발휘하라고 격려를 해주었다.

재능? 그가 재능을 십분 발휘했던가? 그는 날마다 마을을 산책하며 과거를 낱낱이 되새김질할 때면 이 질문을 곱씹어 생각하곤 했다. 그는 앉아서 회고록이라도 쓰는 게 어울리는 나이가 되었지만, 그의 삶에 일말의 관심이라도 가져줄 사람이 어디 있겠는가? 종이에 글을 쓴다는 생각은 떠오르지도 않았다. 대신 오랫동안 산책을 하면서 마음속으로 회고록을 썼다.

그는 북부로 이사 온 후로 게으름의 호사를 부려본 적이 없었고, 꽤 마음에 드는 희곡도 몇 편 썼다. 연극은 그에게 자극을 주었다. 몇 편의 공연을 연출한 뒤 이제는 드라마 클럽의 상임 연출자가 되었다. 아마추어 극단이었고 돈도 못 받는 일이었지만 굉장한 성취였다. 그는 늘 예술에 매료되었지만, 이 자리가 그토록 매혹적으로 느껴지는 진짜 이유는 따로 있다는 걸 잘 알고 있었다. 그가 대장이 되어 지시를 내렸으며 존경을 받았기 때문이다. 수년을 외교관으로 일하면서 권위 있는 자리에 너무 익숙해졌던 그는 모든 걸 갑자기 잃게 되자 충격에 빠졌다. 이제는 아이슬란드의 작은 마을에 사는 평범한 연금생활자일 뿐이었으니까.

드라마 클럽은 그에게 새로운 기반을 제공해 주었지만, 그의 야망은 거기서 멈추지 않았다. 그는 최근에 쓴 대본을 밤이면 밤마다 보면서 다듬고 고쳤다. 내년에 연출가 겸 극작가로서 그 작품을 무대에 올림으로써 자신의 칠순을 기념하는 꿈을 갖고 있었다. 지금까지 주된 장벽은 흐롤푸르였다. 울푸르는 뿌듯한 마음으로 흐롤푸르에게 초고를 보여주었지만, 흐롤푸르는 처음 한두 장만 읽고 치워버렸다.

"한심하기 짝이 없군, 울푸르." 그는 말했다. "훌륭한 외교관이었을지는 모르지만 절대 작가가 되지는 못할 거야. 그냥 잘하는 일이나 열심히 하게."

그 말 한 마디로 끝이었다. 그 결과, 늘 팔미가 쓴 희곡을 대신 무대에 올리고 있었다.

그러나 이제 흐롤푸르가 죽은 이상 모든 게 바뀌었다.

게다가 흐롤푸르가 대체 뭐라고 그의 작품을 멋대로 판단한단 말인가? 물론 훌륭한 책을 쓰긴 했다. 아주 좋은 작품, 그건 울푸르도 인정해야 했다. 그러나 흐롤푸르는 확실히 수십 년 동안 그 월계관에 안주해 왔다. 벌써 몇 년간 작품 활동도 없으면서 과거의 명성을 파먹고 살고 있었고, 그 작품 하나로 전 세계에 저작권을 팔고 순회강연으로 여행도 많이 다녔다. 세계대전 직후에는 레이캬비크에 살았지만, 명성이 쇠락하기 시작하면서 시클루 피요두르로 옮겨왔다.

흐롤푸르의 이른 은퇴는 다양한 의도와 목적에 부합했고, 아마 신중하게 계산된 행위였을 것이다. 모든 사람이 그를 알고 모든 사람이 그의 책을 읽은 고향으로 돌아와 존경을 한 몸에 받게 되면서 과거의 영광을 어느 정도 회복할 수 있었다. 그는 여전히 강연을 계속했고 문학 페스티벌에 참가했으며, 가끔은 두둑한 보수도 챙겼다. 노인이 경력을 영리하게 관리해온 건 부인할 수 없는 사실이었고 상당한 자산 역시 축적했을 터였다.

울푸르는 자기도 어떤 면에서 그 노인이 보고 싶을 거라는 사실을 인정해야 했다. 흐롤푸르는 가끔 술자리를 마련해 그와 팔미를 초청하곤 했다. 동등한 입장에서 밤늦게까지 이런저런 이야기들을 나누다 보면 모든 불화는 잊히곤 했다. 흐롤푸르는 성격도 걸물이었거니와 가히 세계적 명사였다. 함께 어둑어둑한 방에 앉아 레드와인을 홀짝이며 오페라를 들으며 예술과 문화와 시사를 논했던 수많은 밤들은 오래도록 추억이 될 터였다. 가끔씩은 배경에 흐르는 음악 말고는 그저 침묵만 깔리기도 했었다. 세 명 모두 유시 비욜링Jussi Björling(스웨덴 출신의 테너: 역주)이 Una furtiva lacrima(오페라 〈사랑의 묘약〉에 나오는 아리아 〈남몰래 흐르는 눈물〉: 역주)를 부를 때면 세 사람

152

모두 아무 말도 하지 않았다. 그런 명곡이 나오는데 말을 하다니 이단이나 다를 바 없다는 암묵적인 합의가 있었던 것이다. 보통은 레코드판으로 녹음된 옛날 거장들의 연주를 들었다.

첨단기술에 별로 우호적이지 않던 흐롤푸르가 CD플레이어를 샀을 때는 다들 놀랐다. 그 후로 항상 한쪽 구석에 처박혀 먼지만 쌓이고 있던 그 CD플레이어의 출처는 수수께끼였다. 울푸르가 주워들은 얘기로는 파트렉스 피요두르 출신의 그 수수께끼 같은 처녀 우글라가 흐롤푸르에게 CD플레이어와 CD 몇 장을 사라고 설득했다고 한다. 흐롤푸르는 그녀의 충고를 따랐고, 울푸르는 대체 우글라가 이 노인한테 어떤 마술을 부린 건지 궁금했다. 흐롤푸르가 옛날에 자기 집 지하실 별채에 세 들어 살던 이 처녀한테 홀딱 빠져서 계속해서 커피를 마시는 만남을 갖고 있다는 이야기가 돌았다. 이것은 시클루 피요두르에 모르는 사람이 없는 이야기였고, 모든 사람들이 그 뜻밖의 한 쌍을 관심 깊게 주시했다.

울푸르는 드라마 클럽에 자신의 작품을 올리는 걸 흐롤푸르가 결코 허락하지 않을 거라 확신했다. 흐롤푸르는 늙은 교사 팔미에게는 좀 더 친절했다. 사실, 팔미는 다듬어지지 않고 재능의 싹이 보이지도 않던 초기 습작부터 흐롤푸르의 지속적 후원을 받았고 하나하나씩 무대에 올릴 기회를 허락받았다. 그리고 보람도 있었다. 작품이 발전했던 것이다 ─ 심지어 울푸르조차도 인정하지 않을 수 없었다. 그 빌어먹을 교사한테는 누가 뭐래도 재능이 있었다.

그러나 그건 더 이상 문제가 되지 않았다.

울푸르는 자기 작품을 공연하는 비용은 자비로 대겠다는 제안을 조용히 해 봐야겠다고 이미 마음을 먹고 있다. 그 정도라면 드라마 클럽도 자신의 칠순에 맞춰 작품을 무대에 올리는 데 동의할 것이다. 그는 결코 현금이 부족하지 않았다. 오랜 외교관 생활 덕분에 풍족한 생활이 보장되었다. 고품격의 삶을 누리면서도 투자는 언제나 신중하게 했다. 이혼으로 값비싼 대가를 치렀지만, 아직 저축 잔고는 충분히 남아 있었다.

이혼. 뭔가 잘못되었다는 의혹이 점점 커져가더니 소냐의 쉰 살 생일 무렵에는 더 이상 묵과할 수 없는 지경으로 사이가 틀어져 버렸다. 아내는 쉰 살이었고 울푸르는 예순 살로 오슬로 대사관에 재직하는 공사였다. 존경 받는 고위직 외교관이었지만, 허리둘레에는 이제 살집이 좀 붙고 머리카락도 다 빠진 지 오래였다. 소냐는 놀라우리만큼 동안을 유지했다. 그녀가 뉘우침의 기색 따위는 하나도 찾아볼 수 없는 상냥한 말씨로 할 얘기가 있다고 했을 때, 그는 앞날의 사태를 예견했다. 연하의 남자를 만났던 것이다. 젊어도 아주 젊은 남자였다. 오슬로에 살고 있는 마흔 다섯 살의 엔지니어였다.

반쯤은 예상하고 있던 소식이지만 여전히 그녀 입에서 빼도 박도 못 하게 그 얘기가 나와 버리자 큰 충격을 받았다. 며칠 동안 그는 한 잠도 못 잤고, 수 년 만에 처음으로 병가를 내고 캄캄한 어둠 속에 홀로 누워 어디서부터 뭐가 잘못됐는지 알아내려 생각에 생각을 거듭했다.

족히 이십 년을 함께 보냈지만 그는 아직도 그녀를 원했다. 언젠가는 끝날 거라는 예감을 뼈저리게 하고 있었지만, 그래도 세월이 흐르면서 오래도록 함께할 수 있을지도 모른다는 희미한 희망에 매달리게 되었던 것이다.

결국 그들은 이혼을 했다. 그리고 소나는 노르웨이 엔지니어의 집으로 들어가 동거를 시작했다. 자기 집에 혼자 남은 울푸르는 갑자기 폭삭 늙어버렸고, 새로운 기회들을 잡으려 들지 않고 그저 습관처럼 의무처럼 해야 할 일을 처리하며 조용히 은퇴할 때만 기다렸다.

2년 후 어머니가 시클루 피요두르에서 세상을 떠났다. 어머니는 가족을 꾸렸던 예전의 그 커다란 집에서 노년이 될 때까지 계속 살았다. 울푸르는 삼 주일의 휴가를 내고 고향 아이슬란드로 날아가 장례식을 주관했다. 그는 외아들이었고 가문에서 마지막으로 남은 사람이었다. 지금 와서 어디서 대를 이을 자식을 얻을 가망도 거의 없었다.

장례식은 온화한 여름날 시클루 피요두르 교회에서 열렸다. 어머니는 두루 사랑을 받았고 친구들도 많았다. 울푸르는 사별로 깊은 슬픔을 느꼈다. 마음 깊은 곳에서는 어머니가 저승의 아버지를 만날 때까지 육십 년의 세월을 참을성 있게 기다렸다는 사실도 잘 알고 있었다. 예식은 심금을 울렸다. 교회에서 어머니와 가장 친하게 지내던 친구가 노래를 불렀고, 흐롤푸르가 시 낭송을 하겠다고 나서주었다. 그 유명한 책 〈언덕의 북쪽〉에 실린 아름다운 시였다.

부업으로 부동산 중개업을 하는 옛날 학교 동창 한 녀석이 어머니의 집을 판다는 광고를 해주겠다고 제안했다. 광고 초안에는 "최고의 위치에 자리한 우아한 건물"이라고 쓰여 있었다. "멋진 여름 별장이 될 것입니다."라고도 쓰여 있었다.

울푸르는 좀 생각해 볼 시간을 달라고 하고 남은 휴가 기간 동안 시클루 피요두르에 머물기로 했다. 고향에서 그렇게 오랜 시간을 보낸 것도 까마득하게 오랜만이었다. 그는 해마다 한 번은 어머니를 뵈러 오려고 노력했었다. 주로 크리스마스나 부활절, 아니면 여름철이었고 대개는 소냐와 함께였다. 어떤 해에는 어머니가 그들을 보러 오시기도 하셨지만, 건강이 나빠지신 후로는 초대를 해도 거절하셨다.

옛 마을에서 보낸 이삼 주는 이상한 경험이었다. 그 집에 머무르며 어머니를 그리워하고 아버지를 추모하는 사이 상실감은 증폭되었다. 어쩐지 자기가 들어와 살아야 할 것만 같았다. 이 작은 마을은 어쩐지 그의 마음을 강렬하게 잡아끄는 데가 있었다. 바다, 우뚝 솟은 산맥, 낡은 집들. 그는 심지어 눈조차 그리웠다는 사실을 깨달았다.

적어도 하루에 한 번은 꼭 부두까지 걸어가서 피요르드 해안 너머를 하염없이 바라보며 바다가 앗아간 아버지를 생각했다.

그 자신이 이제 피요르드 해안, 그리고 바다와 화해를 했다
는 사실은 놀라운 깨달음이었다.

집에 돌아올 때가 된 것이다.

★

그 뉴스는 정류장 커피 코너의 테이블에 놓인 일요일 신문
1면을 도배했다. 신문은 월요일이 되어서야 시클루 피요두르에
배달되었지만, 어차피 모두가 아는 사실을 글로 써서 공식화
한 것에 불과했다. 흐롤푸르가 죽었다는 사실.

흐롤푸르 크리스찬손, 세상을 떠나다.

커다란 헤드라인은 없고, 그저 신문지면 하단에 검은 테를
두른 특별기고문만 실려 있었다.

작가인 흐롤푸르 크리스찬손이 아흔 한 살의 나이로 금요일 저녁 시
클루 피요두르에서 사망했다. 그는 방년 스물두 살이었던 1941년 소설
〈언덕의 북쪽〉을 출간하면서 전국적으로 유명해졌다. 그 책은 20세기
아이슬란드 문학의 정점이라는 평가를 받았고, 독특한 문체는 19세기
아이슬란드 문학의 고전적이고 낭만적인 스타일을 혁명적이고 현대적
으로 해석해 새로운 문파의 시작을 알렸다. 비극적인 〈린다를 위한 시〉
를 포함해, 여주인공에게 쓰인 이 책의 사랑시들은 오래도록 국민정신
의 독보적인 한 자리를 차지해 왔다. 흐롤푸르 크리스찬손은 1917년 8

월 10일 시클루 피요두르에서 태어나 레이캬비크의 칼리지를 1937년 졸업하고, 덴마크의 코펜하겐에서 대학에 진학해 역사와 문학을 전공했다.

그는 2차 대전 발발 직후인 1940년 여객선 에스야Esja 호가 핀란드의 페트사모Petsamo에서 258명의 아이슬란드 시민들을 태우고 출항했을 때 함께 아이슬란드로 돌아왔다. 그는 훗날 고향인 시클루 피요두르에 정착해 여생을 그곳에서 보냈다. 흐롤푸르 크리스찬손은 생전에 그의 작품세계에 대한 뜨거운 갈채를 무수히 받았다. 그의 소설은 미국에서도 출간되었고, 유럽 전역에서 널리 읽혔으며 평단의 뜨거운 호평을 받았을 뿐 아니라 세계 각국의 독서 대중들에게도 호응을 얻어 상업적 성공을 거두었다. 그는 1974년 은퇴할 때까지 시와 단편선을 출간했다. 아이슬란드 대통령은 1990년 그에게 송골매 문화훈장(the Order of the Falcon)을 수여했다. 그리고 아이슬란드와 코펜하겐의 여러 대학에서 명예박사 학위를 수여했다. 그는 독신이며 슬하에 자식은 없다.

흐롤푸르 크리스찬손은 금요일에 오랫동안 단장 직을 맡아오던 시클루 피요두르 아마추어 드라마 클럽의 리허설 도중 사고로 사망했다.

★

"그 사람이 나한테 전화를 했어." 토마스가 말했다.

아리 토르가 눈길을 들었다.

"누가요?"

"그 친구, 기자가 나한테 전화를 했다고. 그 치들이 금세 냄새를 맡은 거지. 노인네가 취했었느냐고 묻더라고."

토마스는 머리를 긁고 한쪽 눈썹을 힘들여 휙 치켜 올려 이상하게 극적인 표정을 만들었다. 반대편 눈썹은 원래 있던 자리에 꼼짝도 않고 있었다.

"그래서 뭐라고 하셨어요?"

"그 녀석은 어차피 다 알고 있었어. 누군가 말을 흘렸던 모양이지. 노코멘트라고 했다네. 노인이 평화롭게 잠들게 가만히 두자고."

"아직도 사고라고 확신하세요?"

"그래. 쓸데없이 일을 크게 만들지 말자고." 토마스의 목소리는 확고했다.

"금요일에 말다툼이 있었다고 알고 있습니다."

"무슨 뜻인가?" 토마스는 아리 토르에게 미심쩍은 눈길을 던졌다.

"모르셨어요? 울푸르와 흐롤푸르가 심하게 싸웠다는 얘기를 들었습니다."

토마스는 놀란 얼굴이었다. "아니. 울푸르는 그런 말은 하지 않았네." 그는 이렇게 말하더니 생각에 잠겼다. "개막 전날 밤이니 뭐 그리 특별한 일은 아닐 걸세. 그런 예술가 타입의 사람들 알잖나 - 대부분은 너무 쉽게 들뜨고 흥분하지. 그런데 이런 얘기는 어디서 들었나?"

"어제 어쩌다 주워들은 겁니다." 아리 토르는 더 깊이 설명하지 않고 빠져나갈 수 있기를 바라며 말했다. 그가 우글라와 경찰 일을 논의했다는 사실은 토마스에게 알리지 않는 편이 나았다. "울푸르에게 질문 몇 개라도 더 해야 하지 않나요?"

"무슨 질문? 그건 사고였어. 쓸데없이 말벌 집을 건드릴 생각은 추호도 없네." 토마스가 말했다. 토마스는 언성을 높이며 주먹으로 테이블을 세차게 쳤다.

상황이 여기까지인 것이 확실했다.

"괜찮으시다면 전 점심시간에 수영장의 헬스클럽에 운동하러 가겠습니다." 아리 토르는 이렇게 말하면서, 자기가 화제를 바꾸어주자 토마스가 눈에 띄게 안심한다는 걸 알아차렸다.

"알았네. 그렇게 하게."

★

주의. 뛰지 말 것.
얕은 물. 깊은 물.

아리 토르는 탈의실에서 수영장으로 내려가는 계단 벽에 쓰여 있는 글자들을 백 번쯤 읽었다. 다이빙을 해서 부상 후 어깨 상태가 어떤지 확인해 보고 싶은 마음이 들었지만, 그냥 수영장을 지나 높은 나무 펜스가 빙 둘러 쳐진 뜨거운 노천탕이 있는 야외의 맑은 공기로 나왔다. 바깥은 에이도록 추웠고 공기가 숨을 죽이고 있는 것처럼 대기가 잔잔했다. 눈은 여전히 쌓여 있었고 햇빛은 풍경에 반사되어 말도 안 되게 눈이 부셨다. 아리 토르는 부르르 떨며 노천탕으로 가며 곁눈질을 했다.

아리 토르의 짐작대로 울푸르가 이미 거기 와 있었다.

아리 토르는 이전에도 수영장에 몇 번 와본 적이 있었다. 보통은 한산한 점심시간 때를 틈타서 왔다. 뜨거운 탕에 몸을 담그면 근육의 긴장이 풀렸고, 조용히 물 속에 들어가 자기만의 생각에 잠길 수 있었다. 예전에는 울푸르가 낮 12시를 전후해 탕에 오곤 했지만, 두 남자는 한 번도 서로 말을 걸지 않았다. 서로의 개인적인 시간을 존중하며 침묵을 지킬 뿐이었다. 그러나 이제는 달라져야 했다. 드라마 클럽에서의 사건을 수사할지 말지 결정하는 건 토마스의 권리였지만 아리 토르가 얘기도 못하게 입을 막을 수는 없었다.

뜨거운 노천탕에는 두 사람뿐이었다.

"전 이해가 안 되는 게 있어요." 아리 토르가 말했다. "피요르드 해안 저 너머까지 다 보이는 전망을 가진 이런 멋진 곳에 왜 야외수영장이 없을까요? 수영장에 천장이 있다는 게 정말 아쉽습니다."

"뭐라고요?" 울푸르가 화들짝 놀라며 물었다.

"안녕하세요. 저는 아리 토르라고 합니다. 금요일에 뵈었지요."

울푸르는 코웃음을 쳤다. "아, 그래요. 뭐. 그런 것 같기도 하고." 울푸르는 말했다. "그 목사님, 맞죠?" 그는 나직한 목소리로 덧붙였다.

"맞습니다." 아리 토르는 그 별명에 대해서는 별다른 논평 없이 지나쳤다. "그렇게 생각지 않으세요?"

"뭐요? 수영장?"

아리 토르가 고개를 끄덕였다.

"사실, 별로 안 그래요. 옛날에 야외수영장이었던 시절을 똑똑히 기억하고 있거든요." 울푸르의 얼굴과 지친 눈에 떠오른 표정을 보아 하니 이 마을의 좋았던 전성기를 말하는 게 분명했다. "겨울에 눈이 하도 많이 내려서 절대 피크닉처럼 신나지만은 않았소. 마침내 수영장에 천장을 만들었을 때는 다들 안도했다니까."

어색한 분위기는 풀었다고 생각한 아리 토르는 자신의 우세를 밀고 나갔다.

"개막 공연이 미뤄졌다고 들었습니다."

"그래요, 다른 대안이 없어서. 장례식 이후로 미뤄야 했습니다."

"흐롤푸르와 친하셨어요?"

"상당히 친했죠. 나이대의 경계가 어딘지는 흐릿하지만 그분은 세대가 달라서." 그는 미소를 지었다. "그래도 우리는 둘 다 연금생활자 클럽에 속하니까요."

"불쌍한 노인, 계단에서 그렇게 미끄러지다니."

울푸르는 고개를 끄덕이고 하늘을 바라보았다.

"눈이 올 것 같군요." 그가 말했다.

"선생님께서도 그 분이 마지막으로 말씀을 나누신 사람들 중 한 분이셨을 텐데." 아리 토르는 스치는 말처럼 아무렇지도 않게 말했다.

울푸르도 그런 식으로 받아들이고 별 생각 없이 답했다. "아마 그럴 공산이 크죠…. 리허설 하면서 소소한 수정을 좀 했거든요. 마지막 순간에 그러면 좀 짜증이 나지만, 가끔 그래야 할 때가 있단 말입니다. 다른 사람들이 저녁을 먹으러 간 사이에 몇 가지 설정들에 대해서 의논을 하고 있었어요. 그리고 보통 때와 마찬가지로 그는 아주 명석한 지적들을 했어요. 그럴 땐 뭐 아주 탱탱하게 살아 있었죠." 그는 말을 하다 말고 멈췄다. "미안하오. 교양 없는 흰소리를 해서."

"하지만 두 분은 일의 협조가 잘 되시는 편이었죠?"

"그랬죠, 나쁘지 않았소." 그는 말하면서, 그 날 첫 번째로 떨어질 눈송이를 기다리듯 눈길을 들어 하늘을 보았다.

젊은 여자 하나가 와서 울푸르나 아리 토르에게 아무 말도 하지 않고 노천탕에 들어왔다.

아리 토르는 술 얘기를 묻고 싶었다. 실제로 흐롤푸르가 얼마나 취했는지 궁금했다. 그러나 이런 얘기야말로 나중에 문제가 될 수 있었다. 별다른 일이 일어나지 않는 사회에서 남들의 뒷이야기만큼 탐스러운 건 별로 없다. 그들과 함께 있는 여자는 관광객보다는 지역 주민처럼 보였다. 마을이 눈과 어둠에 뒤덮이고 도로가 생명을 위협하는 이맘때에는 이 지역을 방문하는 사람들이 거의 없었다. 아리 토르가 지나가다 스쳐 들은 얘기로는 요즘 일기예보도 몹시 좋지 못하다고 했다. 그는 북부로 이사 오고 난 뒤로 아예 일기예보를 잘 보지 않게 되었다. 어차피 날마다 날씨가 나쁠 전망이었으니까.

"그렇게 수월한 성격은 아니셨나 봐요?" 아리 토르가 계속 따져 물었다.

"뭐, 그렇지, 가끔은. 가끔은 좀 그랬지." 울푸르가 다시 눈을 들어 하늘을 보았다.

아리 토르는 유혹을 뿌리칠 수가 없었다. "금요일에 두 분께서 말다툼을 하셨다는 얘기를 들었습니다." 그가 말했다.

울푸르는 아리 토르의 경쾌한 말투에 속지 않았다.

"무슨 뜻이요?" 그는 따져 묻더니 벌떡 일어났다. 부드러운 첫 눈발들이 날리기 시작했다. "이게 무슨 빌어먹을 쥐조 같은 거요?"

아리 토르는 아무 말도 하지 않고 미소를 지은 뒤 울푸르의 시선을 피하기 위해 여자 쪽을 보았다. 그녀는 표정 하나 바꾸지 않았다. 남들의 언쟁에 휘말리려고 노천탕에 온 건 아니라는 눈치였다.

그가 다시 시선을 돌려 보았을 때, 울푸르는 이미 가고 없었고 눈이 내리고 있었다. 두텁고 새하얀 어둠처럼 눈이 내렸다. 아리 토르는 깊이 심호흡을 하고 언제라도 덮쳐올 폐소공포증을 쫓으려 애썼다.

## 22

# 시클루 피요두르
## 2009년 1월 12일 월요일

팔미 파울손Pálmi Pálsson은 시민회관 광장에서 이른 새벽 울 푸르와 만났을 때 그가 그냥 목례만 하고 지나쳐서 다행이라 고 생각했었다. 팔미는 광장을 가로질러 부둣가로 내려갔다. 원래 그가 아침 산책을 즐겨 하는 경로였다. 3년 전 교직에서 은퇴한 이래로 꾸준히 이어온 습관이었다.

그의 마지막 출근 날, 교직원과 학생들이 퇴임식을 열어주 어 그의 앞날을 축복해 주었다. 그 때도 흐롤푸르가 죽은 날 처럼 금요일이었다. 학기 마지막 날이라서 아이슬란드 전역에 이미 봄기운이 완연했다. 하지만 사방에 하얀 산맥이 둘러싸 고 있는 시클루 피요두르는 예외였다. 산등성이에는 여전히 눈 이 잔뜩 쌓여 있어서 여름은 아직도 한참 멀었다는 느낌이 들 었지만, 스키를 타고 내려올 정도는 아니었다. 팔미는 일흔셋 의 나이였지만 여전히 열정적으로 스키를 즐겼다.

일흔셋이라. 도저히 믿어지지가 않았다. 그는 정정했고 친구 와 지인들은 항상 그가 젊어 보인다고 말했다. 더도 덜도 말고 딱 예순 살 같아, 팔미. 어떻게 그렇게 관리하는 거야? 물론 다 거짓 말이라는 걸 안다. 머리는 반백이 되었어도 덕분에 오히려 더 잘생긴 외모가 눈에 띄었다. 그러나 거울에 비친 모습을 보면 도저히 젊다고 할 수는 없는 얼굴이었다. 야윈 얼굴에는 핏줄이 비쳐 보였고 뺨은 푹 꺼져 있었다. 어머니가 돌발적인 뇌출혈로 세상을 떠나신 건 불과 예순일곱의 연세였다. 더 젊었던 시절에는 어머니와 같은 길을 걷게 될까 봐 두려워하기도 했지만, 그 걱정은 이미 극복한 지 오래였다.

어머니가 돌아가셨던 해인 1983년에 그는 이미 지역 초등학교에서 수년 동안 교편을 잡고 있었다. 어머니는 광장 근처의 낡은 주택에 살면서 아들이 흐바니라브라우트Hvanneyrarbraut에 산 집에 들어와 살지 않겠다고 완고하게 고집을 부리셨다. 피요르드 해안이 내다보이는 그 집에 그는 아직도 살고 있다. 광장과 극장 둘 다 상당히 가까우면서도 주위가 쾌적했다. 해변에 바짝 붙어 있다시피 해서 시야 제한 없이 바다가 훤히 내다보였다.

잘생긴 외모의 유전자는 아마 아버지 쪽에서 물려받았을 것이다. 하지만 아버지는 불과 스물네 살의 나이에 결핵에 걸려 단명하셨다. 팔미는 늘 기억도 하지 못하는 아버지에게 강한 유대감을 느꼈다. 두 사람이 함께 찍은 사진들이 기껏해야 몇 장 남아 있었는데, 그건 다 아버지가 덴마크에서 운을 시험해 본다면서 가족을 두고 떠나기 전인 1936년에서 1937년에 찍은 것들이었다. 그 때 팔미는 겨우 한 살이었다. 팔미와 어머니는 시클루 피요두르에 남겨졌지만, 어머니는 단 한 번도 원망스러운 마음을 내색한 적이 없었다.

그이는 자유가 꼭 필요했어. 팔미는 언젠가 어머니가 그런 말씀을 하시는 걸 들은 적이 있다. 오래 전 세상을 떠난 아버지를 향한 그의 무의식적인 애틋한 마음도 그런 어머니의 태도에서 기인한지도 모른다. 어머니는 아버지를 사랑하셨다, 적어도 한동안은.

어머니에게도 혹독한 일이었다. 참으로 힘들던 시절 외딴 북부 해안 마을에 어린 자식과 함께 남겨진 어머니에게 삶은 결코 만만치 않았다. 그 시절 수많은 다른 사람들이 그러했듯, 아버지는 덴마크에서 결핵에 걸렸고 너무나 젊은 나이에 세상을 떠나 버렸다. 아이슬란드를 떠나고 불과 일 년 만에.

팔미는 초등학교에서 인기가 좋았다. 그는 양심적인 교사였고 여름 방학이면 등산을 했다. 해외에는 세 번 나가보았다. 세 번 다 제자들을 인솔하고 나가는 체험학습 때문이었다. 그러나 더 큰 세상을 탐험하고 싶다는 충동은 한 번도 느껴본 적이 없다. 그런 점은 어머니의 유전자를 닮았나 보다고 생각했다.

어머니는 언제나 신중했고 동전 하나까지 꼼꼼히 세면서 늘 분수에 맞는 씀씀이를 지켰다. 팔미는 그렇게 절약하시던 어머니가 남긴 유산이 고작 장례식 비용을 간신히 댈 정도밖에 되지 않는다는 사실이 의외였다.

그는 언제나 외톨이였다. 평판 좋고 실력 좋은 교사였지만 직장 밖에서 친구를 사귀는데 어려움이 있었다. 그의 인생에는 로맨스도 귀하기 짝이 없었고, 특히 이제는 너무 늦었다. 아니, 정말 그럴까? 어쩌면 망설이고, 기회가 왔을 때 펄쩍 뛰어 잡지 못한 자기 잘못인지 모른다. 젊었을 때는 사랑에 빠졌던 때도 있지만, 도박을 할 용기가 나지 않아 다 잡은 기회를 흘려버리고 말았다. 그 시절을 회상할 때면 후회가 남았다. 그러나 그는 현실적인 성격이었고 한 번 지나간 일은 돌아보지 않으려 스스로를 다잡곤 했다. 뒤를 돌아보면 너무 고통스러웠던 것이다.

은퇴한 후로 그는 글쓰기에 온전히 몰입했다. 마을의 다른 집들에서 미처 커튼을 걷기 한참 전 이른 아침에 일어나, 매일 피요르드 해안이 내려다보이는 서재에서 글을 쓰는 습관을 들였다. 식사를 마치고 난 밤 시간에는 다시 컴퓨터 앞으로 돌아가 한두 시간 더 앉아 있었다. 어스름이 일찍 내리는 겨울 동안은 촛불을 여러 개 켜서 낡은 잼 병에 넣어 창가에 놓아두었다. 컴퓨터 앞에 앉아서 촛불에서 피어나는 아지랑이를 통해 어두운 바깥을, 바다와 건너편 피요르드 해안가의 육지를 내다보곤 했다.

그의 책은 순조롭게 진행되었고, 최고의 역작을 제외하고도 벌써 세 편이나 희곡을 써냈다. 희곡들은 훨씬 쉽게 써져서 소설 작업에 균형을 맞춰 주었다. 첫 번째 작품은 우스꽝스러운 소극이나 마찬가지였지만 두 번째 작품은 조금 더 정극에 가까웠다. 그가 최고라고 생각하는 세 번째는 진짜 드라마로, 가벼운 장면들도 깔끔하고 완벽하게 대본에 녹아들어 있었다. 그게 사람들이 원하는 것이었다. 웃고 울 수 있는 기회 말이다. 그 세 번째 희곡이 이번 토요일 드라마 클럽이 무대에 올리려고 했던 바로 그 작품이었다.

부두에 서서 피요르드 해안을 따라 육지를 바라보았다.

덴마크 손님들은 아직 잠들어 있었다. 노부인과 그녀의 아들. 대체 왜 굳이 여길 왔어야 했을까? 지하 독채에 그 노부인이 있다. 아흔 살 나이에 아들을 달고 아이슬란드로 순례를 와서는, 순전히 덴마크에 머무르던 당시의 아버지를 알고 지냈다는 이유만으로 팔미네 집에 와서 머무르고 싶다는 요청을 했다.

"시클루 피요두르에 갈 수 있는 기회를 놓치고 싶지 않네요. 부친께서는 늘 그리움을 담아 그곳에 대해 말씀하셨거든요." 로사Rosa는 수화기 너머에서 또렷한 덴마크어로 말했다. 수십 년 동안 그 언어를 가르쳐왔던 팔미는 수월하게 덴마크어를 말할 수 있었다. 이맘때에는 날씨가 예측불가능하기 때문에 시클루 피요두르를 제때 못 떠날 수도 있고, 심지어 시클루 피요두르까지 오기도 어려울 거라고 했다.

"괜찮아요, 그래도 한 번 시도는 해보겠어요. 죽기 전에 내 눈으로 피요르드 해안을 너무나 보고 싶어요. 새해에는 불꽃놀이를 보고 싶어서 레이캬비크에 있어야 하거든요." 그녀는 어린애처럼 천진난만하게 흥분에 달뜬 말투로 말했다. "날씨가 괜찮으면 새해 지나고 나서 그 집에 며칠 신세를 져도 괜찮을까요?"

어떻게 거절을 할 수 있단 말인가?

손님들은 다음 주 월요일에 다시 남부로 돌아갈 예정이었다. 아직도 일주일이나 꼬박 남았다.

아직은 산들바람이 이는 기척도 없었지만, 이런 곳에서는 필연적으로 머지않아 폭풍이 불어 닥칠 거라는 걸 팔미는 이미 잘 알고 있었다.

## 23

# 시클루 피요두르
## 2009년 1월 13일 화요일

뉴스는 겨울 첫 서리처럼 퍼졌다.

울푸르가 수영장 노천탕에서 취조를 당했다는 소식을 거의 모든 사람이 알게 되었고, 그 이야기는 입에서 입으로 전해지면서 점점 살이 붙었다. 아리 토르가 토마스한테서 그 얘기를 들었을 무렵에는 원래와는 딴판으로 변형되고 증폭되어 있었지만, 솔직히 일말의 진실은 존재한다는 점은 인정해야 했다. 이야기의 핵심은 옳았다. 그가 울푸르에게 드라마 클럽에서 있었던 일련의 사건들에 대해 물어봤으니까.

토마스는 아리 토르에게 확실히 화가 나 있었고, 심지어 흘리누까지도 평소에 늘 하던 농담 따먹기를 하려 들지 않았다. 현재 일어나고 있는 난리통에는 유머가 끼어들 구석이 하나도 없다는 걸 감지했던 것이다.

"이 사건은 종결됐어." 토마스는 확고한 어조로 말했다. "그건 사고였고, 그게 그 사건의 전말이야. 지난번에 내가 똑똑히 알아듣게 얘기한 줄 알았는데."

아리 토르는 고개를 끄덕였다.

"한 번만 더 주제넘게 굴면 여기서는 끝장인 줄 알게."

경찰서 분위기는 거의 악의에 차 있었다. 바람이 지붕널을 무섭게 두드리고 있는 상황에서, 창문을 열어봤자 악의가 빠져나가는 데에 아무 소용이 없었다. 눈이 더 심하게 내리고 있었고 기온은 영하 밑으로 떨어졌다.

아리 토르는 지난 며칠 동안 잠을 제대로 자지 못했다. 주거침입 사건이 여전히 마음에 걸렸지만, 무엇보다 한밤중에 호흡곤란을 일으키며 잠에서 깨어나는 게 가장 무서웠다.

"사람들이 겁에 질려 있어요." 흘리누가 뜬금없이 말했다. "그게 내 느낌입니다."

"무슨 소린가?" 토마스가 그를 돌아보며 말했다.

"뭐, 우리가 여기서 드라마 클럽 사건을…, 어…, 어…," 흘리누는 말을 끊었다. "살인사건으로 수사한다고 생각하는 것 같다는 거죠."

당신 그러면 도움이 안 되잖아, 아리 토르는 생각했다.

아리 토르는 흘리누를 무섭게 노려봤지만, 전혀 효과가 없어 보였다. 같이 토마스 밑에서 일하고 있지만 흘리누는 아리 토르의 편이 아니었다. 아리 토르는 신참이었다. 동네에 새로 온 데다 어차피 오래 머물지도 않을 사람이었다.

"사람들이 두려워한다는 건가?" 토마스가 흘리누를 꿰찌를 듯한 눈빛으로 보며 말했다.

"제가 받는 느낌은 그렇습니다. 한두 명이 심지어 그런 말을 흘리기도 했어요. 작은 마을에서 살인사건이 났다는 건 심란한 일이지요. 그것도 이런 계절에 ─ 한겨울에 말입니다." 흘리누는 자기가 뭔가 대단한 존재라도 된 표정으로 말했다. "사람들의 상상력이 미친 듯이 날개를 펴거든요."

"이런 제기랄 빌어먹을." 토마스가 투덜거렸다.

아리 토르가 고개를 끄덕였다.

제기랄 빌어먹을.

기회를 장렬하게 날려먹기 일보직전이었다. 첫 임지인데, 모든 게 엉망진창으로 망가지고 있는 것 같았다.

제기랄 빌어먹을.

칼리지 졸업한 지 오 분도 채 되지 않은, 머리에 피도 안 마른 애송이였던 아리 토르는 뒤를 봐줄 노련한 경험도 없으면서 자신의 육감을 믿은 대가를 거창하게 치르고 있었다. 젊은 처녀 우글라의 말 때문에 자기도 모르게 흐롤푸르의 죽음과 울푸르가 관련이 있다는 생각에 마음이 동해버렸던 것이다.

오늘 거리에는 돌아다니는 사람들이 보통 때보다 많았다. 이 기회를 틈타 밖에 나와 맑은 공기를 쐬기도 하고, 눈이 다시 거리를 뒤덮어 통행이 불가능해지기 전에 심부름을 하는 사람들도 있었다.

"통대구살 두 점이요." 그의 앞에 서 있던 남자가 주문을 했다.

아리 토르는 그를 단박에 알아봤다. 흐롤푸르가 사고로 세상을 떠난 저녁, 극장 밖에서 만났던 사람이었다. 그는 바로 칼, 드라마 클럽의 멤버였다. 그는 꽤 점잖은 사람처럼 보였다.

카운터 뒤의 남자가 대구살을 포장해 주었다. 칼은 주머니에서 쪽지를 한 장 꺼내면서 잔돈을 떨어뜨렸지만, 아리 토르는 일단 못 본 체했다.

잠시 뒤, 아리 토르는 바닥에 떨어진 동전을 집어 들고 칼의 어깨를 톡톡 쳤다.

"동전을 잘 챙기셔야죠." 아리 토르는 동전을 건네주며 말했다.

"안녕하세요, 아리 토르, 맞죠?"

"맞습니다. 안녕하세요." 그는 이 기회를 활용해 금요일 저녁 사건에 대해 물어보고 싶었지만, 그러지 않는 편이 좋다는 걸 알고 있었다. 아무리 악의 없는 대화라도 순식간에 선정적인 화제를 몰고 올 수 있다는 걸, 쓰라린 경험을 통해 배웠던 것이다.

"시클루 피요두르는 어떻습니까?" 칼이 물었다.

"좋습니다, 덕분에." 아리 토르가 답했다. 아마 완전히 진실된 대답은 아니었지만, 지금은 영혼을 털어 속을 보여줄 때가 아니었다.

칼이 미소를 짓자 그의 눈이 반쯤 감겼다. "익숙해지실 겁니다."

"여기서 오래 사셨습니까?"

"여기서 태어나서 자랐지요. 하지만 다시 돌아온 지 얼마 되지 않았어요. 여기만한 데가 없더라고요."

아리 토르가 머릿속으로 찾아 헤매던 단어가 떠올랐다. 듬직하다. 이 남자는 어쩐지 푸근한 데가 있었다.

"흐롤푸르의 죽음을 살인으로 보고 계신다고 들었어요." 칼이 요란한 속삭임으로 말했다. "정말 살해당한 겁니까?"

"뭐 도와드릴까요?" 생선장수가 성격 좋은 얼굴로 아리 토르를 바라보며 말했다.

"아니요, 그냥 사고였습니다." 그는 칼에게 말했다.

그냥 사고.

★

칼은 고향 시클루 피요두르로 다시 돌아올 생각은 꿈에도 하지 않았고, 특별히 이곳에 애정이 있지도 않았다. 그러나 코파보구르의 주택이 불시에 팔리고 빚쟁이들이 끊임없이 현관문을 쿵쿵 두드리는 사태가 닥치자 그와 린다 둘 다 시클루 피요두르로 갈 수밖에 없다고 생각했다. 잔인무도한 사채업자들은 도박 빚을 갚으라고 종용했고 호락호락 빈손으로 물러나는 경우가 없었다. 걷어갈 게 없으면 그 날은 보통 폭행으로 끝나곤 했다.

칼은 세상에서 무서워하는 게 별로 없었지만 고통의 역치는 매우 낮았다. 북부로 이사하겠다는 결심은, 어느 날 저녁 흥분한 사채업자의 방문이 몹시 나쁘게 끝난 후 급작스럽게 하게 되었다. 칼은 운발이나 주먹을 믿고 살 수 없다는 걸 알았고, 다음번에는 두 사람이 함께 대처하고, 좀 더 든든하게 무장해야 한다고 생각했다. 그들이 시클루 피요두르까지 따라올 가능성은 거의 없다고 생각했지만, 그래도 만일에 대비하기 위해 그는 추적하지 못하도록 주민등록 이전을 하지는 않았다. 채무는 그렇게 거액은 아니었다. 오십만 크로나krónur 정도쯤 되었다. 그보다 훨씬 더 많이 빚질 때도 허다했다.

그는 린다에게 도박을 그만두겠다고 약속했었다. 놀랄 일도 아니지만, 린다는 그가 수요일 밤마다 정기적으로 포커를 친다는 얘기를 듣고 완전히 이성을 잃었었다. 그러다가 맥주와 모노폴리 보드게임에서 쓰는 가짜 돈 이상은 절대 걸지 않고 플레이한다고 장담을 하자 그제야 마뜩지 않아하면서도 진정을 했다. 맥주, 아니 전반적으로 술은 한 번도 문제가 된 적이 없다. 그의 아킬레스건은 도박이었다.

옛 동창들을 만나는 건 재미있었다. 학교 동기들 중에서는 시클루 피요두르에 남아 있는 친구들이 손에 꼽힐 정도였다. 그들은 오후에 지금까지도 미혼인 친구의 집에 모여 포커를 쳤다. 기분전환으로 정말 좋았다. 긴장을 풀기에도 훌륭한 수단이었고, 그 이상은 절대 아니었다.

가끔씩 모여 진짜 돈을 걸고 하는 '다른' 포커 클럽은 린다에게는 철저히 비밀이었다. 종종 거액의 돈이 오가는 판이었다. 칼은 판돈으로 걸만한 게 생기면 그 때마다 참여했다. 테이블에 공석이 났기를 바라면서 빈손으로 갈 때도 있었다. 가끔은 플레이할 돈을 누가 빌려주기도 했다. 안 그럴 때도 있었다. 어쩔 수 없이 그는 도박에 매료되었다. 그를 나락으로 끌어당기는 마력의 힘이었다.

그와 린다는 15년 전 덴마크에서 서로를 알게 되었다. 두 사람은 아이슬란드로 이사오기 전에 덴마크에서 십 년 동안 함께 살았다. 린다의 아버지는 덴마크인이었고 어머니는 아이슬란드인이었으며, 린다 역시 어렸을 때는 아이슬란드에서 살다가 열두 살 때 덴마크로 이사했다. 칼은 아이슬란드에서 더 오래 살았고, 1983년 부모님이 시클루 피요두르에서 덴마크로 터전을 옮기기로 결정했을 때 그의 나이 열일곱 살이었다. 그들은 덴마크의 코펜하겐 외곽의 무너져가는 아파트에 살았었는데, 그러다가 칼은 아르후스Ärhus로 제 살길을 찾아 떠났고 그곳에서 린다를 만났다.

칼과 부모님 사이에는 공통점이 별로 없었다. 두 분은 보수적이고 지독하게 정이 많았다. 그는 정이 철철 넘쳐흐르다 못해 숨이 막히는 부모님의 애정을 혐오했고, 아르후스에서 손에 현금을 쥐어주는 일자리가 생기자 곧장 집을 나왔다. 다행스럽게도 부모님을 비좁은 코펜하겐 아파트에 남겨두고 떠날 수 있었던 것이다.

린다는 칼에게 뜻밖의 행운이었다. 린다의 부모님이 쓰라린 이혼을 했고, 그 대혼란 속에서 린다는 칼의 품을 찾았기 때문이다. 칼과는 달리 린다는 칼리지를 마치고 간호사 수련을 하던 중이었다. 린다가 덴마크, 레이캬비크, 그리고 지금은 시클루 피요두르를 거치며 취직을 했기 때문에 두 사람은 생계를 유지할 수 있었다.

반면 칼은 북부로 이사 온 뒤로 내내 백수였다. 그해 여름과 가을에는 시간이 남아돌아 초등학교 소유로 배정된 작은 낚싯배를 수리하기까지 했다. 오랜 지인이 그 학교에서 자원 봉사를 할 사람을 찾는다는 얘기를 전해주었다. 배를 수리해야 하니 손재주가 좋은 사람이어야 한다고 했다. 칼은 망설이지 않았다. 자기 삶에서 어떤 일이 벌어지고 있건 상관없이, 그저 아이들과 함께 하고, 아이들을 위해 할 수 있는 일이라면 언제나 수고를 아끼지 않았다. 덴마크에서도 종종 자원 봉사를 했었다. 그는 자기가 왜 아이들을 위한 일이라면 물불을 가리지 않는지 스스로도 이해가 잘 되지 않았다. 그저 아이들의 순수를 최대한 오래 지켜주고 싶은 마음이 들 뿐이었다. 하지만 이상하게도, 언젠가 자기한테도 자식이 생길지 모른다는 생각은 전혀 들지 않았다.

배 수리 일 말고도 가끔 제안이 오면 막노동을 했다. 그리고 마지막 잔돈 하나까지 도박 테이블에 갖다 바쳤다.

그는 카드 테이블과 떨어져 있을 때면 기어를 낮은 단으로 맞춰놓은 사람 같았다. 손에 카드를 쥐었을 때에만 그는 옥탄가 높은 휘발유로 활활 타오르듯 완전히 살아 있다는 실감이 났다. 혈관을 타고 흐르는 피가 생생하게 느껴졌고 다른 건 아무 것도 중요하지 않았다. 심지어 이기고 지는 것도 별 의미가 없었다. 그 짜릿한 흥분, 심장이 멎을 듯한 무모함이 그의 발목을 잡고 또 잡아서 카드 테이블로 끌고 돌아갔다. 비록 패배가 다음 날까지 죄책감에 가득한 고통스러운 숙취를 유발하긴 했지만 말이다. 그보다 더 나쁜 건 빚이 생기는 것이었다. 이런 식으로 행동하는 버릇이 그의 본성에, 라이프스타일에 뼛속까지 새겨져 있어서 이젠 빚 때문에 밤잠을 설치지도 않게 되었다. 빚은 그저 카드 테이블 앞 그의 자리로 돌아가기 전까지 해결해야 될 현실적인 문제일 뿐이었다.

가끔 그는 자기 앞의 미래가 어떻게 될까 궁금하기도 했다. 린다는 다른 곳으로 떠나고 싶어 안달이 나 있었다. 하지만 그는 성장기를 보냈고 친구와 지인들이 있는 마을에 사는 데 만족하고 있었다. 게다가 그 동네에서 열리는 무대의 스타까지 되지 않았는가.

칼이 토르못가타의 집 문을 열었을 때는 사람이 없는 것처럼 보였다. 거실을 들여다보았지만 아무도 없었다.

거실은 유달리 알록달록했고, 대부분의 가구가 오래된 티가 역력했다. 자수 쿠션들 몇 개가 놓인 꾀죄죄한 노란 소파, 작은 커피 테이블, 낡은 책장이 있었다. 그리고 벽에는 총천연색 무지개 색깔의 작은 기념품 접시들과 작은 덴마크 풍경화 한 점이 소파 위에 걸려 있었다. 낡고 해진 가죽 소파 맞은편에

소형 텔레비전이 놓여 있었다. 그 옆 나무 테이블에 낡은 꽃병이 놓여 있었다. 린다가 가족에게서 물려받은 60년대의 물건이었다.

침실에서 칼은 불을 켰다. 린다는 십중팔구 70년대쯤으로 거슬러 올라가는 허름한 침대에 누워 잠들어 있을 것이다. 침대는 집을 임대할 때 헤드보드 위쪽 벽에서 내려다보는 예수님 그림과 함께 딸려온 것이었다. 스탠드 두 개가 침대 양쪽 측면에 놓여 있었고, 그것들 역시 침대만큼이나 오래된 게 틀림없었다. 불빛에 린다가 잠을 깨 뒤척거리며 눈을 비볐다.

"일어나, 이 잠꾸러기! 내가 저녁식사거리로 대구를 사왔어."

## 24

# 시클루 피요두르
## 2009년 1월 14일 수요일

어린 소년은 저녁식사 후에 눈밭에 나가서 놀아도 된다는 허락을 받았다. 방금 내린 즐거운 눈이 창조한 신비의 세계에서는 어떤 일이 일어나도 이상하지 않을 것 같았다. 저녁 시간 무렵에는 어지럽게 굴러 떨어지던 눈송이들이 이미 그친 뒤였기 때문에 어머니가 마침내 나가 놀아도 된다고 해 준 것이다.

목에 방울을 단 작은 고양이 한 마리가 조용한 저녁에 바깥으로 나와, 몸을 활처럼 구부리고 가르릉거리면서 아이를 옆집 정원으로 유혹했다. 고양이는 꽁꽁 얼어붙은 경계선 너머 또 다른 정원으로 아이를 데리고 갔다. 아이는 나중에 나무들 사이로 살짝 빠져나오면 다시 집으로 돌아올 수 있다는 걸 잘 알고 있었다.

아이는 눈 속에서 신이 났다. 워낙 천성이 그랬다. 어둠은 편안하고 아늑했다.

천사의 모습, 아름다운 눈의 천사는 겁나지 않았다.

아이는 그 여자를 알았다. 그 집 정원에서 워낙 자주 놀아서 심지어 그녀의 이름도 알았다. 이해할 수 없었던 건 어째서 그렇게 가만히 누워 있는지, 그리고 어째서 스웨터를 입고 있지 않은지 그것뿐이었다. 아이가 보기에는, 그녀의 머리를 휘광처럼 둘러 피에 붉게 젖은 눈은 무척이나 아름다웠다. 진주처럼 뽀얀 정원을 원색으로 장식하는 장식품으로 보였다.

아이는 여자를 방해하고 싶지 않아 마지막으로 그 경이로운 광경에 눈길을 던지고는 집으로 돌아갔다. 가는 도중에 딱 한 번 눈을 뭉치려고 발을 멈췄을 뿐이다.

★

칼은 맥주잔을 내려놓았다. 경험으로 굳어진 오랜 버릇 덕분에 그는 카드를 가슴팍에 아주 가까이 잡곤 했다. 아무도 믿어서는 안 되었다. 스페이드 6과 클로버 7을 손에 쥐고 있었고 테이블에는 4, 8, 그리고 잭이 놓여 있었다. 그 말은 승리할 가능성이 있다는 뜻이었다. 그들이 둘러앉은 둥근 테이블은 초록색 천으로 덮여 있었고, 끄트머리쯤에 바삭바삭한 과자가 든 그릇이 하나 놓여 있었다. 손으로 잡아당겨 놓은 듯한 팽팽한 긴장감이 느껴졌다.

옛날 학교 동창들은 그의 수를 기다리며 신중하게 지켜보았다. 힘든 결정은 아니었다. 모노폴리용 가짜 돈을 걸고 하는 플레이에 불과했으니. 마음 한 켠에서 점점 커져가는 감정은 바로 진짜 게임에 대한 갈망이었다. 진짜 포커에 비하면 이건 어린애 놀음이었다. 다음 주에 한 판 할까? 하지만 그는 완전히 파산 상태였고 이미 친구한테 수천 크로나를 빚지고 있다.

이 판에서 죽지 않고 계속 가기로 마음을 먹는 순간 폰이 울렸다. 발신번호를 보았지만 모르는 번호였다. 그 지역 지선이라는 걸 보고 그는 전화를 받았다. 보통은 낯선 번호를 받지 않는 그였다. 잘못해서 남부에서 온 사채업자들하고 얽히게 될까 봐 두려워서였다.

"칼?"

여자의 목소리, 누군지 알아들을 수 없는 여자의 목소리였다.

"저 맞습니다."

여자가 자기소개를 했다. 린다와 칼이 사는 집 근처에 살고 있던 옛날 학교 친구라고 했다.

"저기 말이야. 우리 아들, 우리 군니Gunni가 방금 너희 집 정원에 들어갔어." 그녀는 마치 뭐라 해야 할지 할 말을 찾는 것처럼 잠시 망설였다. "집으로 전화를 걸려고 했지만 답이 없었어. 우리 애가 그러는데 린다가 나체로 바깥 정원에 있었대. 애들이 원래 이상한 말들을 하잖아… 하지만 그래도 너무 이상해서. 괜찮은지 확인해 보려고 전화를 했어."

"내가 아는 한은 괜찮은데…" 칼이 말했다. "내가 확인해볼게. 전화해줘서 고마워."

그는 그 말과 함께 전화를 끊고 일어나서 카드 패를 테이블에 올려놓았다.

"미안해, 친구들. 아무래도 집에 가 봐야 되겠어. 다시 올게."

그는 의자 등에 걸쳐 두었던 재킷을 집어 들고 추위 속으로 나섰다. 다시 눈이 내리고 있었다. 어찌나 심하게 내리는지 앞이 보이지 않았다.

★

앰뷸런스가 경찰 지프차보다 몇 초 먼저 도착했다. 아리 토르와 토마스가 당직을 서고 있었다. 흐롤푸르 사건으로 인한 불화는 비상 전화번호로 걸려온 칼의 전화를 받는 순간 모두 잊혔다. 아리 토르는 이제 검은 청바지와 감색 스웨터를 입고 뒷문에 서 있었다. 그의 재킷은 눈밭에 놓여 있었다.

구급대원들이 움직임이 없는 몸뚱어리 옆에 쭈그리고 앉아 맥박을 짚고 있었다. 발자국을 채취할 가능성은 없어 보였다. 쓸모 있는 증거가 될 만한 것들은 모두 갓 내린 햇눈에 지워져 버린 지 오래였다. 앰뷸런스 대원들과 칼이 어차피 현장을 마구 밟고 다니기도 했다.

그녀는 파랗게 질린 입술을 하고 두 눈을 꼭 감은 채 눈 속에 누워 있었다. 아리 토르는 그녀를 전에 본 적이 없었다. 린다 크리스텐센, 칼의 아내였다. 그녀는 보는 사람이 심란하리만큼 평화로워 보였다. 남편 칼은 한쪽에 비켜서 있었고 아리 토르는 바로 전날 생선가게에서 그렇게 쉽게 대화를 나누었던 이 호감 가는 남자를 향해 물밀 듯 덮쳐 오는 연민을 느꼈다.

린다는 양팔을 쫙 뻗고 있었고 눈에 흥건하게 피가 고여 있었다. 너무 심한 출혈이었다. 아리 토르는 분노를 주체할 수 없어 호흡을 고르려 애썼다. 사건을 너무 개인적으로 받아들이는 건 바람직하지 않다는 건 그도 잘 알고 있었다. 판단이 흐려지지 않도록 심리적 동요와 분노를 다스려야 했다.

누가 이런 짓을 하는 거지? 눈 속에서 핏물에 젖어 사람이 죽어 가는데 그대로 버리고 가는 사람은 대체 어떤 인간이지?

그녀는 청바지 외에는 아무것도 걸치고 있지 않았다. 맨발, 허리 위로는 나체.

그는 그녀가 죽었다고 거의 확신했다. 가슴에 자상이 하나 있었다. 깊지는 않았지만 창백한 몸통에 대비되어 소스라치게 뚜렷해 보였다. 그리고 한쪽 팔에는 더 깊은 상처가 나 있었다. 이 상처가 훨씬 더 심각해 보였고, 그녀 주위의 하얀 눈에 번져나간 진홍빛 얼룩의 원인이었다.

방어를 하다가 생긴 상처일까?

무기?

나이프knife?

아리 토르는 주위를 둘러보다가 토마스 역시 무기를 찾고 있다는 걸 깨달았다. 그러나 수수께끼처럼 흩어져 있는 발자국들과 여전히 내리는 눈발 덕에 아무것도 보이지 않았다.

"레이캬비크의 과학수사팀을 불러야 할까요?"

아리 토르는 범죄 현장의 수사 절차에 대해서는 기본적인 내용밖에 훈련받지 못했다. 그래서 해서는 안 될 일과 증거 오염을 피하는 방법 정도밖에 알지 못했다. 그러나 이건 평범한 범죄 현장이 아니었다. 일단 젊은 여자의 목숨을 구하려는 노력이 — 그녀가 아직 살아있다면 — 그 무엇보다 우선되어야 했고 심한 눈보라 덕에 무슨 일을 하든 너무 힘이 들었다.

"찾아봤자 소용이 없을 것 같군." 토마스가 말했다. 근심 때문에 에칭처럼 깊은 주름이 얼굴에 푹 패어 있었다. "그렇지만 흘리누를 일단 빨리 불러내야 해. 흘리누가 범죄 현장을 살펴봐야 하니까. 집 안도 봐야 하고. 거기서 습격이 이루어졌을 수도 있으니까. 그리고 여기 바깥도 보고. 눈발 속에서 뭐 보이는 게 조금이라도 있을 때 최대한 사진을 많이 찍어둬."

아리 토르는 순순히 고개를 끄덕였다. 흘리누가 도착할 때까지는 오래 걸리지 않을 것이다. 이런 날씨에 마을 밖으로 나갔을 가능성도 희박했다. 사실, 거의 불가능에 가깝다.

그들은 앰뷸런스 대원들을 지켜보며 사태의 추이를 살폈다. 아리 토르는 호주머니에서 카메라를 꺼내 사진을 찍었다.

토마스는 아리 토르 곁으로 다가와 최대한 목소리를 낮추어 말했다. 그가 내뱉는 음절 하나하나가 두터운 눈발에 묻혀 축축하게 젖었고 상황은 시시각각 악화되고 있었다.

"칼에게 같이 경찰서로 좀 가자고 부탁을 해야 해."

"부탁해요?"

아니면 체포?

"정중하게 부탁해. 그의 진술을 받아야 하니까. 내가 알기로 두 사람 사이가 늘…." 그는 말끝을 흐렸다. "만사에 의견이 일치하지는 않았던 걸로 알고 있어."

"맥박!"

아리 토르는 화들짝 놀라 가까이 다가갔다.

"맥박이 잡힙니다!" 구급대원이 외쳤다.

앰뷸런스 대원은 린다를 들어 올려 들것으로 옮겼다. 이제 그녀에게 담요를 덮어주었다. 가슴의 상처와 팔에 난 더 깊은 상처가 이제는 가려져 보이지 않았다. 눈 속에서 미동도 하지 않는 나신을 처음 본 아리 토르는 예술적이라는 느낌을 받았다. 아름다워 보이기까지 했다. 하지만 이제는 다시 현실로 돌아왔고, 이 사람은 생사를 걸고 사투를 벌이고 있는 불쌍한 여자일 뿐이라고 스스로에게 상기시켰다.

"살아 있어요?" 아리 토르가 놀라서 물었다.

"맥박은 아주 희미하지만, 네, 살아 있습니다."

## 25

# 시클루 피요두르
## 2009년 1월 14일 수요일

"우리와 함께 가주셔야겠습니다. 진술을 해주셔야 해서요."

토마스는 최대한 무뚝뚝한 말투를 배제하고 찬찬히 말했다. 칼은 앰뷸런스로 옮겨지는 린다를 바라보며 가만히 서 있었다.

"그럼요. 가야죠."

"집 열쇠를 우리가 좀 갖고 있어도 되겠습니까? 집 안에 무슨 활동의 흔적이 있는지 살펴봐야 합니다."

칼은 고개를 끄덕이며 말했다. "문이 잠겨 있지 않습니다. 볼 게 하나도 없어요. 혹시 누가 거기 있는지 방금 보고 나왔습니다."

"차 안에 타세요." 아리 토르가 그를 경찰차 뒷좌석으로 안내했다.

앰뷸런스가 출발했다. 미등 불빛이 무차별로 내리는 눈발에 비춰 섬뜩해 보였다. 토르못가타 주택 뒤에 있는 정원은 더 이상 범죄 현장처럼 보이지 않았다. 흩날리는 눈발에 깨끗하게 씻긴 정원은 이제 은은하게 빛나는 차가운 담요에 덮여 있었다. 린다는 앰뷸런스로 이송 중이었고, 칼은 경찰차 안에 앉아 있었다.

아리 토르가 정원을 바라보니, 붉은 흔적만 살짝 비쳤다. 정원은 아리 토르의 눈앞에서 형태가 변화하고 있었다. 이젠 그저 작은 북부 마을의 한적한 길거리에 있는 평범한 뒤뜰에 불과했다.

흘리누가 몇 분 후 도착했다.

"난 아리 토르와 함께 다시 경찰서로 돌아가겠네." 토마스가 흘리누에게 말했지만, 음성이 바람에 묻혀 거의 들리지 않았다. "칼은 우리와 함께 갈 걸세. 자네가 최대한 범죄 현장을 잘 조사해 주게. 흉기를 파악해야 해. 상처에 대해서는 자세한 사항을 아직 전혀 모르네. 일단 살리느라 너무 바빴으니까. 하지만 내 감으로는 나이프knife일 것 같아. 눈 똑바로 뜨고 정신 차리고 있게. 집 안도 한 번 살펴 봐. 몸싸움이 있었던 흔적이 있었는지 보라고."

아리 토르는 미친 듯 휘몰아치는 눈폭풍 속에서 눈을 똑바로 뜨고 있으려고 안간힘을 썼다. 두터운 눈송이들은 부드럽게 땅에 내리는 게 아니라 이런 날씨에 바깥출입을 하는 부주의한 인간들을 질책하려는 듯 얼굴을 때렸다. 그는 경찰차 뒷좌석에 앉은 칼 옆자리에 탔다. 토마스가 말없이 차를 몰았다.

경찰서는 안전하고 친숙한 환경이어서, 거센 눈보라를 피해 들어온 은신처처럼 반갑고 따스했다. 경찰서 안에 들어간 아리 토르는 그제야 자기 심장이 얼마나 세차게 뛰는지 깨달았다. 긴장이 풀리는 느낌이 명확해지자 어깨 통증이 다시 돌아왔다.

평소에 거의 쓸 일이 없는 취조실 대신 쓰는 사무실로 칼을 안내했다. 아리 토르는 칼의 태도를 이해하기 어렵다는 생각이 들었다. 정황을 생각할 때 이상하리만큼 평온했다. 칼이 물었다. "이거 오래 걸립니까? 최대한 빨리 병원에 가보고 싶은데요." 말은 이렇게 했지만 감정이 거의 없다.

"최대한 빨리 진행하겠습니다. 명확하고 분명하게 말씀해 주시면 훨씬 진척이 빨라집니다." 토마스는 이렇게 말하고 칼에게 그는 목격자로 취급받는다는 사실을 알려주었다.

녹음기가 돌아가기 시작했다. 아리 토르는 쪽지에 몇 마디 적어 토마스에게 건네주었다.

"재킷 좀 주시겠습니까?" 토마스가 칼에게 물었다.

칼은 그 질문은 미처 예상치 못했는지 눈을 커다랗게 떴다.

"입고 계신 재킷 말씀입니다. 벗어주실 수 있을까요? 이리 주세요."

칼은 순순히 따랐다. 아리 토르가 본 작은 얼룩을 칼도 방금 눈치챈 게 분명했지만 아무 말도 하지 않았다. 그는 재킷을 토마스에게 건네주었다.

"이 옷은 검사를 하러 보내게."

아리 토르는 고개를 끄덕이고 재킷을 담을 증거물용 비닐백을 가지러 갔다.

"피입니까?" 토마스가 물었다.

칼은 그 질문에 기분 나빠하지 않았다. "아마 그렇겠죠."

토마스는 말없이 앉아 있었고 칼 역시 침묵을 지켰다. 그들은 누가 먼저 말을 하나 버티기 대결이라도 하는 사람들처럼 눈싸움을 하고 있었다. 칼이 승리했다. 토마스는 고개를 숙이고 의자에서 뒤척이더니 심문을 시작했다.

"어쩌다 재킷에 피가 묻었는지 압니까?"

"린다를 발견했을 때 재킷을 벗어서 따뜻하게 해주려고 덮어줬어요. 사방에 피가 흥건했습니다. 구급대원들이 도착했을 때 재킷을 한쪽으로 치우고 소생술을 시작했습니다."

"마지막으로 린다를 본 게 언제입니까?"

"오늘 아침이요."

"린다는 출근을 했습니까?"

"네, 여섯 시까지 당직을 섰어요."

"조퇴를 했는지 아닌지 아십니까?"

"전혀 모르겠습니다."

"오늘 린다에게서 연락을 받은 적 있습니까?"

"아뇨, 한 마디도 얘기 못했습니다. 병원에 전화 한 통만 해봐도 될까요?"

그는 아무것도 숨길 게 없는 사람처럼 조용히 앉아 있었다. 아리 토르의 육감은 그들이 엉뚱한 사람한테 시간 낭비를 하고 있다는 것이었다.

"의사와는 제가 곧 얘기를 할 겁니다. 여섯 시에 집에 안 계셨나요?"

"네." 그는 이 말만 하고 다시 침묵했다.

"어디 계셨습니까?"

"친구 녀석들과 포커를 치고 있었습니다. 수요일마다 모임이 있습니다. 다섯 시, 다섯 시 반쯤 퇴근하고 나서 만나죠. 그리고 저녁시간에 포커를 칩니다. 하지만 너무 늦어지진 않아요. 맥주 한두 잔 걸치고 카드 몇 번 돌리는 정도죠."

"여섯 시 전에 거기 있었다는 사실을 친구들이 증명해줄 수 있습니까?"

"네." 칼은 이렇게 말하더니 잠시 주저했다. "친구들 이름을 가르쳐 드릴까요?"

"네, 부탁합니다." 토마스는 펜과 종이를 건네며 말했다.

칼은 명단을 작성해 다시 주었다. 토마스는 그 이름들을 보았다.

"제가 전화를 돌려보지요. 내가 아는 사람들이야." 그는 아리 토르에게 말했다.

난 알지만 넌 모르지, 이 외지인아.

토마스가 일어섰다.

"의사한테 전화 좀 해주시겠습니까?" 칼이 부탁했다.

토마스는 고개를 끄덕이고 방을 나갔다. 아리 토르는 자기가 취조를 계속 해야 하는 건지 가만히 입 다물고 있어야 하는 건지 알 수가 없었다. 어쩌면 그냥 뭐 다른 이야기를 나누는 게 나을지도 모른다. 하지만 결과는 불편한 침묵이었다.

"커피 드십니까?"

칼은 고개를 저으며 말했다. "예리하시네요. 재킷과 피 묻은 자국을 보시다니. 난 전혀 몰랐습니다."

아리 토르는 이걸 어떻게 받아들여야 할지 알 수가 없었다. 칼은 어째서 그를 칭찬하는 걸까. 그와 친밀한 관계를 맺으려 애쓰는 건가?

이럴 때 고맙다고 해야 하나?

둘 사이에 아무 말이 없다가 아리 토르가 다시 물었다. "커피 생각 정말 없으십니까?"

"네. 됐습니다."

"이마에 심한 상처를 입었군요." 칼이 말했다.

다시 침묵.

"무슨 일이 있었습니까?"

"별로 심각한 거 아닙니다." 아리 토르는 짧게 대답했고, 불편한 침묵이 다시 시작되었다.

"거지 같은 날씨예요. 이런 데 익숙하지 않으실 것 같은데."

아리 토르는 정신을 딴 데 팔지 않으려고 애썼지만 끝도 없이 무차별적으로 내리는 눈, 휘몰아치는 바람, 뼈를 갈아 버릴 것만 같은 시린 추위가 자신에게 미치는 영향을 숨기기 힘들었다. 지금 자기가 있는 이곳에 있고 싶지 않은 것만은 확실했다. 레이캬비크에 있다면 훨씬 좋았을 것이다.

칼은 그의 생각을 이해한 눈치였고 자기가 예민한 부분을 건드렸다는 걸 알아차렸다. "끔찍할 수 있지요. 심지어 저도 익숙해지기가 힘듭니다. 여기서 자랐는데도 말이에요. 날씨가 이럴 때는 사방 벽들이 옥죄어 들어오는 기분이죠." 그는 아무렇지도 않은 듯 웃으며 말했다.

빌어먹을. 토마스는 서두르지 않고 뭐하는 거야?

아리 토르는 침묵을 지키며 뭔가 다른 생각을 하려 애썼다. 몇 분이 지났다. 토마스는 칼의 애를 태우려고 일부러 천천히 돌아오려는 걸까? 그렇다면 효과는 별로 없어 보였다.

아리 토르의 전화벨 소리가 침묵을 산산조각으로 박살냈다.

그는 핸드폰 액정화면을 보았다.

크리스틴.

그는 폰을 들고 무음으로 돌렸다. 지금은 전화를 받을 때도 장소도 아니었다.

크리스틴, 며칠 동안 연락이 없던 터라 용건이 뭔지 궁금했다. 전화를 걸어 보고 싶은 마음에 애가 탔지만 타이밍이 나쁜 걸 탓할 수밖에 없었다.

두 사람 사이의 거리가 이제는 심한 부담이 되기 시작했다. 두 사람 사이의 이메일은 점점 뜸해지고 통화 간격도 길어졌다. 그는 그녀가 그리웠고, 기분이 최악으로 처지고 고립감이 최고조에 달하는 밤이면 간절히 그녀 곁에 눕고 싶었다. 그러나 그는 아직도 그녀에게 화가 나 있었다. 북부로 이사 온다고 했을 때 그녀의 반응에 화가 나고, 첫 주에 그와 함께 시클루피요두르에 오지 않았던 사실에 화가 나고, 그녀가 크리스마스이브에 전화를 하지 않았다는 사실에도 화가 나 있었다. 물론 크리스마스 날에 전화를 하긴 했지만….

빌어먹을! 애인은 크리스마스이브에 전화를 해야 하는 거라고. 나이 지긋하신 이모님들이나 크리스마스 당일에 전화를 하지.

갑자기 문이 벌컥 열렸다.

"잠깐 얘기 좀 하지, 아리 토르. 여기 밖에서." 토마스의 목소리에서 결단이 느껴졌다.

"그 사람들하고 다 얘기를 해 봤어." 그는 아리 토르가 나와서 등 뒤로 문을 닫자 말했다. "포커 친구들 전부 다 말이야."

극적인 침묵이 흘렀다. 토마스에게 연기자 기질이 있다는 걸 알 수 있었다.

"그 사람들은 다 똑같은 말을 하더군. 내내 거기 있었대. 다섯 시쯤 와서 게임 잘 하고 있었다더군. 이웃한테 전화를 받고 나서 그 때 떠났다고 하더군."

"린다는 언제 퇴근했습니까?"

"여섯 시 반쯤. 린다와 같이 당직을 섰던 간호사와 얘기를 해 봤네. 당직을 마치고 병원에서 뭘 좀 먹었대. 그러면 확실해지는 것 같군. 저 친구가 한 짓은 아니야."

"훌리누는 뭐 찾아낸 게 있습니까?"

"아니. 자기 일을 좀 더 오래 하게 내버려 두자고."

토마스는 창 밖을 흘끔 내다보았다. 가시거리는 실질적으로 0에 수렴했다. 아리 토르는 자기가 범죄 현장을 떠맡지 않아서 다행이라고 생각했다.

"가서 의사하고 연락을 좀 취해 보겠네. 잠깐 기다리게. 내가 와서 다시 심문을 할 테니까."

아리 토르는 호주머니에서 울리는 전화기의 진동을 느꼈다. 이번에도 크리스틴일 것이다. 뭔가 잘못됐을지도 모른다는 생각이 들었다. 토마스가 통화를 하고 있었기에, 그 틈을 타서 전화를 받았다. 찰나의 순간 그는 혹시 우글라가 아닐까 그녀의 아름다운 얼굴을 떠올렸지만, 금세 쓸데없는 생각은 털어버렸다.

"어떻게 된 거야?" 크리스틴은 전화를 받자마자 싸늘하고 결연한 목소리로 그를 추궁했다. 호기심에 찬, 심지어 들뜬 목소리였다.

"뭐?"

이건 그가 기대한 인사가 아니었다. '자기'라는 호칭도, 따스한 온기도 없었다.

"이 여자 – 알잖아. 눈 속에서 발견된 이 여자."

이게 대체 무슨 소리야?

뉴스가 무섭게 빨리도 퍼져나간 모양이다.

"어떻게 알았어?"

"인터넷에서 봤어." 그녀는 웹사이트의 이름을 말해주었다. "자기도 수사에 참여하고 있어?"

그는 컴퓨터로 갔다.

시클루 피요두르에서 의식을 잃은 채 나체로 발견된 여인은…

"난 말해줄 수가 없어…." - 자기. 그 말이 입 밖에 나오기도 전에 입술은 메말라 버렸다. 몇 주 전만 해도 너무나 평범하던 단어들이 끔찍하고 아득하게 멀어져 버렸다. 그래도 뭔가 기분 좋은 말, 애정의 말을 해주고 싶었지만 크리스틴은 누가 봐도 단순히 특종 뉴스에 대해 물어보려 전화를 건 게 틀림없었다. 점점 더 짜증스러워졌다.

"지금은 말 못 해. 다시 일하러 가야 해."

토마스가 통화를 끝내려 하는 소리가 들렸다.

"의사한테 연락을 해 봤네." 그는 아리 토르에게 다가오며 말했다. "나중에 다시 전화하겠다고 하는군. 아직 의식이 없대. 그곳에 한 45분 정도 있었던 것 같다고, 의사가 그러더군. 아직도 살아 있다는 게 믿기지 않네. 불행 중 다행이지 뭔가."

그는 웃음을 띠었다. 살인사건을 다루지 않아도 된다는 사실에 마음이 놓이는 모양이었다. 적어도, 아직은. 컴퓨터 모니터로 눈을 돌리고 기사를 보더니 그 표정이 싹 바뀌었다.

"어쩌다 이런 일이 생긴 건가?"

"전혀 모르겠습니다. 제 여자 친구가 전화해서 그 얘기를 해줬습니다."

"비열하기 짝이 없군! 처음엔 흐롤푸르에, 이제는 이 사건까지! 무슨 일만 터지면 곧장 신문사로 직행이야! 대체 평화롭게 수사를 할 수가 없군."

"드라마 클럽에서 일어난 사고와 무슨 관련이 있다고 생각하시는 건 아니시죠, 네?" 아리 토르는 유순하게 물었다.

"뭐라고? 아니, 그럴 리가 없네. 하지만 정말 분통이 터지는군. 이런 사건을 연달아 두 건이나 다루게 되다니 정말 말도 안 돼."

그러니 당사자인 흐롤푸르와 린다는 얼마나 '분통이' 터지겠습니까.

아리 토르는 침묵했지만 이번에는 토마스의 폰이 울렸다.

"여보세요?" 정적. "아니, 씨발." 그는 맹렬하게 화를 냈다. "당신네들은 우리가 알아서 일 좀 하게 좀 내버려 두라고!" 짧은 침묵. "아니. 시간 없소. 노코멘트요. 알겠어?" 그는 통화를 끝냈다.

"빌어먹을 기자들 같으니라고. 어서 오게, 심문을 마무리해야지. 오도 가도 못하게 여기 저 남자를 붙들어둘 이유도 없고 말이야." 토마스는 성난 목소리로 말했다. "이 사건이 악몽이 될 거야. 우리는 이 사태를 밑바닥까지 파헤쳐야 해. 안 그러면 사람들이 공포에 질릴 테니까."

아리 토르는 재빨리 창 밖을 내다보고 다시 사무실로 돌아 갔다. 아직도 눈이 내리고 있었다. 이 평화로운 작은 마을이 눈의 무게에 짜부라지고 있었다. 이젠 겨울의 포옹이 아니라 예전에 없던 위협이 느껴졌다. 백색은 더 이상 순수하지 않았고, 핏빛으로 얼룩져 있었다.

한 가지 사실은 분명했다. 오늘 밤 사람들은 문을 걸어 잠글 것이다.

## 26

# 시클루 피요두르
## 2009년 1월 14일 수요일

"내가 아침에 그 애와 어머니하고 얘기를 해 보지." 토마스가 말했다. "직접 진술을 받아야 해. 물론 칼이 용의자가 아니라는 사실에는 변함이 없지. 그 친구가 범죄를 저질렀을 거라고는 믿어지지 않더라고. 그 녀석은 꼬마였을 때부터 기억이 나거든. 어머니와 아버지가 덴마크로 이사 가기로 결정을 했을 때지. 그 식구는 항상 형편이 어려웠어. 내 기억으로는 현금이 늘 부족했지. 그리고 여기서는 일자리도 별로 없었고. 그래도 외국으로 나가서 잘 살았던 것 같더군."

"그리고 린다는요? 덴마크 사람인가요?"

"덴마크-아이슬란드 혼혈이야. 두 사람은 덴마크에서 만났지." 토마스는 딴 데 정신이 팔려 있는 눈치였고, 업무의 압박감 말고도 마음에 걸리는 게 있는지 근심스러운 기색이 역력했다. "이보게, 자네가 방금 흐롤푸르 얘기를 꺼냈지…?"

"네?"

"두 눈 똑바로 뜨고 잘 보게. 우리는 지금 실수를 저지를 만한 상황이 못 돼. 알겠나?"

아리 토르는 알겠다는 뜻으로 고개를 끄덕였다. "연결 고리가 있을 거라고 생각하십니까?"

"가능성은 희박하지만 배제할 수도 없지. 의심스러운 정황에서 두 사람이 죽었으니…" 토마스가 말하다 말고 민망한 표정을 띠며 말꼬리를 흐렸다. "미안하네. 린다는 물론 아직 살아 있지. 걱정되는 건 사건이 나고 연달아 다른 사건이 너무 빨리 일어났다는 점이야. 그리고 칼과 레이푸르가 둘 다 흐롤푸르가 죽을 때 리허설에 와 있었고."

"레이푸르Leifur? 레이푸르가 린다와 무슨 상관이 있습니까?"

"칼과 린다네 윗집에 살거든. 가서 그 친구와 얘기 좀 해볼 수 있겠나?"

"제가 하지요."

"극장에서 일어난 그 사건에는 뭔가 다른 측면이 있어. 그런데 시민회관 광장의 모습을 늘상 찍는 웹캠 같은 게 있거든. 여기 살다가 이사 간 사람들을 위해서 마을을 실시간으로 중계하는 일종의 라이브 카메라지. 알겠나? 어쩌면 그 날 저녁 뭔가 기록되어 있을지도 몰라. 오가는 사람들 말일세. 그걸 좀 확인해 보게, 알겠나?" 그는 아리 토르에게 웹사이트 주소를 적어 건네주며 부탁했다.

폰이 울렸다. 이번에는 토마스의 핸드폰이었다.

그는 짧은 대화 동안 "그래요, 알겠습니다." 말고는 별 말을 하지 않았다.

얼굴표정이 몇 마디 말보다 훨씬 더 많은 걸 말해주었다. 토마스는 폰을 다시 호주머니에 집어넣었다.

"아직 의식이 없다고 하는군. 오늘 남부로 가는 응급환자 이송기가 뜰 거라고 하더군. 내일은 비행기가 뜰 정도로 날씨가 맑아져야 하는데." 그가 말했다. "의사가 또 다른 얘기를 해줬어. 지금 당장 칼하고 한 번 더 얘기를 해 봐야 해."

★

바람에 밀려 쌓인 눈 더미를 보니, 아리 토르가 레이캬비크에서 본 어떤 폭설보다도 높이 치솟아 있었다. 앞으로 더욱더 골이 깊어질 게 분명했다.

칼은 두 번째로 전화했을 때 전화를 받았다. 아직도 그는 병원에 있었다.

시야는 흐렸다. 소형 사륜 경찰차가 덜컹거리며 눈 덮인 거리를 지나 병원으로 달려갔다. 경찰차의 커다란 앞 창문을 닦느라 와이퍼에 과부하가 걸렸다. 눈이 사방의 창문에서 비친 빛들을 반사해 어둠을 훤히 밝혔다. 대다수 사람들은 그 날 저녁 실내에 머무르는 쪽을 선택했고 우울한 불확실성이 생생하게 마을에 드리워져 있었다.

칼은 병원 대기실에 평온하게 앉아 신문을 뒤적거리고 있었다. 그는 토마스와 아리 토르를 보고 고개를 끄덕이더니 다시 신문을 읽었다.

"잠깐 얘기 좀 합시다."

그는 아무 일도 없었다는 듯 신문지를 넘겼다.

토마스가 언성을 높였다. "우리가 얘기를 좀 해야겠어요."

칼이 고개를 들어 반쯤 감은 눈으로 그들을 빤히 쳐다보았다. "어째서요? 무슨 일입니까?"

"같이 가 주셔야 되겠습니다."

"얘기는 다 끝나지 않았습니까?" 새삼스럽게 낯선 목소리였다. "난 여기, 아내 곁에 가까이 있는 편이 더 좋습니다."

"같이 갑시다."

칼은 망설이며 일어서서 아리 토르의 어깨를 세차게 두드렸다. "그래요, 그럽시다."

통증을 견딜 수가 없었다.

빌어먹을 어깨.

세찬 바람에 맞서 코트 자락을 꼭 부여잡고 아리 토르, 토마스와 칼은 사륜구동 경찰차까지 갔다. 그리고는 다시 한 번 눈이 멀 것만 같은 눈폭풍 속으로 출발했다.

"의사하고 얘기를 했소." 경찰서 사무실에 자리 잡고 앉은 뒤 토마스가 말했다. 그는 반응을 기다렸지만 아무 답도 나오지 않았다.

"당신 아내한테 폭행을 했습니까?"

그 질문은 벼락처럼 떨어졌다.

"내가 뭘 했다고요?" 칼은 토마스를 적대적으로 노려보며 물었다. 그리고 아리 토르 쪽을 무섭게 쏘아보았다. 처음에는 놀란 눈치였지만 곧 그의 반응은 충격으로, 그리고 분노로 변했다.

"당신 아내를 때리느냐고요?" 토마스의 목소리가 더 크고 딱딱해졌다.

아리 토르는 곁눈질로 그를 보았다.

"정신 나갔습니까? 당연히 아니죠."

토마스가 다음 질문을 던지기도 전에 칼이 끼어들었다. 이럴 줄 알았으니 정면으로 돌파하겠다는 듯이. "어제 넘어졌어요. 거실에서 먼지를 털다가 발을 헛디뎠다고요. 아니 아내가 그렇게 말했소. 지금 그걸 물어보는 겁니까?"

토마스는 직접 대답하지 않았다. "심한 타격을 입거나 추락한 것처럼 등에 뚜렷하게 멍이 들어 있어요."

"내 말이 그겁니다." 칼이 싸늘하게 말했다.

"당신 아내한테 이런 짓을 한 게 처음입니까?"

칼이 벌떡 일어나 토마스의 눈을 뚫어져라 노려보았다. "한 번도 손찌검을 한 적이 없습니다. 알겠어요?"

토마스는 꼼짝도 하지 않았다. "앉아주시면 고맙겠군요. 지금 숨기는 게 하나도 없다는 뜻입니까?"

"전혀 없습니다." 칼이 앉아서 대답했다. 분노는 싸늘하게 식고 안색은 창백했다.

"잠깐 여기서 기다리시오."

토마스는 천천히 일어나 아리 토르에게 눈짓을 보내 따로 이야기를 하자는 언질을 주었다.

"저 친구가 아내를 팼어." 둘이 밖에 나갔을 때 토마스가 말했다. "저 친구가 아내를 때리거나 밀었지만, 아내하고 얘기를 해 보기 전에는 확증은 없지. 자네가 흘리누를 찾아가서 어떻게 되고 있는지 좀 알아보게. 무슨 일이 일어났는지 짐작하는데 도움이 될 만한 게 있을지도 몰라. 칼이 자기 집을 수색해도 좋다고 허락해줬네."

"허락을 해준 걸로 봐서 거기서 별로 찾을 만한 게 나오지 않을 거라는 얘깁니다." 아리 토르가 말했다.

"안타깝지만 자네 말이 옳을 것 같군."

★

아리 토르는 토르못가타의 집 밖 휘몰아치는 눈보라 속에서 있었다. 늦은 밤이었지만 윗집과 아랫집에 모두 불이 밝혀져 있었다. 그는 곧장 뒤뜰로 갔다. 흘리누가 쭈그리고 앉아 눈 속을 헤치며 흉기나 다른 단서가 있는지 찾고 있었다. 아리 토르는 그의 등을 두드렸다. 이런 날씨에서 그를 소리쳐 불러봤자 아무 소용이 없었다.

흘리누가 올려다봤다.

"아무것도 없어. 아직 하나도 안 나왔어." 그는 폭풍을 뚫고 외쳤다.

아리 토르는 알겠다고 고개를 끄덕이고 집쪽을 가리켰다.

홀리누가 가까이 다가왔다. "안쪽을 살펴봐. 집 주위는 내가 다 살펴보고 사진을 찍었네. 밖에서는 그 여자 셔츠밖에 나오지 않았어. 빨간 셔츠가 바닥에 떨어져 있더군." 홀리누가 말했다. "차 안의 증거물 비닐백에 있어."

습격을 당했을 때 그 여자가 입고 있던 셔츠?

아리 토르는 뒷문을 통해 온기 가득한 집 안으로 들어섰다. 야릇하고 알록달록한 가구와 천으로 추측컨대, 이삼십 년 전쯤의 공간으로 들어선 기분이었다. 제대로 어울리는 게 하나도 없었다. 이 공간은 괴상하지만 묘하고 끈끈하게 어우러져 하나의 전체를 이루고 있었다. 그녀는 피습을 안에서 당했을까, 아니면 밖에서 당했을까? 그녀가 아는 사람일 수도 있을까? 그녀가 집 안으로 초대한 사람?

안에는 저항의 흔적이 전혀 없었다. 거실이나 작은 주방에서도 보이는 게 하나도 없었다. 부엌 벽과 캐비닛에 칠해진 밝은 노랑 페인트가 요란했다. 무슨 과장된 70년대 잡지에서 오려내 붙인 것 같았다. 닳아빠진 싸구려 부엌칼 세트가 스토브 옆에 놓여 있었다. 칼이 다섯 자루 들어갈 만한 구멍들이 있었다. 세 개는 작은 칼, 두 개는 더 큰 칼들이었다. 그런데 칼이 네 자루밖에 눈에 띄지 않았다. 우연일 수도 있고 아닐 수도 있다.

아리 토르는 침실 안을 들여다보고, 낡은 더블베드 위에 걸려 있는 예수님 그림에서 눈길을 멈췄다. 그리고 자기도 모르게 신학을 공부하던 시절을 떠올리고 말았다. 아리 토르 목사. 그는 경찰이 훨씬 적성에 잘 맞았다. 하느님이 그에게 해준 게 뭐가 있단 말인가? 부모님을 잘 알게 되기도 전에 앗아가신 게 전부가 아닌가?

그는 창 밖을 내다보았다.

수도꼭지를 잠근 것처럼 눈이 뚝 그치고 오지 않았다.

바로 그 때 그는 그 전화를 보았다. 흐트러진 침대 위 베개 옆에 놓여 있던 작고 빨간 핸드폰. 그녀의 폰일까? 아마 그렇겠지. 갑작스럽게 불길한 느낌이 덮쳐왔다. 위장을 칼로 푹 찌르는 느낌, 그리고 심장이 심히 빨리 뛰었다. 그는 폰을 증거물 비닐백에 넣어 호주머니에 넣었다.

그가 생각한 바로 그것일까?

아니, 설마. 빌어먹을.

아리 토르는 정문으로 나가 계단을 올라 레이푸르의 집 초인종을 울렸다.

레이푸르는 피곤해 보였지만 이렇게 늦은 밤 경찰이 찾아왔다는 사실에 놀라지는 않았다.

"늦은 시각에 죄송합니다." 아리 토르가 말했다. "오래 끌지는 않겠습니다. 아침에는 일을 하셔야 되죠." 그는 미소를 지으며 상냥하게 대하려 애썼다. 아리 토르 목사는 교구 신도들과 아주 좋은 관계를 맺고 지냈을 것이다.

레이푸르의 목소리는 어둡고 낮았다. "괜찮아요. 내일은 쉬는 날입니다."

래브라도 개 한 마리가 아리 토르를 보고 짖어대면서 반갑다고 그를 향해 달려왔다. 서글서글하고 호의적인 개라고 생각했다.

복도에서는 새로 자른 목재 냄새가 났고, 아리 토르는 거실에서도 그 냄새를 맡았다. 학교에서 했던 목공 수업과 아리 토르가 부모님을 위해 뚝딱뚝딱 조립했던 가구들이 떠올랐다. 거실에는 가구가 몇 점 없었고 싸늘한 에너지가 감돌았다. 텅 비고 영혼이 없는 방은 색채가 폭발하는 아래층과는 극명한 대비를 이루고 있었다. 벽에는 아무것도 걸려 있지 않았다. 단 한 장의 사진, 견진성사(천주교에서 유아세례를 받은 신자가 사리분별을 할 수 있는 나이가 되었을 때 다시 한 번 자발적으로 신앙을 고백하는 성사: 역주)를 받기 위해 옷을 차려입은 젊은이의 사진 한 장이 텔레비전 위 액자 안에 들어 있었다.

"커피?" 레이푸르가 물었다.

"괜찮으시다면 홍차 주세요."

그는 이곳에서 굳이 과한 예의를 차릴 필요성을 느끼지 못했다. 이런 휑한 일상적 공간에서는 일말의 허례도 발붙일 데가 없다.

"테이블은 직접 만드신 겁니까?" 레이푸르가 목수라는 얘기는 토마스한테 들어 알고 있었다.

"그래요."

아리 토르는 레이푸르가 딴 생각을 하고 있다는 사실을 알아차렸다.

곧 홍차를 내온 레이푸르는 회색 소파에 앉았고 그 발치에 개가 와서 앉았다.

"저녁 내내 집에 계셨습니까?"

"여섯 시쯤 퇴근했어요. 주유소에서 일합니다."

"그리고 그 후로 줄곧 여기 계셨나요?"

"그래요. 지금 작업하는 게 있어서요. 보통 저녁마다 일을 하거든요. 집에 공방이 있어서 가끔씩 일거리를 받아서 과외로 돈을 벌곤 하지요."

"이웃 분들이 싫어하지 않으십니까?"

"그럴 수도 있지요. 하지만 되도록 열 시 전에 끝내려고 노력해요. 그 시간 전까지는 텔레비전 소리 때문에 소음이 묻히거든요." 그는 아리 토르와 함께 마시려고 끓여 온 홍차를 홀짝였다. "우리는 암묵적으로 협정을 맺었어요. 저는 부부싸움 소리를 못 들은 척해주고 그쪽은 내가 평화롭게 일하게 해주고."

"부부싸움이요?"

"네. 아주 난리도 아니에요. 게다가 시도 때도 없이 일어나거든요. 대체로는 칼이 시비를 걸어요, 대충 느낌 오시죠? 그 친구가 고래고래 악을 써도 린다는 맞서서 소리조차 잘 지르지 않는 스타일이에요."

"어제도 말다툼이 있었습니까?"

"어제는 온 천지가 떠나가라 아주 시끌벅적했어요. 뭐, 흔히 있는 일이에요. 기물 파손도 좀 있었던 것 같던데요. 소리로 듣기로는 그랬습니다."

드디어 제대로 된 방향으로 한 발 전진하는 건가? 물론 언쟁을 했다는 증언으로는 충분치 않다. 그녀가 넘어졌을 가능성은 확실히 희박해 보이지만, 여전히…, 그것만으로는 충분치 않다.

"칼이 손찌검을 했다고 생각해요?"

"모르겠어요. 그럴 수도 있죠. 하지만 사실 요즘은 별로 신경을 쓰지 않아요. 그냥 여느 때와 별로 다름없는 언쟁이다 싶었죠. 솔직히 말해서 칼은 아내를 때릴 타입으로 보이지는 않습니다." 그 말을 하고 그는 갑자기 입을 다물었다. "그런데 오늘 무슨 일이 있었던 겁니까?"

"아무것도 못 보셨어요?"

"네. 전혀요. 공방에 있었는데 거기에는 정원을 내려다보는 창문은 없거든요. 그 안에 있으면 나만의 세계에 빠져듭니다. 물론 상황이 분주하게 돌아갈 때는 주방 창문으로 내려다보곤 하지만요. 아까 오셨을 때처럼요. 그러다가 그 일에 대해 인터넷에서 좀 보게 되어서." 그는 아리 토르에게 이어서 질문했다. "칼이 한 짓이라고 생각하십니까?"

"아니요. 그런 흔적은 전혀 없습니다."

"살 수 있을까요?"

"지금은 말씀드리기가 불가능합니…, 그건 그렇고, 부부싸움 얘기하시니 말씀인데요…" 이 기회를 최대한 활용하는 게 최선이었다. 그리고 토마스는 그에게 전권을 위임한 셈이나 마찬가지였다. "흐롤푸르가 죽었을 때 리허설 중간에 언쟁이 있었다고 들었습니다. 알고 계셨습니까?"

갑작스레 드라마 클럽에 대한 그 질문을 듣고도 레이푸르는 놀라는 기색이 없었다.

"당연하죠! 그걸 못 들은 사람은 아무도 없을 걸요. 아주 제대로 붙었거든요. 흐롤푸르는 좀 술에 취해 있었고 울푸르는 시비조였고요. 그것도 전혀 특별할 것 없는 일이었습니다."

"하지만 흐롤푸르가 실족사한 건 특별한 사건이었지요."

"물론입니다. 하지만 그렇다고 누가 등을 떼민 건 아니잖아요."

"저녁식사 시간에 밖에 나가셨습니까?"

"그럼요." 희미한 공포심이 이제 그의 눈빛에 떠올라 있었다. 자기가 두 건의 살인사건에서 용의선상에 올라 있을 수도 있다는 사실을 깨달은 것이다. "항상 전 나갑니다. 나가서 산책하고 집으로 가죠. 그 날 뒷문으로 나와서 집에 가기 전에 니나와 얘기를 했어요. 휴식 시간 동안에 니나가 지하실을 정리하겠다고 했어요."

아리 토르가 벌떡 일어났다. 이번 방문으로는 캐낼 만한 게 별로 없었으니 우호적으로, 아리 토르 목사가 교구민을 대하듯 친절하게 마무리하는 게 좋겠다는 판단이 섰다.

"홍차 잘 마셨습니다." 그는 이렇게 말하고 견진성사 사진을 가리켰다. "하나도 안 변하셨네요."

레이푸르는 대경실색했다. "그건 우리 형입니다." 그는 이렇게 말하며 주저했다. "죽었어요. 교통사고로."

"오래 전입니까?" 아리 토르가 말했다. 성직자 기질이 또 나오고 있었다.

"이십삼 년 전이지요." 레이푸르는 생각할 새도 없이 말했다. "내일이면 꼬박 이십삼 년이 됩니다. 그래서 하루 휴가를 냈어요. 저는 항상 1월 15일에 휴가를 냅니다." 그는 말이 없었지만, 더 하고 싶은 말이 있는 눈치였다. "당신들은 끝내 그를 못 잡았어요."

나? 아니면 우리? 아리 토르가 다른 경찰들의 잘못까지 책임져야 하나?

"누구를 잡는단 말입니까?"

"상대편 운전사요. 형 차에 타고 있던 형의 친구 한 명이 간신히 목숨만 부지했고, 무슨 일이 일어났는지 말해줬어요. 반대편 도로 한가운데를 질주해 달려오는 차가 있었다는 겁니다. 그래서 충돌했다는 거죠. 우리 형 잘못이 아니었단 말입니다. 날씨가 나빴고…, 그런데 이…." 레이푸르는 분노를 힘겹게

억누르고 있었다. "…이 운전자가 억지로 형의 차를 도로 밖으로 밀어내 버렸어요. 그래서 차가 전복되었죠."

침묵.

"경찰은 끝까지 그를 찾아내지 못했어요. 형 친구는 짙은 색 – 아마도 빨간색이었다는 것 말고는 상대편 자동차의 특징을 기억하지 못했습니다. 아무것도 확신하기 힘들었죠. 목격자는 나오지 않았고 사건은 종결됐어요. 아마 어느 경찰서 서랍 밑바닥에 처박혀 있겠죠."

아리 토르는 아무 말 없이 서 있었다. 그로서는 아무 말도 할 수 없었다.

그는 손을 내밀었다. 레이푸르는 굳은살이 박인 손으로 그의 손을 잡았다. 머리에서 장화 굽까지 그는 목수였다.

바깥으로 나와 보니 모든 것이 눈의 카페트에 뒤덮여 있었다. 마을은 평화로워 보였다. 작은 고양이가 차 밑으로 날쌔게 달려 들어갔다. 어딘가 따뜻한 곳을 찾는 모양이었다. 눈발이 간간이 파닥거리며 떨어지고 있었다. 가볍다 못해 잘 보이지도 않는 눈송이였다. 아리 토르는 눈을 들어 심호흡을 했다.

아마 모든 게 최선으로 돌아갈 것이다.

★

경찰차에 타는데 흘리누가 외쳐 부르는 소리가 들렸다.

"아리 토르!"

그는 돌아섰다.

"나이프. 찾았네."

나이프는 옆집 정원의 작은 덤불 뒤에 있었다. 사라진 부엌 칼이 틀림없었다.

"범인이 도망가면서 숨겨둔 게 틀림없어요." 아리 토르가 말했다.

그러니까, 부엌칼에 대해서는 그의 생각이 옳았다.

잘 했어.

그는 폰에 대해서는 자신의 생각이 틀렸기를 바랐다.

★

토마스는 언제 다시 잠을 잘 수 있을지 알 수가 없었다. 확실한 건 적어도 그 날 밤은 집에 못 들어간다는 사실뿐이었다. 그는 이 기회를 잡아 아예 경찰서에 드러누울까 생각도 해 보았다. 그러면 아내한테 그녀가 남부로 가고 나면 그가 어떻게 살게 될지 알려주는 꼴이 되어 시위라도 할 수 있을 테니까. 그가 집에 안 들어가면 아내도 혼자 잠을 청해야 할 것이다. 아니 적어도 그게 토마스의 바람이었다.

"부엌칼에서 지문이 나오지는 않을 것 같군." 그는 한숨을 쉬며 말했다. "그래도 혹시 모르니까 레이캬비크로 보내 봐."

그는 뜨겁고 진한 커피를 머그잔에 따랐다.

"칼karl은 금세 풀어줘야 되겠네요, 그렇죠?" 흘리누가 하품을 하며 물었다.

"응급환자 이송기가 오고 있네. 날씨가 맑아져야 착륙이라 도 할 텐데. 린다는 아직도 의식을 회복하지 못했으니, 무슨 얘기를 들을 수 있을 거라고 확신하기가 어려워. 자네는 이 상 황을 어떻게 보나?" 토마스는 흘리누 쪽을 보았다. 그는 기진 맥진해서 대답할 기운도 없어 보였다.

"좋아 보이지는 않네요." 아리 토르가 말했다.

"두 사람은 집에 가서 눈을 좀 붙여. 내일 아침에 만나서 다 시 처음부터 사건을 짚어보지. 아리 토르, 혹시 모르니까 드 라마 클럽과 관련된 일이 있으면 정신 똑바로 차리고 잘 살펴 보게. 내일 기회가 닿으면 팔미하고 얘기를 좀 해 보든지. 흐롤 푸르와 친했으니 우리가 조사해야 할 사항이 있는지 알지도 몰라."

아리 토르는 고개를 끄덕였다.

"그 여자 폰을 찾았어요. 그 여자 핸드폰 번호가 뭔지 알아 볼 기회는 미처 없었습니다." 그는 토마스에게 빨간 핸드폰을 보여주었다. "이걸로 제 번호에 전화를 걸어 봐도 되겠습니까?"

토마스는 고개를 끄덕여 허락했다.

아리 토르는 장갑을 끼고 번호를 눌렀다.

그의 전화가 울리기 시작했다. 그는 전화기를 들었다.

"아는 번호인 것 같습니다." 그가 말했다. "제게 전화를 했 던 사람 같아요."

토마스가 얼굴을 찌푸렸다. 이 말이 무슨 의미인지 토마스는 미처 파악하지 못했다. "전화를 해?"

"네. 크리스마스이브에."

"그 장난전화?" 아리 토르의 말뜻을 알아듣자 토마스의 위장이 뒤틀리는 듯했다.

"장난전화가 아니었을지도 모릅니다."

"찾아봐." 토마스가 지시했다.

"당장 하겠습니다." 아리 토르는 이렇게 말하고 컴퓨터로 갔다. 그리고 잠시 후 돌아왔다. "같은 번호예요."

토마스는 심호흡을 했다. 내가 실수를 했나? 아리 토르에게 걱정할 것 없다고, 그저 장난전화에 불과하다고 말한 건 바로 그였다.

"오늘밤은 칼을 풀어주면 안 될 것 같군." 토마스는 단호하게 말했다. "이야기가 시시각각 복잡해지고 있어. 당연히 칼은 응급환자 이송기에 동승해 레이캬비크로 가고 싶겠지. 하지만 자네가 방금 보여준 걸 보니, 그를 당장 풀어주면 안 되겠어. 린다가 피습을 당한데다 이젠 또 이 빌어먹을 신고전화 건까지 있으니. 아침에 속이 시원하게 다 털어놓는지 어디 보자고."

토마스는 자기가 내뱉는 말이 자신만만하게 들리게 하려고 애썼지만, 내심 칼이 절대 자백 따위를 할 리가 없다고 확신하고 있었다.

★

완벽하게 평범한 키스였다. 부드럽고 온화하고 짧고 기분 좋은. 아리 토르는 몇 초 동안 놀라 멍하니 서 있었다. 입술에 키스의 뒷맛이 남아 있어 그 순간을 즐기고 있었다. 그는 가만히 앉아 크리스틴 생각을 했다. 내가 대체 무슨 짓을 한 거야?

정말로 무슨 짓을 하긴 했나? 그는 그저 긴 하루를 마치고 지친 채, 가만히 앉아 있었을 뿐이다. 어깨가 아직도 심하게 쑤셨다. 그저 힘든 하루를 마치고 커피나 차 한 잔 하러 들렀을 뿐이다.

그의 잘못이 아니었다. 그녀가 그에게 키스를 했다. '그녀'가 키스했단 말이다. 그는 이 문제에 의견을 표할 기회도 없었다.

크리스틴이 알면 난리법석을 떨 텐데.

경찰서에서 집으로 걸어가는데 린다의 안부를 묻는 우글라의 문자가 왔다. 그래서 그가 전화를 했고, 그러자 그녀가 커피 한 잔 하러 오라고 했다. 아니요, 커피가 아니라 차를 마시자는 얘기였어요. 우글라가 서글서글하게 웃으면서 말을 고쳤다. 어깨가 여전히 아픈 티가 났는지 그녀가 주물러 주겠다고 했다. 그래서 그는 좋다고 했다. 그러지 말았어야 했는데. 애초에 그 집에 가지 말았어야 했다.

그리고 그녀가 그에게 키스했다. 그는 키스에 응하지 않았고, 그저 어색하게 일어섰을 뿐이다. 크리스틴에 대해서는 한 마디도 하지 않고, 그냥 집에 가야겠다고 말했다. 우글라는 놀라움과 실망이 뒤섞인 얼굴로 그를 물끄러미 바라보았지만, 역시 아무 말도 하지 않았다.

집에 오는 길 내내 죄책감이 들었다. 키스에 대한 죄책감, 그리고 린다와 흐롤푸르의 사건을 우글라와 의논한 사실에 대한 죄책감도 들었다. 그는 우글라가 엄밀히 말해 잠재적인 목격자라는 사실을 뼈아프게 인지하고 있었다. 정말로 수사가 진척되면 심지어 그녀가 용의선상에 놓일 수 있다는 사실도 알았다. 그도 뭐가 뭔지 확신이 서지 않았다.

한편 우글라는 엄청난 도움을 주기도 했다. 울푸르와 흐롤푸르 사이의 다툼에 대해서 말해주기도 했고, 이번에는 양로원에 있는 산드라Sandra라는 할머니를 찾아가 보는 게 좋겠다는 얘기도 해주었다. 산드라는 구십대지만 말처럼 팔팔한 기운이 넘치는 할머니라고 했다. 그리고 산드라는 흐롤푸르를 대다수 사람보다 훨씬 더 오랫동안 알고 지냈다. 우글라 말로는 흐롤푸르가 일주일에 한 번 꼭 시간을 내어 그녀를 방문했다고 한다.

아리 토르는 그가 공무를 수사팀 외부의 사람과 의논하고 발설했다는 사실을 우글라의 정보로 상쇄할 수 있다고 스스로 위안했다. 그러나 똑같은 논리로 키스를 정당화할 생각은 추호도 없었다.

그는 잠이 들었다. 꿈속에서 보게 될 사람이 우글라인지 크리스틴인지도 모르는 채로.

## 27

# 시클루 피요두르

### 2009년 1월 15일 목요일

그는 수영장에 있었다. 수면 아래 깊은 곳에서 따뜻한 물이 온몸을 타고 흘렀다. 들숨은 거의 남지 않았고 이제 몇 번만 더 팔을 저으면 된다. 두 번 더, 그리고 한 번. 호흡을 해야 했다. 폐를 공기로 가득 채우기 위해 수면 위로 올라가야 했다. 그는 위로, 위로, 높이, 더 높이 헤엄쳐 갔다. 눈과 얼굴이 수면으로 부상하자 사방에 눈이 보인다. 두껍고 묵직한 눈송이들이 얼굴에 떨어져 다 뒤덮어버리고 산소를 앗아간다. 피할 곳이 없다, 어디에서도 숨을 쉴 수가 없다. 다시 물 속 깊이 잠수하는 수밖에 없었다. 허파에 공기도 채우지 못한 채 수영장 깊이 가라앉아 물 속에서 질식한다. 다시 위로 올라오면, 여전히 하얀 눈만 가득할 뿐 공기는 없다.

그는 소스라쳐 벌떡 일어나, 잠시 침대에서 자기가 숨을 못 쉬고 있는지 확인했다. 유리창에 눈이 덕지덕지 들러붙어 아예 창 밖이 보이지 않았다. 그리고 마침내, 소량의 산소가 유입되었다. 심장박동이 느려지고 고른 숨을 찬찬히 내뱉자, 갈수록 점점 더 익숙해지는 악몽이 흐릿해졌다.

밤사이 폭설이 내렸다. 아리 토르는 늦잠을 잤고 벌써 아홉

시 반이었다. 그는 아침식사를 건너뛰고 다급하게 경찰서로 향했다.

토마스와 흘리누가 먼저 출근해 있었다.

"목사님이 드디어 출근하셨네." 흘리누가 미소를 띠고 말했다. "토마스는 밤새 여기 계셨다네. 우리 손님을 돌보시면서 말이야."

신참을 놀리는 것이었지만, 토마스는 농담을 참아줄 기분이 전혀 아니었다. 그의 말투는 심각했다. "칼을 풀어줘야 하네. 린다는 레이캬비크로 이송됐으니까 위해를 가하지는 못할 걸세. 드디어 비행기가 어젯밤에 이륙했어. 병세는 변함이 없네. 도대체 이 모든 게 하나도 설명이 되지 않아. 상습적으로 폭행과 위협을 가했다는 심증은 넘쳐나는데, 같은 시각에 두 군데에 동시에 존재하지 않은 이상 칼이 린다를 습격할 수는 없었다고 확언해주는 증인들이 있단 말이야."

토마스는 위험하리만큼 의자를 뒤로 젖혀 앉았다. "석방을 해야 할 거야." 그는 한 말을 또 했는데, 이런 조치가 마음에 들지 않는 티가 역력했다. "마을에 머물러 있으라고 말했어. 안 그러면 구속할 수단을 강구할 거라고. 그러겠다고 답했지만 린다의 상태가 나빠지면 남부로 가고 싶다고 하더군. 사실 당장이라도 레이캬비크에 가고 싶어 몸이 달았더라고. 도로 상태가 끔찍하니까 현실적으로 통행은 불가능하지." 토마스는 잠시 말을 쉬고 머리를 쓸더니 말을 이었다. 답답해 죽을 것 같은 그의 심정이 고스란히 전해졌다. "오늘 아침에 그 꼬마를 보러 갔었어. 린다를 발견한 애 말이야. 새로운 건 하나도 없어. 솔직히 그리 좋은 목격자라고 하긴 힘들지. 그저 어린애니까."

"우리 이제 가봐야 하지 않습니까?" 흘리누가 물었다.

토마스는 일어나서 아리 토르를 돌아보았다. "난 흘리누하고 가서 린다의 집을 다시 살펴보겠네. 한 번 더 돌아볼 필요가 있어. 그리고 흐롤푸르의 죽음이 사고사가 아닐 가능성도 고려해야 하고. 공식적으로 수사를 개시하되 조용하게 해야겠어. 그 일을 좀 시작해 주겠나?"

흘리누는 아리 토르를 향해 씩 웃으며 살짝 으쓱했다. 훨씬 더 중요한 사건을 맡게 되어 기분이 좋은 모양이었다.

어른들이 진짜 사건을 조사하는 동안 모래상자나 갖고 놀고 있어라 이거지. 아리 토르는 마음속으로 생각했다. 혹시 흐롤푸르의 죽음이 사고사가 아닐 수도 있다. 하지만 이 시점에서 린다 사건이 훨씬 중요하다는 건 부인할 수 없는 사실이었다.

"알겠습니다."

토마스는 아리 토르의 어깨에 손을 얹었다.

빌어먹을. 이 놈의 어깨가 하나도 낫지 않았군.

토마스는 그를 문까지 따라 나와서 흘리누가 듣지 못하도록 나지막하게 말했다. "그 전화…, 크리스마스이브에 왔던 전화 말이야, 우리가 잘 한 거야, 그렇게 생각지 않나? 우리 둘 다

동의했잖아."

아리 토르는 그 전화가 얼마나 사람을 심란하게 만들었는지 생생하게 기억했다. 속삭이는 목소리…, 그가 전화를 다시 걸었을 때, 그 사람, 이제 와서 보니 린다라고 생각되는 그 발신자는 아무 걱정 없다고 말했었다. 하지만 그래도….

"그럼요, 물론입니다."

정말?

"우리로서는 아무것도 할 수 없었지요." 아리 토르는 덧붙여 말했다. 그리고 정말로 뭘 할 수 있었을까? 등록도 되어 있지 않은 번호였고, 발신인의 신원을 알아낼 방법도 없었다.

우리로서는 아무것도 할 수 없었어.

토마스와 흘리누가 나가자 아리 토르는 그 틈을 타서 시민회관광장을 보여주는 웹캠을 확인했다. 실시간으로 누군가 눈 덮인 광장을 지나 시민회관 쪽으로 걸어가는 모습을 바라보았다. 작은 컴퓨터 모니터로는 누군지 알아볼 수가 없어서 금요일에 혹시 뭔가 녹화되어 있다 해도 웹캠이 큰 도움이 될 가능성은 낮았다. 그는 웹캠 소유자의 전화번호를 적었다.

★

"번거롭게 해드려 죄송합니다만, 제 이름은 아리 토르라고 합니다. 경찰서에서 나왔습니다." 그는 공식적인 태도로 예의를 갖췄다.

"그래요, 새로 오신 분이죠?" 웹캠 소유자는 아리 토르가 한 번도 만나보지 못한 동네 주민이었다.

"궁금한 게 있는데, 선생님의 웹캠이…?"

"그래요, 무슨 일이죠?" 남자는 퉁명스럽게 물었다.

"옛날 녹화본을 좀 볼 수 있을까요?"

"제 웹캠에서요?" 남자는 껄껄 너털웃음을 웃었다. "제가 무슨 비밀 감시 작전이라도 펴는 줄 아십니까? 아무것도 녹화되지 않아요. 이건 그냥 광장을 실시간으로 중계할 뿐입니다. 왜 여쭤보시는 거죠? 린다 때문이죠, 그 피습사건?"

"죄송합니다, 그런 건 말씀드릴 수가 없습니다. 도와주셔서 감사합니다."

막다른 골목. 좌절감이 덮쳐왔다. 토마스에게 뭐라도 진척이 있다는 걸 보여주고 싶었다. 우글라에게 전화를 해서 극단에 대한 정보를 좀 더 얻어낼 수 있다면. 그러나 그건 이 시점에서 거의 불가능했다. 그 키스 이후로 우글라와는 연락이 닿지 않았다. 그 날 밤 그가 얼마나 후다닥 도망쳐 나왔는지 생각해 보면 놀랄 일도 아니다. 키스를 받기는커녕 어디 물린 사람처럼 굴지 않았던가. 다음 번 피아노레슨은 일요일로 잡혀 있었다. 아무 일도 없었다는 듯이 가는 게 좋을까? 이 관계는 어디까지 발전시켜도 되는 걸까? 크리스틴은 레이캬비크에 있었고, 그 거리 때문에 판단을 흐려서는 안 된다는 사실을 잊어서는 안 되었다.

마지막으로 크리스틴과 제대로 이야기를 나눠 본 것도 벌써 거의 일주일이 다 되어가고 있었다. 그는 언제나 그녀가 전화를 먼저 할 거라고 생각하고 있었다. 그녀는 자기처럼 바쁘지 않으니까.

그런데 이제, 그렇게 우글라와 키스를 해버렸으니, 어떻게 크리스틴에게 말을 꺼내야 할까? 자기도 모르게 저질러 버린 일일 수는 있지만, 그는 선을 넘었다. 그 키스는 그저 생뚱맞은 키스가 아니었다. 그는 자기도 우글라와 은근히 불장난을 걸고 있었다는 걸 알고 있었다. 크리스틴과의 관계도 숨기고 말하지 않았다. 그리고 무엇보다 나쁜 건, 그 역시 우글라에 대한 감정이 커져가고 있는지 모른다는 사실이었다…. 그는 지금 이 순간 크리스틴에게도, 우글라에게도 전화를 할 마음의 준비가 되지 않았다.

우글라가 안된다면, 드라마 클럽의 다른 단원들에게 접근하면서 시작해 봐야 할 것이다. 제일 먼저 극작가 팔미부터.

★

팔미는 흐바니라브라우트Hvanneyrarbraut의 호젓하고 깔끔한 주택에 살았다. 독신남에게는 크고 한 가족이 살기에는 좁은 집이었다. 팔미는 체크 셔츠에 회색 플란넬 바지를 입고 말쑥한 모습으로 나타났다. 아리 토르를 보고 놀란 눈치였다.

"안녕하세요, 팔미. 제가 좀 들어가도 되겠습니까?"

"뭐요? 안될 건 없죠, 그런데 왜요? 우리 집에 손님들이 와 계셔서요. 나중에 뵈면 안 되겠어요?"

아리 토르는 그 질문을 회피하고 집 안쪽을 가리키며 들어가겠다는 뜻의 고갯짓을 했다. 임무를 받았으니 성실하게 완수할 작정이었다.

"오래 걸리지는 않을 겁니다." 그는 한 발을 집 안으로 들여놓으며 미소를 지었다. "금요일 저녁 리허설에 참가했던 모든 분들과 얘기를 나누고 있습니다."

팔미는 전혀 생각도 못했다는 반응이었다. "아? 왜 그러시죠?"

"심각한 건 아닙니다. 그냥 몇 군데 아귀가 맞지 않는 부분들을 조합해서 사건을 종결하려 합니다."

이쯤에서 선의의 거짓말을 좀 해주고.

"그러면 들어오세요."

"마구 쳐들어와서 죄송합니다." 아리 토르는 주위를 두리번거렸다. "손님들이 있으시다고 하셨죠?"

"그래요. 지금 지하의 별채에 묵고 있어요."

"알겠습니다. 외지에서 오셨나 보죠?" 아리 토르는 마치 자신은 외지인이 아니라는 듯 말했지만, 그럴싸하게 들렸는지 자신은 없었다.

"네…" 팔미도 불확실한 말투였다. 젊은 경찰관에게 어느 정도까지 말해줘야 할까 고민하는 것 같았다. "아버지의 오랜 친구십니다. 덴마크에서 오셨어요. 아드님과 함께 오셨습니다. 아이슬란드 순례 여행이죠."

"부친께서 덴마크에 사셨어요?"

잠시 사적인 잡담을 나누는 건 나쁘지 않았다. 레이푸르와 얘기할 때도 효과가 있었다. 팔미는 불편해 보였고, 흐롤푸르와 그 운명의 밤에 대해 뭐든 비밀을 털어놓게 만들려면 조심스럽게 살금살금 접근하는 게 최선이었다.

팔미는 이제야 눈에 띄게 긴장을 풀었다. "맞아요. 아주 어렸을 때 그리로 이사를 가셨죠. 저는 아버지에 대한 기억이 없어요."

두 사람은 이제 거실에 자리를 잡고 앉았다. 팔미는 소파에 앉고 아리 토르는 그와 세트를 이루는 팔걸이의자에 앉았다. 둘 다 80년대 스타일의 광택 나는 갈색 가죽이었고, 연식을 고려하면 놀랄 만큼 사용한 흔적이 없었다. 사실 방 전체가 옛날 가구 카탈로그 광고처럼 보였다. 벽에 걸린 그림 말고는 집주인의 취향이 거의 드러나지 않았다. 올두가타에서 크리스틴과 동거하던, 하지만 지금은 아득하게 멀게만 느껴지는 아리 토르의 아파트 벽에는 그림이 딱 한 점 걸려 있었다. 할머니에게서 물려받은 그림은 아이슬란드 거장 카르발Kjarval(요하네스 스바인손 카르발. 1885-1972. 아이슬란드의 화가. 풍경화 뿐 아니라 신화와 설화를 근거한 작품세계: 역주)의 근사한 원본이었다. 지금 팔미 집의 벽에 걸린 캔버스 네 개 중에서 그 화가의 붓

터치를 알아볼 수 있었다.

"멋진 아트컬렉션인데요."

"고맙습니다. 컬렉션이라고 하기도 어렵죠. 그냥 그림 몇 점인 걸요."

"그래도 훌륭한 건 마찬가집니다. 저도 카르발 그림이 있어요. 이건 다 물려받으신 겁니까?"

"아니요, 내가 직접 수집했습니다. 오랜 세월에 걸쳐 저축 대신 집과 예술에 투자했지요. 제가 은행을 잘 못 믿는 편이라서요."

"옳은 말씀입니다. 요즘의 아이슬란드 은행 부도 사태들만 봐도 그렇고 말이죠."

"네, 그것도 그렇죠. 하지만 전 애초에 은행을 믿지 않았어요. 우리 어머니한테서 영감을 받은 생각 같아요. 어머니는 모은 돈을 침대 밑에 넣어두는 쪽을 선호하는 편이셨거든요. 덕분에 돌아가실 때 수중에 별로 돈이 없으셨지만요. 아마 잔돈에 집착하는 게 이상적인 방식은 아닐 겁니다." 그가 미소를 지었고 분위기는 한층 밝아졌다.

"흐롤푸르에 대해서 말씀을 좀 드리고 싶었어요. 생전에 그분과 잘 아는 사이셨지요?"

"네, 꽤 친했지요. 하지만 그 사람은 원래 다른 사람과 어느 정도 거리를 두는 쪽이었죠."

아리 토르는 곧장 핵심적인 용건으로 들어가기로 결심했다.

"어, 혹시 흐롤푸르를…, 계단 밑으로 떼밀 만한 동기를 가진 사람을 아세요?"

팔미는 눈길을 들었다. 그 질문에 놀란 기색이 뚜렷했다.

"뭐라고요? 누가 떼밀어서 추락했을 수도 있다는 겁니까?"

"솔직히 그건 아니에요. 하지만 린다가 불과 며칠 뒤 피습을 당했다는 게 너무 절묘한 우연의 일치처럼 느껴져서요. 이를 계기로 드라마 클럽에서 있었던 치명적인 사고에 대해 좀 더 자세히 살펴보게 되었습니다. 흐롤푸르가 울푸르와 심하게 싸웠다고 들었는데요?"

"아니, 그렇게까지 표현하고 싶지는 않습니다. 원래 그 둘은 늘 의견이 일치하지는 않았지요." 팔미는 입술을 깨물며 말했다. "예술가 기질 때문이었어요. 하지만 보통은 기분 좋게 화해하고 헤어지곤 했습니다."

"그 날 저녁에 발코니에 함께 계셨습니까?"

"한두 번 올라가긴 했습니다. 대체로는 아래층 공연장에서 리허설을 보고 있었어요."

"그리고 저녁식사 시간 때 집에 돌아오셨고요?"

"네. 몇 군데 대본을 수정해야 해서 곧장 이리로 왔죠."

"누구라도 선생님을 본 사람이 있나요?"

"무슨 뜻입니까?"

"그 사실을 확인해 줄 사람이 있느냐는 말씀입니다."

"어, 아니요."

"손님들은요?"

"아니요. 말씀드렸다시피 지하의 독채를 쓰고 있습니다. 저녁 시간에는 그 사람들을 보지 못해요."

"선생님은 흐롤푸르와 자주 만나셨습니까?"

"자주는 아니었어요. 하지만 간혹 흐롤푸르가 울푸르와 나를 불러 커피를 마시거나 레드와인을 한 잔씩 할 때가 있었죠. 그 집에는 기가 막히게 훌륭한 와인 셀러가 있어요."

"값비싼 술 말인가요?" 아리 토르는 지푸라기를 잡는 심정으로 동기를 찾아 헤맸다. 바윗돌 하나라도 놓치지 않고 다 뒤집어 봐야 했다.

"굉장히."

"이제 그 와인은 어떻게 되는지 아십니까?"

"와인이요?"

"누군가 물려받게 되죠?"

"전혀 모르겠군요. 솔직히 말해서, 그 사람 친척을 하나도 모르겠어요. 심지어 살아있는 친척이 있는지조차 모르겠군요."

"흐롤푸르는 유언장을 작성했습니까?"

"저한테는 그런 얘기가 없었습니다." 팔미는 진지해 보였다.

"선생님과 울푸르 외에는 정기적으로 만나 이야기를 나누는 마을 사람이 더 없었나요?"

팔미는 말을 멈추고 잠시 생각에 잠겼다. "으음. 매주 산드라라는 노부인을 방문하러 가곤 했습니다."

산드라. 아리 토르는 우글라 역시 그녀 얘기를 했던 걸 기억했다. 한 번 가보라고 했었지.

"지난 몇 년간 양로원에 계셨어요. 여전히 칼날처럼 예리하기는 하지만 예전처럼 정정하지는 않으시죠. 아흔다섯 살쯤 되신 것 같은데, 참." 팔미는 잠시 말을 끊었다. "그리고 그 처녀도 있죠."

"처녀요?"

"네. 우글라."

아리 토르는 심장 박동이 빨라지는 걸 느꼈다. 혹시 자기 속내를 들킬까 봐 팔미의 눈길을 똑바로 받지 않았다.

"우글라. 네, 그렇네요." 그는 자기가 우글라와 부적절할 정도로 친한 사이라는 의혹을 피하기 위해서는, 이 문제를 계속 추궁해야 한다는 걸 잘 알고 있었다. "둘이 자주 만났습니까?"

"그렇다고 생각합니다. 원래 우글라가 그 집 지하의 별채를 빌려서 살았는데, 이사를 나간 후에도 계속 찾아와서 만났어요. 지금은 어디 살더라…." 팔미는 생각했다. "맞아요, 노르두가타Nordurgata에 살고 있을 겁니다."

"맞습니다." 아리 토르는 생각없이 내뱉어 버렸다.

망했다.

다행히 팔미는 그의 말실수를 눈치챈 것 같지 않았고, 그보다는 어서 아리 토르를 치워버리고 싶다는 속내만 드러냈다.

누군가 문을 희미하게 두드리는 소리가 났고, 아주 늙은 할머니가 나타났다. 수염을 덥수룩하게 기른 키 큰 남자를 대동하고 있었다. 아리 토르는 그 남자는 육십대일 거라고 짐작했다.

이 사람들이 덴마크에서 온 손님들인 모양이었다. 팔미는 덴마크어로 바꿔 그들을 소개시켜 주었다. "로사Rosa와 아드님인 매즈Mads입니다. 아리 토르는 경찰에서 나왔어요."

아리 토르는 일어나서 두 사람과 악수를 했고 감히 덴마크어 실력을 시험해 볼 자신이 없어 영어로 말했다. 학교에서 덴마크어를 몇 년 동안이나 배웠지만, 읽는 건 별 힘들이지 않고 할 수 있어도 말하기는 어려웠다. 할머니는 두 사람을 향해 말했는데, 억양이 세긴 해도 영어실력이 대단했다. 매즈는 말없이 그녀 뒤에 서 있었다.

"팔미가 무슨 짓을 한 거예요?" 그녀는 궁금하다는 듯 묻더니, 따뜻한 미소를 지으며 아리 토르의 눈을 지그시 들여다보았다.

아리 토르는 미소를 지었다. "그럴 리가요. 아무 일도 아닙니다. 우리는 작가인 흐롤푸르 크리스찬손의 죽음에 대해 조사를 하고 있어요. 드라마 클럽 리허설 때 사고로 목숨을 잃으셨거든요."

"그 얘기는 들어서 알아요. 팔미가 말해줬습니다. 우리도 주말에 극장에 갈 계획이었는데." 그녀가 말했다. "나도 아주 오래 전에 흐롤푸르를 덴마크 코펜하겐에서 만난 적이 있어요. 두 사람이 친구였거든, 흐롤푸르와 부친께서. 그렇죠?" 그녀는 팔미를 보면서 말했다.

"지인이셨죠." 팔미가 대답했다. "두 분은 비슷한 시기에 덴마크에 같이 계셨어요."

이번에는 노부인의 말이 아리 토르를 향했다.

"핸섬한 청년이었죠, 그 흐롤푸르 말이에요. 내 기억이 맞다면. 팔미의 아버지 팔Páll이 병상에서 죽어가고 있을 때 그 곁을 아주 오래 지켰어요. 팔은 덴마크에 아는 사람이 많지 않았을 텐데, 낯선 나라에서 혼자 지내는 건 외롭죠." 로사는 팔미를 바라보며 말했다. "우리가 함께 한 몇 달 동안 부친의 삶을 조금 더 편하게 해드릴 수 있었기를 바라요." 그녀는 미소를 지으며 이어 말했다. "흐롤푸르는 그 무렵 병원에서 만났죠. 당시에 난 고향으로 돌아가서 가족과 함께할 일이 있었기 때문에 몇 달째 팔을 못 보고 있었어요. 그러다가 팔에게 돌아가는 길에 그가 병에 걸렸다는 소식을 들었어요. 내가 도착했을 때 팔의 병세는 이미 위중해져 있었죠. 용기가 없어서 작별인사도 못 했어요. 우리 둘 다에게 너무 어려운 일이었을 거예요." 눈물 한 방울이 주름진 뺨을 타고 흘러내렸다.

"이걸…, 이 사건을…, 살인사건으로 보고 수사하고 계십니까?" 팔미는 아이슬란드어로 바꾸어 아리 토르에게 물었다.

"그렇습니다." 아리 토르는 토마스의 권위로 토마스를 대신해 의무를 다하고 있었기 때문에, 그건 가장 진솔한 대답이었다.

팔미는 생각에 잠겨 서 있었다. 뭐라 말을 더 해야 할까 말까 고민하는 눈치였다. 그러더니 무슨 끔찍한 비밀이라도 폭로하려는 사람처럼 살짝 눈빛에 죄책감이 스쳤다. "한 가지 더 아셔야 할 일이 있습니다." 그는 잠시 말을 쉬었고, 침묵은 기대감으로 묵직해졌다. 언어 장벽에도 불구하고 로사마저 이를 감지했다.

매즈는 여전히 가만히 서서, 관심 없다는 표정으로 카르발의 그림 한 점을 살펴보고 있었다.

"흐롤푸르에게 자식이 있다는 얘기를 들었습니다. 혼외자식이지요, 물론. 결혼을 한 적이 없지만, 덴마크에서 돌아온 후 아이가 생겼답니다. 아마 전시에, 아니면 그 후의 일일 겁니다. 알아볼 만한 일이라고 생각합니다."

## 28

### 시클루 피요두르
**2009년 1월 16일 금요일**

'다정하신 형제 예수님'이라는 찬송가가 공동휴게실에 울려 퍼졌다. 양로원 노인들 중에서 기력이 되는 사람들이 모여서 아침 예배를 드리고 있었다. 열심히 참여하는 이들도 있었지만 느긋하게 구경이나 하자는 태도를 보이는 이들도 있었다.

아리 토르는 성가 찬양을 이끄는 젊은 여자를 알아보았다. 레이캬비크의 대학 신학과 소속이었다. 그녀의 이름은 알았지만 말을 걸 만큼 친하지는 않았다. 그럼 그녀도 시클루 피요두르로 이사를 한 걸까? 그는 포기했지만 그녀는 목사가 되기 위해 수련을 계속 받았는 줄 알았는데.

전날은 조용했다. 칼과 린다의 집에서 나온 부엌칼은 검사를 위해 레이캬비크로 보내졌다. 아리 토르는 여전히 흐롤푸르의 죽음에 단서가 될 만한 정보를 캐고 있는 중이었고, 흐롤푸르에게 자식이 있었을지 모른다는 소식으로 토마스를 경악시켰다.

아리 토르는 문간에 서서 찬양을 지켜보았다. 간호사는 산드라와 이야기를 나누면 안 될 이유는 없지만 다만 아침 예배 시간은 피해달라고 부탁했다. 그리고 휠체어에 앉아 크로셰

담요를 무릎까지 덮고 열심히 성가를 부르고 있는 할머니를 손으로 가리켰다.

아리 토르는 독실한 믿음이나 신앙 때문이 아니라 사실 정반대의 이유로 신학과에 진학했다. 어쩌면 신앙을 회복하기 위해서, 아니면 그저 삶의 목적을 찾기 위해서였을지도 모르겠다. 이전에 포기한 전공인 철학으로는 해결할 수 없는 질문들의 해답을 찾을 필요가 있었다. 아니 어쩌면 그는 단순히 돌아가신 아버지와 최대한 다른 길을 선택했는지도 모른다. 아버지는 회계사셨다. 플라톤이건 신이건 아무래도 좋았다. 탐욕과 돈을 섬기지만 않으면 되었다. 신학이 진짜 대답을 줄 수 없다는 게 명백해졌을 무렵에도 아리 토르는 고집스럽게 버티고 있었다. 일말의 믿음 없이도 학업을 마칠 수 있다고 스스로에게 확신을 주려 애쓰고 있었다.

아리 토르는 한 때 품었을지 모르는 믿음의 마지막 한 자락을 언제 잃게 되었는지 정확히 짚어 말할 수 있었다. 열세 살 때, 아버지가 실종되던 바로 그 날이었다. 그리고 같은 해에 어머니가 자동차 사고로 돌아가셨다는 소식을 들었을 때 재차 확신하게 되었다.

신학 공부로는 단 한 발자국도 전지전능하신 신에게 더 가까이 다가갈 수 없었다. 학문적 논쟁, 피로 얼룩지기 일쑤인 교회와 종교의 역사, 이 모든 게 전체적으로 어우러져 아무도 저 하늘에서 그를 굽어보거나 돌봐주고 있지 않다는 확신을 더욱더 굳어지게 만들었다. 인생의 대부분을 살아오면서 늘 그러했듯, 아리 토르는 몹시 외로운 느낌이 들었다.

찬양은 계속되었다. 이번에는 수년 전 주일학교에서 듣던 친숙한 성가였다. 나이가 들어 양로원으로 보내지면 다시 찬송가를 불러야 할 수밖에 없는 운명인 걸까? 가사에 대한 일말의 믿음도 없이 찬송가들을 따라 부르게 될까?

아리 토르와 함께 공부했던 예전의 동창은 짤막한 기도를 인도하고 나서, 원하시는 분께는 커피가 준비되어 있다고 낭랑한 목소리로 안내를 했다.

★

산드라는 아리 토르가 또박또박 커다란 목소리로 자기소개를 하는 사이 커피잔을 들고 있었다.

"그렇게 크게 얘기하지 말아요, 젊은이. 난 귀가 아주 잘 들려요. 문제는 내 다리지." 산드라는 이렇게 말하며 그를 보고 미소를 지었다. 산드라는 깎아지른 조각 같은 섬세한 얼굴과 또렷하고 온화한 말투에 부드러운 목소리를 지니고 있었다. 그녀는 우아하게 커피를 홀짝였다.

아리 토르는 남는 의자가 있는지 주위를 둘러보았다.

"우리 군이 여기 앉아 있을 필요가 없어요. 저 복도 따라 가다 보면 내 방이 있거든요. 휠체어 좀 밀어줄래요?"

그는 천천히 휠체어를 밀었다.

"몇 살이나 됐어요, 젊은이?"

"스물다섯입니다." 그리고 덧붙여 말했다. "올해 말이 되면요." 그냥 해로울 것 없는 거짓말이라도, 이 노부인에게는 왠지 거짓말을 하면 안 될 것 같았다.

그녀의 방에는 우중충한 침대, 낡은 서랍장, 등 없는 의자가 구비되어 있었다. 사진 몇 장이 서랍장 위에 놓여 있었다. 몇 장은 컬러였고, 나머지는 오래되어 빛바랜 사진들이었다.

"죽은 내 남편이에요." 산드라는 흑백사진 한 장을 가리키며 말했다. "다른 사진들은 아이들과 손자들이죠. 지난 세월 동안 난 참 운이 좋았답니다." 그녀는 희미하게, 이해심에 가득 찬 미소를 지었다.

아리 토르는 침대 옆의 등 없는 의자에 앉았다. "부인을 침대로 옮겨 달라고 누구한테 부탁해야 할까요?"

"이런, 괜찮아요. 우리 잘생긴 손님하고 있으면 얼마든지 여기 앉아 있을 수 있어요."

아리 토르는 예의 바르게 웃었지만, 내심 본론으로 들어가고 싶어 몸이 달았다.

"도로 사정은 좀 어때요?" 그녀가 물었다. "여기까지 걸어오는데 힘들지 않았어요?"

"운전하고 왔습니다." 아리 토르가 말했다. "경찰 지프로 왔어요."

"그런데 말이에요." 그녀는 심각한 표정을 하고 똑바로 그의 눈을 마주보았다. "어째서 요즘은 마을 사람들이 전부 다 커다란 지프를 타고 다니는 거죠? 이해가 안 돼요. 옛날에는 이렇게 큰 차를 타지 않았어요. 사실 차라는 걸 가진 사람도 별로 없었지만, 그래도 잘 살았거든요."

"으음. 제가 생각하기에는 도로에 눈이 깔려 있어도 마을 밖으로 나가고 싶으니까 그런 것 같습니다."

"뭐하러요?"

"무슨 말씀이시죠?"

"마을을 뭐하러 떠나느냐고요?"

그는 이 질문에는 적당히 대답할 말이 없었다.

"흐롤푸르에 대해서 물어보러 온 거죠?" 그녀가 드디어 물었다.

아리 토르는 고개를 끄덕였다.

"그럴 줄 알았어요, 젊은이. 그 불쌍한 노인네. 친구들이 별로 많지 않았지요. 어쩌면 지난 몇 년 동안은 내가 제일 가까운 친구였을 거예요."

"자주 찾아오셨나요?"

"매주 같은 시간에 왔죠. 여기서 그리 멀지 않은 데 사니까 — 홀라베구르 말이에요. 그에게는 걸을 만한 거리였지요."

"어떤 분이셨나요?"

"왜 물어보죠?" 그녀의 눈빛에 의심이 피어오르고 있었다. "확실히 사고사 맞죠, 안 그래요?"

"우리가 조사하고 있는 게 바로 그겁니다. 사고사가 아닐 거라고 생각지는 않지만, 그래도 확실히 해두어야 하니까요."

"그 사람이…, 그러니까…, 그 노인네가 술을 마셨었나요?"

신중한 짐작이었다. 아리 토르는 굳이 그 사실을 숨길 필요는 없다고 판단했다. "그래요. 약간 술에 취한 것 같았습니다."

"약간이라. 그래요, 뭐…, 흐롤푸르는 복잡한 사람이었어요, 그건 말해줄 수 있지. 그리고 전적으로 이해할 수는 없는 사람이었어요. 옛날, 시클루 피요두르를 떠나기 전의 흐롤푸르가 기억이 나네요. 그 때쯤 이 대단하신 세계적 작가가 되셨는데 그 유명세에 취해 있었어요. 엄청난 야망이 끓어 넘쳤죠. 군계일학 같은 존재가 되어 세상을 보고 싶어했고요. 그래서 바로 그렇게 했던 거지요. 책이 출간되고 난 후로는 여행을 너무나 많이 다녔어요." 그녀는 지친 눈을 잠시 감고 쉬었다. "그리고 다시 고향으로 돌아왔지요. 사람들은 늘 고향으로 돌아오잖아요, 그렇죠? 그때쯤에는 남부보다 여기서 더 알아주는 사람이 많았죠. 그 책 읽어봤어요?"

"사실 못 읽어봤습니다. 누가 빌려줘서 한 권 갖고 있기는 해요."

"그러면 읽어 봐요. 후회하지 않을 테니까." 그녀가 말했다. "아무튼, 이 동네 청년은 아닌 거 같은데 무슨 일로 여기까지 이사를 왔어요? 요즘은 청어도 없는데."

"여기서 취직 제안을 받았습니다."

"양로원 노파들을 찾아와서 죽은 작가들에 대한 얘기를 하다니⋯. 참 흥미진진하네요, 그렇죠? 청어가 있던 시절 여기 왔어야 해요. 그 때가 전성기였죠, 정말이에요. 난 열세 살 때 청어 일을 시작했거든요. 청어를 소금에 절이는 일을 했죠. 우리 애들은 심지어 더 이른 나이에 시작했어요. – 우리 막내는 염장을 시작했을 때 여덟 살이었거든요. 요즘은 그러면 안 되는 거죠? 청어가 오면 신나는 모험을 하는 것 같았어요. 오지 않으면 악몽이었죠."

그녀의 얼굴에 아득한 표정이 떠올랐고, 시선은 더 이상 아리 토르를 보지 않고 과거를 보고 있었다. 마치 옛날의 청어 왈츠곡이 배경에서 연주되는 것 같았다.

"제일 손이 빠르던 시절에는, 청어 한 통 염장하는데 이십 분 걸렸어. 딱 이십 분. 부러워하는 사람들이 많이 있었어요. 그 때는 나도 한 가닥 했었지." 그녀가 미소를 지었다. "배들이 들어올 때, 그걸 봤어야 해요. 뱃머리까지 청어로 가득 차서 간신히 떠 있을 정도로 만선이었거든요. 그건 기가 막힌 장관이었죠. 산에는 가 봤어요? 흐바니라스칼Hvanneyrarskál 산 말이에요."

아리 토르는 고개를 저었다. 그래도 오래 전 청어 붐이 일었던 시절의 추억에 빠져 있던 그녀가 다시 그에게 눈길을 주니 마음이 놓였다.

"여름에 그 산에 올라가 봐요. 숱한 사랑의 모험이 거기서 시작되었다니까요."

그는 의무적으로 고개를 끄덕였다. "흐롤푸르 얘기 말인데요…."

"그럼요. 미안해요, 젊은이. 그만 깜박 정신을 놓아버렸네."

"괜찮습니다." 그는 미소를 지었다. "누군가 흐롤푸르를 계단 밑으로 떠밀기를 원했다면 혹시 그 이유가 될 만한 게 있을까요? 흐롤푸르에게 원한을 품은 사람은 없었나요?"

"그렇다고 할 수도 있고 아닐 수도 있고. 별로 좋은 사이가 아니었던 사람은 아주 많이 있었지만, 그렇다고 해를 끼칠 만한 사람이 있다는 것도 상상이 안 되네요. 워낙 태도가 오만하고 술을 마시면 좀 대하기 힘들어질 때가 있어요. 만사가 자기 식대로 돌아가길 바라죠. 드라마 클럽 단장 노릇을 하며 꽤나 군림했을 거라는 게 상상이 가네요." 그러더니 그녀는 잠시 망설였다. "고인을 나쁘게 말하는 걸 이해해 줘요. 하지만 누가 계단에서 그를 밀었다면 나도 도움이 되고 싶어요."

"이해합니다." 아리 토르는 그녀가 다시 말을 할 수 있도록 다시 침묵을 지켰다.

"사실…, 중요할지도 모르겠는데 한 가지 해줄 얘기가 있어요. 크리스마스 전에 무슨 대단한 비밀을 쫓고 있다던가 그런 얘기를 했어요. 딱 그 표현을 썼던 것 같아요 - '대단한 비밀'이라고. 드라마 클럽 단원들 일부가 그에게 뭔가를 숨기고 있었대요. 그 얘기를 하면서 회심의 미소를 지었는데, 꼭 이 비밀을 캐게 되어서 굉장히 즐거운 눈치였어요. 그 노인네, 눈이 꼭 사냥매 같았지."

"비밀이요?"

"그래요, 비밀." 그녀의 언성이 뚝 떨어져 거의 속삭임이 되었다.

"이 비밀이 뭔지 짐작이 가는 게 없으세요?"

"정확히는 모르겠어요. 하지만 그 사람이 한 얘기로 봐서…, 뭔가 썸씽이라고 해야 하나…." 그녀는 눈을 찡긋해 보였다. "내 말뜻을 알아들을지 모르겠네요."

"낭만적인 비밀? 불륜?"

"내가 받은 인상은 그랬어요. 아니면 뭐 아무튼 그런 류의 얘기랄까."

아리 토르는 다급하게 메모를 했다. 노부인이 해준 얘기에 뭔가 숨어 있을지도 모른다.

"그 분이 유언장을 작성하셨는지는 아세요?"

"그런 얘기는 나한테 절대 하지 않았어요. 하지만 작성했겠죠. 살아있는 친척들 중에는 가까운 촌수는 없을 테고, 먼 친척뿐일 거예요. 하지만 상당한 세속의 부를 남기고 죽었을 거라는 건 알죠. 나와는 달라요. 내가 남길 건 이 낡은 함 하나인데." 그녀는 웃음을 터뜨리더니 낡은 목제 궤짝을 가리켰다. 오래 써서 나무는 변색되고 반들반들하게 닳아 있었다. 산드라가 태어나기도 전까지 거슬러 올라가는 물건 같았다.

"제가 알기로는 자식이 하나 있을지도 모른다고 하더군요."

"자식이요?" 그녀는 놀라서 그를 쳐다보며 눈을 가늘게 떴다.

"그래요. 흐롤푸르가 전후에 자식을 낳았을 거라는 얘기가 있었죠."

"세상에, 그건 한 번도 못 들은 얘기인 걸요. 그 얘기는 어디서 들었어요?"

"팔미에게서요. 팔미 팔손."

"그 사람 알죠, 당연히. 팔미는 흐롤푸르와 좋은 친구였으니까, 둘이 그런 얘기를 나눴을 수도 있지요. 저는 처음 듣는 얘기라고 말씀드려야겠네요. 하지만 삶이란 원래 그렇지요. 계속 사람을 깜짝 깜짝 놀라게 하니까요. 불쌍한 노인네."

"흐롤푸르요?"

"아니, 팔미. 그 친구는 너무 어렸을 때 아버지를 잃었어요. 진짜 비극이지요. 부친이 걸물이었어요. 몹시 예술적이고, 뿌리를 내리고 정착하는 걸 굉장히 힘들어했죠. 아내와 어린 아들을 떠나 덴마크의 코펜하겐으로 갔는데, 거기서 결핵에 걸려 죽어버렸어요. 난 그가 최후를 맞기 전에 여성분들을 몇명 만났을 거라는 느낌이 드네요. 반듯하게 앞길만 보는 타입은 아니었거든요." 이번에도 산드라는 의미심장하게 윙크를 했다.

"덴마크에서 오신 부친의 옛날 친구분이 지금 팔미와 함께 머무르고 계세요."

"설마?" 산드라가 말했다. "팔미는 혼자서 참 잘 컸어요, 착한 애죠. 모친이 너무 일찍 세상을 떠났어요. 겨우 예순다섯인가 예순여섯인가 그랬으니. 뇌졸중이었어요." 그녀는 불쑥 물었다. "청어 먹어요?"

"어…, 아니요."

"그 때가 좋았어요." 이 말과 함께 그 아득한 표정이 다시 돌아왔다. "그리고 옛날 그 시절에 사람들 요리 솜씨도 정말 좋았죠."

그녀는 과거의 어느 시점에 눈빛의 초점을 맞추었고 아리 토르는 참을성 있게 기다렸다.

"그 때가 참 좋았던 시절이에요." 그녀는 다시 한 번 말했다. "만일을 대비해서 난 늘 이걸 갖고 있죠." 그녀는 이 말과 함께 서랍장에서 책을 한 권 꺼냈다. 낡은 공책이었는데 구겨지고 손때가 잔뜩 묻어 있었다. "옛날에는 레시피 책들을 사지 않았어요. 그 때는 푼돈이라도 그렇게 써버릴 여유가 없었으니까. 그래서 난 레시피들을 다 여기 적었지요." 그녀는 레시피북을 값비싼 귀중품처럼 조심스럽게 다루었다. 그리고 공책 한가운데를 폈다. "이것 보여요, 젊은이? 이게 다 청어 요리법이랍니다. 왕한테 진상해도 좋을 진미지요."

아리 토르는 작고 세심한 필체를 힘겹게 들여다보았다.

"말해줘 봐요. 린다는 어떻게 됐나요? 상태는 어때요?" 산드라는 그 책을 무릎에 놓으며 말했다.

"아니 그럼…?" 그는 소스라치게 놀라 하마터면 굴러 떨어질 뻔했다. "린다를 아세요?"

"누군지는 알아요. 병원에서 일하잖아요. 사랑스러운 처녀죠. 하지만 눈빛에 언제나 슬픈 구석이 있어 보였어요."

"레이캬비크의 중환자실에 있습니다. 아직 의식이 없어요."

"칼을 체포했다고 들었어요."

"아뇨, 그렇지 않습니다. 피습 직후에 린다를 발견한 사람이기 때문에 면담은 해야 했습니다."

"그 친구는 죄가 없어요. 확실해요."

"정말로요?"

"참 정이 많은 애예요."

"잘 아세요?"

"옛날에 부모가 그 녀석을 데리고 덴마크로 이사 가기 전에는 잘 알았죠. 협동조합에서 일할 때 거기서 자주 만났어요. 참 인상이 좋았는데, 아마 여전히 그럴 거예요. 그 때는 팔미의 모친 밑에서 일을 했어요. 이런 저런 집안일을 해주고 용돈을 벌었죠. 필요한 일이 있으면 뭐든지 다 해줬어요. 쇼핑도 대신 가고, 집안 물건들을 고쳐주기도 하고, 심지어 필요할 때는 쥐도 잡아줬지요. 사랑스러운 청년이에요."

그건 두고 봐야 할 것 같네요.

아리 토르는 겁에 질린 린다가 크리스마스이브에 경찰에 전화를 걸었다는 얘기는 한 마디도 하지 않았다. 부부싸움과 멍에 대해서도 침묵을 지켰다.

"흐롤푸르한테 다른 친구들이 있었어요? 친한 친구?"

"언제나 울푸르를 굉장히 좋게 말했고 제대로 언쟁이 붙는 것도 즐겁다고 했어요. 걸출한 성격이라고. 하지만 울푸르가 연출에만 신경 쓰고 그가 쓴 희곡은 찢어버려야 한다는 말도 했지요."

"희곡이요?"

"그래요, 희곡. 울푸르가 희곡을 썼나 봐요." 그녀는 미소를 띠고 말한 뒤 하품을 했다. "자, 젊은이. 이제 내가 좀 피곤해지나 봐요." 그녀는 커피를 한 모금 마셨다. 이제쯤은 다 식었을 텐데. "이제 그만하면 되겠죠, 안 그래요? 나중에 다시 와서 또 만나요."

아리 토르는 노부인을 바라보았다. 그녀의 눈이 감기기 시작하더니 앉은 자리에서 고개가 뒤로 젖혀졌다. 그의 심장이 빠르게 뛰고 있었다. 확실히 흐롤푸르의 사연에는 겉으로 보이는 것 이상이 숨어 있었다.

## 29

## 시클루 피요두르
### 2009년 1월 17일 토요일

토요일에도 또 걷잡을 수 없이 눈이 내렸다. 정원마다 빙벽이 생겼고 무릎까지 푹푹 빠지는 눈 더미를 질척하게 헤치지 않고서는 길거리를 다니는 게 불가능했다.

아리 토르는 크리스마스 분위기가 고조되던 몇 주일 동안은 마을의 설경이 아늑하고 축제의 느낌을 준다고 생각했었다. 레이캬비크에서는 12월이 보통 비가 내리는 달이기 때문이다. 그러나 이제 이 끝없는 눈이 답답해지고 있었다. 물론 눈 덕분에 북부 피요르드 지방의 가장 어두운 계절을 좀 환하게 밝혀주기는 하지만, 대신 다른 모든 일이 힘들어졌다. 심지어 경찰용 사륜구동차도 도로에서 허우적거렸고, 걸어 다니다 보면 신발도 양말도 바지도 다 흠뻑 젖어버렸다.

아리 토르는 시클루 피요두르의 장엄한 교회 앞에 서 있었다. 토마스와 흘리누도 옆에 서 있었다. 두 사람 다 그 주말에 당직이었다. 아까 경찰서에서 산드라와의 면담을 놓고 이야기를 나누었는데, 흐롤푸르의 비밀이 무엇일까에 대해 수많은 추측이 오갔지만 결론은 나지 않았다.

아리 토르는 제복 차림이 아니었지만 만나보지도 못한 사람 흐롤푸르에게 예를 갖추기 위해 정장을 차려 입고 왔다. 복잡한 남자라는 산드라의 묘사는 정곡을 찔렀다. 자기 분야에서 명망의 정점에 올랐지만, 유명세가 꺾이면서 존재감이 희미해지는 것은 두고 보지 않았다. 친구와 지인들이 많았지만, 질시하는 이들도 많았다. 감정기복에 따라 대하기 힘든 사람이기도 했지만, 또 다른 상황에서는 친절하고 상냥하기도 했다. 우글라와의 관계가 그 대표적인 사례다.

우글라.

아리 토르는 빌려온 책 생각을 했다. 빨리 그 책을 봐야 할 텐데. 그러면 죽은 작가의 생각들에 대해 좀 더 통찰력 있는 접근을 할 수 있을 텐데.

그들은 교회 한가운데 텅 빈 신도석에 앉았다. 안에 들어가서 보니 교회는 우뚝 솟은 높이에 비해 아담해 보였다. 스테인드글라스 창문이 있는 교회는 평화로운 곳이었다. 눈을 피할 수 있는 따뜻한 피난처였다. 아리 토르는 밖에서 우글라를 만났다. 눈빛을 교환했지만 서로 아무 말도 하지 않았다. 키스이후로 두 사람은 한 마디도 말을 하지 않았고, 그래서 그는 걱정이 되었다.

전날 밤에는 심하게 잠을 설쳤다. 선잠조차 이루기가 힘들었다. 이제 그는 언제나 세심하게 바깥문을 단속했다. 아리 토르의 집에 침입했다고 자백한 사람은 아무도 없었다. 그래서 토마스는 그 사건은 일단 보류하고 린다와 칼 사건에 경찰 역량을 집중하고 있었다. 그러나 아리 토르는 언제나 눈을 감을 때면 섬뜩한 전율을 느꼈다. 밤에 잠이 깼는데 집 안에 다른 사람이 있었다는 공포심은 곧 집에서 도저히 안전한 느낌을 받을 수 없다는 의미였다. 침입자가 들어오기 이전에도 악몽과 공황장애를 겪었지만, 그 사건 이후로는 훨씬 더 어둡고 길어졌다. 직장에서도 수면 부족의 후유증이 있었지만, 그래도 할 수 있는 한 최선을 다했다.

하지만 무엇보다 큰 걱정거리는, 크리스틴과의 관계가 흐릿해져 가고 있다는 사실이었다. 상대적으로 짧은 시간 사귄 사이였지만, 그 때는 그녀가 인생의 마지막 사랑이라고 믿어 의심치 않았고, 어떤 의미에서는 지금도 그랬다. 그래서 우글라에게 이끌리는 마음이 혼란스러웠다.

교회는 점점 사람들로 가득 찼다. 이제는 친숙한 얼굴들도 많았다. 울푸르와 팔미는 함께 운구한 다른 사람들과 함께 맨 앞좌석에 앉았다. 레이푸르는 앞쪽 자리에 앉았는데, 혼자였고 딴 생각에 정신이 팔린 눈치였다. 여기가 아니라 다른 곳에 있고 싶다는 표정이었는데, 공방의 작업 생각을 하고 있을지도 모르겠다. 아무튼 장례식장은 그의 관심사가 아니라는 건 확실했다.

칼은 아리 토르가 앉은 자리에서 두 줄 앞자리에 안나와 나란히 앉았다. 아리 토르는 장례식이 끝난 후 리셉션에서 안나와 이야기를 나눠보는 게 좋을지 생각하고 있었다. 리허설에 온 사람들 전원과 면담을 할 생각이었지만, 그 순서와 일정을 맞추는 게 생각보다 훨씬 오래 걸렸다.

질투. 우글라는 안나를 그렇게 묘사했다. 주역을 놓쳐서 질투를 한다고. 아리 토르는 자기가 우글라의 말을 온전히 진실로 받아들이는 경향이 있다는 사실을 되새겼다. 혹시 그녀의 말도 의심해볼 여지가 있는지, 아니면 반대로 드라마 클럽의 내부자와 가깝고 그 내부자의 증언은 믿어도 된다는 사실에 감사해야 하는 건지 알 수가 없었다.

예배가 시작될 무렵이 되자 교회는 거의 만원이 되었다. 참석자들이 모두 작가와 개인적인 친분이 있지는 않겠지만, 뜻밖의 죽음은 과거의 영광을 상기시키며 작가의 명성에 새로운 숨을 불어넣어 주었다. 명사라고 할 만한 사람들이 모두 식장에 모여 있었다. 전직 장관 두 명이 흐롤푸르에게 조의를 표하러 외지에서 올 예정이었지만 실제로 참석하지는 못했다는 얘기도 나왔다. 여행은 여전히 위험천만했고, 시클루 피요두르로 오는 길은 마을 위로 세차게 불어대는 눈 폭풍 덕분에 실제로 통행이 불가능했다.

장례식은 형식적이었다. 아이슬란드 민요들이 클래식과 어우러졌고, 〈린다를 위한 시〉의 일부가 낭송되었다. 험한 바다에서 위험에 처한 선원들 앞에 나타나신 예수님의 모습을 그린 그랜구르 브론달Gunnlaugur Blöndal의 화려한 그림은 심금을 울리는 배경이었다. 제단에 있는 그 그림은 오랜 세월에 걸쳐 무자비한 바다 곁에서 시클루 피요두르가 치러왔던 희생을 상기시키고 있었다. 장송곡은 극적이었지만 아리 토르는 사람들에게서 눈물의 흔적도 보지 못했다. 흐롤푸르는 수많은 사람들의 존경을 받았지만 그를 아쉬워하고 그리워하는 사람은 거의 없었다. 문제는, 과연 누군가 그를 정말로 증오하고 있었을까 하는 것이었다.

★

니나 아르나토티르의 삶은 수월하지 않았다. 그녀로서는 이해할 수 없는 이유들로 인해, 세월이 흘러감에도 동년배들과 발맞추어 성장하지 못했던 것이다. 어쩌면 그들이 그녀와 박자가 어긋났을 뿐인지도 모른다. 이제 그녀는 버스를 놓쳐버린 꼴이 되었고, 세월은 순식간에 그녀를 어둡고 좁은 방 안에 혼자 남겨놓고 앞질러 가 버렸다. 그녀는 왜 더 씩씩하게 밀어붙여 삶의 멱살을 낚아채지 못했을까 종종 고민하곤 했다. 왜 인간관계를 다지고 가족을 꾸리고 다른 사람들 사이에서 다른 사람들처럼 살지 못했던 걸까.

옛날에 한 번, 딱 한 번 사랑에 빠진 적이 있었고, 그건 순수한 사랑이었다. 나이가 많았던 남자는 그녀의 구애를 거절했다. 아주 친절하게, 따뜻한 말로, 두 사람은 도저히 안 되겠지만 여전히 그녀를 향한 애정을 품고 있다고 했다. 그 후로 정말이지 더욱 그를 사랑하게 되었지만 다시는 실천에 옮기지 않았다. 그리고 누구에게도 마음을 열지 않으려 했다. 두 번째로 사랑에 빠질 기회를 스스로 차단하며 살아왔다.

이후 그녀는 집 안의 어둠 속에서 나날을 보내며 스탠드 불빛에 책을 읽거나 텔레비전을 보았다. 세월은 판에 박힌 지루한 일상 속에서 흘러가 버렸고, 그러다 보니 어느 새 그녀는 예순이 되어 있었다.

일단 지금은 제대로 된 직업이 없이 임대주택에 살면서 생활비 전액을 기초수급으로 충당하고 있었고, 드라마 클럽에서 자원봉사를 하고 있었다. 쉽고 편리한 일이었다. 매표소 일만 맡으면 되고 가끔 떨어지는 심부름만 해주면 되니 간단했다. 군중의 일부가 된다는 건 늘 마음이 편치 않았지만, 드라마 클럽의 일원이 될 수 있는 기회를 준다면 사람들을 좀 참아줄 각오도 되어 있었다.

니나는 탄탄한 체구에 땅딸하고 골격이 튼실했다. 나이를 먹었어도 전혀 기운이 떨어지지 않았다는 사실을 그녀도 잘 알고 있었다. 어렸을 때는 몸매 때문에 학교에서 숱하게 놀림감이 되곤 했었다. 힘이 장사였음에도 불구하고 그녀는 계부가 손찌검을 할 때 한 번도 맞서 싸우지 않았다. 머리를 가리고 떨어지는 주먹을 그대로 맞을 뿐, 달리 아무것도 할 용기가 나지 않았었다. 계부가 폭행을 멈추면 그 때가 더 나빴다. 그 때 그녀는 진짜로 순전한 공포를 느끼기 시작했다. 가끔은 떠나버리기도 하고, 소파에 누워 술에 취한 채 곯아떨어지기도 했다. 가끔은 더 조용해지고, 비처럼 쏟아지는 주먹 대신 더 듬는 손길이 찾아오곤 했다. 그러면 그녀는 눈을 꼭 감고 자기만의 어둠 속으로 사라졌다. 그 시절에 그녀는 어둠속에서 가장 기분이 좋았었다. 침대 밑이나 옷장 속 같은 곳, 그런 곳에서는 평화를 찾을 수 있었다. 계부의 목소리가 들리면 그녀는 그런 곳으로 기어들어갔다. 술 냄새와 짤랑거리는 병과 술잔의 소리를 알아듣는 법을 배우게 되었다.

육감도 발달했다. 단 몇 초 만에 도망쳐서 숨어야 할 때라는 걸 알아차렸다. 학교의 다른 아이들이 술래잡기를 한다는 걸 그녀도 알고 있었지만, 아무도 이렇게 엄청난 위험을 걸고 하지는 않는다. 어른이 되고 나서는 어째서 아무도 그녀를 도와주러 오지 않았는지 이해가 되지 않았다. 어째서 자기도 희생자였던 어머니가 그런 폭행을 묵과했던 걸까? 니나가 계부에 대한 불만을 털어놓으려 했던 적도 있지만, 어머니는 시선을 피하며 사람들에 대해 거짓말을 하면 못쓴다고만 말했다. 그 후로 니나는 다시는 그 말을 꺼내지 않았다.

시퍼렇게 멍이 든 채로 학교에 나타났는데도 교사들이 아무 말도 하지 않는 것도 이상했다. 정말로 그 선생들은 니나가 이번에도 또 '넘어졌'다고 믿었단 말인가? 어째서 아무도 손을 내밀어 주지 않았을까? 어느 순간 다른 학생들하고 말도 섞기 싫어져 버려서 어둡고 외로운 그녀만의 작은 세계로 빠져드는 그녀를 어째서 알아봐주지도 않았던 걸까?

오히려 교사들은 계속해서 그녀에게 집중력 장애가 있고 학습할 능력이 없다는 보고를 냈다. 시험 성적은 물론 형편없었다. 오랫동안 교사들의 믿음을 주입당한 결과, 그녀 스스로도 자기가 학업수행에 적합한 지능을 갖고 있지 못하다고 믿어 버렸다. 책에 대한 두려움도 커졌고, 곧 4년제 대학은 커녕 2년제 전문대학인 칼리지조차 꿈도 꾸지 못하게 되어버렸다. 십대가 가장 힘들었다. 시클루 피요두르에 남아 있으면서 동기들이 떠나는 걸 지켜보아야 했던 것이다. 어떤 친구들은 아쿠레이리로, 또 다른 이들은 레이캬비크로, 흥미진진한 미래를 향해 떠나갔다. 그녀는 방 안 어둠 속에서 오랜 시간을 보냈다. 결국 술 때문에 '그'가 죽어버린 후에도 마찬가지였다.

결국 어머니는 압박감에 굴복했다. 딸이 말 한 마디 없이 어둠 속에서 몇 시간씩 처박혀 있는 꼴을 보다가 스트레스가 극에 달했던 것이다. 니나를 레이캬비크의 정신병원에 입원시켰고, 격리된 삶을 살았던 그 2년의 기억은 흐릿하기만 하다. 똑같은 날들이 어우러져 하나가 되고, 단 한 번도 어머니가 문병을 오지 않았던 기억이 있다.

그러나 시클루 피요두르의 집으로 마침내 다시 돌아왔을 때, 니나는 어머니에게 왜 찾아오지 않았느냐고 묻지 않았다. 알고 보니 어머니는 마을 사람들에게 니나가 남부의 친척들과 함께 살러 갔다는 말로 니나의 2년간의 부재를 설명하고 있었다. 니나는 마을 사람들 중 누군가 진실을 눈치챘는지 알지도 못했고 궁금하지도 않았다.

이런 끔찍한 성장과정을 겪고 진실된 사랑을 찾을 수 있을 거라고는 생각해본 적도 없었다. 그러나 참된 사랑이라고 생각한 사람이 나타났을 때, 그녀는 꼭 붙잡고 매달렸다. 사랑의 대상이 부드럽게 그녀를 거절한 후에도, 여전히 그 사랑의 끈을 놓치지 않았다. 가까이 머무르며, 멀리서 그를 계속해서 사랑했다. 그리고 심지어 지금도 사랑하고 있다.

★

"니나에 대해서는 대단한 얘기들이 돌았지." 토마스는 장례식 전에 아리 토르에게 말했다. "리셉션에서 한 번 얘기를 나누어 보게. 젊었을 때 한 이삼 년 사라진 적이 있었는데, 레이캬비크로 보내졌다고 하더군. 우리 어머니와 친구분들이 당시 그 얘기를 하던 게 기억나. 아버지가 심한 주정뱅이였고, 니나는 원래부터 몹시 내성적인 성격이었어."

아리 토르는 자기가 이곳을 떠나고 나면 아리 토르 목사님에 대해 무슨 이야기가 돌까 궁금해졌다. 아니 벌써 그런 얘기들이 오가고 있는 걸까? 그와 우글라에 대한 뒷이야기 같은 것? 아마 있더라도 그의 귀에는 끝까지 들어오지 않을 것이다.

니나는 교회 이층 홀의 테이블에 앉아서, 흔한 꽈배기 도넛과 함께 오렌지 주스를 마시고 있었다. 그녀는 홀 건너편에서 대화를 나누고 있는 팔미와 울푸르를 바라보고 있었다. 아리 토르가 다가와 옆에 앉자, 화들짝 놀라는 것이었다.

"미끄러워서 넘어지셨나 봅니다." 아리 토르는 깁스를 한 니나의 오른발을 가리키며 말했다.

그녀는 심각한 얼굴로 그를 마주보았다. "땅바닥에 빙판이 있었어요." 그녀가 수긍했다.

"조심조심 다녀야겠더라고요." 그는 쾌활하게 말했다. 곧장 흐롤푸르에 대한 질문들을 던지는 게 영 내키지 않았다. 그는 모여 있는 조문객들을 한 바퀴 찬찬히 둘러보았다. 배를 곯고 집에 가는 문상객은 없을 것이다. 케이크며 도넛이며 팬케이크가 잔뜩 쌓여 상다리가 휘어질 지경이었다.

그녀는 별 말은 하지 않았지만 홀 안에 모인 사람들을 살펴보았다.

"흐롤푸르와 자주 이야기를 나누셨습니까?"

"뭐라고요? 아니요. 그냥 가끔 툭툭 이래라 저래라 명령이나 하면 다였죠." 대답하는 태도를 보니, 장례식이 끝나자마자 고인에 대해 험담을 하는 게 불편한 눈치였다.

"명령하는 걸 좋아했나 봐요?"

"그래요. 어떤 사람들한테는 굉장히 까다롭게 굴었죠. 모두한테 그런 건 아니고. 호불호가 뚜렷했어요."

그는 그 말을 별다른 억하심정이나 원망이 섞이지 않은 단순한 사실의 진술로 받아들였다. "본인은 흐롤푸르의 마음에 드셨던 것 같아요?"

"별 의견이 있었을 것 같지 않군요. 지금은 어차피 상관도 없잖아요, 안 그래요?"

그건 대답을 기대하고 하는 말이 아니었다.

"흐롤푸르는 호기심이 많았던 것 같습니다. 혹시 들어서는 안 될 이야기를 듣거나 했던 건 아닐까요? 드라마 클럽의 어떤 사람과 관련된 일이라거나?"

"그래서 계단에서 그를 밀어 떨어뜨렸을만한 사람 말인가요?"

단도직입적인 그 말에 아리 토르는 깜짝 놀랐지만, 오히려 덕분에 분위기는 훨씬 호전되었다. 니나는 흐롤푸르의 죽음과 관련해 이야기를 나눠본 사람 중에서 유일하게 숨길 게 전혀 없는 인물이었다. 물론 우글라를 제외한다면 말이다. 우글라는 정말로 그에게 아무것도 숨기지 않을 것이다. 오히려 그가 우글라에게 그렇게 속을 터놓을 수 없었다. 크리스틴 이야기를 하지 않았으니까.

우글라는 옆 테이블의 레이푸르 곁에 앉아 있었다. 아리 토르는 재빨리 그녀를 훔쳐보면서, 그녀가 자기를 보지 못하게 조심했다. 울었는지 눈이 부어 있었다. 노인을 위해 울어주는 사람이 없다는 아리 토르의 판단은 틀렸던 모양이다.

"그래요. 그럴 수도 있지요." 아리 토르는 생각을 가다듬고 다시 니나와 사건에 집중했다.

"아니요. 아주 솔직히 말씀드리면, 없어요. 물론 짜증나게 할 때가 있는 사람이었지만, 그렇다고 해를 끼칠 만큼 원한이 있는 사람도 없죠." 니나가 말했다. 하지만 여전히 흐롤푸르가 알아서는 안 될 비밀을 알게 되었는지, 드라마 클럽의 비밀을 캐냈는지 물었던 그의 질문에는 답을 하지 않았기에 아리 토르는 다시 한 번 질문을 되풀이했다.

니나는 잠시 생각에 잠겨 고민을 하는 듯하더니 말했다. "아니요." 그녀는 짤막하게 답하고 홀 건너편 팔미와 울푸르가 서 있는 쪽을 바라보았다. 차라리 저들과 이야기를 나누고 싶다는 얼굴이었다. 텅 빈 눈빛에 무표정한 얼굴이었다.

아리 토르는 일어난 뒤, 시간 내서 이야기를 나누어 주셔서 감사하다고 말했다.

토마스와 흘리누는 그가 모르는 사람들과 이야기를 하고 있었다. 이곳 사람들은 모두가 서로를 다 알았다. 그리고 아리 토르는 괜히 파티의 흥을 깨는 사람처럼 느껴졌다. 아마 그게 실제 사실이기도 하겠지? 그는 심지어 고인조차 알지 못했다.

안나에게 말을 걸어볼 기회가 있을까 주위를 두리번거렸지만 그녀는 어디에도 보이지 않았다. 그리고 칼도 없었다.

# 30

## 시클루 피요두르

### 2009년 1월 17일 토요일

그녀는 검은 재킷이 어울리지 않아서 벗어 버렸고, 티셔츠도 벗었다. 침대 옆에서 창 쪽을 슬쩍 보고 커튼이 쳐져 있는지 확인했다. 이렇게 눈보라가 휘몰아치고 있는 와중에는 어차피 별 상관없겠지만. 그리고 곧 바지도 벗었다. 검은색은 그녀에게 어울리지 않았다.

예전에 종종 그러했듯 두 사람은 그녀 집으로 왔다. 눈발 속에서는 모두가 앞이 잘 보이지 않아서 두 사람에게는 눈이 가림막이 되어 주었다. 하지만 시클루 피요두르는 지속적으로 불륜 관계를 유지하는 데는 좋은 장소가 아니었기에 무조건 조심하는 수밖에 없었다. 그녀가 더 큰 도시에서 불륜을 저질러본 적은 없었지만, 어쩐지 훨씬 더 쉬울 것 같았다.

이곳에서는 모든 일이 어둠의 장막 속에서 일어나야만 했고, 심지어 그렇다 해도 들썩이는 커튼 뒤에 있는 이웃들의 감시의 눈초리에서 아무도 안전하지 않았다. 커플이 가명을 쓰고 들어갈 수 있는 호텔도 없었다. 마을에 유일한 호텔 매니저는 그녀 부모님의 오랜 친구였고, 호텔 리셉션 담당자는 그녀와 같이 학교를 다녔다.

현실은 지금 하고 있는 행동이 완전히 미친 짓이라는 것이었다. 그러나 그게 불장난의 매력이 아니었던가? 어둠속 은밀한 만남과 열띤 사랑의 흥분. 두 사람 다 리허설에 참여하고 있다는 게 상황을 좀 편하게 해 주었다. 얼마든지 같이 걸어 다녀도 이상하지 않은 이유를 제공해 주었으니까.

그러나 그녀 집으로 갈 때는 조심해야 했다. 언제나 한 사람씩, 언제나 어둠을 틈타 가야만 했다. 다행히 지하에 있는 그녀 집으로 내려가는 문은 길가에 드러나 있지 않고 집의 측면으로 나 있었다. 윗층에 사시는 부모님은 보통 그녀를 혼자 내버려두었고, 불시에 찾아오거나 하지 않으셨다. 마음 편하게 살게 해 주는 대신에 남부로 떠나는 시기를 늦춰줬으면 하시는 모양이었다. 딸에게 애인이, 그것도 이미 다른 여자와 살고 있는 애인이 있다는 생각은 아마 꿈에도 못 했을 것이다.

어떻게 보아도 상황은 변명이 불가능했다. 그녀 역시 스스로 저지른 짓을 두고 얼마나 자기 자신을 증오했는지 모른다. 하지만 멈출 수가 없었다. 언제나 마지막 한 번이었다. 그리고 그가 그녀를 숨 막히게 안아주면, '양심'이라는 단어가 무슨 뜻인지도 잊어버리곤 했다.

지금도, 바로 장례식 직후인데도, 도저히 뿌리칠 수가 없었다. 그는 장례식이 끝난 뒤 꿰찌르는 눈길로 그녀를 꼼짝달싹도 하지 못하게 옭아매고, 그녀 귓전에서 너무나 달콤하게 속삭였다.

"대낮에는 안 돼, 지금은 안 돼. 누가 우리를 보게 될 거야."

그녀의 항의는 아무 설득력이 없었다. 차라리 지금 뭘 기다리고 있느냐고 묻는 편이 나을 뻔했다. 어차피, 최악은 타이밍이 아니라는 걸 알고 있었으니까. 백주대낮이건, 두 사람 다 좋아하지도 않던 남자의 장례식 직후건, 그런 건 어차피 아무 상관이 없었다. 가장 나쁜 부분은 그의 동거녀가 어떻게 됐는지 다 알면서도 도저히 '싫다'고 할 수 없다는 사실이었다.

"거기 그냥 그렇게 서 있을 거야?" 그가 물었다. 부드러운 음성이었지만 은근하게 배어 있는 권위가 너무나 유혹적이어서 그가 말할 때마다 그녀는 녹아내릴 것만 같았다.

"린다는 어떻게 해? 이건 정말 너무…, 잘못이잖아. 칼, 그녀가 레이캬비크의 중환자실에 있단 말이야!"

"진정해, 그러지 말고. 나하고 린다 사이는 오래 전에 끝났다는 거 다 알잖아."

"하지만 그 여자는 당신하고 같이 사는 여자잖아. 아직도 중태에 빠져 있고."

"내가 어쩔 수 있는 일도 아니잖아. 그리고 경찰이 어차피 남부로 못 가게 할 거야." 그가 말했다. "습격한 건 내가 아니야." 그는 약간 반항적으로 덧붙여 말했다.

그럼. 아니길 바라. 증거는 그의 말뿐이었다.

"린다를 습격한 건 내가 아니야." 칼이 다시 말했다. "당신도 알지, 아니야?"

안나는 그를 바라보았다. 믿고 싶었지만 온전한 확신이 들지 않았다. 의혹을 감출 수가 없었다.

"당연하지. 나야 알지."

그녀는 이제 헤어지자고 말하고 싶었지만, 모든 게 너무나 짜릿하고 흥미진진했다. 모든 게 환상적으로 부적절해서 그 유혹을 견디지 못하고, 결국 또 그와 침대로 기어 들어가게 되는 것이었다.

지금 누가 들어온다면 그야말로 대재앙이 일어나겠지, 그녀는 생각했다. 대체 난 어떤 종류의 인간이 되어버린 걸까? 부모님들은 뭐라고 하실까? 이 이야기는 바이러스처럼 온 마을로 퍼져나갈 것이다. 칼에게는 어차피 별 타격이 없겠지 – 그냥 떠나버리면 되니까. 덴마크로 돌아갈 수도 있고. 하지만 그녀에게는 지금 시클루 피요두르 말고는 집이 없었다. 그리고 학교에서 정규직을 얻을 가능성도 충분히 있었다. 이 모든 걸 그녀는 위험에 처하게 만들고 있었다. 전 재산을 단 하나의 패에, 칼과의 격정적인 몇 분에 걸고 있었다. 그가 입이라도 닥치고 있을 거라 믿을 수 있는 것도 아니었는데.

정말로 그에 대해 뭐라도 제대로 아는 게 있는지 진지하게 자문해 본 것도 한두 번이 아니었다. 그녀에 비해 너무 나이가 많다는 것도 알고 있었다. 그 해 여름에 그녀는 스물네 살이 되지만 그는 마흔세 살이었다. 스물넷. 흐롤푸르가 걸작을 출판했던 나이가 불과 스물넷이었다는 말을 아까 목사에게 들었을 때는 충격을 받았다. 흐롤푸르는 그녀만한 나이에 이미 최고의 업적을 이룩한 것이다. 그녀가 이룩한 업적이라곤 대학을 마치고 다른 여자의 남편이나 마찬가지인 남자와 섹스한 것밖에 없었다.

칼이 나이 많은 남자인 건 분명한 사실이었지만, 남부의 자기 친구들도 그 나이대의 남자들과 데이트를 한다는 걸 알고 있었다. 심지어 더 늙은 사람들과도 만났다. 하지만 불륜은 또 얘기가 달랐다.

대체 어쩌다 이런 신세를 자초했을까?

전화가 울렸다. 칼의 핸드폰이었다. 그는 한 번 쳐다보지도 않았다.

"린다 소식일 수도 있잖아. 받지 않을 거예요?"

"지금은 안 돼, 자기. 우리는 바쁘잖아."

어떻게 아내의 생사에 이렇게 무심한 남자에게 이토록 매료될 수가 있는 걸까?

이번에는 그녀의 폰이 울렸고, 그녀는 침대 옆 테이블에 있는 전화에 손을 뻗었다.

"받지 말아, 자기." 칼이 말했다.

하지만 안나는 이미 전화를 받은 뒤였다. "여보세요? 안나예요."

울푸르였다. 사무적인 말투였다. "안나. 지금 전체 단원들에게 다 전화를 돌리고 있소. 오늘 오후에 극장으로 와줄 수 있습니까? 어, 세 시쯤? 좀 살펴볼 게 있어서."

"알았어요. 갈게요."

"좋아요. 그런데 칼 못 봤어요? 리셉션에서 두 사람 다 보이지 않던데."

안나는 잠시 아무 말도 없다가 대답했다. "아뇨, 못 봤어요."

"울푸르 전화야." 그녀는 전화를 끊으며 말했다. 그리고 약하게 미소를 지었다. 비수로 찌르듯 아린 근심이 마음속 깊이 도사리고 있었다. 누군가 정황을 조합해 추론을 해낼지도 모르겠다는 걱정. 하지만 그녀는 그 생각에 오래 머물 용기가 없었다.

★

울푸르가 극장에 들어섰을 때 그는 혼자였다. 공연장은 이 마을에서 그가 정신없는 외부 세계와 완전히 단절하고 꿈의 세계로 후퇴할 수 있는 유일한 공간이었다. 아무 일도 잘못되지 않는 판타지의 세계, 드라마 클럽 단장이 일주일 전에 죽지도 않고, 남자주인공의 아내가 눈밭에 흥건히 고인 자기 핏속에서 빈사 상태로 발견되지도 않는 세계 말이다.

울푸르는 공연장을 내려다보았다. 갑자기 늙어버린 느낌이 들었다. 외롭고 늙은 사내는 갑자기, 직장과 전부인과 심지어 돌아가신 어머니까지 미칠 듯이 그리워져서 가슴이 무너져 내렸다. 이제는 그 마을 드라마 클럽을 마음대로 운영해 달라는 부탁을 받는다 해도, 아무런 의미도 없을 것만 같았다.

★

"빌어먹을! 빌어먹을!" 토마스가 경찰서에서 화를 내며 길길이 날뛰었다. 쾅 소리를 내며 컵을 컴퓨터 앞 테이블에 내려놓았다. 그는 드라마 클럽에서 일어난 사고사에 대한 수사 기사를 읽고 있던 중이었다.

아리 토르는 여전히 정장 차림이었지만, 경찰차로 경찰서까지 태워준다고 했을 때 거절하지 않았다. 당직이 아니었지만 집에 있고 싶지 않아서였다. 이런 악천후에는 동행이 필요했다. 그는 커피 코너에 흘리누와 함께 앉아 있다가 토마스가 분통을 터뜨리는 바람에 화들짝 놀랐다.

"에라이, 빌어먹을!" 토마스는 세 번째로 욕을 했다.

아리 토르는 일어났지만 흘리누는 찍 소리도 내지 않고 가만히 앉아 있었다.

"왜 그러십니까?" 감히 뭐라 말할 용기가 나지 않아 그가 물었다.

"대체 이런 걸 어디서 찾아내는 거야? 어떻게 냄새를 맡는 거지? 이것 좀 보라고."

아리 토르는 헤드라인을 읽었다.


시클루 피요두르 극장 살인 사건

믿을 만한 정보통에 따르면 시클루 피요두르 경찰은 흐롤푸르 크리스찬손의 죽음의 의혹…

"자네들 중에서 이 문제로 누구한테 발설한 사람 있나?" 그는 아리 토르를 질책하듯 바라보았다.

아리 토르가 고개를 젓자 흘리누가 뭐라고 웅얼거렸다.

"뭐라고?"

"아무한테도, 단 한 마디도 흘리지 않았다고요." 흘리누가 말했다.

"니나한테 제가 물어보긴 했는데, 물론 대놓고 물어보진 않았지요. 하지만 니나가 기자한테 전화를 했다고는 상상하기 힘듭니다." 아리 토르가 말했다.

"그야 모르지. 뒤지게 성가신 놈들이야."

토마스는 기사들을 두 번째로 읽었다.

"또 똑같은 기자야. 린다에 대해 캐고 싶어했던 그놈이군. 아무래도 전화를 해서 내 단단히 혼쭐을 내줘야겠어. 하지만 그 전에 일단 이 빌어먹을 수사를 마무리해야 하네. 최대한 빨리 말이야. 흐롤푸르 수사는 종결되었고 그건 사고였다고 공식 발표를 해야 할 것 같네. 아리 토르, 자네 그 날 밤 리허설에 왔던 사람들을 다 만나봤나?"

아리 토르는 재빨리 생각을 해 보았다. 노천탕에서 울푸르와 했던 얘기와 우글라와의 사적인 대화를 포함한다면, 아직 만나보지 못한 사람은 딱 하나였다.

"안나만 빼고 다 만났습니다."

"내가 그 애 아버지와 학교를 같이 다녔어. 좋은 사람이고 자네처럼 자동차광이었지."

아리 토르는 부주의하게 자동차를 좋아한다고 말해버린 자기 발등을 찍고 싶었다. 신학과 마찬가지로 그에게 붙어 다니는 딱지가 되어 버렸던 것이다. 아리 토르 목사는 사제님이고 자동차광. 아무 딱지도 붙지 않은 '그냥' 아리 토르로 돌아갈 길은 없는 걸까?

"나중에라도 안나의 아버지가 타고 다니는 그 낡은 지프는 꼭 한 번 보게. 아직도 오리지널 번호판이 붙어 있는 진짜 멋진 차라니까. 저런 번호판을 단 차는 요즘 잘 보이지도 않아. 오래 전에 덴마크로 이사 가기 전에 칼한테서 산 차야. 칼이 저 차를 사려고 정말 오랫동안 저축을 했거든. 그런데 별안간 이사를 가게 되어서 부모님과 함께 떠나면서 차를 팔게 됐지. 내가 기억하기로는 칼이 저 차를 어쩔 수 없이 팔아야 했다는 걸 끝까지 아쉬워했던 것 같아."

아리 토르는 당혹감에 가까운 감정으로 동료 경찰을 바라보았다. 모든 사람들이 서로를 이렇게까지 속속들이 잘 아는 마을에서 이 사건을 밑바닥까지 파헤친다는 게 가능한 일일까? 옛날 학교를 같이 다니던 단짝 친구들, 과거의 직장 동료들, 친구와 친척들. 모든 사람들이 헤아릴 수도 없이 많은 인연의 끈으로 서로 묶여 있는 느낌이었다.

"안나한테 전화를 걸어서 만날 수 있을지 알아보겠습니다."

아리 토르는 이렇게 말하고, 칼과 자동차에 대한 화두를 슬쩍 피했다. 뭐든 좋으니 날 여기서 빼내기만 해줘.

★

"쇼는 계속되어야 해요." 울푸르가 말했다.

안나는 칼과 팔미에게서 그리 멀지 않은 공연장 뒤편 좌석에 앉아 있었다. 니나는 여느 때와 달리 늦게 와서 팔미 옆에 앉았다. 레이푸르는 벽에 붙어 서서 머리로는 딴 생각을 하고 있었다. 그는 끈질기게 주위의 모든 것들을 묵살하고 있었다. 울푸르는 모두의 주목을 끄는 데 성공하지 못한 게 틀림없었다.

안나는 신중을 기하며 최대한 칼에게서 멀찌감치 떨어져 앉았다.

"우리는 오늘 흐롤푸르에게 작별을 고해야 하지만, 여전히 그는 우리를 내려다보고 있습니다." 울푸르가 말했다.

무대에 서는 게 울푸르에게는 그리 자연스러운 일이 아니라는 사실을 안나는 놓치지 않고 파악했다. 그는 불안해했다. 양손을 어쩔 줄 모르고 쉼 없이 움직였으며 시선을 둘 곳을 모르고 헤매거나 대체로는 바닥을 내려다보고 있었다. "흐롤푸르는 그럼에도 불구하고 우리가 계속 공연을 하기를 바랐을 겁니다. 그래서 다음 주말인 토요일에 공연을 개시하자는 제안을 하고자 합니다. 주중에 한 번 드레스 리허설을 하고 나서 시클루 피요두르가 한 번도 본 적 없는 최고의 걸작을 공연하도록 합시다. 방금 칼과도 상의를 했습니다. 주연 역할을 계속 할 채비가 되어 있다고 하더군요…" 그는 주저했다. "린다의 상태에도 불구하고 말입니다. 이는 칭찬해 마땅한 헌신과 용기를 보여준다고, 감히 말하고 싶습니다. 난 그런 태도를 존경합니다."

울푸르는 칼을 보고 따뜻하게 미소를 지었지만 아무 반응도 돌아오지 않았다.

아무도 한 마디 말도 하지 않았다.

"자, 그럼. 우리는 목요일에 여기 집합하도록 하겠습니다. 그때가 최종 리허설이 될 거예요. 질문 있습니까?"

한순간 침묵이 흐르더니, 안나가 일어나 공연장 전체에서 다 들릴 만큼 또렷한, 그러나 나직한 목소리로 말했다.

"흐롤푸르가…, 살해당했을지도 모른다는 기사를 보았어요."

울푸르가 놀라 소스라쳤고, 머리를 흔들며 뭐라고 웅얼거렸다. 그러더니 그는 언성을 높여 공연장을 다 채우도록 쩌렁쩌렁하게 말하는 것이었다. "바보 같군! 빌어먹을 바보들이야! 이게 사악한 루머가 아니고 뭐냔 말이요? 어림짐작?" 그는 악을 썼다. "유명한 사람이 흔치 않은 상황에서 세상을 떠났으니 온갖 헛소리들이 돌아다니는 거지." 그는 손수건을 꺼내 이마를 닦았다. "그럼 이 회의는 이만 끝내도록 합시다. 말 그대로 눈에 갇히기 전에 빨리 각자 집으로 들어가야 할 테니."

안나의 전화가 울렸다. 모르는 번호였지만 그녀는 전화를 받았다. "그래요…, 금방 집으로 갈게요." 그녀가 전화기에 대고 이어서 말했다. "저희 집 주소 아세요? 맞아요. 전 그 집 지하에 살아요."

식은땀이 그녀의 피부에 송글송글 맺히는 게 느껴졌다. 손끝이 갑자기 축축해졌다. 경찰이다.

경찰이 불륜에 대해 알게 된 걸까?

그게 아니라면, 이 기회를 활용해 경찰에게 칼에 대한 질문을 해볼 수 있지 않을까? 그녀는 칼에 대한 확신이 필요했다. 생명보험 얘기를 흘려야 할까? 칼이 곤란해질 수도 있지만, 그건 죄가 있을 때의 얘기다.

확신을 가질 수 있어야만 한다는 걸 그녀는 알고 있었다.

## 31

# 시클루 피요두르
### 2009년 1월 17일 토요일

도로에 묵직하게 뒤덮인 눈은 심지어 사륜구동 경찰차도 감당하기 버거울 지경이었다. 어쩌면 눈 더미가 점점 더 높이 쌓이는 사이 집에 머물면서 누에고치처럼 처박혀 있는 게 분별 있는 일일지도 모른다. 쏟아지는 눈 속에서 집들은 다 똑같아 보였다. 북풍과 소용돌이처럼 휘몰아치는 눈발 속에 어둑어둑한 집들이 띄엄띄엄 숨어 있었다. 주차를 하고 나서야 집을 잘못 찾았다는 걸 깨달았다. 아리 토르는 헤매다가 간신히 찾던 집을 찾았다. 지하와 차고 2개가 딸린 널찍한 이층집이었다.

그가 도착했을 때 안나는 불안감이 역력했다. 그와 악수를 하는 손바닥이 땀에 축축하게 젖어 있었고, 눈빛은 좌우로 불안하게 흔들렸다. 그녀는 애써 미소를 지으려 하면서도 그의 눈길을 피했다. 아리 토르는 세심하게 그녀를 관찰했다.

지하의 독채는 어두컴컴했다. 커튼이 전부 드리워져 있었다.

"커튼은 쳐 놓는 게 낫지요." 아리 토르는 어색한 분위기를 깨기 위해 말했다. "저 많은 눈이 내리는 걸 보고 있으면 뭐합니까."

그녀는 어색하게 웃음을 터뜨렸다.

"저…, 사실 전 눈을 좋아해요. 창가에 앉아서 하루 종일 보고 있을 수도 있죠. 그저 제가 여덟 살 때로 돌아갈 수가 없어서 아쉬울 따름이에요. 밖에 나가서 언덕에서 썰매를 탈 수 있을 텐데."

"그럼요." 아리 토르는 자기도 그렇게 긍정적인 시각을 가질 수 있다면 좋겠다는 생각을 했다.

그들은 주방 테이블에 앉아 있었는데, 아마 반으로 접힌 걸 펼치면 제대로 된 식탁이 되는 모양이었다. 그로서는 뭔지 알아볼 수 없는 화분이 짙은 색 원목 상판 한가운데 놓여 있었다.

"오래 걸리지 않을 겁니다." 아리 토르가 말했다. "그냥 흐롤푸르에 대해서 몇 가지 질문만 하면 돼요."

안나는 아무 말 없이 앉아 있었다.

"흐롤푸르가, 그러니까, 몰랐다면 더 좋았을 사실을 알게 되었다는 소문이 돌았어요."

그녀는 두려움에 찬 눈길로 그를 보았다.

"이 사건 배후에 뭔가 있다는 느낌을 받으십니까? 단원 중에서 혹시 뭔가 숨기는 사람이 있을까요?"

안나의 눈빛이 그 즉시 속내를 드러냈지만, 그래도 차분하게 대처하려고 노력하고 있다는 걸 아리 토르는 알 수 있었다.

"제가 알기로는 없어요." 그녀는 초조하게 말했다.

"확실합니까?" 눈길을 떨구고 양 손을 쥐어짜는 그녀를 뚫어지게 바라보며 그가 말했다.

"정말로 확실해요." 그녀는 한 손을 테이블 위에 얹었다가 다시 들었다. 그 자리에 축축한 손자국이 남았다. "정말 확실하다고요." 그녀는 다시 한 번 말하고 신중하게 소맷자락으로 이마의 땀을 훔쳤다.

"누군가 흐롤푸르를 떼밀었을 수도 있다고 생각하십니까? 그 노인을 제거하고 싶어할 만한 사람이 있을까요?" 이제 그의 음성이 더 엄격해졌다. 그녀의 불편한 심기 때문에 그마저 마음이 편치 않아졌다. "그 어떤 대가를 치루더라도 대중이 알아서는 안 되는 그런 어떤 비밀은요?"

그녀가 벌떡 일어섰다. "죄송해요. 저 물 한 잔 마셔야겠어요." 싱크대로 간 그녀는 수도꼭지를 먼저 틀고 나서 대답을 했다. "생각나는 게 하나도 없어요."

"사이는 좋으셨지요? 그러니까, 흐롤푸르 씨하고요?"

"네, 그럼요."

아리 토르는 안나가 예민하게 반응할 만한 지점을 공략했다.

"지금 연습하고 있는 공연에서 주연을 맡으셨지요?"

"아니요."

짧고 날카로운 대답이었다.

"정말입니까? …그럼 외지에서 온 그 처녀가 대신 그 역할을

274

차지했나요?"

"우글라 말이에요?"

"그래요, 그 사람. 우글라." 아리 토르는 안나가 다시 앉을 때까지 기다렸다.

그녀는 양손으로 물잔을 꼭 쥐고 있었다.

"흐롤푸르의 결정이었습니까?"

"그래요…. 그러니까, 흐롤푸르와 울푸르가 공동으로 내린 결정일 겁니다."

"기분이 좋지는 않으셨겠어요."

그녀는 계속 물잔을 꼭 쥐고 있었다. "그럼요."

아리 토르는 아무 말도 하지 않고 기다렸다.

"그래요." 그녀가 대답을 되풀이했다. "정말 억울했어요. 우글라는 자격이 없어요. 하지만 흐롤푸르가 워낙 그 애를 좋아했죠."

"어떤 의미에서요?"

아리 토르는 이 작은 마을에서 대중에게 퍼져나가지 않는 얘기도 있기는 하다는 사실에 안도의 한숨을 쉬었다. 우글라와 그가 친구 사이라는 얘기는 아직 안나의 귀에 들어가지 않은 모양이었다.

"우글라가 흐롤푸르의 지하 별채를 임대해서 살았어요. 흐롤푸르가 그녀를 거의 자기 자식처럼 취급하기 시작했던 것 같아요."

"흐롤푸르에게는 자기 자식들도 있지 않나요?"

안나는 어리둥절한 표정이었다. "아니요, 아시는 줄 알았는데요."

아리 토르는 다시 화제를 원래의 궤도로 돌려놓았다.

쇠뿔은 단 김에 빼야 해.

"당신은 흐롤푸르가 없어진 뒤로 입지가 더 좋아졌다고 할 수도 있겠네요?"

"무슨 뜻이에요? 내가 밀었다고 생각해요?"

그녀는 화를 내는 게 아니라, 오히려 자기 스스로를 주체 못 하고 불안해하고 있었다.

"전혀요."

아리 토르는 당신이 한 짓이냐고 직접 추궁하고 싶었지만 꾹 참았다. 괜히 성깔 때문에 실수를 저질러서는 안 되었다. 그리고 솔직히 젊은 여자가 작은 마을 아마추어 공연에서 배역 하나 얻자고 노인을 계단에서 밀어 추락시킨다는 것도 가능성 희박한 얘기였다.

하지만 한 편으로, 그녀에게는 틀림없이 뭔가 비밀이 있었다. 문제는 그 비밀이 그녀를 주연에 캐스팅하지 않겠다는 흐롤푸르의 결정과 관련이 있느냐 없느냐였다. 그녀는 이걸 언급하지 않으려 애썼던 것일까? 아니면 또 다른 것, 뭔가 그녀가 숨기고 있는 또 다른 비밀이 있는 걸까?

마침내 그녀는 처음으로 물을 한 모금 마셨다.

아리 토르도 물잔을 주었다면 기꺼이 마셨을 것이다. 창문을 모두 닫은 작은 집 안은 후끈거렸다.

아리 토르는 안나가 장례식 때 입었던 옷을 벌써 갈아입었다는 사실을 주시했다. 아까 입었던 옷을 기억하는 건 아니었지만, 지금 입고 있는 빨간 양모 스웨터와 검은 트레이닝 바지는 확실히 아니었다. 아리 토르는 여전히 검정색 정장에 갇혀 있었고, 그래서 마치 악몽의 손아귀에 사로잡혀 있는 기분이었다.

공격적인 질문은 이만하면 되었다고 판단했다. 이제는 긴장을 풀고 그녀가 뭔가 말실수를 해주기를 바랄 때가 되었다.

"직장에서 일을 하십니까? 아니면 학생이신가요?"

"일하고 있어요. 레이캬비크에서 대학을 졸업했고요."

"협동조합에서 뵌 적이 있는 것 같은데요?" 그는 싹싹한 말투로 물었다.

"맞습니다. 거기서 일하고, 또 병원에서도 일해요."

"그러면 린다를 아시겠네요?"

"같이 일하는 동료죠. 린다는 상태가 어때요?"

진심으로 묻는 것 같군, 아리 토르는 생각했다. "안타깝지만 차도가 없습니다."

"린다를 공격한 사람이 누군지 전혀 모르세요?"

"그 사건은 현재 조사 중입니다." 아리 토르는 짤막하게 말했다.

"그 사람이, 그러니까 칼이 그랬어요?"

"아니요. 무혐의로 풀려났습니다."

"정말이에요? 확실해요?"

아리 토르는 그 질문이 그저 단순한 궁금증에서 나온 걸까 생각했다.

"그래요. 정황으로 봤을 때 그 시각에 다른 곳에 있었던 것 같아요. 그건 왜 물으시죠?"

"아니, 사실 별 이유는 없고요. 그저…, 그저 보험 문제가 좀 궁금해서요."

"보험이요?"

"네. 하지만 칼이 무죄라면 그건 괜찮은 거죠."

"무슨 보험 얘기를 하시는 겁니까?" 그는 흥미를 드러내지 않으려고 노력하면서, 거듭 되풀이해 물었다.

"여름에 병원에 영업사원이 왔었어요. 우리 모두 생명보험에 들었죠."

"린다를 포함해서요?"

그녀는 고개를 끄덕였다.

"린다가 죽으면…, 보험금을 누가 수령하는지 아십니까?"

"그럼요, 물론이죠. 당연히 칼이에요. 린다와 나는 둘이서 의논을 하고 생명보험에 가입했거든요."

"그리고 칼이 이 사실을 알고 있다는 말씀입니까?" 그녀에게 물어보는 게 맞는 건지 잘 알 수가 없었지만, 그래도 일단 질문을 던져 보았다.

"그야 저는 전혀 모르죠." 질문에 비해 지나치게 발끈하며 그녀가 말했다.

"액수가 큽니까?"

"몇백만 크로나는 될 거예요."

이 사건은 계속해서 새로운 방향으로 내달려 나가고 있었고, 이번엔 스포트라이트가 재차 칼 쪽으로 방향을 틀었다. 완벽한 알리바이를 가진 것처럼 보이는 남자에게. 빌어먹을.

아리 토르는 일어났다. "시간을 내 주셔서 감사합니다, 안나."

"그래요…, 당연히 제가 할 일을 한 거죠." 안나는 다시 약간 초조해진 눈치였다.

"또 뵙겠습니다."

그는 새로 캐낸 정보에 들뜬 마음을 감추려 애썼다.

문을 열자 바깥에서는 다시 한겨울이 그를 맞아주었다. 어울리는 표현일지는 모르겠지만 겨울이 그 정점의 장엄한 위용을 뽐내고 있었다.

얼음처럼 차디찬 어둠이 그를 집어삼켰다.

## 32

# 시클루 피요두르
### 2009년 1월 18일 일요일

토요일 저녁 내내 눈이 내리더니 밤까지 계속되었다. 몇 시간을 자다 깨다 선잠을 잔 아리 토르는 간신히 잠이 들었다. 날씨가 그에게 나쁜 영향을 미치고 있었다. 보통 잠자리에 들기 전에 책을 읽곤 했는데, 지금은 정신을 집중할 수조차 없었다. 생각나는 건 그저 그를 옥죄어 들어오는 어둠뿐이었다. 쉼 없이 내리는 눈 탓에 귀가 먹먹하리만큼 아무 소리도 들리지 않았다. 침묵을 묻어버리기 위해 클래식 음악을 들어보려 했지만, 오히려 음악에 우울함이 증폭되는 느낌이었다.

밤이면 밤마다 그의 꿈들은 그를 어둡고 위험천만한 곳으로 발목을 잡아 끌어내렸고, 그는 내면에서 나오는 게 틀림없는 미지의 힘에 짓눌려 버둥거렸다. 꿈 속에서는 마스크를 쓰고 수영장에서 다이빙 연습을 하고 있을 때도 있었다. 점점 더 깊이 잠수해 바닥에 닿으면, 그곳에서 고개를 들어 그 순간을 즐기곤 했다. 그런데 막상 위로 치고 올라가야 하는 순간에 두 발이 납처럼 무거워져 수영장 바닥에 달라붙어버리는 것이었다. 그는 헤엄치는 다른 사람들이 수면을 가르고 올라가는 모습을 보면서도, 꼼짝달싹도 못 하고 바닥에 머물러 있었다. 그러다 아리 토르는 숨도 못 쉬고 압박감에 시달리며 잠에서 깼다. 익사의 체감이 견딜 수 없이 생생했다. 마치 자기 허파 속에 실제로 물이 차오르는 느낌이었다. 가위에 눌린 채 두려움에 사로잡히면 그는 누군가를 찾아 손을 뻗곤 했다. 아마도 크리스틴을 향해, 어떤 온기를 향해.

이번에도 도저히 다시 잠을 이룰 수 없었다. 차창 밖에 휘몰아치는 눈보라처럼 그의 악몽도 점점 더 무자비해졌다. 그러면서 잠에서 휴식을 얻기가 힘들어졌다. 게다가 부상당한 어깨가 아직도 상당한 통증을 수반하고 있었다. 휴일인데도 그는 꼭두새벽부터 일어나 있었다. 모자란 잠을 좀 보충하고, 힘든 한 주일을 보낸 후 끔찍한 피로감을 떨쳐버리고 좀 긴장을 풀생각이었는데, 주방 창 밖을 내다보니, 전혀 누그러지지 않은 눈발이 보였다. 시클루 피요두르 마을 전체를 묻어버리고 싶다는 명명백백한 욕망이 악의적으로 느껴졌다. 그는 부엌 테이블에 앉아 소위 바깥 풍경을 물끄러미 바라보고 있었다.

언젠가 여기에 봄이 오기는 하는 걸까?

그는 곧 포기하고 창문의 커튼을 닫았다. 다른 커튼들도 모두 닫았다.

정오가 되어서야 라디오를 켜고 그 날 밤 있었던 사건의 소식들을 들었다. 산맥 반대편에서 눈사태가 시클루 피요두르 도로를 덮치는 바람에 마을로 진입하는 유일한 통로가 차단되었다. 아리 토르는 그 소식에 마치 타박상을 입은 것처럼 온

몸이 아파오는 기분이었다. 다행히 아무도 다치지는 않았지만, 이 말은 들어올 길도 나갈 길도 없다는 뜻이었다. 육로로는 아무도 떠나지 못하고, 바닷길은 아예 대안이 될 수 없었다. 심리적 동요도 심했지만 기운도 쭉 빠졌다. 그나마 남아 있던 에너지가 이런 상황에서 쭉 빨리는 느낌이었다. 그는 천천히 심호흡을 하려 애썼지만 아무 소용도 없었고, 심장은 가슴 속에서 미친 듯이 두방망이질 쳤다. 뉴스 앵커는 그 날 제설작업을 할 계획이 없다고 밝혔다. 계속되는 악천후 예보 때문에 그 다음날도 도로를 복구할 가능성은 거의 없었다. 그러더니 뉴스는 백색소음으로 바뀌어 버렸다. 알아들을 수도 없는 단어들이 치직거리며 뭉개져 버렸다.

아리 토르는 다 괜찮을 거라고 스스로를 타이르려 애썼지만 머릿속이 빙빙 도는 느낌이었다. 한시적인 상황이고 도로는 하루 이틀이면 통행이 재개될 것이다. 문을 열고 나간 그는 날씨를 정면으로 대하며, 악천후가 자신의 적이 아니라는 확신을 얻고 싶었다. 바람이 더욱 더 거세게 불고 있었고, 바람에 날려 쌓인 눈이 문 높이의 절반까지 올라와 있었다. 그는 금세 문을 홱 닫고 들어왔다.

괜찮을 거야.

정신을 가다듬으며 그는 자기가 필요한 일이 있는지 경찰서로 전화를 걸어보았다. 달리 용건이 있어서가 아니라 주의를 다른 곳으로 돌리기 위해서였다.

"그냥 확인 차 전화 드렸습니다." 아리 토르는 아무렇지도 않은 말투로 말하려고 애썼다. "혹시 제가 도울 일이 있는지요?"

"늘 그렇듯이 바쁘지." 토마스는 따뜻하게 말했다. "하지만 자네는 좀 쉬어야 돼. 이 정도는 우리끼리 할 수 있네."

"알았습니다. 그저 혹시나 해서요. 뉴스 들었거든요. 사태가 심각하더라고요."

"뉴스?" 토마스는 놀란 눈치였다.

"눈사태…."

"아, 눈사태. 뭐 그리 유별난 일도 아니야. 그럭저럭 해마다 치르는 일인 걸. 한밤중에 도로를 덮쳐서 아무도 다치지 않았으니 천만다행이지. 우리한테 좀 더 긍정적인 측면을 찾아보자면, 칼이 이제 아무데도 못 나가게 됐다는 거지. 여기 발목 잡힌 거야."

토마스와 대화를 나누고 나서 아리 토르는 이층으로 도로 올라와 다시 누웠다. 눈을 감고 가만히 누워 몇 시간 동안이나 잠을 청했다. 다시 라디오 스위치를 켰을 때는 이미 저녁때였다. 도로는 여전히 차단되어 있었고, 일러도 화요일에나 통행이 재개된다고 했다.

하루 종일 별로 먹은 게 없었는데, 냉장고에 있는 거라곤 청어 살 밖에 없었다. 산드라 할머니와 이야기를 나누고 돌아오는 길에 어물전에서 사 온 것이었다. 그 때는 어쩐지 전성기의 맛을 느껴보고 싶은 기분이었다. 그는 단순한 레시피를 찾아

두었다. 프라이팬에 청어 살을 튀기듯 굽되 향미를 끌어낼 수 있도록 소금을 살짝 치는 것이었다. 결과는 놀랄 만큼 좋았고, 그간 먹어본 다른 생선과는 전혀 달랐다. 기름기가 돌긴 했지만 그 정도면 훌륭했고, 그저 유일한 아쉬움이라면 함께 음식을 나눌 사람이 없다는 사실뿐이었다.

그는 전화기를 들었다. 크리스틴의 목소리를 들어야 했다. 아니, 누구의 목소리라도 좋았다.

그는 벨소리를 한참 듣고 있다가 막 끊으려고 했다. 그때 드디어 전화를 받는 소리가 났다.

"여보세요."

날카로운 인사말이었다. 그와 얘기를 나눌 시간이 없다고 미리 선을 긋는 느낌이었다. 하지만 이건 그가 일주일 만에 거는 전화다.

"안녕, 잘 지내?"

우글라.

그 때의 키스와 양심의 가책이 어우러져 괴롭기 짝이 없었다. 어떻게 아무 일도 없었던 것처럼 행동할 수가 있단 말인가? 우글라. 그 이름이 머릿속에서 메아리쳐, 쩌렁쩌렁 증폭되며 다른 모든 생각들을 압도해 버렸다.

"있잖아…, 나 일하고 있어."

이번에도. 크리스틴은 언제나 일하고 있다. 다른 일에 내어줄 시간이 단 한순간도 없다.

"좋아." 아리 토르는 한숨을 쉬고 불쑥 내뱉었다. "여기는 그냥 논스톱으로 눈이 내리고 내리고 또 내려. 심지어 어젯밤에는 눈사태도 났어." 그 말을 입 밖으로 내뱉고 나니 조금 후련했다. 눈사태.

"그래, 나도 알아." 그녀는 딴 데 정신이 팔린 눈치였다. "뉴스에서 봤어. 마을은 해를 입지 않았다면서? 다른 구역 어디, 시클루 피요두르로 들어가는 도로라던데? 솔직히 말해서, 자기 걱정은 그렇게 많이 되지 않더라."

그녀의 말은 한 마디 한 마디가 전부 사실이었고, 또 그 목소리가 너무나 해맑고 합리적으로 들려서 금세 그의 마음이 진정되었다.

"자기는 상황이 어때?"

"나 자기하고 이따가 통화해야 할 것 같아. 일하다가 잡담을 할 수는 없거든." 그녀는 보통 때처럼 거두절미하고 용건만 말했다.

"그럼, 당연하지. 나중에 통화해."

일요일이었다. 피아노 레슨 날. 우글라. 그가 올 거라 생각하고 있을까? 그렇게 키스를 하고 도망쳐 놓고, 그냥 이렇게 가도 될까? 그는 결정을 미루면서 다시 눈을 붙이려 애썼다.

빌어먹을. 어차피 잃을 것도 없었다. 그는 침대에서 벌떡 일어나 거위 털 파카를 입고 후드를 둘러쓰고 목도리를 둘둘 감고, 단단히 각오를 한 후 휘몰아치는 눈보라 속으로 나섰다. 바람에 날려 쌓인 눈을 헤치고, 뚫고 지나기가 거의 불가능한 눈의 빙벽을 넘고, 따끔거리는 바람을 맞으며 실눈을 뜨고 걸었다. 혹시 크리스틴이 다시 전화할 때를 대비해 핸드폰은 호주머니에 넣어두었다. 크리스틴이 다시 전화를 할지는 모르겠지만.

우글라는 아무 일도 없었던 것처럼 그를 맞아주었다. 늘 그렇듯 진한 청바지와 하얀 티셔츠 차림으로 그를 보고 환히 웃으며 안으로 들어오라고 했다.

그들은 우글라의 거실에 밤늦게까지 앉아 피아노 레슨은 까맣게 잊고 이런 저런 이야기들, 별 것 없지만 모든 것이기도 한 이야기들을 나누었다. 집은 따뜻하게 그를 반겨주었다. 활짝 열어젖힌 커튼들 사이로 무자비하게 날려 쌓이는 눈 더미를 바라보고 있어도, 그녀의 상냥하고 부드러운 목소리가 공포심, 그의 내면에 도사린 아픔을 눅진하게 녹여 주었다.

"와인 한 잔 할래요?" 한참 수다를 떨다가 그녀가 물었다.

"좋아요. 하지만 너무 많이 마시면 안 돼요. 내일 출근해야 하거든요."

그녀는 글라스 두 잔과 레드와인 한 병을 들고 돌아왔다. 와인을 따르고 나서는, 촛불을 두서너 개 가지고 와서 불을 붙였다. 이제 배경은 모두 갖춰졌다.

"사건 수사에 새로운 소식은 없어요?" 우글라가 물었다. "동시에 수사하는 건이 여럿 되는 건가요?"

"꼭 그런 건 아닙니다. 하지만 흐롤푸르 건은 아직도 사고사인지 아닌지 조사가 끝나지 않았어요. 누군가 흐롤푸르의 죽음에 대해 숨기는 비밀이 있다는 느낌은 있어요." 아리 토르는 우글라를 신뢰해도 좋다고 믿고 사건에 대해서도 허심탄회하게 얘기했다. 유일하게 화제에 올릴 수 없는 건 그 때의 키스였지만, 그건 어차피 거실 벽에 새겨진 무늬처럼 배경에서 감돌고 있었다.

"솔직히 굉장히 신경이 쓰여요." 그녀가 말했다. "린다의 피습과 흐롤푸르의 죽음이라니. 좀 지나치게 실감이 난다고 해야 할까요. 그러니까, 나라고 안전할까…, 이런 생각?" 진심으로 겁에 질린 말투였다.

"내가 잘 지켜줄게요." 아리 토르가 대답했다.

"요즘은 대다수 사람들이 흐롤푸르가 살해당했다고 믿어요. 끔찍한 생각이잖아요, 그렇죠? 마을의 공포가 감지되고, 린다가 습격을 당한 후로는 하루가 다르게 나빠지고 있어요."

아리 토르는 우글라의 어깨를 두 팔로 감싸 안고 다 괜찮을 거라고 말해주고 싶었다.

술병은 금세 바닥이 났다. 우글라는 주방에서 또 한 병을 가져와 소파 옆자리에 나란히 앉았다. 그녀의 몸이 그에게 밀착되었다. 청결한 머리카락의 향기가 풍겨왔다. 정신을 차려보니 그 머리카락 속에 얼굴을 묻고 싶다는 생각을 하고 있었다.

한참 동안 두 사람은 아무 말도 없이 앉아 와인만 마시고 있었다. 그러다가 우글라가 자연스럽게 한 손을 그의 무릎에 얹었다. 그녀의 손길에 그의 몸이 반응했다. 와인을 더 마실까 묻는 말에는 대답하기도 힘들 정도였다.

아리 토르는 몸을 돌려 그녀를 바라보았다. 그녀가 가볍게 입술에 키스를 해 왔을 때도 미리 예견하고 있었다. 혼란스러운 감정에 그는 살짝 물러났다.

한 번 키스를 한다고 뭐가 더 나빠질까? 그는 손가락으로 달콤한 향내가 나는 긴 금발머리를 훑었고, 두 팔로 그녀를 안고 키스에 답했다. 길고 격정적인 키스였다.

그녀를 에워싼 따뜻한 에너지는 저 밖에서 숨 막히게 내리는 눈을 상쇄하는 절실한 해독제였다. 또한 그의 심장을 잠식하던 커다란 공허감도 채워주었다.

침실로 이끄는 그녀의 손길은 도저히 뿌리칠 수 없으리만큼 강했다. 그 날 밤 이후 그는 자꾸만 생각하지 않을 수 없었다. 인정하기는 싫었지만.

대체 배신은 어느 지점에서 일어난 걸까. 그녀와 잤는지 아닌지가 그렇게 중요할까? 그녀의 손을 잡고 침실로 따라 들어가 문을 꼭 닫기 전에, 이미 범죄는 저질러진 게 아닐까?

눈사태가 평계였을까? 그는 거대한 산맥 저편에서 일어난 눈사태의 우르릉대는 굉음조차 들은 적이 없다. 그런데도 눈사태는 마치 그의 눈앞에서 일어난 것처럼 가깝게 느껴져서 하루 종일 그의 머리를 어지럽히지 않았던가?

정말로 변명할 거리가 있기나 한가? 아니 좀 더 정곡을 찌르자면, 어차피 누구도 개의치 않는 그에게 그 따위 변명 따위가 무슨 상관일까?

# 33

## 시클루 피요두르
### 2009년 1월 19일 월요일

월요일 아침에는 잠시 눈이 그쳤고, 아리 토르는 하룻밤 동안 새로 쌓인 포슬포슬한 눈의 둑을 헤치고 출근했다. 우글라와 크리스틴을 향한 마음을 놓고 혼란이 극에 달해 있었고, 크리스틴의 반응이 어떨까 걱정스럽기도 했다.

토마스가 보통 때와 마찬가지로 교대 근무 시간보다 한참 일찍 출근해 있었다. 아리 토르는 가끔 토마스의 결혼생활에 문제가 있을지도 모른다는 의심을 품었다. 누가 보나 일을 삶 그 자체로 삼고 살아가고 있었던 것이다. 토마스에게는 도전할 거리가 끊이지 않았고, 경찰직은 심지어 성마른 기자들을 향해 분노를 배출할 기회까지 마련해주는 좋은 일자리였다. 분통을 터뜨리고 나면 손에 커피잔을 들고 마음을 다스리기까지 했다.

"전화통을 가만 놔두질 못해." 들어가자마자 토마스의 입밖으로 나온 말들이었다. 아리 토르는 문간에서 발을 굴러 눈을 털고 있었다. "우라질 기자들. 우릴 가만히 내버려 두면 아주 큰일이 나지."

"뉴스가 쏟아져 나오고 난 후로 주민들이 흐롤푸르가 살해당했다고 믿는다는 얘기를 들었습니다. 경사님도 들으셨습니까?"

"뭐 좀 들은 게 있지. 거기다 흐롤푸르의 살인자가 린다를 습격한 동일범이라는 얘기도 있다네. 그건 어떻게 생각하나?" 토마스가 물었다. 기자들에 대한 짜증은 이제 씻은 듯 사라지고 없었다.

아리 토르는 토마스가 은근히 남의 이목을 끄는 일을 즐긴다는 느낌을 받았다.

"그건 아닌 것 같습니다…, 칼이 의심스럽긴 하지만 무죄로 보이거든요. 어쨌든 적어도 린다 피습 사건에서는 말이지요."

"내가 보기엔 이렇게 유죄가 확실해 보이는 용의자도 드물다고." 토마스가 말했다. "아쿠레이리의 윗선에서 연락을 해왔는데, 수사를 도울 사람을 보내주겠다고 하더군." 표정에 그 제안을 어떻게 생각하는지가 다 드러나 있었다. "솔직히 싫다고 할 명분이 없더군. 도로 통행이 재개되면 연락을 하겠대. 우리가 다 상황을 통제하고 있다고 설득하려 했지만 어쩔 수 없었네."

아리 토르는 고개를 끄덕이고, 생각을 집중하려고 애를 썼다. 안 그래도 첩첩산중인데, 어깨의 통증도 가시지 않았다. 그날 아침 진통제 몇 알을 삼키긴 했지만 효과가 전혀 없는 느낌이었다. 진료 예약을 하려다가 좀 기다려보면 저절로 낫는지 살펴보기로 결정했다.

토마스는 커피를 머그잔에 또 따라서 들고 앉았다. "이봐, 내 기억이 날 때 말을 해둬야겠는데…, 토르스타인Torsteinn 영감이 어제 나한테 전화를 했거든. 자네가 오늘 가서 좀 만나볼 수 있겠나?"

"토르스타인이요?"

토마스는 아리 토르가 시클루 피요두르의 주민 전원의 이름을 외우고 있을 거라 생각하는 눈치였다.

"미안해. 토르스타인은 변호사야. 아쿠레이리에서 수년 전에 개업을 했지만 은퇴를 하고 나서 다시 고향으로 돌아왔다네. 아직도 고객들이 몇 명 있기는 한데, 하나둘씩 세상을 떠나고 있어."

"알았습니다." 아리 토르는 일단 대답을 하긴 했는데, 왜 만나야 하는지를 몰라 어리둥절했다.

"어제 나한테 전화를 했더군." 토마스가 말했다. "흐롤푸르 영감의 유언장을 갖고 있다면서 장례식을 치를 때까지 공개를 미뤄왔다고 했네. 우리가 내용에 관심이 있을 것 같다고 하더군. 그것도 '흐롤푸르가 살해당한 마당에'라면서 말이야! 그렇게 말했다니까. 내가 보니까 이렇게 흥미진진한 살인사건 수사에 뭐라도 내놓을 게 있다는 게 굉장히 뿌듯한 모양이더라고…" 토마스는 그 날 아침 처음으로 미소를 띠었다. 커피의 효과가 이제 나타나는 것 같았다.

"유언이요?" 아리 토르는 놀랐다. "믿기지가 않는군요. 유언장을 작성하지 않은 줄 알았습니다."

"인생이라는 게 놀랄 일 천지지." 토마스는 커피를 홀짝이며
연극적으로 과장된 한숨을 쉬었다.

★

눈에 보이는 세상은 온통 하얀 색이었다. 거리는 도로를 가
로질러 쌓인 은빛 눈 언덕으로 표백되어 있었다. 산맥은 눈부
시게 반짝거렸다. 산등성이의 뽀얀 진주색 표면에 가끔씩 툭
툭 검은 얼룩들이 점점이 찍혀 있었다.

흐린 하늘은 다음 눈이 내릴 때가 멀지 않았다는 징조였다.
자연이 한시적 휴전을 선포했지만, 사람들은 다들 조만간에
날씨가 다시 한 번 포위공격을 펼칠 거라는 사실을 잘 알고
있었다.

시클루 피요두르 도로에 제설작업을 할 계획은 전혀 없었
다. 적어도 그 날 당일에는. 그래서 마을 주민들은 모두 눈의
인질로 붙들려 있어야 했다. 아리 토르는 유언장과 토르스타
인 변호사와의 면담에 집중하려 애썼다. 시시때때로 떠오르는
눈 생각을 피하려 안간힘을 썼다.

변호사는 수두르가타의 위압적인 하얀 집에 살았다. 이십
년대나 삼십 년대에 지어진 것처럼 보이는 저택이었다. 저택을
빙 둘러 넓은 정원이 있었는데, 나뭇가지들이 모두 얼음과 눈
의 무게에 축축 처져 있었다. 멀리서 보면 어여쁘고 그림 같은

겨울 풍광으로 보였다.

아리 토르가 초인종을 누르기가 무섭게 토르스타인이 문을 열어주었다. 마치 다가오는 그를 지켜보고 있었던 것처럼.

"어서 와요. 들어오십시오."

토르스타인은 여든 살쯤 되어 보였고 코에 두꺼운 안경을 걸치고 있었다. 반백의 머리는 숱이 별로 없었다. 정장 양복과 체크무늬 웨이스트코트는 풍채 좋은 체구에 딱 맞았다. 아무리 경찰과의 면담이라지만 좀 과하게 격식을 갖춰 차려입고 있는 느낌이 들었다.

"반가워요." 노부인이 홀에서 나와 아리 토르의 손을 잡았다. "토르스타인의 안사람 스뉴로이그Snjólaug예요." 부인은 미소를 띠고 말했다. "손님이 오시니 참 좋네."

찾아오는 손님이 아주 귀한 모양이다.

"뭐 좀 내올까요? 커피와 케이크?" 토르스타인이 물었다.

"아뇨, 고맙지만 사양하겠습니다." 아리 토르는 무조건 빨리 본론으로 들어가고 싶었다.

"우리, 사무실에 가서 좀 앉을까요?" 노인이 좁은 복도 쪽을 가리키며 제안했다. 낡은 액자에 든 시클루 피요두르의 사진들이 벽에 두세 장 걸려 있었다. 사진은 벽지와 보조를 맞추어 빛이 바래가는 것처럼 보였다.

사무실은 서재에 가까웠다. 삼면의 벽에 책들이 꽂혀 있었다. 변호사의 붉은 갈색 책상은 육중한 원목이었고, 상판 위에 놓인 초록색 스탠드에서는 초현실적이다시피 한 불빛이 퍼져 나왔는데, 그 방 안에 조명은 그것밖에 없었다. 커튼이 다 쳐져 있고 주등은 스위치가 꺼져 있었다. 붉은 가죽 폴더가 책상 한가운데를 차지하고 있고 컴퓨터는 아예 보이지 않았다. 모든 게 구식으로 꾸며져 있는 이 방에는 타자기조차 없었다. 토르스타인은 아주 널찍한 사무용 의자에 앉아 폴더를 열고 몸을 숙여 책상 서랍에서 봉투 한 통을 꺼냈다.

아리 토르는 맞은편에 의자를 놓고 앉았다. 첫 번째 질문을 막 하려는데 스뉴로이그 부인이 쟁반을 받쳐 들고 서재로 들어와 책상 끄트머리에 내려놓았다. 김이 모락모락 나는 커피 두 잔, 갓 구운 팬케이크 한 접시와 작은 설탕 그릇이었다. 이집에서는 환대를 거절하는 게 아무 의미가 없었다. 아리 토르는 감사의 인사를 하고 미소를 지으며 커피를 마셨다.

"우유도 드릴까요?" 스뉴로이그 부인이 물었다.

"아뇨, 감사합니다. 블랙이 좋습니다." 그의 대답을 듣고 부인이 고개를 끄덕이더니 방을 나갔다.

사무실에서 책들이 진열되지 않은 단 하나의 벽은 마루에서 천장까지를 기준으로 반으로 나뉘어져 있었다. 징두리 레일 위쪽은 하늘색 꽃무늬 벽지였고, 아래로는 검은색 페인트가 칠해져 있었다. 그리고 황동 소재의 벽등과 하나밖에 없는 창문이 나 있었다. 아이보리 창틀이 짙은 색 커튼 뒤로 살짝 보였다.

"수사에 진척이 있습니까?" 변호사가 물었다. 열없는 표정이었지만 확실히 이 사건에 도움을 줄 수 있어 뿌듯한 기색이었다.

"천천히, 차근차근 단계를 밟아 결론에 다가가고 있습니다. 사고사일 가능성이 가장 높습니다만. 그런데 흐롤푸르가 유언장을 작성했다고 하셨죠?"

"그럼, 물론이요." 토르스타인은 손에 서류봉투를 들고 말했다. 너무 일찍 자기 패를 까고 싶지 않아 때가 오기만 벼르고 있는 사람 같았다. "팬케이크 좀 드시지요." 그는 자기도 한 개 먹으며 말했다. 그는 팬케이크에 설탕을 솔솔 뿌리고 반으로 접어 한 입에 넣었다.

"날마다 이렇게 먹을 수는 없지요, 내 나이를 봐서는. 먹는 걸 조심해야 된단 말입니다." 그는 입 안에 음식을 가득 넣은 채 우물거리며 말했다.

아리 토르는 힘없이 고개를 끄덕이며 대화를 다시 유언장 쪽으로 끌고 가려 시도했다. 아무래도 노변호사는 외로워 보였다. "흐롤푸르가 유언장을 작성한 건 오래 전 일인가요?" 그가 물었다.

"글쎄요, 아닙니다. 그렇게 오래되지 않았어요. 대충 이 년쯤 됐죠. 우연히 만났는데 이제 재산 문제를 완전히 종결지어야 되겠다고 하더군요. 자기가 늙어빠졌으니 이제 때가 됐다나요?"

토르스타인은 미소를 지었다. 노인의 미소는 피로해 보였다. "기억이 난 김에, 커피에 술을 좀 타시겠소?"

그는 책상 뒤편의 책장을 돌렸다. 대다수는 법률 책으로 보였다. 책장 몇 칸씩을 제본된 대법원 판례집이 차지하고 있었다. 그는 1962년 판례집을 책장에서 꺼내고 그 뒤에 숨겨져 있던 위스키 병을 잡았다.

아리 토르는 웃음을 머금었다. "아니, 저는 괜찮습니다. 운전을 해야 해서요."

그리고 근무시간이고.

"그렇게 하세요." 토르스타인은 소량을 커피에 따르고 아리 토르의 눈길을 피했다. "자, 이제 얘길 계속하자면…, 흐롤푸르가 유언장을 준비해 달라고 부탁을 했어요. 아쿠레이리에서 운영하던 변호사 사무소를 정리하고 난 뒤로도 나는 법률적인 일들을 간혹 맡아서 처리하고 있었거든. 감을 유지해서 나쁠 건 없으니까 말이요."

"아무도 이 유언장 얘기는 하지 않았습니다. 그러니까 확실히 비밀은 조용히 유지되었겠군요." 아리 토르의 진술은 질문에 가까웠다.

"그래요. 흐롤푸르가 유언 내용을 특별히 비밀에 부쳐달라고 부탁했거든요. 자기도 아무한테도 발설하지 않겠다고 했어요. 특히나 재산을 상속받을 사람들한테는 절대비밀이었죠. 유언장에 대해 아는 건 우리 넷밖에 없었습니다."

"네 명이요?"

"그래요. 흐롤푸르와 나, 아내 스뉘로이그, 그리고 구드룬이 었어요. 구드룬Gudrún은 병원 간호사요. 구드룬과 스뉘로이그 가 유언장을 쓸 때 법적으로 꼭 필요한 증인을 섰지요. 내가 전적으로 믿는 사람들이니까 걱정 말아요. 구드룬은 정기적으 로 우리를 찾아오던 오랜 친구고 수년 동안 여러 모로 우리를 참 많이 도와준 사람입니다. 나와 흐롤푸르, 증인들 말고는 이 유언장에 대해 아는 사람은 아무도 없습니다."

그건 두고 봐야 아는 겁니다.

아리 토르가 시클루 피요두르에서 보낸 짧은 시간 동안 배운 게 있다면, 좁은 세상에서는 비밀들이 경악스러운 속도로 빨리 퍼져 나간다는 사실이었다.

"흐롤푸르는 부자였습니까? 상속자들은 누구죠?" 아리 토르의 참을성이 이제 희박해지고 있었다. 이제는 해답이 필요했다.

"부자? 뭐, 세상에 부자가 어디 있소?" 토르스타인은 답을 기대하는 사람처럼 물었다.

아리 토르가 아무 말도 하지 않자 토르스타인이 계속 말을 이었다.

"상당히 유복하긴 했지만 내 생각에는 워낙 인생을 즐길 줄 아는 사람이었어요. 여행도 다니면서 인생을 한껏 누렸지요. 글을 계속 쓰면서 즐기는 데 돈을 좀 덜 썼더라면 아마 상당한 부자로 죽었을 거요. 하지만 물론 이런 문제가 생기죠. '대체 뭐가 현명한 행동인가?'" 그는 가볍게 웃었다. "뭐, 한담은 이 정도로 합시다." 이 말에 아리 토르는 한시름 놓았다. "용건으로 들어가야지." 그는 봉투를 뜯었다.

"모든 재산은 친구와 친척들에게 분할 상속됩니다."

아리 토르는 공책을 꺼내 자세한 내역을 메모할 준비를 했다.

"어디 봅시다. 은행 저축 계좌들이 몇 개 있는데 각각 수백만 크로나씩 들어 있어요. 이 돈은 상당히 먼 친척한테 갑니다. 레이캬비크의 조카손자라는군요. 친척들 중에서 그와 연락을 하고 지내는 유일한 사람입니다. 그 조카손자 분에게 아내와 자식들이 있는데 경제적으로 어려운 모양이입니다. 그래서 흐롤푸르는 이 돈이 도움이 될 거라고 생각했습니다."

"흐롤푸르한테는 자식이 없었습니까?"

"네, 자식은 없어요."

"확실한 거예요?"

"그래요, 뭐, 가능성이야 있겠지만 내가 아는 한은 그렇소. 그런 가능성을 의심하고 있습니까?"

그는 아리 토르를 매처럼 날카로운 눈길로 바라보았다. 법정에서 피고를 변론할 때의 눈빛이었다.

"아니요." 아리 토르는 거짓말을 했다. "전혀 그렇지 않습니다."

변호사는 미간을 찌푸렸고 그는 말을 계속했다.

"그리고 저작물들에 대한 권리가 있지요. 아니, 책 한 권에 대한 권리라고 해야 하나요. 단편들은 별로 팔리지가 않았고, 시도 마찬가지거든요."

"저작권은 누가 갖게 됩니까?"

"팔미 영감이요. 영감이라고 하기도 그렇고 아니라고 하기도 그렇군. 나보다는 젊으니까요. 그 사람 압니까?"

"네, 압니다. 어째서 흐롤푸르가 그를 선택했는지 혹시 아시나요?"

"아니, 전혀 모르겠소. 해명도 없었고요."

"그런데 저작권 값어치가 얼마나 됩니까?"

"단언하기는 힘든데. 이제 그가 세상을 떠났으니 좀 팔리겠지만 워낙 전성기는 지났으니 저작권으로 뭐 그리 대단하게 큰돈을 벌 수 있을 것 같지는 않아요. 아마 가끔씩 소정의 돈이 들어오는 정도겠지요. 전 세계의 문단에서 그를 찾아대던 옛날과는 딴판이지요."

아리 토르는 한숨을 쉬었다. 이걸로는, 늙은이를 계단에서 밀어 추락사시킬 정도의 동기가 팔미에게 생길 리 없었다.

"또 다른 게 더 있습니까?" 그가 물었다.

"당연히 와인이 있지요. 이 마을에서, 아니 이 지역에서 가장 좋은 와인창고일 겁니다."

아리 토르는 기다렸다. 변호사는 법정에서 변론하듯 한참

뜸을 들였다.

"울푸르가 와인을 받게 됩니다." 그 말 뒤에 뭐라고 한 마디 덧붙이고 싶은 눈치였다. '이 뒤지게 운 좋은 새끼.' 하지만 결국 그 말은 하지 않았다. "이 와인창고의 값어치는 수백만 크로나에 달합니다. 하지만 그 친구가 굳이 팔려고 내놓을 것 같지는 않군요. 그런 창고를 파는 건 죄악이죠."

"그리고 집은요? 자택이 있을 텐데요?"

"물론입니다. 게다가 저당 잡힌 것도 없어요."

"그러면 그 집은 친척이 상속합니까?"

"아니요, 사실 그게 안 그래요. 이 부분에서 솔직히 좀 놀랐는데요. 내가 요즘 놀라는 일이 별로 없단 말입니다."

토르스타인이 상속자의 이름을 말하는 순간 아리 토르의 심장이 내려앉았다.

"이름이 우글라예요." 토르스타인이 되풀이해 말했다. "그냥 젊은 처녀예요."

아리 토르는 충격에 빠져 침묵을 지켰다.

"설명이 안 되죠. 그 여자가 집과 집안의 물건들, 그리고 오래된 메르세데스 벤츠를 받게 됩니다. 자동차야 오래되어서 얼마 안 한다지만 그 집은 굉장하지요."

아리 토르는 나머지 대화가 귀에 들어오지도 않았다. 우글라밖에 아무것도 생각할 수가 없었다. 그녀는 이 사실을 알았을까? 그를 속이고 있었던 걸까? 그를 유혹해 수사를 잘못된 방향으로 끌어가려 했던 걸까? 마을 주민 중에서 흐롤푸르의 죽음으로 가장 큰 이득을 볼 사람이 누군지는 명명백백했다.

그러나 그녀를 생각하면 오로지 따스한 온기만 전해져왔다. 이 모든 사실에도 불구하고 그는 그녀를 다시 만날 수밖에 없다는 것도 잘 알고 있었다. 그러나 순식간에 윤리적 딜레마로 변질된 이 상황에 어떻게 대처할 수 있을까? 물론 수사에 우선순위를 두어야 했다. 스쳐 지나가는 불장난에 일자리를 희생할 수는 없었다. 아니, 그 정도의 감정이 아닌 걸까?

토마스에게 그들의 만남을 알려야 할까? 그거야말로 용납할 선을 넘는 정보를 그녀와 공유했다는 사실을 자인하는 셈이 될 것이다.

아리 토르는 변호사에게 만나 주셔서 감사하다고 인사를 했다. 토르스타인의 표정으로 보아 아리 토르가 한참 더 머물러 있으면서 사건에 대한 정보를 캐고 사람들의 뒷이야기를 해줬으면 싶은 마음이 있는 듯했다.

아리 토르는 그 집을 나서면서, 잠시나마 진짜 사람들이 살아가는 가정을 느껴 본 거 같다고, 그런 생각을 했다. 온기와 친절로 충만한 그 집은 아무리 애를 써도 자기 집처럼 정을 붙일 수 없는 에이라가타의 집과 너무나 달랐다. 그의 생각은 다시금 우글라에게로 돌아갔다.

내가 대체 무슨 꼴을 자초한 거야?

토마스가 처음 시클루 피요두르의 삶이 얼마나 단조로운지 말해주던 때, 똑같은 생각이 섬광처럼 뇌리를 스쳐갔었다. 그러나 현실은 전혀 딴판이었다. 문제가 너무 많아서 탈이었고, 그는 수사의 한가운데로 뛰어들었다. 그것도 지독하게 사적인 방식으로. 사방을 빙 둘러 에워싼 산들을 향해 고래고래 악이라도 쓰고 싶었다. 그러나 다시 눈보라가 치기 시작해서 산들은 시야에서 이미 흐릿하게 사라져 버린 뒤였다. 숨기에는 완벽한 타이밍이다.

내가 대체 무슨 꼴을 자초한 거지?

## 34

## 시클루 피요두르
### 2009년 1월 19일 월요일

니나는 어둠 속에서 혼자 앉아 있었다. 이번이 처음도 아니었고 마지막일 리도 없었다.

오늘은 리허설이 없는 날이라서 그녀는 혼자 있고 싶은 마음에 극장으로 가지 않고 집에 머물렀다. 어쨌든, 다음 리허설 때까지 그를 만날 일은 없을 공산이 컸다. 게다가 나가려면 목발을 짚고 힘들게 걸어 다녀야 했다. 뒤지게 운도 없지, 그딴 식으로 다리를 부러뜨리다니.

그녀는 어둠 속에 있으면 마음이 편했다. 아무도 보이지 않고 아무도 그녀를 볼 수 없었기 때문이다. 지난 며칠 동안은 극심한 스트레스에 시달려야 했다. 실수를 저질렀는데, 탓할 사람이 그녀 자신뿐이었기 때문이다. 뒤지게 운도 없지. 하지만 아직 끝나지 않았거니와 그 실수를 영영 들키지 않을 가능성도 높았다. 적어도 그게 그녀의 최선이었다.

그녀는 그를 다시 만날 때까지 날짜를 헤아렸다. 아니 심지어 일분일초까지 헤아렸다. 어떤 면에서 두 사람 사이에 아무 일도 끝내 일어나지 않았고, 앞으로도 일어나지 않을 거라는 사실이 다행으로 여겨지기까지 했다. 그녀는 이런 식으로 그를 사랑하는 게 좋았다. 어떤 형태로든 친밀한 관계가 되는 건 무서웠다. 아마 어머니가 좀 다른 방식으로 그녀를 도와주었더라면 달랐을지도 모른다. 레이캬비크에 보내버리는 것 같은 값싸고 편한 길을 선택하지만 않았더라도 그녀가 지금 이렇지는 않았을 텐데.

그러나 이제 그들은 어떤 면에서 영원히 서로에게 엮여 버렸다. 비밀을 나눈 사이가 되었으니까. 그것도 보통 비밀이 아니다. 살인이었다.

★

아리 토르는 당장은 도저히 우글라에게 말을 할 수가 없었다.

토르스타인은 그간 상속자들에게 알리는 걸 미뤄왔지만 이제 곧 연락을 시작할 터였다.

우글라가 이 상속에 대해 미리 알았는지 여부가 계속해서 아리 토르를 괴롭히고 있었다. 이 마을에 그가 믿을 수 있는 사람이 과연 있을까?

토마스는 추적 수사를 하라고 했다. 상속자들이 어떤 반응을 보이는지 살피고 돌아가는 분위기를 보라고.

팔미는 문을 열었을 때 피로해 보였으며 아리 토르가 서 있는 모습을 보고도 별로 놀라는 기색이 아니었다.

주방에서 중얼거리는 말소리가 들리는 걸로 보아 덴마크에서 온 손님이 아들과 대화를 나누고 있는 모양이었다.

"상속 이야기를 하고 싶어서 오신 거지요." 팔미가 거두절미하고 말했다. "토르스타인이 방금 전화를 걸어 왔습니다."

"그래요, 시간이 있으시다면." 아리 토르가 말했다. 재빨리 예의바르고 따뜻한 목사의 태도로. 그건 그가 연기하는 배역, 단순한 역할놀이에 불과했다.

두 사람은 거실에 마주 앉았다.

"이 일 알고 있었습니까?" 아리 토르가 물었다.

"상속 말입니까? 아니요. 전혀 생각도 못 했어요."

하지만 어쩐지 그의 눈빛에는 뭔가 정체를 파악할 수 없는, 꼭 짚어 말하기 힘든 느낌이 있었다.

"전혀 실마리도 주지 않았습니까?" 아리 토르는 도저히 포기할 수가 없어서 다시 다그쳐 보았다.

"네, 전혀." 팔미는 똑같은 표정으로 말했다. "토르스타인한테 들었는데 그리 값어치가 높지는 않다고 들었습니다. 이 책들에 붙는 로열티가 전처럼 어마어마한 것도 아니고요."

"그러니까 간략히 말하면 상징적인 유산이라 이 말씀이시군요?"

"뭐, 그렇죠. 그런 것 같아요."

또 정체를 파악할 수 없는 그 눈빛. 아리 토르는 말없이 기다리기만 했다.

팔미는 하품을 했다. "실례합니다. 아직 잠이 덜 깨서요."

"초연 무대가 멀지 않았지요? 리허설이 긴가 보지요?"

"네, 그렇죠, 아니, 아닙니다. 그냥 할 일이 많을 뿐이에요. 손님들이 아직 계십니다, 덴마크 분들. 소리가 들리겠지만 저 분들 때문에 잠을 설쳐요." 그는 억지로 쥐어짜 미소를 보여주었다. "눈사태 때문에 마을을 떠날 수가 없거든요."

"어째서 흐롤푸르가 선생님을 선택했다고 생각하세요? 남부에 친척도 있었는데."

"정말 모르겠어요." 아직도 피곤에 절은 목소리로, 아직도 그 이상한 표정으로, 그가 말했다. "저작권이 시클루 피요두르 사람의 것으로 남기를 바란 게 아닐까요. 흐롤푸르를 잘 아는 사람들 중에 남아 있는 이들이 얼마 없으니."

"울푸르는 와인창고를 받았어요."

"울푸르가요?" 그는 망연자실했다.

"그렇습니다."

"아니, 그럼 와인들이 마을에 남겠군요. 울푸르가 설마 팔 계획이 있는 건 아니겠지요?"

"아직 감독님과는 얘기를 못 해 봤습니다." 아리 토르가 일어서며 말했다.

아리 토르가 떠나려고 하는데 노부인과 아들이 부엌에서 들어왔다. 그는 인사를 건넸다.

"수사는 잘 되고 있습니까?" 매즈가 영어로 물었다.

"진척이 있습니다." 아리 토르가 대답했다. "오래 머무실 생각이세요?"

"오늘 떠날 계획이었는데, 날씨가 너무 나빠서 우리 모두 며칠 더 여기서 보내야 할 것 같아요." 매즈는 풀죽은 개처럼 축처진 얼굴을 하고 있었다. 하루 종일 태양이 산 뒤에 숨어 있지 말고, 어딘가 훨씬 더 따뜻한 곳에 있다면 얼마나 좋을까, 그런 표정이었다.

★

아리 토르는 레이캬비크에 사는 흐롤푸르의 조카손자에게 전화를 걸었다. 그는 상속 소식에 몹시 기뻐하면서, 할아버지가 돌아가신 건 당연히 안타깝지만 아파트가 넘어가기 일보직전이었다고 말했다. 이 남자와 시클루 피요두르 사이에는 그 어떤 연결고리도 없었다. 물론 어떤 가능성도 배제해서는 안 되지만 그 날 저녁 리허설에 참석한 사람과도 아무 관계가 없었다.

상속자 명단에 따르면 울푸르가 다음으로 만나야 할 면담자였고, 우글라는 좀 기다려야 했다. 아직은 그녀를 만날 수 없었다. 아직은.

"지난 번 꼬치꼬치 질문을 드려서 죄송합니다. 노천탕은 시간도 장소도 좋지 못했어요." 아리 토르가 울푸르에게 말했다. 가끔은 겸손하게 굴어서 나쁠 게 없다.

그들은 시민회관 광장에서 멀지 않은 수두르가타의 울푸르네 집 주방 식탁에 앉아 있었다. 아리 토르는 미리 토마스로부터 연출자에 대한 사전 정보를 최대한 얻어 왔다. 울푸르는 이곳에 뿌리를 둔 전직 외교관인데, 울푸르가 아주 어렸을 때 해양사고로 아버지를 잃었다. 그는 어머니가 노환으로 돌아가시자 다시 북부로 돌아왔다. 마을에 친구들은 별로 없었다.

"이혼남이야. 울푸르는 상당히 외로울 거라고 생각되네." 토마스는 이상하리만큼 울푸르에 대해 걱정스럽게 말했었다.

"뭘 그런 걸 걱정하고 그러시나, 목사 양반." 울푸르는 몸을 기울여 아리 토르의 어깨를 손으로 철썩 쳤다. 아픈 쪽 어깨였다. 이런 빌어먹을. 아무래도 치료를 받아야겠어.

폭풍이 부엌 창문을 무섭게 때려댔지만, 울푸르는 날씨의 악영향을 전혀 받지 않는 사람처럼 보였다. 오히려 정반대였다. 그는 심지어 기분이 좋아보였다.

"그 와인들을 다 드시려면 한참 걸리시겠습니다." 아리 토르가 말했다. "술병들이 굉장히 많다고 들었는데요."

"그래요, 그리고 갈수록 눈에 띄게 더 맛이 좋아진다고 하지요."

"뜻밖의 놀라운 즐거움이셨겠어요."

"그렇다고 할 수 있지요. 그 노인네한테서 뭘 받을 거라고는 기대도 하지 않았으니까. 하지만 그게 흐롤푸르라는 인간을 한 마디로 요약하는 거라 이 말이지요. 늘 결국 사람을 이겨 먹고 자기 마음대로 하고야 마는 사람이었거든." 울푸르는 씩 웃으며 말했다. "하필 그 날 밤에 말다툼을 한 게 얼마나 후회가 되는지 몰라요. 신경을 긁어도 그냥 내버려두는 경우도 많았는데."

"두 분 의견이 항상 일치한 건 아니군요?"

"이런 맙소사. 그럴 리가 있나요."

"흐롤푸르가 선생님의 희곡을 탐탁지 않게 생각했다고 들었습니다."

"네, 그랬지요." 울푸르는 무슨 말인지 확실히 파악하기도 전에 자동적으로 대답부터 하고 봤다. "그런데 그게 정확히 무슨 뜻입니까?"

"선생님은 희곡을 쓰지 않으시나요?"

"써요. 하지만 그런 소리는 대체 어디 가서 들은 거요?" 그는 갑자기 화를 내며 추궁했다.

"흐롤푸르가 크게 감명을 받지는 않았었나 보군요."

"맞아요. 팔미의 글을 훨씬 좋아했지요." 울푸르는 이제 더 창피해 보였다.

"그렇군요." 아리 토르가 일어서며 말했다. "이제는 뭐 그런 게 문제가 될 것 같지 않습니다." 아리 토르가 부심한 듯 내뱉었다.

"문제요? 무슨 뜻으로 하는 말이요?" 울푸르의 성깔이 또 폭발했다.

"감독님 희곡 말씀입니다. 이젠 흐롤푸르한테 막혀 공연을 못 하는 일은 없을 테니까요."

울푸르는 벌떡 일어났고 등 없는 의자가 하마터면 넘어질 뻔했다.

"대체 무슨 빌어먹을 얘기를 하고 싶은 거요? 내가 그를 죽였다고 생각하는 건가? 희곡을 올리겠다고 내가 그를 죽였다고 생각하는 거요?"

"와인도 잊으시면 안 되죠." 아리 토르는 한쪽 눈을 찡긋하며 말했다.

"당장 나가, 어서 나가라고." 울푸르는 주방을 뛰쳐나가 복도로 가서 정문을 홱 열었다. 바깥에는 폭풍이 불고 있었다.

내가 정신이 어떻게 된 거 아니야? 아리 토르는 작별인사도 하지 않고 문 쪽으로 향하면서 스스로에게 물었다.

그는 날씨 탓을 하는 게 제일 쉽다는 결론을 내렸다.

# 35

## 시클루 피요두르
### 2009년 1월 20일 화요일

아리 토르는 또 한 번 그칠 줄 모르는 눈보라와 한바탕 씨름을 한 뒤에 일찌감치 출근했다.

"도로는 오늘도 복구되지 않을 거야." 토마스는 묻지도 않았는데 이렇게 말했다.

"그래도 금세 되겠죠." 아리 토르가 쾌활해 보이려 애쓰며 말했다. "일기예보가 이번 주 내내 엉망으로 보여. 그러니까 우리는 좋건 싫건 여기 발이 묶인 거지." 토마스는 낙천적으로 껄껄 웃었다.

보험회사에서 나온 여자가 그 날 오전에 전화를 했다. 토마스가 아리 토르에게 보험 쪽을 조사해보라는 지시를 해서 전날 린다의 보험 담당사원과 접촉했다. 이제 자세한 사항을 확인하기 위한 전화 통화를 기다리고 있었던 참이었다.

"좀 오래 걸려서 죄송해요. 우리가 좀 바빴거든요." 그녀는 사과를 했다.

"괜찮습니다."

우리야 뭐 시클루 피요두르의 촌구석 경찰에 불과하니까요, 대단한 사람도 아니고.

"우리가 지난 가을에 북부 지역으로 영업사원을 파견했어요. 그리고 병원을 비롯해서 몇 군데 근무지를 돌면서 프리젠테이션을 했습니다."

"그리고 어제 제가 문의한 여자분이 보험에 가입하셨죠?"

"네. 린다 크리스텐센. 생명보험에 가입되어 있습니다. 어떻게 돌아가셨죠?"

"아뇨, 아직 돌아가신 건 아닌데 현재 수사 중인 다른 사건과 연관성을 찾고 있습니다."

"어머, 혹시 눈밭에서 발견되신 그 여자분이 그 분인가요? 그게 시클루 피요두르 아니었어요?"

"그건 말씀드릴 수 없습니다. 보험 가액이 얼마나 되겠습니까?"

"천만 크로나요."

"그리고 피보험자 사망시 보험금 수령인이 남편이고요?"

"칼 스테인도르 에이나르손Karl Steindór Einarsson이라고 쓰여 있네요. 하지만 두 사람은 법적으로 결혼한 관계가 아니고 심지어 동거하는 걸로 등록되어 있지도 않아요. 그 남자의 법적 주소는 코파보구르Kópavogur네요."

"하지만 그래도 보험금은 그가 수령하지요, 안 그렇습니까? 칼이죠?"

"네, 그건 확실합니다. 보험금 수령인을 특정인으로 지정할 수도 있거든요."

"그리고 피보험자가 폭행이나 여타 의심스러운 정황에서 사망한다 해도 지급에는 영향이 없는 거죠? 혹시 그렇다고 가정한다고 하면요?"

"네, 전혀 상관이 없습니다."

"약관을 좀 보내주실 수 있을까요?"

"그럼요. 이따가 스캔해서 이메일로 보내드릴게요. 눈밭에서 발견된 그 여자분이 회복되시기를 빌게요."

"도움을 주셔서 감사합니다." 그는 수화기를 내려놓았다.

아리 토르는 토마스에게 말했다. "천만 크로나랍니다." 토마스가 눈을 치켜떴다. "린다가 죽으면 천만 크로나의 보험금을 받게 됩니다." 아리 토르가 다시 한 번 말했다.

"칼한테 불리한 증거들이 그렇게 많은데 처음부터 평정심을 절대 잃지 않았단 말이야."

"다시 그와 이야기를 나눠볼까요? 생명보험 얘기도 물어볼 겸?"

"잠깐 기다려 보게. 뭐든 다급하게 일처리를 하지는 말자고. 지금은 전체 사건이 이도저도 아닌 지점에서 헤매고 있는 느낌이야. 눈 때문에 모든 것들이 처리 속도가 느려졌단 말이야." 토마스는 험한 말투와 달리 한결 느긋해 보였다. 워낙 혹독한 겨울에 익숙해서 날씨 탓에 기분을 망치거나 할 사람이 아니었다. "원래 날씨가 이 모양이면 온 마을이 반쯤 동면 상태에 들어가지. 특히나 길이 막히면 더욱 그렇고."

"우리는 칼을 만나서 산드라가 흐롤푸르한테 들었다는 소문이 뭔지 확인해 봐야 합니다. 드라마 클럽의 비밀 말입니다." 아리 토르가 잠시 생각하더니 말했다. "금지된 비밀연애나 뭐 그런 류의 얘기라는 식으로 은근히 말을 흘렸어요."

"흠. 그렇다면 칼이 강력한 후보겠는데. 칼하고 그 서부에서 온 처녀, 우글라하고. 여기저기 안 끼는 데가 없는 여자군." 토마스가 말했다.

아리 토르는 마음에 상처를 입었고 속이 부글부글 끓었다. 그는 마음속으로 열까지 세고 나서 아무 일도 없다는 듯 초연하게 행동했다.

서둘러 자리에서 일어나는데 또다시 어깨에 익숙한, 꿰찌르는 듯한 통증이 덮쳤다.

"빌어먹을." 그는 불쑥 내뱉었다.

"괜찮나?"

"네, 그냥 제 빌어먹을 어깨 문제입니다…. 주거침입 사건 때 다친 이후로 계속 아픕니다."

거실에서 넘어졌다는 것보다는 어감이 나았다.

"가서 진찰을 받아야겠군."

"제가 알아서 치료하겠습니다."

"당장 진료를 받으러 가게." 토마스가 명령했다. 이번에는 그 목소리에 엄한 결단이 배어 있었다. "부상을 입고 경찰 근무를 할 수는 없어. 혹시 시비에라도 휘말리면 어떻게 되겠나?"

"알겠습니다. 이번 주말에 병원에 가보겠습니다."

"아니. 지금 당장 가보게. 두말하지 않겠네."

★

시간이 너무나 느리게, 아프리만큼 느리게 흘렀다. 니나는 오늘 아침 전구를 갈아 끼우고 창가에 앉아 책을 읽으려 했지만 집중이 되지 않는다는 사실을 깨달았다. 기대감이 너무나 강렬했다. 오로지 두 사람만의 세계에서 함께할 수 있는 시간이 가까워지고 있었다.

증거를 침대 밑에 숨겼다. 훌륭한 은닉처였다. 도망쳐야 했던 과거의 경험으로 알 수 있었다.

그는 그녀를 몹시 뿌듯해할 것이다. 그가 잡히지 않도록 그녀가 증거를 빼앗아 왔다. 머릿속으로 그 대화를 다시 또 다시 연습했었다. 그녀가 어떻게 그렇게 했는지, 좀 더 잘 해보려고 했는데 왜 실패했는지, 그에게 그 과정을 말해주는 기대감을 품고 있었다. 대체 그녀는 어디서 잘못한 걸까? 자기 자신에게 미치도록 화가 났다. 그이가 화를 내지 않으면 좋을 텐데.

아니, 물론 그는 그녀를 뿌듯하게 여겨주리라.

그리고…, 그러고 나서 그녀는 그를 집으로 초대해 저녁식사를 대접할 것이다.

흥분감으로 죽어버릴 것만 같았다.

★

　토마스는 미리 병원에 전화를 걸어, 당직 의사에게 미리 예약을 못했더라도 아리 토르를 좀 먼저 봐 달라고 부탁을 해두었다. 아리 토르 입장에선, 더 싫다고 버텨 봤자 소용도 없었다. 토마스가 경찰차를 쓸 일이 있다고 해서 아리 토르는 병원까지 걸어갔다. 소용돌이치는 눈 때문에 사실 어디 밖으로 나다니는 일 자체가 거의 불가능했는데도 말이다. 폭풍은 좀 잦아들었지만, 눈보라는 계속 주위에서 휘몰아쳤다. 격하게 휘몰아치는 바람의 분노를 맞받고 있으니 눈을 감지 않을 수 없었다.

　진료를 해주기로 한 의사가 바빠서, 아리 토르는 힘들게 받은 숨을 몰아쉬며 대기실 의자에 앉아 있었다. 어깨는 지금 현재 수많은 걱정거리들 중 상위권을 차지하지도 못했다. 그는 가십 잡지들을 뒤적였다. 날짜가 지난 지 오랜 잡지들은 여기저기 책장 귀퉁이가 접혀 있었다.

　한참 뒤 아리 토르는 일어나서 안내데스크 직원한테 토르스타인이 유언장 증인으로 언급한 적 있는 구드룬이 교대 근무하는 날이냐고 물어보았다.

　"네, 맞아요." 안내 직원이 대답했다.

　"대기하는 동안 잠깐 구드룬 간호사님과 얘기를 나눌 수 있을까요?"

　"사람을 보내서 이리로 불러올게요."

경찰 제복은 확실히 쓸모가 있었다.

두 사람은 대기실에 있는 기다란 테이블에 앉았다. 안내 직원과 멀찌감치 떨어져 앉았고, 진료를 기다리는 유일한 다른 환자와도 거리를 두었다. 위험은 감수하지 않는 게 제일 좋았다.

"일하시는 중에 귀찮게 해드려서 죄송합니다." 아리 토르는 상대의 마음을 편하게 해주려고 말했다.

친절한 얼굴의 중년 여자가 주위를 두리번거렸다. 구드룬은 경찰과 얘기를 좀 하자는 부탁에도 동요하지 않았고 진솔하게 미소를 지어보였다.

"그런 건 걱정 마세요." 그녀가 말했다. "제가 뭘 도와드리면 될까요?"

"흐롤푸르 크리스찬손이 남긴 유언장에 대해 여쭤보러 왔습니다. 증인을 섰다고 알고 있는데요."

"맞아요. 토르스타인과 스뉴로이그 부부네 집에서였어요. 난 그저 증인으로 서명만 했는걸요."

"절차와 공증은 다 잘 지키셨으리라 믿습니다. 흐롤푸르도 배석했습니까?"

"물론이지요."

"유언으로 상속을 받을 사람들이 누가 될지 알고 계십니까?"

"저런, 아니요. 물어보지도 않았고 제가 알 바도 아니고요."

그녀는 얼굴을 붉히며 말했다.

"흐롤푸르가 유언장을 작성했다는 얘기를 누구 다른 사람한테 하신 적이 있나요?"

"아니요, 그런 적 없어요. 이 사실을 비밀로 지켜야 한다는 점을 명확히 했어요. 그리고 전 그런 신의를 중요하게 생각하는 사람입니다."

아리 토르는 그 말에 믿음이 갔다. "그럼요. 저도 그 말씀을 믿습니다."

"그 분…, 살해당했나요?"

아리 토르는 미처 대답할 기회가 없었다. 그의 이름이 불렸기 때문이다.

"죄송합니다. 어서 가 봐야 해서요. 진료 예약이 있습니다."

"네, 알았어요. 제가 도움이 되었다면 좋겠네요."

"큰 도움이 됐습니다." 엄밀히 말해 진실이라고 하기는 어려웠지만, 그래도 말은 그렇게 했다. "만나 주셔서 감사합니다."

그는 다급히 진찰을 받으러 들어갔다.

의사는 젊은 여자였다. 짧은 검은 머리에 키가 크고 권위가 있었다.

"어디가 아파서 오셨어요?" 그 말투에서 낭비할 시간이 없다는 게 역력히 드러났다. "토마스가 어깨 비슷한 얘기를 했는데?"

아리가 고개를 끄덕였다. "이쪽입니다." 그는 부상당한 어깨를 가리켰다. "거실 테이블 위로 넘어졌어요."

"집은 위험천만한 장소가 될 수 있죠." 의사는 그의 어깨를 꾹꾹 주무르며 말했다. "여기 아파요?"

그는 통증으로 움찔했다. "아주 많이 아파요."

짤막한 검진을 한 뒤 의사가 진단을 내렸다. "심각한 건 아니에요. 그냥 심하게 근육이 삔 것 뿐이에요. 아프겠지만 며칠 내로 좋아질 거예요. 일을 며칠 쉬고 팔은 부목을 대고 팔걸이를 하세요."

아리 토르는 싫다고 하고 싶었지만 당장은 그럴 기운이 없었다. 결국 한 팔을 팔걸이에 걸고 병원을 나섰다. 경찰서에 도착하자마자 벗어버릴 작정이었다. 하지만 그러다 자기가 고집을 꺾기로 했다. 차라리 어깨를 좀 쉬게 해주는 게 나을 수도 있었다.

병원에서 그리 멀어지지 않았을 때 아리 토르는 갑자기 돌아서서 왔던 길을 되돌아가기 시작했다. 병원에서 확인해 봐야 할 것이 하나 더 있었다. 희망사항이지만 그 날 밤 그의 집에 무단 침입한 사람에게 한 발 다가가게 될 수도 있었다.

★

병원에서 얻어낸 정보는 주거침입 사건에 대해 그가 세운 가설과 정확히 일치했다. 하지만 전체적인 정황이 아직 명료하게 드러나지는 않았다.

그는 경찰서로 돌아오면서 마음속으로 계속 이런 저런 가능성들을 비교 대조해 보았다. 아까보다 한층 마음이 가벼워지고 낙관적이 되었다. 이 밤손님이 누군지에 대해 아리 토르는 그 나름의 생각을 가지고 있었지만 여전히 동기는 오리무중이었다. 그의 소지품 중에 무엇이 그렇게 값어치가 나갈까, 특히 수사와 관련해서라면?

문득 한 가지 생각이 떠올랐다. 카메라는 아니었을까? 아리 토르는 너무 흥분한 나머지 하마터면 부상당한 어깨와 휴식을 취하라는 의사의 지시를 까맣게 잊을 뻔했다.

그는 토마스에게 말도 없이 컴퓨터로 직행해서 극장에서 찍은 사진 폴더를 즉시 찾아냈다.

"목사님께서 팔걸이를 하셨네." 토마스가 상냥하게 말했다.

"네? 아, 예. 의사 선생님께서 근육이 심하게 삐었답니다. 그저 며칠 쉬면 된다고 합니다."

"그럴 줄 알았네. 흘리누하고 당직을 바꾸도록 해. 내가 흘리누에게 내일 들어와서 이번 주 당직을 좀 맡아주라고 이르지. 자네는 이번 주말에만 돌아오게."

"저는 출근하는 게 더 좋습니다. 다른 할 일도 없는데요, 뭐."

경찰 일과 우글라, 크리스틴을 놓고 비교질이나 하는 게 다죠.

"의사 선생님 말 잘 듣는다, 알겠지?" 아버지 같은 말투를 들으면 아리 토르 본인의 아버지가 생각났다. 아버지도 저렇게 말씀해주셨을 분이신데.

"알겠습니다. 그래도 어쨌든 나와 있겠습니다."

"그건 마음대로 하고. 하지만 당직은 아니라는 거야. 그 부분은 확실히 하자고."

아리 토르는 컴퓨터 모니터를 들여다보고 사진들을 샅샅이 살폈다. 토마스에게 설명하기 전에 확실히 해두고 싶었다. 아직은 갈 길이 멀었다.

그들이 자칫 놓친 건 무엇이었을까? 거듭 거듭 사진들을 훑고 또 훑어보았지만 아무것도 나오지 않았다. 절망감이 온몸을 훑었다.

한 가지 방법은 그것들을 우글라에게 보여주는 것이었다. 그녀를 이 마을에서 신뢰할 수 있는 단 한 사람이라고 믿고서. 그러면 그녀가 뭔가를 찾아내 주지 않을까?

그러나 그렇게 간단하지 않았다. 두 사람 사이에는 단둘이 터놓고 해야 할 말들이 남아 있었다…. 그리고 유언장 문제도 걸려 있었고. 특히 그녀 역시 용의선상에 오를 가능성이 있지 않은가. 그런 그녀에게 사건 현장 사진들을 보여주는 건 부적절한 일일 것이다. 하지만 곰곰이 생각해보면, 둘 사이에 풀어야 할 얘기들은 그것과는 다른 차원의 문제였다.

그는 사진들을 CD에 저장하고 호주머니에 넣었다.

결국 해보기로 했다. 가서 우글라를 만나기로 했다. 그녀의 생각을 알아야만 했다.

홀리누는 세월이 지나면서 많이 변하고, 성숙했다. 과거를 돌이켜 보면 어째서 그렇게 젊었을 때, 악행을 저질렀는지 알 수가 없었다. 악하고. 몹시 비열했었다.

그는 언제나 나이에 비해 키가 컸다. 그리고 튼튼했다. 그러나 학교에서 그 힘을 곤경에 처한 아이들을 돕는 데 쓰지 않고, 오히려 놀려대는 쪽에 집중했다. 놀린다는 게 딱 맞는 단어인지는 모르겠지만.

괴롭힘, 아니 고문이 오히려 더 나은 표현일 것이다. 과거의 죄악들을 생각하다가 깊은 밤 차가운 식은땀에 흠뻑 젖어 잠에서 깰 때도 있었다.

이걸로 난 지옥에 갈 거야.

그건 다 먼 과거의 일이었고 이제 그는 성인이 되었다. 새로운 곳, 시클루 피요두르 북부로 이사를 했다. 그 시절을 잊으려고 여러 번 노력해 보았지만 그가 그토록 괴롭히던 아이들의 기억을 떨쳐 버리기란 늘 어려웠다. 이름을 낱낱이 생생하게 기억하고 있던 그는 최근 희생자들과 연락을 취해 보려고 노력했었다. 그래서 찾아가서 사과를 했다. 대부분은 좋게 받아주었다. 어떤 이들은 특히 더 잘 받아주었다. 적어도 표면적으로는 다 극복하고 사는 사람들도 있었다. 그런가 하면 그리 쉽게 용서해주고 싶지 않다는 사람들도 있었다.

그러나 단 한 사람과는 연락이 되지 않았다. 전화번호에서도, 주민등록에서도 찾을 수가 없었다. 아예 흔적이 없었다. 그러다가 인터넷에서 옛날 신문을 검색해 봐야겠다는 생각이 떠올랐다. 그러자 그의 이름이 떴다. 그 남자는 자살했던 것이다. 설마 괴롭힘 때문은 아니었겠지…. 그의 잘못이었던 걸까? 그럴 리가 없어, 이렇게 오랜 시간이 지났는데? 남자의 유족들에게는 아직도 연락을 하지 못했다. 그 생각만 해도 한밤중에 식은땀이 줄줄 흘러내렸다. 유족과 이야기를 나누고 그를 죽음으로 몰아간 다른 이유를 알아보면 마음이 좀 편해질까 싶었지만, 언제나 주저하게 되었다. 자기 마음속 깊은 곳의 의혹이 사실로 확인될까 봐 두려웠던 것이다. 그 아이가 특히 그에게는 극심한 양심의 가책이었다. 흘리누는 학교 수영장에서 그 아이를 물 속에서 못 나오게 붙잡고 있었던 기억이 있다. 물에 빠뜨려 죽이겠다고 협박하면서 물 속에 처넣는 시간을 매번 조금씩 늘렸다. 불쌍한 소년은 혼이 쑥 빠져 제정신이 아니었지만 그는 그래도 멈추지 않았다. 그 아이는 키가 작고 땅딸막하고 내성적이며, 자기 자신을 보호할 힘이 없었다. 그래서 흘리누는 더욱더 신이 나서 그 애를 괴롭혔고, 심지어 가끔은 폭행을 하기도 했다. 그 소년은 결국 어른이 되어 자살을 했다. 흘리누는 그 아이의 죽음을 알게 된 후로 자기도 같은 길을 걸을까 생각하게 되었다. 이런 죄의식과 양심의 가책을 안고 계속 살아가기가 점점 더 힘겨워지고 있었다.

어째서 나는 그토록…, 그토록 개새끼였을까?

이 순간 그를 변호할 수 있는 유일한 근거가 있다면, 한 때 괴롭힘의 대상이었던 한 학교 동창과 꽤 괜찮은 관계를 쌓았다는 사실뿐이었다. 그 역시 그가 굉장히 심하게 괴롭혔던 아이였다. 그 남자는 이제 레이캬비크의 기자가 되었다. 두 사람은 몇 년 전에 커피를 마시며 옛날이야기를 나누었고 그 뒤로도 한두 번 더 만났다. 양심의 짐이 도저히 견딜 수 없으리만큼 무거울 때면 이 남자의 인생을 조금이나마 편하게 해주기 위해 뭐라도 하고 싶어지곤 했다.

흘리누는 도와줄 수 있는 사람들은 아직도 도와주고 싶었다. 과거의 비행에 대한 속죄로 말이다. 물론, 자살해버린 한 사람의 경우는 너무 늦어버렸지만.

과거의 죄를 상쇄하기 위해 규칙을 슬쩍 어길 때도 있었다. 기자에게 정보를 흘린 건 전혀 후회하지 않았다. 그 정도는 당연히 얼마든지 해야 했다. 그가 북부로 온 후 마을에서 이렇게 큰 사건이 일어난 건 처음이니, 옛날 친구가 첫 번째로 특종을 터뜨리게 해줄 기회를 놓칠 수는 없었다.

그래서 그는 그렇게 했다. 토마스를 배신하고 잔소리를 끝도 없이 듣는 일이라도 좋았다. 과거 그가 괴롭히던 사람에게 이 정도 친절을 베푸는 건, 그가 자살로 치닫는 걸 막아주는 몇 개 안 되는 방어막이었다. 그나마 이 덕분에 살아갈 수 있었다.

홀리누는 창 밖을 바라보았다. 하루 휴가를 냈다. 한참 앉아서 무정하게 쏟아지는 눈을 바라보았다. 날려 쌓인 눈 더미의 골이 깊어졌고, 어둠이 슬며시 들어왔다.

★

"상태가 안 좋은 모양이야." 토마스는 의기소침한 얼굴로 수화기를 내려놓았다. 집에 갈 이유가 없었던 아리 토르는 여전히 경찰서에 있었다.

"무슨 일입니까?"

"린다. 아직도 의식이 없는데, 의사들이 별 차도가 없다고 하는군. 아니 오히려 그 반대라고 해야지. 상태가 악화되고 있는 모양이야."

"칼한테도 알렸습니까?"

"정기적으로 연락을 취하고 있네."

"그런데 칼의 반응은 어떻다고 하던가요?"

"길이 뚫리면 곧장 레이캬비크로 가겠다고 말했다네. 의사 말로는 슬퍼서 제정신이 아니라는데, 그건 딱 맞는 표현이 아닐 것 같고." 토마스는 심각한 얼굴로 아리 토르를 바라보았다.

"그는 린다가 어떻게 되건 전혀 개의치 않아요."

아리 토르는 상사의 반응을 살폈다.

토마스가 고개를 끄덕였다. "자네 말이 맞다고 생각하네. 그냥 이해가 안 가서 그렇지."

"칼은 뭔가 숨기고 있습니다." 아리 토르는 그렇게 말하고 다시 컴퓨터로 눈을 돌렸다. 토마스가 뭐라고 중얼거리는 소리가 들렸다 - 그에게 한 말일 수도 있고, 그냥 혼잣말일지도 모른다.

확실히 뭔가를 숨기고 있다 이거지.

아리 토르는 타국의 협력경찰 명단에서 이메일 주소 하나를 찾아보았다. 지금이야말로 아리 토르가 의심하고 있는 '그 남자'에 대해서 좀 더 깊은 정보를 캐낼 때였다.

아리 토르는 재빨리 이메일을 써서 보냈다. 한참 기다려야 할 것이다. 여기서 뭔가 결과가 나온다면 판세를 뒤집는 카드를 얻게 될 것이다.

우글라가 다시 그의 생각 속으로 불쑥 들어왔다.

우글라와 칼? 그게 흐롤푸르가 어쩌다가 알게 된 비밀일까?

아니. 절대. 아니야. 우글라일 리가 없어.

한순간 그는 자신의 판단력을 의심했지만, 그러다 고개를 흔들며 우글라를 그 그림에서 배제했다.

그러나 안나라면? 그가 방문했을 때 이상하기 짝이 없게 굴던 그녀의 행동들을 되짚어 보았다. 그녀는 칼과 마찬가지로 확실히 숨기는 게 있었다. 그 두 사람이 똑같은 죄와 비밀을 숨기고 있는 걸까? 그 순간 흐롤푸르의 장례식 리셉션에서 두 사람 모두 보이지 않았다는 생각도 떠올랐다. 별다른 의미가 없을지 몰라도, 그래도….

칼이 안나와의 불륜을 덮으려고 흐롤푸르를 계단에서 밀어 추락사하게 했나?

아니면 안나가 직접?

"궁금한 게 있는데요." 그는 토마스를 보고 말했다. "흐롤푸르가 전시나 전쟁이 끝난 직후에 아이를 낳았을 수도 있다는 소문 말입니다. 사실일까요?"

"솔직히 난 좀 못 믿겠네."

"하지만 가능하긴 하죠?"

"뭐든 가능하지. 하지만 그렇다 해도 이게 우리 사건과 무슨 상관인지 모르겠는데."

"드라마 클럽 사람일 가능성은 없을까요?" 아리는 끈질기게 물고 늘어졌다. "전쟁 중에 태어난…, 대략 더하고 빼고 해서 예순다섯 정도 된 사람이겠죠? 팔미? 울푸르?"

"그럴 리는 없는데. 팔미는 너무 나이가 많고, 울푸르는 - 뭐, 친부를 사람들이 다 알고 있으니. 바다에서 사고로 돌아가셨잖나. 아니야…." 토마스는 생각에 잠겨 말했다. "하지만 니나라면…, 모르겠군."

"니나요?"

"그래, 나보다 좀 나이가 많으니까, 대충 1945년 근처에 태어났을 거야."

"어째서 니나를 떠올리셨죠?"

"미안하네. 가끔은 자네가 내가 알고 있는 것을 자네도 다 안다고 생각해 버릴 때가 있어서…, 사람들이며 이런 저런 일들까지 다 말이야."

어서 본론을 말해요.

아리 토르는 인내심을 가지고 토마스를 지켜보았고, 드디어 그가 입을 열었다.

"니나는 어머니와 계부 사이에서 자랐고, 계부의 성을 물려받았어. 그 어머니는 임신한 지 얼마 되지 않아 계부와 살림을 합쳤는데, 니나의 친부에 대해서는 아무것도 아는 바가 없네. 내 기억이 옳다면, 니나의 어머니는 전쟁 중에 남부에 살았고 니나의 친아버지는 무슨 군인이었을 거야."

★

아리 토르는 그 날 저녁 우글라를 방문했다.

"안녕." 그녀는 약간 수줍어 보였다. 언제나처럼 아름답고 따뜻하고 매혹적이었다. "세상에, 이게 뭐예요!" 그녀는 팔걸이를 가리키며 좋아했다.

반겨주는 그녀의 태도를 보고 두 사람의 관계가 변화하고 있다는 걸 그는 깨달았다. 처음 만났을 때 예견하지 못했던, 뜻밖의 관계로 발전하고 있었다. 둘이서 그 문제로 터놓고 얘기를 한 것도 아니었고, 지금 그녀가 진지한 대화를 하자고 몰아붙일 일도 없지만. 그래도 여전히 그는 크리스틴과 할 얘기가 남아 있었고, 여전히 자신이 진심으로 원하는 게 뭔지 아직 결정을 하지 못했다.

아리 토르는 크리스틴이 이제 그에게 관심이 없어졌다고, 두 사람 사이는 이제 다 끝났다고 스스로를 설득하려 해 보았다. 대화도 거의 나누지 않았고 마지막 통화는 크리스틴이 일하느라 바빠서 뜬금없이 뚝 끊겨 버렸다. 마음 한구석에서는 이건 그저 크리스틴의 스타일일 뿐이라는 걸 알고 있었다. 원래 대놓고 감정을 표현하는 스타일이 아니었다.

우글라 곁에 있으면 기분이 좋았다. 함께 있을 때면 깊은 만족감이 밀려왔다. 지금 그는 그 어느 때보다도 따뜻한 온기와 위로가 필요했다. 악몽이 꾸준히 더 나빠지고 있었다. 폐소공포증 역시 마찬가지였다. 처음에는 단순히 눈에 갇혀 버릴까봐 무서웠는데, 이런 외딴 곳에서 두려움이 현실이 되자 걷잡을 수 없이 견디기 힘들어졌다. 그리고 이 빌어먹을 어둠도 도움이 되지 않았다. 그저 제정신을 유지하기 위해서라도 계속 일을 해야만 했다. 도로는 여전히 차단되어 있었고, 이번에는 약간 소규모였지만 그 날 저녁에도 또 한 번 눈사태가 덮쳤다. 그는 절박하게 누군가를 필요로 했다.

"상속…, 말이에요…" 우글라는 두 사람이 자리에 앉자 말을 꺼냈다. "솔직히 말해서 전혀 몰랐어요. 내 말 믿어줘야 해요."

"믿어요, 우글라. 당연하죠. 흐롤푸르는 예측불능의 인물이었어요. 그리고 부끄러울 것 하나도 없어요. 당신은 친절하게 대해 주었고, 친구가 되어 주었잖아요. 흐롤푸르가 이 정도 못 해줄 이유가 있나요?"

"과해도 너무 과해요. 굉장히 불편한 마음이에요."

"그러지 말아요. 어떤 면에서 이걸로 당신 인생이 바뀔 수 있어요. 거대한 저택에서 공짜로 살 수 있고, 심지어 지하는 세를 놓을 수도 있잖아요. 아니면 집 전체를 세 놓고 그 돈으로 다시 학교에 가든가요."

"알아요." 그녀는 마음이 몹시 불편해 보였다. "그런 생각들을 안 해 본 건 아니에요. 그저 너무 고마울 뿐이죠."

"좋은 가격을 부르는 사람이 나오면 집을 팔수도 있어요."

"절대 안 되죠. 흐롤푸르한테 그럴 수는 없어요. 지금 그대로, 가구와 모든 걸 보존할 거예요. 하지만 사람들이 어떻게 생각할까요…? 이 문제로 말이 날 거예요…."

"다른 사람들 생각 따위는 걱정하지 말아요." 아리는 더 가까이 다가가 그녀를 품에 안아주었다.

한순간 침묵을 지킨 뒤 그녀가 말했다. "해줄 얘기가 있어요. 늘 양심에 걸리던 건데요."

순간 그의 심장이 한 박자를 놓쳤다. 뭔가 고백하려 하는 걸까? 흐롤푸르의 죽음과 관련된 것일까? 토마스에게 보고할 때 앞으로 그의 마음이 편할 수 있을까?

"어쩌다 보니 거짓말을 한 셈이 됐어요…." 그녀의 말에 아리 토르는 고뇌하며 기다렸다.

"아구스트 말이에요, 저의 죽은 남자 친구." 그녀는 계속 말을 이었다. "그이의 머리를 때린 게 외지인이었다고 말했잖아요. 하지만 그게 다가 아니었어요. 아구스트를 죽인 남자는 – 고의적인 건 아니었지만 – 내가 아는 사람이었어요. 그 때 내가 바람을 피우던 사람이었죠…."

지금 내가 그러는 것처럼, 아리 토르는 생각했다.

"그래서 나는 파트렉스 피요두르를 떠나와야 했어요. 아구스트 때문이 아니라 아직도 거기 살고 있는 그 다른 남자 때문에. 그를 보면 내가 얼마나 끔찍한 잘못을 했는지 계속 떠오르니까 살 수가 없었죠. 아구스트의 죽음에 내가 어떻게…."

눈물이 그녀의 뺨을 타고 흐르기 시작했고, 아리 토르는 최선을 다해 위로해주고 싶은 마음뿐이었다.

그녀는 머리를 흔들며 정신을 차리려 했다.

그녀가 이제 좀 진정되었다는 확신이 들자, 아리 토르는 처음 그녀를 찾은 용건 얘기를 꺼내도 되겠다고 생각했다.

"한 가지 부탁 들어줄 수 있어요?"

"물론이죠." 그녀는 미소를 지었다. "뭐든지."

"극장에서 찍은 사진이 몇 장 있는데, 흐롤푸르가 죽은 날 밤에 찍은 거예요. 한 번 봐주면 좋겠어요. 누가 우리 집에 무단으로 침입했는데 카메라를 훔치려 했을지 모른다는 생각이 들어요. 하지만 이유를 짐작할 수가 없네요."

그는 그녀의 컴퓨터를 빌려 CD의 사진들을 보여준 뒤, 뭔가 평상시와 다른 점이 없는지 살펴봐 달라고 했다.

그녀는 찬찬히 시간을 들여 사진들을 살펴보다가, 다시 돌아가서 사진 한 장을 더 자세히 관찰했다. 그리고 한 가지, 세세한 부분이었지만 흥미로운 점을 지적해 주었다.

아리 토르가 깜짝 놀란 건 그녀가 언급한 이름 때문이었다. 좀 더 뚜렷하게 감을 잡으려면 정보를 더 캐내야 했다. 아니면 그가 완전히 잘못된 방향으로 가고 있는 걸까?

우글라에게 작별 키스를 하고 헤어지는데, 학창 시절처럼 마음이 설레었다.

# 36

# 시클루 피요두르

### 2009년 1월 21일 수요일

지난 화요일 밤, 자려고 누운 아리 토르의 마음은 온통 수사 생각뿐이었다. 머릿속에는 오로지 드라마 클럽 사람들, 칼과 린다, 산드라 할머니로 가득했다.

그러나 처음으로 그는 질식할 것 같은 악몽도, 늘 떨칠 수 없던 무력감도 없이 깊은 잠에 빠졌다. 서서히 그도 환경에 순응하고 있는지도 모른다. 그는 맑고 또렷한 정신으로 개운하게 잠에서 깼다.

한 가지 생각이 떠오른 참이었다. 그는 산드라와 나눴던 대화를 되짚으며 조심스럽게 지금까지의 수사에서 알게 된 사실들을 짜 맞추기 시작했다.

끔찍한 범죄가 수년 전에도 이 마을에서 이미 벌어졌던 적이 있다면 어떨까? 당시에는 아무도 인지조차 하지 못했던 완전 범죄라면?

다시 산드라와 이야기를 나눠 봐야 할 때가 되었다. 삼십 분 후 그는 집을 나서 양로원으로 가고 있었다. 아름다운 겨울 날씨를 온몸으로 들이마시자 사기가 충천했다. 미친 듯이 때려 붓던 폭설이 그치고 공기는 잔잔했다. 화창한 겨울날이었다. 다시 팔걸이를 걸고 다니니 어깨 통증도 누그러지기 시작했다.

산드라가 그를 반갑게 맞아주었다. 총총한 기쁨이 눈빛에 역력했다.

"다시 찾아올 줄 알았어요. 지난 번에 워낙 재미있게 이야기를 나눴잖아요." 산드라는 침대에 누워 있었지만, 팔꿈치로 받치고 몸을 일으키며 수줍게 이불을 가다듬었다. "이런 몰골로 만나게 된 게 아쉽네요."

"건강하시면 좋겠어요." 아리 토르는 그녀의 마음을 편하게 해주려 애썼다.

"그렇게 나쁘진 않아요. 아직 여기 이렇게 있잖아요."

"지난번에 하신 말씀 중에서 좀 여쭤보고 싶은 일이 있어서요."

"정말로요? 그럼 한 번 해보세요."

아리 토르는 준비해온 질문을 했다.

노부인은 갑자기 혼란스러운 표정이었다. 당혹감도 비쳤다.

"방금 뭐라고 했죠?" 그녀가 조용히 물었다.

아리 토르는 같은 질문을 한 번 더 했다.

"처음에 잘못 들은 줄 알았네요. 대체 왜 그 일에 대해 알고 싶은 거지요?" 산드라는 눈에 띄게 당황한 눈치였다.

"오래 전 범죄가 저질러졌던 게 아닌지 알아보려고 합니다."

아리 토르의 속뜻을 서서히 알아채면서, 산드라의 얼굴에 떠올라 있던 호기심은 공포로 변했다. 대답을 하기 전에 그녀는 스스로에게 시간을 주었다.

"설마…?" 그녀는 마침내 물었다.

"네, 그래요, 그런 의심이 들기 시작했습니다." 그가 확인해 주었다. "다시 만나게 되어서 반가웠습니다. 대화 상대가 그리울 때 또 찾아뵐게요." 아리 토르는 진심으로 말했다.

"물론이죠, 언제라도 환영이에요."

막 일어서려 하는데 산드라가 혼잣말처럼 중얼거리는 소리가 들렸다. "이런, 말도 안 돼…. 아무 일도 일어나지 않는 우리 평화로운 마을에서!"

★

아리 토르는 이 김에 요양원이 부속되어 있는 병원을 찾아가서 의사를 잠시 만나고 싶다고 요청했다. 가설로 내놓은 그의 질문에 의사가 내놓은 대답은 그의 마음속에서 형태를 잡아가고 있는 이론에 완벽하게 부합했다.

수많은 조각들이 또렷해지고 있어서 손만 뻗으면 흐롤푸르의 죽음이 내포한 수수께끼가 풀릴 것만 같았다. 아리 토르의 육감은 칼을 지목하고 있었지만, 우글라가 보여준 사진은 전혀 다른 방향을 가리키고 있었다. 한 번도 진지하게 용의선상에 올려 보지 않은 인물이었다.

두툼한 거위 털 파카와 청바지로 몸을 꽁꽁 감싸고 아리 토르는 그 날 저녁 경찰서를 찾아갔다. 돌아온 폭풍은 예전보다 기세가 더욱 등등해져 아무 데나 닥치는 대로 눈 더미를 쌓고 있었다. 에이는 바람을 피할 곳도 별로 없었다.

폐소공포증과 불안증이 좀 잦아든다고 생각했던 아리 토르는 완전히 회복하려면 아직 멀었구나 새삼 실감했다.

흘리누는 야간 당직이라 손에 커피잔을 들고 혼자 앉아 있었다. 아리 토르는 커피 코너에 자리를 잡고 앉았다.

"남부의 시위자들이 크리스마스트리를 불태웠대. 그거 봤어?" 흘리누가 물었다.

아리 토르는 호기심이 동해 그를 바라보았다. "크리스마스트리요?"

"그래. 아우슈투르발루르Austurvöllur 광장 의회 건물 앞. 노르웨이 사람들이 항상 보내주는 그 거대한 크리스마스트리."

"뭐라고요? 오슬로 트리 말이에요? 믿기지가 않네요."

"여기 이곳 광장의 트리에는 누가 불을 붙인다는 건 상상이 되질 않아. 얼마나 난리가 나겠어. 우리는 크리스마스트리를 덴마크에서 가져오거든. 그런 일이 있다고 하면 내년에 보내주겠어, 어디."

"시위를 하다가 추웠나 보죠." 아리 토르는 짓궂게 말했다. "별 일 없죠?" 그는 화제를 돌리며 말했다.

"그래…, 이런 날씨에 누가 나다니면서 불법 행위를 저지르 겠어? 아, 방금 레이캬비크에서 전화가 왔었어. 토마스가 퇴근 한 직후에, 린다에 대해서."

"뭐라고 하던가요?"

"분석을 맡겼던 부엌칼에서 뭐가 나왔대. 희미한 흔적이라 나, 양모인가 뭐 그랬어. 하지만 지문은 없었다더군."

"알았어요. 린다의 옷에서 나온 흔적이란 말이겠죠?" 아리 토르는 이렇게 물었지만, 동시에 그녀가 반라로 발견되었다는 사실을 기억해 냈다.

"아니, 집에서 발견한 셔츠와는 일치하지 않았어. 뭔가 푸 른색이래. 양모라고 했던 것 같아. 내일 확인해 봐야 할 것 같 군." 흘리누가 하품을 했다. "아침에 내가 토마스에게 말하지."

아리 토르는 모골이 송연한 기분을 느꼈다. 식은땀이 따갑 게 피부에 맺혔다. 파란 양모, 짙은 파란색 양털 스웨터. 눈과 피의 후광에 둘러싸인 움직임 없는 나체.

칼.

그 개새끼 칼.

마침내 그를 사건과 연관 지을 수 있는 단서가 생겼다. 아니 적어도 그 범행도구로 추정되는 부엌칼과의 관계를 입증할 수 있다면.

"흥미롭네요." 그는 복받치는 흥분감을 씹어 삼키며 말했다. 당장은 말을 삼가는 게 아마 최선일 것이다.

아리 토르는 컴퓨터 앞에 앉아서 보험회사가 약관을 첨부해 보낸 이메일을 확인했다. 받은 편지함에는 해외에서 온 이메일도 하나 더 있었다. 지난번에 보낸 질의에 대한 응답이 분명했다. 그는 어학능력이 허락하는 한 최대한 빨리 메시지와 첨부 파일을 읽고, 뛰는 가슴을 진정시키며 두 장을 다 프린트했다.

그리고 보험 회사의 이메일로 돌아가 약관을 프린트하고 의자에 편히 기대앉아 읽기 시작했다.

이건 좀 놀라운데…

심장이 망치로 두드리는 것처럼 쿵쿵 뛰었다. 점점 고조되는 흥분감을 감추기 위해 그는 흘리누에게 상냥하게 인사를 하고 나와서 파카 후드를 푹 둘러썼다. 조각들이 하나씩 맞춰지고 있었고, 오늘 밤 진실이 드러날 것이다.

그는 백야의 어둠 속으로 출발했다. 그의 마음속 후미진 곳에서 경고의 속삭임이 들려왔다. 조심스럽게 접근하라고, 아침까지 기다리라고, 엄청난 양심의 무게를 짊어지고 살아가는 남자를 혼자서 만나러 가는 건 현명한 짓이 아니라고.

한 발 한 발 내디딜 때마다 날씨가 더 나빠졌다. 떨어진 눈을 바람이 다시 일으켜 새로 내리는 눈발 속으로 내던지며, 에이고 시린 소용돌이를 만들어 냈다. 자연이 보내는 경고다. 설맹(雪盲), 스노우 블라인드. 앞이 거의 보이지 않았지만, 아리 토르는 자기가 어디로 가는지 어떻게 가야 하는지 정확히 알고 있었다. 그 무엇도 그의 앞길을 막을 수 없었다.

## 37

### 시클루 피요두르
#### 2009년 1월 21일 수요일

칼은 녹초가 된 얼굴로 문을 열었다. 계단 앞에 서 있는 아리 토르를 본 그의 표정은 금세 놀라움으로 바뀌었다. 그는 고개를 젓고 미간을 찌푸렸다.

"원하는 게 뭐요?"

일말의 예의도 차리지 않았다. 사람들은 제복을 입은 경찰한테만 예의를 갖추는지도 모른다. 서글서글한 태도와 린다를 향한 근심, 칼은 배역을 연기하고 있었던 걸까? 지금 뚜렷하게 보이는 게 바로 진짜 칼의 모습일까?

아리 토르는 즉각 알코올의 냄새를 맡았다. 술에 취한 건 아니지만 그렇다고 맑은 정신도 아니라는 판단을 내렸다. 수요일 밤 맥주는 한 잔 걸치는 수준을 넘어서는 독주일 것이다. 지금 돌아서서 내일 아침까지 기다릴까 하는 생각도 들었다. 근무시간도 아니었고 상대도 지금 면담을 할 만한 상태가 아닌 게 분명했다. 그럼에도 불구하고 이 문제의 핵심을 파고들겠다는 결심은 변함이 없었다.

"잠깐 얘기 좀 나눌 수 있을까요?"

칼은 아리 토르를 위아래로 훑어보았다. 경계를 하면서도 호기심이 동한 얼굴이었다. 그는 어깨를 으쓱하고 나서 대답했다. "뭐 안 될 것 없죠."

칼은 바깥에 서서 아리 토르를 집 안으로 들였다. 집 안은 추웠다. 바깥 날씨만큼 춥지는 않아도 두드러지게 쌀쌀했다.

칼이 먼저 거실로 들어가서 텔레비전 볼륨을 낮췄다. 그리고는 아리 토르가 문을 두드리기 전에 앉아 있었던 게 분명한 가죽 팔걸이의자에 가서 앉았다.

원목 테이블에는 작은 술잔, 테킬라 한 병, 썰어놓은 라임 조각들과 통라임 한 개, 날카로운 부엌칼과 소금통이 놓여 있었다. 원목 테이블 상판에는 칼자국들이 나 있었다.

아리 토르는 칼이 자기와 문 사이를 경비견처럼 가로막고 있다는 사실에 마음이 불편했다. 그는 낡은 노란 소파에 앉았다. 이상하게 장식된 쿠션들이 잔뜩 쌓여 있었다. 아리 토르는 칼의 영역 안에서 어색하고 자신감이 떨어지는 기분이 들었다. 칼은 의자를 들썩이며 아리 토르를 물끄러미 바라보았다.

"몇 가지 질문을 하고 싶어서 왔습니다." 아리 토르가 말머리를 꺼냈다.

"뭐라고요?" 칼이 술 한 모금을 길게 마시고 물었다. 그러면 긴장이 좀 풀리는 것 같았다. 아리 토르는 정신을 가다듬고 결의를 다졌다. "몇 가지 질문이라고 했습니다."

칼은 아무 말도 없이 앉아 있었다.

아리 토르는 공책을 꺼내 뒤적거리는 척했지만, 사실 무슨 질문을 해야 할지 정확히 알고 있었다.

"법적으로 주민등록지가 아직도 코파보구르로 되어 있는 게 맞나요, 칼?"

소소하게 시작하자, 용기를 내자.

칼은 웃음을 터뜨렸다. "맞느냐고? 무슨 그딴 질문이 있어! 빙빙 말 돌리지 말아요, 아리 토르. 당연히 코파보구르에 주민 등록이 있지. 이미 다 알고 하는 말이지 않소. 지금 알고 싶은 건 그 이유 아니요?"

아리 토르는 대답 대신 고개를 끄덕였다.

"빚진 돈이 좀 있어요. 오십만 크로나 정도. 내가 지금 어디 있는지 알리지 않는 편이 좋아요."

"누구한테요? 은행 사람들한테?"

그는 또 웃음을 터뜨렸다. 이번에는 정말로 웃긴다는 표정이 었다. "은행? 천만에. 그들은 정상적이고 관습적인 방식을 쓰시는 신사분들이 아니요. 아마 지금은 나에 대해 잊었을지도 모르지만. 아무튼 나를 쫓아 시클루 피요두르까지 따라올 사람이 어디 있겠어요? 제정신인 사람이면 한겨울에 시클루 피요두르에 들어올 리가 없지." 그는 이렇게 말하고 잠시 쉬었다. "당신만 빼고 말이요. 남부 출신의 바보천치." 그는 씩 웃으며 덧붙여 말했다.

술수에 휘말리면 안 돼.

"다른 여자를 만나고 있는 걸로 아는데."

곧장 깊숙이 파고 들어가서 미끼를 던져. 가끔은 진실을 탄력적으로 쓰는 게 필요할 때가 있다.

칼이 또 다시 씩 웃었다.

"뭐, 이러나 저러나 조만간 밝혀질 일이었어요. 숨바꼭질은 시간이 지나면 질리지만, 지속되는 동안은 재미있지. 우리를 목격한 게 누구요?"

"흐롤푸르." 아리 토르는 정말 사실일 수도 있다고 생각하면서 말했다.

"흐롤푸르! 그 성질 드러운 노인네? 이웃들을 감시나 하고."

이웃들? 안나?

"아직도 서로 만나고 있습니까? 안나와?"

"아, 그게 대체 무슨 상관이요? 정말로 내가 누구랑 자는지 궁금해요?"

칼은 입을 다물었다. 자기가 방금 한 말이 무슨 뜻인지 퍼뜩 깨달은 모양이었다.

"아…, 그러니까 당신은 내가 그 늙은이를 계단에서 밀어 죽였다 이 말이군?" 그는 호탕하게 웃어댔다. 얼굴이 가면 같았다.

"그랬나요?"

칼은 그를 무섭게 노려보았다. "아니요."

"불륜이 부끄럽지도 않습니까?"

"부끄러워? 아니. 린다가 알아냈다면 그렇게 아름답지 못했겠지. 집값을 내는 게 린다니까. 하지만 지금은…, 이러거나 저러거나 난 상관없어요. 어차피 린다는 죽었거나, 죽은 거나 마찬가지가 되어버렸으니까."

아리 토르의 가슴 속에 차곡차곡 분노가 쌓이고 있었다. 어떻게 남자가 저런 소리를 할 수가 있을까?

"그러면 안나는요? 이 관계를 널리 알리고 싶은 마음은 없다고 합니까?"

"당연하지, 절대 알리고 싶지 않겠지. 여기 머무르면서 교편을 잡을 계획이거든." 그는 잘난 척을 하며 웃었다. "그건 내 문제가 아니지. 난 떠나니까. 아쿠레이리에 취직하게 됐단 말이요."

칼은 창 밖을 내다보았다. 그들을 둘러싸고 포효하는 눈폭풍 만큼이나 결연히 침묵을 지키면서. 아리 토르는 울부짖는 바람 소리에 귀를 기울이며 기다렸다.

"내가 그 노인네를 죽였는지 알고 싶어서 여기까지 온 건가?" 칼이 마침내 물었다.

아리 토르는 흔들림 없는 눈빛으로 계속 칼만 뚫어져라 바라보았다. 지금은 사자 굴에 기어들어 온 셈이니 시련을 뚫고 진실에 다가갈 생각이었다.

"내가 린다도 죽였다고 생각하는 거고?" 칼은 이제 그를 놀려대고 있었다.

"아니요." 그는 칼의 눈길을 똑바로 받으며 말했다.

"정말로? 그러면 보기보다 그렇게 멍청하지는 않은 모양이네."

"린다를 습격하지 않았다는 건 잘 압니다. 생명보험에 대해 알고 있어요."

칼이 입을 헤벌렸다. 그러더니 표정을 수습하려 애를 썼다. "대체 그걸 어떻게 알아낸 거지?"

"그러니까 보험에 대해서는 확실히 알고 있었군요."

"지금 와서 아니라고 해봤자 뭐 소용이 있겠나."

"범행도구로 추정했었던 부엌칼에 당신 옷의 실밥이 묻어 있었습니다."

그는 미소를 지었다. "굉장히 똑똑한데, 아리 토르. 아무래도 그냥 자백을 하고 자네를 내쫓아 버리는 게 낫겠어."

"습격 사건에서는 무죄가 틀림없습니다. 하지만 당신이 무슨 짓을 했는지 내가 다 알고 있으니까 그 잘난 미소는 싹 지우시는 게 나을 거예요."

"그래? 그럼 말해 보시지. 설레서 미치겠는데."

"부엌칼을 린다 근처에서 다른 데로 치웠죠. 린다 주위에서 칼이 발견되지 않도록 덤불 뒤에 숨겼어요. 그러니까 마치 다른 사람이 한 짓인 것처럼."

"내가 왜 그런 짓을 하겠냐고?" 칼은 아이한테 말하듯 찬찬히 계산된 말투로 물었다.

"생명보험 약관을 읽어봤다는 짐작을 해봤죠. 아니 적어도 그 내용이 대충 어떻게 되어 있다는 걸 알고 있었거나. 약관이 발효되고 그렇게 빨리 자살을 하면 당신은 아무것도 못 받게 되어 있으니까."

그 얼굴에 떠오른 표정이 모든 걸 말해주었다.

"자살할 의도였다고 생각합니까?" 아리 토르가 물었다.

"전혀 모르겠소." 칼은 눈길을 돌렸다. "늘 징징거렸거든. 날씨를 못 견디겠다, 어둠이 싫다. 아예 죽고 싶었으면 손목을 긋든 뭐 그렇게 했겠지. 그냥 관심을 받고 싶었던 거야. 가끔 자해를 하고 싶다는 소리를 할 때가 있었어. 부엌칼을 만지작거리면서. 난 헛소리 집어치우고 철이나 들라고 했지만." 그는 잠시 아무 말도 하지 않았다. "뭔가 잘못된 거지. 너무 깊이 찔러서 피를 너무 많이 흘렸을 거요. 뒤지게 멍청한 짓이야. 눈 속에서 피를 내서 운명을 시험하려 했겠지. 가끔은 어찌나 극적으로 청승을 떠는지. 하지만 솔직히 새하얀 눈에 빨간 피라니 굉장한 대비를 이루는 건 사실이지. 예술적인 면이 있긴 했다니까."

이 차가운 분석을 듣고 있던 아리 토르는 이 남자가 린다에 대해 일말의 애정도 없다는 걸 확인했다.

"더욱이 이건 다 흐롤푸르의 잘못이요." 칼이 말했다.

"흐롤푸르?"

"흐롤루프가 계단에서 굴러 떨어져 죽은 다음에, 린다의 상태가 몹시 악화됐거든. 불안증도 심해지고, 특히나 살해당했다는 뜬소문이 돌면서 더 나빠졌지."

"그렇지만 보험 때문에 부엌칼을 다른 곳으로 옮긴 건 인정한다는 거죠?"

"난 아무 자백도 하지 않아. 그럴 가치도 없고. 그래서 내가 얻는 것도 없고… 난 나한테 떨어질 게 있을 때만 게임을 하는 사람이야. 솔직히 그딴 지랄 같은 짓을 하는 나 같은 인간하고 같이 사는 건 진짜 죽을 맛이었겠지, 그건 인정해. 그렇다고 내가 뭐 죽일 놈이야?"

그는 허리를 굽히고 잠시 조용히 있다가 더 공격적인 말투로 얘기를 이어갔다.

"나한테 무슨 중죄를 덮어씌우고 싶은 모양인데. 부엌칼을 옮긴 정도로 철창에 처넣진 못할 걸."

맞아, 불행하게도.

아리 토르는 호주머니에서 접은 종이를 꺼내 테이블 위에 펼쳤다. 그 순간 폰이 울렸다. 그는 바지 주머니에서 전화를 꺼내 액정 화면을 보았다. 테이블에 놓고 벨소리를 무음으로 돌렸다.

"그게 뭐요? 뭘 갖고 온 거야?" 칼은 살짝 말을 더듬었다. 침착하던 태도가 흔들리고 있었다. 벌떡 일어서는 지경까지 가지는 않았지만, 대신 라임에 손을 뻗어 조각조각 자르기 시작했다. 낡은 원목 상판에 칼자국이 더 많이 나는 건 별로 개의치 않는 눈치였다.

아리 토르는 즉시 대답하지 않았다.

"그게 다 씨발 뭐냔 말이야?" 칼이 다시 물었다.

"덴마크 경찰로부터 받은 서류입니다."

칼은 무표정했지만 라임을 써는 손에 눈에 띄게 힘이 들어가고 있었다.

"거기 한동안 사셨죠?" 아리 토르가 물었다.

"벌써 다 알고 하는 말이잖아. 대체 뭘 캐낸 거야, 이 새끼야?"

"이건 덴마크 경찰의 오래된 수사 기록입니다. 보아하니 법에 저촉되는 행위를 몇 번 하셨더군요."

"그래서? 심각한 건 하나도 없을 텐데."

"한 가지 사건이 다른 것보다 좀 더 위중해 보이더군요. 아주 의미심장한 사건에서 용의자로 심문을 당하셨던 것 같은데… 강력한 용의자였지만 증거가 없었죠."

무반응.

"기억을 되살려 드릴까요?"

침묵.

"아르후스 외곽의 여성이 사는 집에 주거침입 사건이 있었습니다… 보석을 훔쳐갔죠. 익숙한 얘기입니까?"

칼의 표정은 돌처럼 차갑고 단단했다. 라임을 썰던 손을 멈추고, 자동적인 절차처럼 칼날을 소파에 대고 쓱쓱 닦더니 천천히 팔걸이를 따라 훑었다. 의자 가죽에 생채기가 났다.

"한 여자가 강도에게 피습을 당했습니다. 나머지 이야기는 아실 거라 생각하는데, 그렇죠?"

칼은 씩 웃음을 머금었고 아리 토르는 척추를 싸늘하게 관통하는 전율을 느꼈다.

"그래, 알지."

## 38

그녀는 다시 문을 열려 했다. 다가오는 그의 소리가 들리고, 점점 더 가까워지는 기척이 감지되자 심장이 미친 듯이 뛰었다.

딸깍, 하는 소리는 이제까지 그녀가 들었던 소리 중에서 가장 멋졌다. 문이 열리자 그녀는 문을 안쪽으로 홱 잡아채 열면서 완전히 문이 열리면 뛰쳐나갈 수 있도록 한 발 뒤로 물러섰다. 다리가 따라주는 한 최대로 빨리 뛸 것이다. 남편을 향해, 자식과 손자들을 향해서 달릴 것이다. 다시 배달을 해주는 인도식당에 돌아가 치킨을 받아올 수 있도록, 이번엔 밥까지 곁들여 가져올 수 있도록 달릴 것이다.

★

그녀가 탈출하려 한다는 걸 깨달은 순간 그는 무섭게 분노했다. 격노해 한층 증폭된 에너지를 폭발시켜, 한 손에 칼을 들고 다른 손에 전화를 든 채 문을 향해 내달렸다. 그는 친구와의 전화를 끊었다. 이 집이 손쉬운 목표물이라고 가르쳐 준 친구였다. 여자가 종종 집에 혼자 있다고 들었다. 그 정보의 대가로 장물의 일부를 주기로 했었다.

예전에도 살인은 해본 적이 있었다. 물론 이런 상황에서는 아니었기에 폭력을 동원한 적은 없었다. 살인을 한다 해도 아무런 심적 동요는 없었다. 살인은 그저 목표를 달성하기 위해 필요한 수단에 불과했다. 이번이라고 다를 게 뭔가?

망설임도, 심지어 양심의 가책 같은 것도 없었다. 그는 칼을 꺼내 깊숙이 푹 꽂았다.

★

등을 돌리고 있어 그녀는 그를 보지 못했다. 그저 찌르는 통증을 느꼈을 뿐이다. 힘겹게 어깨 너머로 뒤돌아보니, 그가 상처에서 칼을 뽑고 있었다. 그녀는 눈을 감았다. 그리고 두 번째로 찌르는 건 느끼지 못했다. 그리고 더 이상 아무것도 보지 못했다.

★

그가 옳았다. 아무 감정도 느껴지지 않았다. 일말의 회한도 없었다. 그저 자기가 그녀에게 탈출할 기회를 주었다는 분노와, 금고의 내용물을 끝내 꺼내지 못했다는 좌절감뿐이었다. 그건 이제 상관없었다. 중요한 건 도망치는 일이다.

덴마크의 밤, 그 따뜻한 어둠 속으로 달려 나간 그는, 집주인들이 밖에서 무슨 일이 벌어지든 신경 쓰지 않으려고 고심해서 지은 교외의 장엄한 저택들 사이로 사라졌다.

# 39

## 시클루 피요두르
### 2009년 1월 21일 수요일

칼은 침묵 속에서 아리 토르를 바라보았다.

"그 사건으로 아무도 기소되지 않았지요." 아리 토르는 눈길을 내리깔지 않고 드디어 말했다.

칼은 어깨를 으쓱했다. "그게 나하고 무슨 상관이 있는지 모르겠군." 그는 부엌칼을 들어 계속해서 라임을 썰며 말했다.

"칼질 잘 하시네요."

"칼 다루는 법은 젊었을 때 배웠소." 그는 험상궂게 인상을 쓰더니 킬킬 웃었다. "나한테 갖다댈 게 하나도 없는 거지. 머리에 피도 안 마른 남부 출신의 애송이가 여길 찾아와서 감히 겁을 주겠다고 덤빈다? 턱도 없는 소리."

칼의 목소리에 결연한 의지가 느껴졌다.

어디 두고 봅시다.

아리 토르는 지금까지 모두 옳았다. 칼이 의혹을 확인해준 건 아니었지만, 그래도 자기가 옳다는 확신이 굳어졌다. 한 가지 더 깔끔하게 밝히고 넘어가야 할 게 있었다. 그러고 나서는 이제 날아오를 차례다.

"언제 외국으로 나가셨습니까?"

"덴마크로? 1983년. 괜히 다시 돌아왔다는 생각이 드는군."

"그해 여름이었나요?"

"아니, 가을이었소."

"옛날에 가족들이 시클루 피요두르에서 힘들게 사셨다고 들었습니다."

"무슨 소리를 하고 싶은 거야?"

"부모님께서 그렇게 부유하지 못하셨지요, 안 그렇습니까?"

"우리 빌어먹을 부모는 언제나 가난해서 나한테 뭐 하나 줄게 없었어."

"그래도 그 시절에 당신은 자동차를 살 돈은 있으셨잖아요…, 그 지프차. 지금은 안나의 아버지가 갖고 계시는 그 차 말입니다."

처음으로 근심스러운 표정이 칼의 얼굴을 스쳤다.

"대체 그게 무슨 상관이란 말이지?"

"멋진 차더라고요." 아리 토르는 사실 실제로 본 적도 없으면서 말했다.

"훌륭한 차였어. 팔아치워야 했던 건 정말 속이 쓰렸지."

"당신은 왜 덴마크로 이사를 하게 됐습니까?"

"그건 당신이 알 바 아니잖아." 칼은 이렇게 말하더니, 잠시 생각을 하고는 갑자기 착한 사람 행세를 하기로 마음먹고 말했다. "일자리를 찾으러. 우리 아버지는 여기서 취직을 할 수가 없었어."

"그게 유일한 이유라는 게 확실합니까?"

"대체 무슨 말을 하려는 거냐고?" 그는 여전히 부엌칼을 든 채로 의자에서 몸을 일으켰다. 널브러져 있는 라임은 까맣게 잊은 채.

"어떻게 그렇게 비싼 차를 살 수가 있었죠?"

칼은 아무 말도 하지 않았다.

"그 할머니가 당신한테 그렇게 돈을 많이 주진 않았을 텐데요?"

이번에는 칼의 얼굴이 창백해졌지만, 역시 아무 말도 없었다.

"팔미의 모친, 그 노부인을 위해서 잔심부름을 했죠? 이런저런 일들을 대신 해줬다고 들었습니다. 청소도 하고, 해충도 잡고. 그런데 내가 좀 조사를 해보니 또 다른 것들이 몇 가지 나오더라고요. 내가 말씀을 나눠 본 한 할머니는 그 시절에 협동조합에서 일을 하셨는데, 그쪽이 쥐약을 사간 기억이 있다고 했어요. 할머니를 위해서 쥐를 좀 잡아주려나 했다고 하더군요."

아리 토르는 순간 움찔하는 칼을 유심히 관찰했다.

드디어.

"팔미 말로는 어머니께서 은행을 절대 믿지 않았고, 그래서 저축할 돈을 어딘가 숨겨뒀다고 했어요… 하지만 어머님이 돌아가셨을 때는, 장례식 치를 비용도 안 될 푼돈밖에 없었다고 했죠. 그거 좀 이상하다고 생각되지 않나요?"

아리 토르는 기다렸다. 칼이 벌떡 일어났다. 손에 부엌칼을 든 채로, 미동도 없이 서 있었다.

"그 할머니가 자기가 모은 돈을 집 안에 보관한다고 말할 만큼 그쪽을 믿었다고 가정해 봅시다. 아니면 청소를 하다가 그쪽이 돈을 우연히 발견했을 수도 있지요. 어쨌든, 할머니는 뇌출혈로 1983년 여름에 돌연사 했어요. 쥐약이 똑같은 증상을 일으키는지 의사한테 문의를 해 봤는데, 그렇다는 답변을 받았습니다. 당시에는 아무도 의혹을 제기하지 않았죠. 예순일곱 살의 할머니가 뇌출혈로 돌아가신다. 그리고는 할머니 일을 도와주던 싹싹한 총각이 금세 말끔한 지프차를 산다…? 그걸 알아차린 사람은 부모님밖에 없었나 보죠?"

칼은 아무 말도 하지 않았다. 얼굴에 분노가 선명하게 떠올라 있었다. 아리 토르는 못 본 척하고 계속 밀어붙였다.

"명명백백해요, 칼. 당신이 그 할머니를 죽이고 현금에 손을 댄 겁니다. 얼마나 되는 돈이었을까요? 일단 지프차 한 대를 마련할 정도가 됐다는 건 우리도 압니다. 남은 돈이 없었을까요? 나를 속인 것처럼 할머니도 속였겠죠. 겉으로 보기에는 순진하고, 우호적이고, 예의바르니까요. 하지만 부모님은 당신의 정체를 꿰뚫어보신 겁니다. 그래서 진실이 밝혀질까 봐 이 나라를 떠난 거예요. 부모님은 속일 수가 없었죠, 안 그런가요? 당신이 속으로는 어떤 사람인지, 무슨 짓을 저지를 수 있는지, 부모님은 아셨던 겁니다."

칼이 갑자기 테이블 앞에 앉았다. 손에 여전히 부엌칼을 들고 있었다.

아리 토르는 가만히 앉아 있었다. 이제 두 사람 사이에는 테이블밖에 없었다.

"이 개새끼! 다른 사람들한테 입만 벙긋하면…."

"벙긋하면 뭐?"

그는 그 질문을 던지고 나서 즉시 후회했다. 무슨 협박을 당하고 있는지는 정확히 알고 있었다.

칼은 재빨리 테이블 너머로 팔을 뻗어 아리 토르의 어깨, 부상당한 어깨를 움켜쥐었다. 그의 팔은 여전히 팔걸이에 걸려 있었다.

통증이 온몸으로 퍼져나갔고, 공포가 덮쳤다. 덫에 걸린 쥐, 궁지에 몰린 거야.

"이 문제는 지금 당장 해결을 봐야겠어." 칼의 눈이 광기로 희번득거렸다. 그는 아리 토르를 향해 부엌칼을 치켜들었다.

아리 토르는 벌떡 일어났다. 영민하게, 사전경고도 없이, 주먹을 꽉 쥐고 벌떡 일어났다. 강펀치의 위력은 칼로 하여금 균형을 잃게 하기에 충분했다. 비틀비틀 뒤로 물러서면서 칼은 손에 쥔 부엌칼를 떨어뜨렸고, 아리 토르는 테이블 너머로 몸을 던졌다. 핸드폰은 놓여 있던 자리에 그대로 둔 채 복도 끝에 있는 문쪽으로 달리기 시작했다.

칼이 포효하며 일어서는 소리가 들렸다.

그는 문을 홱 잡아당겨 열어젖히고 폭풍 속으로 뛰쳐나갔다. 어둠 속으로 뛰쳐나가니, 휘몰아치는 눈보라에 앞이 하나도 보이지 않았다. 두 발은 납처럼 무거웠다. 최악의 악몽 속에 빠진 것 같았다.

그는 마을 한가운데 있는 오래된 축구장을 가로지르는 지름길을 택했다. 축구장은 겹겹이 쌓인 눈에 파묻혀 있었다. 이렇게 넓은 필드를 가로질러 달려본 건 정말 오랫만이다. 소년 시절 레이캬비크에서 달려 본 이후로는 처음이었다.

이런 식으로 끝나게 할 수는 없었다. 목적지에 다다라야만 했다. 칼이 한참 뒤처졌을 리가 없다. 그는 절박해서 무슨 짓이든 할 수 있었다. 아리 토르는 발길을 멈추면 거기서 그대로 그의 삶이 끝나리라는 걸 알고 있었다. 혼자 눈밭에 누워 흥건한 핏속에서 죽어갈 것이다.

그는 깊숙한 눈 더미를 뛰어넘어 마을의 주류 판매점 바로 앞의 인도로 내려섰다. 더 빨리 달려야만 했다. 발길을 멈추고 뒤를 돌아보고 싶은 유혹을 이겨내야만 했다. 이제 칼을 감옥에 처넣을 수 있다는 생각이 힘찬 활력을 불어넣어 주었다.

시민회관 광장에 다다랐다. 곧장 달려 광장을 지나 모퉁이를 돌면 경찰서에 닿을 수 있었다. 더 빨리 달리라고 스스로를 채찍질했다.

반드시 해낼 것이다. 이제 다 왔다.

반드시 그곳까지 가야만 한다.

# 40

## 시클루 피요두르
### 2009년 1월 21일 수요일

첫 공연이 무대에 오르기까지는 얼마 남지 않았다.

그 때가 바로 니나가 움직이기로 결심한 시점이었다.

이미 기다릴 만큼 기다렸다. 그녀는 오로지 사랑하는 사람, 그와 가까이 있기 위해서 드라마 클럽에서 자원 봉사를 하겠다고 했었다.

그한테서 함께할 수 없다는 말을 들었다 해도, 그녀는 언제나 어떤 식으로든 두 사람이 커플이 되고야 말 거라 믿었다. 그는 언제나 그녀에게 참으로 친절했다.

그녀는 공연이 끝나면 리셉션장에서 그에게 말을 걸 것이다. 십대처럼 데이트를 신청할 것이다.

그녀는 십대를 놓쳐버렸다. 평생에 걸쳐 너무나 오랫동안 인생이 제대로 시작되기를 기다려 왔다. 달리는 차창으로 보는 풍경처럼 삶이 순식간에 지나쳐 버리는 모습을 지켜보기만 했다.

니나는 간질거리는 설렘을 느꼈다.

흥분이 되어서 죽을 것만 같았다.

아리 토르는 몸과 마음 모두 진이 있는 대로 빠진 채로 경찰서에 다다라서야 간신히 뒤를 돌아보았다. 아무도 없었다.

홀리누는 자리에서 벌떡 일어나 추위에 지쳐 비틀거리며 문으로 들어오는 아리 토르의 몰골을 멍하니 바라보았다. 눈만 커다랗게 뜨고 애원하다시피 홀리누를 바라보던 아리 토르는, 한참 후에야 입 밖으로 제대로 된 문장을 말할 수 있게 되었다.

"칼…, 그 개새끼가…, 날 죽이려 했어요. 무기도 있고 위험합니다. 난 칼이 팔미의 모친과 덴마크의 어떤 여자를 살해했다는 사실을 알아냈어요." 아리 토르는 간신히 이 말을 내뱉고 기침을 하며, 임박한 위협을 정확히 설명하려고 안간힘을 썼다.

"진정해, 목사님." 홀리누는 그 소식을 차분하게 받아들였다. 마치 아리 토르가 딱 이런 꼴로 들이닥칠 거라고 예상한 사람 같았다. "거기 앉아서 커피 좀 마시게. 내가 이미 토마스를 불렀어."

"토마스요?" 아리 토르는 홀리누가 준 머그잔을 받아 마셨다. "벌써 토마스를 불렀다고요?"

"칼이 몇 분 전에 전화를 했어."

"칼이요?" 아리 토르는 놀라서 소리를 질렀다. "대체 왜요?"

홀리누는 부드럽게 그의 어깨에, 멀쩡한 어깨에 손을 얹었다. "공식적으로 민원을 제기한다면서 전화를 했더군."

"민원?" 아리 토르는 문장을 제대로 끝맺지도 못했다. 칼의 간교에 넘어가다니, 기가 턱 막혔다. 그는 덜덜 떨리는 손에 얼굴을 묻고 긴 숨을 내쉬었다. 살인자가 감히 자기에 대해서 민원을 넣어?

"침착해." 흘리누가 다정하게 말했다. "걱정하지 마… 칼이 어떤 놈인지 우리는 아니까 아무도 그 놈 말을 믿지 않을 거야. 하지만 민원은 공식 절차를 밟아 처리해야 할 거야. 형식상의 문제가 있으니까."

아리 토르는 할 말을 잃고 앉아 있었다.

"자네가 마구 문을 밀고 들어와서 자기를 취조하기 시작했다고 했어. 자기는 술을 한 잔 걸쳤고 자네는 근무시간도 아니었다면서. 자네를 폭행 혐의로 고소하겠다고 하더군. 한 대 때렸나 보지?"

"그 사람이 날 죽이려고 했다고요!"

아리 토르가 벌떡 일어나는 바람에 커피 머그잔이 획 날아가 마룻바닥에 떨어져 박살이 났다. 사방으로 커피가 튀어 엎질러졌다.

"그 사람이 날 죽이려고 했다고요, 그 빌어먹을 살인자가. 내 말 듣고 있어요?"

"토마스가 올 때까지 기다리자, 알았지?" 흘리누의 목소리가 이상하게 위로가 되었다.

"아니요. 가서 당장 칼을 체포하세요!" 아리 토르는 소리를 질렀다. "탈출하려고 할지 몰라요, 내 말 안 들려요?"

"아무 데도 안 갈 거야."

"장난치시는 거예요, 흘리누? 날 믿을 거예요, 그놈 말을 믿을 거예요? 어서 그 집에 가서 체포해야 된다고요! 알겠어요?" 아리 토르는 격분해 소리를 질러댔다.

"진정해, 목사님." 흘리누가 말했다. "커피 한 잔 더 갖다 줄게."

★

"무슨 일이 있었는지 다시 말해 봐." 경찰서로 온 토마스는 차분하고 조용한 어조를 유지하려 애썼다. 아리 토르는 누가 봐도 흥분해서 앞뒤가 안 맞는 소리를 지껄여대고 있었다. "자네가 칼을 공격했나?"

"아니, 안 그랬어요. 그 사람한테 부엌칼이 있었다고요. 거기서 빠져나오려면 치지 않을 수가 없었어요! 내 이론을 갖고 그 놈과 대적했던 거예요. 린다는 자살을 하려던 거고, 그녀를 발견하고서 그는 그녀가 자살하려고 사용한 부엌칼을 다른 곳으로 치웠다고 말했어요. 그녀가 자살하려 한 사실을 은폐하려 했다고 했어요."

"왜?" 토마스가 물었다.

"보험 약관 때문에요. 자살로 간주되면 천만 크로나의 보험금은 날아갑니다." 아리 토르가 초조하게 말했다.

"그런데 그놈이 인정했어?"

"그럭저럭. 부인하지 않았어요."

"그거면 될 거 같군, 신참." 토마스는 조용히 말했다. "그런데 어쨌든, 그래봤자 경찰 수사를 방해한 정도니 경범죄 이상은 안 될 거야."

"그리고…, 제가 생각하기에 그는 두 사람을 죽였어요."

"정말로?"

"첫 번째는 팔미의 어머니. 그건 산드라 할머니를 통해 알게 되었어요. 칼이 팔미의 어머님을 위해 온갖 잡일을 도맡아 해줬다고. 해충 박멸도 그 중 하나였어요. 그래서 좀 더 자세히 말해달라고 했습니다. 그랬더니 칼이 협동조합에서 쥐약을 사간 기억이 난다고 했어요. 팔미의 어머니는 칼이 부모님과 이사를 가기 직전에 뇌출혈로 돌아가셨습니다. 그리고 칼이 지프를 사기 직전에 땡전 한 푼 없이 돌아가셨죠. 그 집 부모는 자식이 무슨 짓을 저질렀는지 알고 다급하게 마을을 떠났을 겁니다. 그리고…" 아리 토르는 정신없이 말하다가 잠시 숨을 골랐다. "그리고 쥐약 중독의 증상은 사망원인으로 뇌출혈이 추정되는 경우의 증상과 똑같습니다."

"그건 가설에 불과해. 자네 이론일 뿐이라고." 토마스가 말했다. "칼이 무슨 짓이든 할 수 있는 인간이라고 나도 믿긴 하지만, 진짜 증거를 갖고 있나? 구체적인 증거? 자네 말은 어쩌면 2와 2를 더해서 5라는 답을 얻는 거나 마찬가지야, 순전히 그리고 싶다는 이유로."

"온전히 부인하지 않았다니까요!"

"자네와 게임을 하고 있는 건지도 몰라, 아리 토르. 자네를 도발해서 자기 페이스에 끌어들이려고."

"아무튼, 두 번째 건은 정말 확실합니다… 덴마크 경찰의 수사기록을 봤어요. 책상 위에 프린트해 뒀습니다. 그는 덴마크의 한 저택에 주거침입을 해서 한 여자를 살해한 사건의 강력한 용의자였어요. 보석이 없어졌지요."

"이 건으로도 우리가 뭘 할 수 있겠나? 덴마크 경찰도 당시 최선을 다했을 것 아닌가. 자네는 집에 가서 좀 쉬어야겠어."

"그놈을 체포하지 않으실 겁니까?!" 아리 토르는 분통을 터뜨렸다.

"내가 한 번 얘기를 해 보지. 그놈이 부엌칼을 꺼내 자네를 겨냥했다고?"

"뭐…" 아리 토르가 망설였다. "제가 들어갔을 때 라임을 써느라고 부엌칼을 원래 꺼내놓고 있긴 했습니다."

"좋아, 일단 지금은 그 정도면 됐어."

아리 토르의 증언과 칼의 증언의 대결이야, 토마스는 마음속으로 생각했다. 젊은 경찰은 근무시간이 아니었고, 아마 살짝 균형감각을 잃었을 것이다. 그리고 용의자를 때린 것도 사실이었다. 그 날 밤 한 실수는 한두 가지가 아니었다. 그러나 아리 토르가 내린 결론들은 상당히 흥미진진했다. 대다수는 입증할 수 없겠지만 말이다. 그렇다, 그 젊은 경찰에게는 잠재력이 충만했다. 하지만 좀 더 신중할 필요가 있었다.

★

토마스는 경찰서에서 칼과 면담을 했고, 흘리누는 그 사이를 틈타 그의 자택을 수색했다.

칼은 차분하고 당당했으며, 단음절이나 침묵으로 일관했다. 토마스는 그가 잠재적 용의자로 조사를 받고 있는 것이며, 변호사를 대동할 권리가 있고, 전화 통화를 해도 좋다고 말해주었다. 칼은 정말이지 변호사 같은 건 전혀 필요 없다고 대답했다.

칼이 팔미 모친의 죽음과 자기는 아무런 관련이 없다고 딱 잡아떼자, 토마스는 취조 방향을 린다 쪽으로 선회했다.

"우리는 부엌칼에서 진청색 양모를 발견했습니다. 피해자를 발견했을 때 당신이 진청색 양모 스웨터를 입고 있었잖아요. 린다는 생명보험에 들어 있었고, 당신은 그 죽음으로 큰 수혜를 받게 되는 사람이었죠. 그러니까…" 토마스는 찬찬히 칼을 바라보았다. "우리가 여기서 당신을 살인미수로 체포하면 안 되는 이유를 말해보세요."

칼은 한참을 조용히 앉아 있었다.

"내가 그녀를 발견했을 때 그 한 손에 이미 부엌칼이 들려 있었어요. 그러니 당신네들은 절대 상해 혐의로 날 기소할 수 없을 겁니다, 절대 안 되지." 그는 자기가 모든 상황을 통제하고 있는 것처럼 보였다.

칼은 가만히 앉아서 기다리다가 다시 입을 열었다.

"내가 그 당시에 뭐에 씌었는지 모르겠는데, 옆집 정원에 부엌칼을 갖다 버린 건, 그러니까, 린다의 평판을 지켜주고 싶었기 때문이오. 물론 나로서는 분별력이 없는 짓이었지만."

"그리고 자살로 보이면 보험금을 한 푼도 못 받게 될 테고요."

"그건 모르겠군요."

그는 집 안을 수색해도 보험 약관은 하나도 나오지 않을 거라는 확신을 품고 회심의 미소를 지었다.

토마스는 이전에 들어온 가정 폭력 쪽으로 심문을 계속했다. 그러나 칼과 린다가 자주 싸웠다는 레이푸르의 증언과 심증뿐 아무것도 없었다. 최근 소식에 따르면 린다가 의식을 회복해 칼에 대해 반대증언을 할 기미도 보이지 않았다.

"부엌칼로 아리 토르를 위협했습니까?" 토마스는 느닷없는 질문으로 칼의 허를 찌르려고 했다.

"전혀 그런 적 없습니다. 애초에 그가 쳐들어왔을 때 내가 손에 부엌칼을 들고 있었어요. 아리 토르는 정신상태가 굉장히 불안해 보였지만 그래도 말할 기회를 줬어요. 그런데 비난이 도를 넘어서서, 내가 일어서서 나가달라고 했습니다. 그때 그놈이 나를 공격했어요. 민원 처리가 제대로 진행되기를 바랍니다."

"물론이지요." 토마스가 말했다. "잠시 여기서 좀 기다리세요."

그는 취조실을 나와 근무 중인 경찰변호사에게 전화를 걸어, 다음 단계의 조치에 대해 자문을 구했다.

"그 사람을 린다 피습사건과 연결시킬 진짜 증거는 하나도 없어 보이는군요." 토마스로부터 자세한 정황 설명을 들은 변호사가 말했다. "그리고 다른 사건들 같은 경우에는, 더 옛날 건들 말입니다. 할 수 있는 조치가 아무것도 없습니다. 순전히 추론에 불과해요. 제가 보기에는 구속할 근거도 전혀 없습니다."

토마스는 흘리누가 수색을 끝낼 때까지 기다렸다가, 칼에게 집에 가도 좋다고 말했다. 수색은 수포로 돌아갔다.

"그렇지만 앞으로 며칠 동안은 마을 밖으로 나가지 마십시오." 그는 경고조로 말했다.

"도로들도 다 막혔는데 그렇게 멀리 갈 수 있을 리가 없잖아요." 칼이 의기양양하게 웃으며 어둠 속으로 발을 들여놓았다. 눈보라가 그를 에워싸고 소용돌이처럼 휘몰아쳤다. 토마스는 생각했다. 저 미소와 걸음걸이는 정의를 피했다는 걸 잘 아는 사람의 것이라고. 칼로서는, 예전에도 해본 적이 있는 일이었다.

## 41

# 시클루 피요두르

## 2009년 1월 22일 목요일

물고기.

모든 게 물고기에서 시작되었다.

바다에 물고기가 없었더라면 아무도 여기 와서 살 생각을 하지 않았을 것이다. 첫 번째 집도 지어질 리 없었을 것이고 아리 토르가 여기 와서 살게 될 일도 없었겠지. 이제 그는 직장을 잃을 위기에 처했을 뿐 아니라 폭행 혐의로 기소당하는 신세가 되었다.

빌어먹을 물고기.

아리 토르는 그 날 밤의 일로 만신창이가 되었다. 경찰서로 가는 길에 빵집에 들러 롤빵을 하나 사먹는데 모든 사람의 시선이 자기를 향하는 걸 느꼈다. 빵집에서도 거리에서도. 탐색하듯, 호기심에 찬 눈빛들. 칼과 시비가 붙었던 일을 벌써 모르는 사람이 없는 것처럼 느껴졌다. 그는 가빠지는 호흡을 찬찬히 다잡으려 애썼다. 당연히 아무도 몰랐다. 정신을 추스르고 두 발을 단단히 땅에 딛고 일어서야 한다. 마을 사람들이 다 같이 공모해 그를 음해하는 총체적 음모 같은 건 있을 수 없다.

"잘 잤나?" 토마스가 쾌활하게 물었다.

아리 토르는 고개를 끄덕이고 흘리누를 슬쩍 바라보았다. "어젯밤 난동을 피워서 정말 죄송합니다."

"난동? 남부에서 올라오는 뉴스를 보면 그건 아무것도 아니던데." 흘리누가 대답했다. "시위들이 난리도 아니라서 결국 우리 경찰 동료들이 최루가스를 써서 통제를 했다더군."

"그렇게 되는 거지." 토마스가 말했다. "적어도 이쪽에서는 시위 같은 건 많지 않아서 다행이지."

"지난번에 북부가 번창하던 시절을 놓쳐서 아쉽다고 하셨죠? 그 때 반정부 시위를 하셨어야 했을지도 몰라요." 아리 토르가 말했다. "그런데 어젯밤에 칼과 얘기 좀 하셨나요?"

"했어. 그러고 나서 풀어줘야 했지." 토마스가 말했다. "일단 지금은."

아리 토르도 예상했던 바였다. 그러나 뼈아픈 실망감은 여전히 어쩔 수 없었다. 칼이 자유롭게 길거리를 돌아다니고 있다는 건 영 느낌이 개운치 않았다.

"오늘 아침에 보험회사하고 통화를 했어." 토마스가 말했다. "현재 조사 중인 사건은 자살미수라고 말했네. 린다가 죽으면, 불행히도 그럴 가능성도 있어 보이는데, 아무튼 칼은 한 푼도 못 받네. 그러니까 약간의 정의가 실현되었다고 봐도 좋겠지. 그리고 아쿠레이리의 경찰과도 얘기를 했어. 우리가 린다의 사건을 조속하고 훌륭하게 수사했다고 칭찬을 받았네. 아무튼 그쪽에서 지원을 보내지는 않을 테고, 이 사건도 어느 정도 처리가 되었다고 해야겠지." 그가 덧붙여 말했다.

아리 토르는 그 전날 밤 덴마크에서 받아온 정보를 프린트 해 두었다. 칼은 당시 덴마크 경찰이 행한 수사의 일환으로 심문을 받았다. 여자의 남편이 아침에 일찍 돌아와 바깥 문 근처에 쓰러져 있는 시신을 발견했다. 등 쪽에 두 군데 자상이 있었다. 두 번째 자상을 입었을 때 즉사했다고 잠정적인 결론이 내려졌고, 사건은 미제로 남았다.

"칼에게 덴마크의 사건에 대해 물어보셨나요?" 아리 토르가 물었다.

"우리가 갖고 있는 증거로는 절대 유죄 입증을 할 수 없어." 토마스가 심각한 목소리로 말했다. "새로 나온 증거가 하나도 없으니까. 자네가 아무리 유죄를 확신해도 아무 의미가 없다네, 아리 토르. 아니면 그의 태도를 보고 자네가 어떤 추론을 하더라도 그런 건 불행히도 무의미해. 하지만 난 자네가 옳다고 믿어 의심치 않네."

"팔미의 어머니는요?"

"그건 뒤지게 훌륭한 이론이야. 아주 설득력이 있고⋯. 하지만 그놈이 자백을 할 가능성은 거의 없어. 어제도 질문에 답을 전혀 하지 않았지. 압박 심문에 무너질 타입도 아니고. 그렇지만 당연히 이 일을 조사해 봐야겠지. 홀리누에게 산드라와 면담을 하고, 쥐약에 대한 진술을 해달라고 부탁하라고 해두었네."

아리 토르는 사기가 충천하는 느낌이었다.

"하지만 너무 큰 기대는 하지 말게. 칼이 이 살인으로 감옥에 갈 일은 없을 테니까. 판결을 내리기에는 너무 증거가 불충분해. 다만 덴마크에 아직 살고 계시는 부모님을 만나서, 이게 어디로 이어지는지 살펴볼 필요는 있겠지. 자네 이론이 옳다면, 그들은 아들이 해를 입을까 봐 이사를 했던 거야. 그들이 자네를 실망시키지는 않을 거라고 보네."

"그놈을 잡아들이기 위해서 저도 최선을 다할 겁니다."

"미안하네…. 자네는 이 수사에서 제외될 거야. 공식적인 민원이 제기된 상태에서는 곤란하네. 주 검사한테까지 올라갔는데, 너무 걱정하지는 말게. 정상이 참작되면 공소기각될 거라고 생각하니까. 어쨌든 그 놈 손에 부엌칼이 들려 있었으니 말이야."

사건에서 배제된다는 건 아리 토르가 생각지도 못했던 일이다. 남은 힘을 마지막 한 방울까지 쥐어짜서 조사에 임하면서 실수를 보상할 생각이었다. 실망감과 불만에 그는 할 말을 잃고 말았다.

"하지만 자네 쪽에서 서투르게 대처했어." 토마스가 말했다. "전혀 똑똑하게 굴지를 못했다고. 우리도 자네한테 공식적으로 징계를 내려야 할지도 모르겠는데, 어쨌든 그건 두고 보고…. 별 일 없이 넘어가기만 빌자고. 기억난 김에, 자네한테

새 핸드폰을 지급해야겠네. 자네 핸드폰은 지금 증거의 일환이야."

아리 토르는 고개를 끄덕이고, 이 문제에 있어 선택의 여지가 전혀 없다는 사실을 받아들였다. 그저께 그는 목숨을 걸고 도망쳐 나오다 보니, 칼의 집에 휴대폰을 깜박 잊고 두고 나왔다고 토마스에게 말했었다.

"그리고 자동차는요?" 그는 열렬히 물었다.

"자동차? 어느 차?"

"칼의 지프차요. 팔미의 어머니에게서 훔친 돈으로 산 차 말입니다. 그 돈을 현금으로 지불했는지 알아봐 주실 수 있습니까?"

토마스는 메모를 했다.

"내 꼭 그렇게 하지."

★

레이캬비크의 뉴스 웹사이트가 기사를 올리자 이야기는 일파만파로 퍼져나갔고, 적절히 섬뜩한 방향으로 채색되어갔다.

시클루 피요두르에서 25년 전 살인사건의 주범으로 의심받는 남자.

'믿을 만한 정보통'에 의거한다고 주장하는 기사에는 심지어 그 문제의 남자가 덴마크에서의 살인사건 용의자이기도 하며, 동거녀는 불과 일주일 전에 눈밭에서 산송장으로 발견되었다는 이야기까지 실려 있었다.

흘리누는 친구인 기자에게 눈밭의 여인 건은 자살미수로 조사하고 있다고 말하지 않았다.

칼과 안나의 관계에 대한 내용은 언론에 전혀 보도되지 않았다. 그 이유는 간단했다. 흘리누는 죄 없는 사람은 최대한 보호해 주는 걸 원칙으로 하고 있었던 것이다.

★

레이푸르는 울푸르가 낡은 극장 무대 위로 소심하게 올라가는 모습을 지켜보았다. 이번에는 연출자가 모든 사람의 주목을 한 몸에 받게 될 것이다.

무대에서 가까운 벽에 붙어 서서 레이푸르는 실내를 조망했다. 니나가 문간에 서 있었다. 흐롤푸르의 사체가 발견된 지점과 멀지 않은 곳이었다. 그것도 이제는 아득하게 오래 전 같았다.

팔미는 맨 앞자리 근처에 앉아 있었고, 안나와 우글라는 훨씬 뒤쪽에 앉아 있었다. 나란히 앉지는 않았다. 팔미는 의기소침하고 피로해 보였다. 남부에서 왔다는 젊은 경찰은 오래 전의 살인사건을 파헤치는 데 성공했다. 아무도 단 한 번도 의심하지 않았던 사건이었다. 팔미의 어머니는 무자비한 킬러에게 인생의 황혼기를 박탈당했다. 아니 그렇게 추정되었다. 입증할 증거가 하나도 없었기 때문이다.

레이푸르에게는 아무 답도 주어지지 않았다. 누군가 형을 도로 밖으로 밀어 죽이고, 가족의 행복을 앗아가 버렸다. 그는 날마다, 조금씩, 뺑소니차 운전수가 끝내 발각되지 않는다는 사실과 타협해 가고 있었다. 어떤 질문들에는 영원히 답이 주어지지 않는다.

울푸르는 목청을 가다듬었다.

"쇼는 계속되어야 한다"는 말들이 암묵적으로 공기 중에 걸려 있었지만, 이 상황에 어울리는 것 같지는 않았다. 그 대신 그는 스스로에게 혼잣말을 하듯 뭐라고 중얼거리더니 눈을 들어 공연장 안의 사람들에게 말했다.

"우리는 칼의 상황 때문에…, 대처할 길을 찾아야 합니다. 이 순간 우리 중에는 무대를 밟고 싶지 않은 분들도 있을 거라 생각합니다. 그렇지만 오는 주말에 초연 공연을 여는 건 우리 모두에게 훨씬 좋을 것입니다. 저는…, 저는 레이푸르와 상의를 해 보았습니다. 레이푸르는 심사숙고 끝에 주연을 맡을 준비가 되었다는 결론을 내렸습니다. 이렇게 단시간에 알려주었는데도 말입니다."

울푸르의 시선이 레이푸르에게 머물렀다. 레이푸르는 수줍게 웃으며 다시 객석을 돌아보았다. 팔미의 표정은 변함이 없었다. 이미 알고 있던 사실인 모양이다. 다른 사람들은 놀라서 중얼거렸다. 레이푸르에게서 그런 역할을 맡을 만한 자신감을 기대해 본 적이 없었던 것이다.

"뭐, 잘 할 수 있을 것 같습니다." 레이푸르가 말했다.

그는 그 전날 밤 마음을 정했다. 대본은 칼의 언더스터디로 있으면서 이미 다 외우고 있었지만, 연기 연습을 하려고 며칠 휴가를 더 내어놓았다. 이번 기회에 스타로 빛을 발하겠다고 결심하고 있었다.

그는 형을 생각했다. 지금의 동생을 자랑스럽게 생각했을 텐데.

레이푸르는 마음속에 자신감이 커져가는 걸 느꼈다. 어쩌면 이 기회를 틈타 초연 무대 이후에 안나와 이야기를 좀 나눠볼 수도 있을까? 그녀는 어딘지 사람을 매료시키는 데가 있다.

# 42

## 시클루 피요두르
### 2009년 1월 23일 금요일

이른 아침 아리 토르가 부두의 너벅선들을 지나쳐 걸어가고 있을 때 마을은 여전히 두터운 눈의 층에 뒤덮여 있었다. 며칠 밤, 잠을 설친 터라 얼굴이 초췌했다. 울타리들은 눈에 포위당한 꼴이었고, 눈이 집 유리창문 높이까지 쌓여 있었다. 지빠귀 한 마리가 어느 정원 기둥 위에 홰를 치고 있었다. 조금 더 가까이 다가가서 보니 지빠귀들 한 무리가 모여 따뜻한 마음씨의 집주인이 뿌려놓은 씨앗들을 먹고 있었다.

아리 토르는 부두로 걸어가 험난한 바다와 장엄한 산맥을 바라보았다. 여름은 아직도 멀게만 느껴졌다. 여름이 와도 여전히 그는 시클루 피요두르에 있을까? 아니면 그 때쯤이면 토마스가 불명예 퇴직을 시켜 집으로 쫓겨났을까? 여기서 만사 최선의 결과가 나온다 해도, 칼의 공식 민원이 별 효력 없이 끝난다 해도, 그는 여전히 여기 머물고 싶은 마음일까?

아리 토르는 자신이 이뤄낸 성과가 자랑스러웠다. 비록 흐롤푸르의 죽음과 관련된 수수께끼를 풀 수는 없었지만 말이다. 여전히 그는 그 사건에 어딘가 불길한 구석이 있다고 믿고 있었다.

아무튼 삶에서 이맘때쯤 도달해야 하는 지점에 그가 와 있는 것 같기는 했다. 경찰 일은 그와 잘 맞았다. 이 일을 계속하고 싶다면 시클루 피요두르에도 기회를 주어봐야 했다.

게다가 우글라도 있다. 자기가 그녀를 사랑하는지 아직은 잘 알 수가 없었지만 반드시 확실하게 알아봐야만 했다.

우글라는 최선을 다해서, 이 마을을 포기하지 말라고 그를 설득했다.

"봄이 될 때까지만 기회를 줘요." 그렇게 말했었다. "가끔 봄이나 초여름 아침에 눈을 뜨고 일어나서 피요르드 해안에 안개가 깔리면 – 심지어 바다조차 보이지 않고 그저 한두 군데 산꼭대기만 공중에 떠다니듯 슬쩍 슬쩍 비치거든요. 그러면 돌연 모든 게 바뀌고, 태양이 떠오르는 거예요. 그곳의 아름다움은 숨이 턱 막힐 정도죠. 바로 그 때, 자기도 모르게 영원히 떠나고 싶지 않다는 생각이 드는 거예요."

그 말은 엄청난 설득력이 있었다.

아리 토르는 우글라와 선을 넘고 말았다. 처음에는 키스, 그리고 그녀 침실로의 초대. 그녀와 자고 싶었지만 양심의 가책이 내버려두지 않았다. 크리스틴에 대한 의리를 그렇게까지 저버려서는 안 된다는 생각이 들었다. 먼저 두 사람 사이를 확실히 정의해야 했다.

빌어먹을, 하지만 침대에 거의 나체로 누워 있는 우글라를 두고 나오는 건 힘든 일이었다. 청바지와 몸에 딱 붙는 흰 티셔츠를 입고 있을 때도 그녀는 아름다웠지만, 바닥에 옷가지를 쌓아놓고 누웠을 때는 도저히 저항할 수 없는 미모였다.

왜인지 이유도 말해주지 않고 우글라에게 좀 더 기다리고 싶다고 말했을 때는 세상에 둘도 없는 바보천치가 된 기분이었다. 우글라는 크리스틴에 대해 모르니 그 얘기를 하게 되면 힘든 대화가 될 것이다.

아리 토르는 산맥을 올려다보았다. 레이캬비크에서는 항상 에스야 산Mounat Esja의 그늘 아래서 살아간다는 느낌을 받았었다. 그러나 여기에서 그는 산의 그늘 아래 산다는 게 정말로 어떤 의미인지를 알게 되었다. 에스야는 도심에 있는 그의 집에서 너무나 멀었다. 여기서는 산들이 바로 그의 머리 위에 있었다.

레이캬비크에서는 그의 아파트에서 멀지 않은 도심 한가운데에 바로 실각 직전의 정부가 자리한 청사가 있었기에 시위 소리를 듣지 않기가 힘들었다. 북부로 오지 않았다면 역사적인 순간을 직접 체험할 수 있었으리라. 그러나 그 모든 게 이제 별 의미가 없어 보였다. 그 모든 일들이 다 어딘가 머나먼 곳, 심지어 다른 나라에서 일어나는 것처럼 느껴졌다.

그는 피요르드 해안을 바라보며 화창한 날 거울처럼 고요한 물을 상상했다. 그는 가슴 깊숙이 숨을 들이쉬었다가 천천히 내뱉었다.

시민회관 광장을 가로질러 집으로 가는 길에 아리 토르는 우연히 팔미와 마주쳤다.

팔미는 고개를 끄덕여 인사를 했다. 갈 길을 계속 가려는 듯하더니 갑자기 돌아서서 발길을 멈추는 것이었다.

"고맙습니다." 나지막한 목소리였지만 감정이 짙게 배어 있었고 안경 너머 눈빛은 형형했다. "제가 듣기로…, 어, 우리 어머니의 죽음에 대한 가설을 들었습니다. 저는 그게 믿어지더군요."

"토마스와 말씀을 나눠 보셨습니까?"

"네, 어제 아침에요."

"이 모든 것들에도 불구하고 칼은 법망을 빠져나가겠지요."

"그런 건 전혀 중요하지 않아요." 팔미가 말했다. "어머니를 잃어버렸을 때는 끔찍했습니다. 너무나 급작스럽게 일어난 일이라서 작별을 고할 여유도 없었죠. 칼이 한 짓이라면 많은 것들이 설명됩니다. 동전 한 닢까지 헤아리던 사람이 어째서 그렇게 궁핍하게 돌아가셨는지, 어떻게 칼이 그 지프차를 샀는지 다 이해가 돼요."

"토마스가 그 지프차를 칼에게 판 사람과 연락이 닿아서 어제 얘기를 했습니다. 아주 잘 기억하고 있더라고요. 어떻게 그렇게 젊은 청년이 현금을 가져와서 그 자리에서 계산을 할 수 있었는지 모르겠다면서." 아리 토르는 말하면서 뿌듯한 자긍심을 느꼈다.

팔미가 고개를 끄덕였다. "필요하다면 어머니 사체를 발굴하셔도 좋습니다. 그 놈을 잡아 처넣는 데 도움이 된다면 말이지요." 그는 음침한 목소리로 말했다.

"두고 보도록 하지요." 아리 토르는 심각하게 말했다. "오늘 저녁에 찾아뵙겠습니다."

★

드라마 클럽의 초연 무대는 언제나 큰 행사였고 티켓은 순식간에 매진되었다. 모두가 팔미의 희곡을 보고 싶어했다. 그리고 모두가 흐롤푸르가 마지막으로 관여했던 공연을 보고 싶어했다. 어쩌면 그 공연 때문에 흐롤푸르가 목숨을 잃었을지도 모른다고 생각했기에 더욱 그러했다.

시클루 피요두르 도로는 금요일 오후 마침내 복구되었고 아리 토르는 어깨에서 무거운 짐을 내려놓은 것처럼 후련하기 짝이 없었다. 그러나 가슴이 답답하리만큼 긴 밤과 신경 거슬리는 폐소공포증은 여전히 배경 음악처럼 남아 있었다. 여전히 불면증이 심했고 머릿속 생각들로 어지러웠지만, 초연 무대에서 우글라를 어서 보고 싶어 다음 날 아침이 오는 게 설레고 기대되었다. 진짜 휴식을 취하는 건 다 포기하고 그는 우글라가 빌려준 책, 흐롤푸르의 걸작 〈언덕의 북부〉를 집어 들고 거실로 갔다. 존경의 표시로 흐롤푸르의 책에 빠져드는 일이 지금 딱 어울리는 일이라고 여겨졌다.

책은 서사와 정교한 산문을 통해 그를 마법의 세계로 끌어들였다. 달콤쌉싸름한 〈린다Linda를 위한 시〉는 단순한 사랑시가 결코 아니었다. 아리 토르의 감정마저 벅차게 복받쳐 올랐다. 아리 토르는 결국 끝까지 책을 덮을 수가 없었다. 몇 달만에 처음으로 그는 평화롭게 숙면을 취했다.

# 43

# 시클루 피요두르

## 2009년 1월 24일 토요일

아달가타의 오래된 극장은 활기로 북적거렸다. 또 눈이 내리기 시작했지만 이번에는 포실한 눈송이가 보드랍게 땅에 떨어졌다.

많은 손님들은 이 행사를 위해 가장 좋은 옷을 차려입고 왔다. 허공에는 기대감이 감돌았다. 뜨거운 흥분감이 충만했다.

우글라의 여주인공 배역은 대성공이었으며, 아리 토르는 공연 내내 그녀에게서 한순간도 눈길을 뗄 수 없었다. 레이푸르 역시 언더스터디였고 연습할 시간도 제한되어 있었다는 사실을 감안하면 놀랄 만큼 훌륭했다. 연극 자체도 놀라웠다. 그가 기대했던 수준을 훌쩍 뛰어넘는 걸작이었다. 달콤하고도 씁쓸한 사랑 이야기로 시클루 피요두르에서 멀리 떨어진 곳을 배경으로 하고 있었다. 두 사람의 관계를 결코 세상에 알릴 수 없는 연인들에 대한 이야기였다. 팔미에게는 분명히 재능이 있었다.

커튼콜이 세 번이나 있었고 마지막 커튼콜은 기립박수를 받았다. 우글라는 우레와 같은 박수갈채 속에서 객석을 내려다보며 관객 중 단 한 사람에게만 시선을 두었다. 아리 토르였다.

★

공연에 뒤이어 진행된 리셉션은 만원이었다. 벽 쪽에 의자를 첩첩히 쌓아 공간을 만들고, 마을의 고학년 학생들이 카나페(한입으로 먹을 수 있는 안주나 간식거리: 역주)를 들고 돌아다녔다. 그 날 밤을 성공으로 만들기 위해 모두가 노력했다. 오늘 밤 그 노력은 그 어느 때보다도 더 중요했다.

아리 토르와 토마스는 팔미, 로사, 매즈와 무대에서 이야기를 나누었다. 니나가 여전히 목발을 짚은 채로 근처에 서 있었다. 대화에 끼어들 기회를 기다리고 있는 것처럼 보였다.

"우리는 아침에 레이캬비크로 가요." 노부인 로사가 영어로 말했다. "드디어 집으로 돌아가네요. 하지만 잊을 수 없는 방문이었어요. 그리고 팔미의 희곡이 상연되는 걸 볼 기회가 있어서 얼마나 근사했는지."

"이해하기가 쉽지만은 않더군요." 매즈가 소리내어 웃으며 말했다. "다음에 올 때는 오기 전에 아이슬란드어를 좀 배워야겠어요."

우글라가 그들과 합류했고 아리 토르는 수줍은 미소를 지었다. 리셉션이 끝나고 그녀와 단둘이 있는 시간을 고대하고 있었다. 그녀에게 반한 걸까? 크리스틴을 배신하는 건 견딜 수 없다. 아니, 적어도 지금까지 저지른 배신을 넘어서서는 안 된다. 그러니 아무래도 마음의 결정을 내려야만 한다. 그가 우글라에게 기회를 준다면, 크리스틴에게 몹시 불편한 전화 한 통을 하는 수밖에 없었다.

우글라가 덴마크의 손님들에게 자기소개를 했고, 손님들은 다시 영어로 답하기 시작했다.

매즈가 우글라의 손을 잡았다. "안녕하세요, 매즈라고 합니다. 덴마크에서 와서 팔미의 집에 묵고 있습니다."

노부인이 손을 내밀었다. "난 로잘린다Rosalinda예요. 하지만 그냥 로사라고 불러요. 다들 그러거든요…" 그러더니 팔미에게 흘끗 눈길을 주었다. "돌아가신 그쪽 아버지는 예외였지요, 팔미. 그이는 언제나 나를 린다Linda라고 불렀거든요."

# 44

# 시클루 피요두르
## 2009년 1월 24일 토요일

아리 토르는 갑자기 퍼즐조각들이 딱딱 맞아떨어지는 걸 보고 소스라치게 놀랐다. 주거침입 사건, 사진, 우산, 흐롤푸르가 아이를 낳았다는 뜬소문. 아리 토르는 팔미의 재능이 어디서 왔는지 드디어 알아냈다. 그가 훌륭한 희곡을 써냈다는 사실에는 의심의 여지가 없었다.

갑자기 모든 게 너무나 명료해졌다. 흐롤푸르의 유언장, 그가 자기 이름으로 단 한 권의 작품밖에 써내지 못하고 그토록 일찍 은퇴한 이유까지.

"린다Linda라고 불렀다고요?" 아리 토르는 간신히 로사에게 물었다.

노부인이 고개를 끄덕였다.

"그러면 흐롤푸르가 시도 써서 부인께 바쳤나요?" 아리 토르가 가능성을 제안했다.

로사는 혼란스러워 보였다. "아니, 아니요. 안 그랬어요. 내가 아는 한은."

아리 토르는 팔미를 바라보았다. 몇 초 안 되는 사이 그 얼굴이 십 년은 더 늙은 것 같았다.

"팔미." 아리 토르는 아이슬란드어로 바꿔 팔미에게 물었다. "누가 그 책, 〈언덕의 북부〉를 쓴 겁니까? 누가 썼는지 알아요?"

팔미가 아무것도 부정하지 않으리라는 걸 그는 알았다. 그에게는 칼이 보여주었던 그런 독기, 그런 똑같은 삶의 의지가 없었다. 오히려 자기 말고도 누군가 다른 사람이 마침내 진실을 알아냈다는 사실에 안도하는 눈치였다.

팔미는 한숨을 쉬더니 나지막한 아이슬란드어로 말했다. 로사와 매즈는 한 마디도 알아듣지 못하고 혼란 속에 눈만 껌벅거리며 쳐다보았다.

"글쎄요, 우리 아버지가 썼습니다."

토마스와 우글라는 지금 듣고 있는 말이 도저히 이해되지 않는다는 얼굴로 물끄러미 쳐다보았다.

"흐롤푸르가 아니란 말씀이죠?" 아리 토르가 물었다.

"네…." 팔미는 온몸의 활력이 다 빠져나간 사람처럼 보였다. "흐롤푸르. 그 개새끼 흐롤푸르." 그는 잠시 언성을 높였다가 다시 뚝 떨어뜨렸다. "그가 우리 아버지의 책을 훔쳤습니다. 우리 아버지가 덴마크에 계실 때, 흐롤푸르가 임종의 침상 옆을 지켰어요. 아버지는 그 책을 로사…, 아니 당신께서 '린다'라 부르던 분을 위해 쓰신 게 틀림없어요. 〈린다를 위한 시〉말입니다. 나는 어째서 흐롤푸르가 그토록 어마어마한 재능을 가졌으면서도 딱 한 편의 작품만 쓰고 다시는 더 쓰지 않았을까, 한 번도 그게 이해되지 않았어요."

"그 사실을 언제 아셨습니까?"

"전날에…. 흐롤푸르가…, 죽기 전날에 알았습니다. 나는 로사와 덴마크 시절의 이야기를 나누고 있었지요. 그 때 로사가 우리 아버지가 언제나 자신을 '린다'라고 불렀다는 얘기를 했었습니다. 로사는 그 때 연애담을 조금 들려주었는데 흐롤푸르의 책을 연상시키는 지점이 너무 많았어요. 난 그녀가 해준 얘기를 책과 연결해서 생각해 봤지만 즉각 계산을 해내진 못했어요. 우리 아버지가 돌아가시기 전 흐롤푸르가 병원에 와서 함께 지냈다는 건 사실입니다. 그리고 그 때 마음속에서 의혹이 자라나기 시작했고, 난 나 스스로에게 자문해 보았죠. 혹시 그 책을 쓴 게 우리 아버지일 수는 없나 하고."

그는 잠시 말을 멈추고 깊은 숨을 들이쉰 후 다시 말을 했다.

"흐롤푸르와 최대한 빨리 말을 해봐야 했어요. 그리고 그 첫 기회는 그날 저녁이었어요…. 하지만 난 저녁식사를 하러 집으로 갔었죠, 다른 사람들과 마찬가지로…."

"우산을 가지고 말이죠." 아리 토르가 덧붙여 말했다.

"그래요, 바로 그겁니다. 그런데 돌아와 보니 온통 난리가 나 있어서 그 와중에 우산을 잃어버렸습니다."

"그것은 니나가 선생님께서 곤경에 처하지 않도록 지켜주려 했기 때문이죠." 아리 토르가 말허리를 끊었다. "선생님이 중간에 극장에 왔다가 다시 나간 사이, 니나는 그 우산이 자기 것인 양 집으로 가져갔습니다. 그 때는 비가 내리지 않았는데 도 불구하고 말이죠. 아마 니나는 그 우산 때문에 선생님이 흐롤푸르를 죽인 혐의로 용의선상에 오를 거라 생각했던 모양 이에요. 그 우산이 선생님 거라는 걸 우리가 알게 되면, 선생 님이 집에서 저녁을 먹고 일찌감치 극장에 돌아왔다가 다시 나갔다는 사실이 드러났을 테니까요. 그래서 심지어 니나는 우리 집에 무단 침입까지 해서 내 카메라를 훔치려 했던 겁니 다."

"뭐라고요? 대체 왜요?" 팔미는 경악했다. 니나는 팔미에게 홀린 사람처럼 바로 근처에서 넋을 놓고 그를 쳐다보고 있었 다. 그리고 아리 토르는 그 눈빛에서 팔미를 향한 숭모, 심지 어 사랑까지 볼 수 있었다.

"그 날 밤 제가 극장 로비에서 사진을 몇 장 찍었는데, 그것 을 니나가 봤던 겁니다. 그 중 사진 한 장이 고리에 걸려 있는 선생님의 우산을 포착했어요." 아리 토르가 말했다. "니나는 우리 집에 무단으로 침입했다가 다급히 집에 돌아가다가 문 앞 빙판에 미끄러져 다리가 부러졌죠. 때마침 제가 침입자의 인기척을 듣는 바람에 현장에서 들킨 겁니다. 난 탁자에 부딪 혀 기절해서 의식을 잃던 중에 누군가 비명을 지르는 소리를 분명히 들었습니다. 병원에 알아보니 니나의 다리에 금이 간 게 바로 그 날 저녁이라고 확인해 주더군요…. 그리고 우글라에게 현장 사진들을 보여줬더니 당신의 얼룩무늬 우산을 짚어내 주었죠. 상당히 눈에 띄는 우산이니까요. 시클루 피요두르에서 우산을 들고 다니는 사람이 얼마 없는데, 선생님이 그 중 한 분이라고 했습니다." 아리 토르는 먼저 우글라를 보고, 그 다음에 니나를 보았다. "그게 맞죠, 안 그런가요?"

토마스는 눈을 부라렸으나 아무 말도 하지 않았다. 아리 토르는 우글라도 용의선상에 오를 수 있는 사건에서 수사 자료인 사진을 보여준 죄로 심한 야단을 듣게 되리라는 걸 잘 알고 있었다.

니나는 더 가까이 다가왔다. 그리고 주저했다. 니나의 시선은 오로지 팔미를 향하고 있었다.

"그래요. 내가 그랬어요…. 저 분을 위해서." 니나가 단호하게 말했다.

"우산을 가져갔다고?" 팔미가 물었다. 당혹감이 역력했고, 상당히 화가 나 있었다. "우산이 어떻게 됐는지 몰라서 답답했는데."

"오늘밤 우산을 드리면서 말씀드리려 했어요…. 내가 사건의 전말을 안다고. 팔미, 내 사랑, 우산은 우리만의 비밀로 간직하려 했던 거예요."

"우리…?" 팔미는 경악해서 물었다.

아리 토르가 끼어들어 팔미를 향해 재차 다음 질문을 던졌다. "그러니까 저녁식사를 하러 집에 갔다가 금세 다시 극장으로 오신 것이 맞죠?"

"그래요, 대본을 깜박 잊고 두고 가서. 울푸르와 흐롤푸르가 나보고 저녁시간을 활용해 몇 군데 고쳐서 최종본을 다시 프린트해 오라고 했거든요. 집까지 반쯤 갔는데 대본을 놓고 왔다는 사실이 기억났습니다. 대본을 가지러 극장에 돌아와 보니 마침 흐롤푸르가 혼자서 갤러리에 있었고 니나도 매표소에 없더군요."

"지하실에 내려가 있었어요." 니나가 그의 말을 뚝 끊고 말했다. "위층에서 말다툼 소리가 들렸어요. 올라가 보니 당신은 이미 사라지고 없었어요. 경찰이 여기 올 때까지. 경찰들은 당신이 우산을 깜박 잊고 극장에 두고 간 걸 눈치채지 못했어요." 자기가 그를 위해 어떤 위험을 감수했는지 팔미가 알아차렸다는 사실이 그렇게 좋은 모양이었다.

"아무튼, 그럼 아까 말씀하신 그런 의심을 품고, 마침 혼자 있던 흐롤푸르에게 그걸 따져 물은 건가요?" 아리 토르가 팔미에게 물었다.

"그래요. 우리 아버지의 책을 훔친 거냐고 대놓고 물었죠. 그런데 그 작자가 술을 좀 걸쳐서 거나하게 취해 있었고, 그냥 웃어넘기더군요. 솔직히 '도둑질'이라기엔 어폐가 있다면서 자기가 그 책을 구해준 거라고 – 생명을 줬다고 하더군요. 우리 아버지였다면 책을 팔지도 못하고 그냥 무의미하게 썩혔을 거라고 말했어요. 무슨 터무니없는 논리인지, 그 책을 성공시킨 건 자기라면서, 자기도 그 책에 상당한 권리가 있다고 주장하더군요. 그런 논리를 내가 순순히 옳다구나 하겠습니까. 거짓말쟁이에 저주받을 도둑놈이라고 욕을 했습니다. 그리고 그 책 안에 당신이 쓴 구절이 한 줄이라도 있느냐고 물었습니다. 그랬더니 '아니, 너희 아버지가 워낙 잘 써 놔서 말이야'라고 하더군요. 그 끔찍하게 잘난 척하는 미소를 만면에 띠고. '단 한 군데도 고칠 필요가 없었어'라고 했습니다. 그러더니 진정하라고, 자기가 그 잘못을 바로잡기 위해서 드라마 클럽에서 내게 기회를 준 거라고 하더군요. '은혜는 은혜로 갚아야지.' 그러면서요. 우리 아버지가 자기를 소설가로 만들어줬으니 자기가 날 극작가로 만들어주겠다고 했습니다."

팔미는 말이 없었다. 그러나 두 손이 분노로 파르르 떨리고 있었다.

로사와 매즈는 혼란스러운 가운데 집주인을 바라보고 있었다. 팔미는 이제 걷잡을 수 없는 분노에 이성을 잃은 것처럼 보였다.

"아버지가 그 책을 출간해 달라고 부탁하셨느냐고 물었더니, 흐롤푸르는 그렇다고 인정했어요." 팔미는 말을 이었다. "늙어빠진 개새끼. 우리 아버지가 그 책을 출판하기를 원했고 특별히 부탁하기를 저 분…" 팔미는 로사를 가리켰다. 로사는 전혀 알아듣지 못하는 표정이었다. "저 분한테 그 책 한 권을 줬으면 좋겠다고 했다는 겁니다. 흐롤푸르는 모든 걸 배신했어요, 죽어가는 남자의 뒤통수를 쳤단 말입니다. 심지어 덴마크 출판사에는 번역 저작권을 팔지 않았다고, 린다, 로잘린다가 그 책을 읽고 진짜 출처를 절대 깨닫지 못하게 만전을 기했다 는 소리까지 하더군요."

팔미는 잠시 말을 쉬었다.

"이제 다 털어놓고 나니 속이 후련합니다. 로사에게도 진실을 말해줄 수 있고, 아버지가 자신을 위해서 쓰신 책을 읽을 기 회를 줄 수 있으니까요."

팔미는 로사를 보고 미소를 지었다. 노부인은 갑자기 자신 이 화제의 중심이 되는 바람에 어리둥절해하고 있었다.

"그러니까 선생님께서 저작권을 상속하시는 게 적절하다고 판단했던 거군요. 소소하지만, 이제 와서 보상이라도 하려고." 아리 토르가 말했다.

"그 저주받을 노인네. 그러면 뭐라도 달라질 줄 알았는지. 그 사람은 평생 다른 사람이 노력한 대가를 빼앗아서 살았어 요. 우리 아버지는 죽고 잊히고, 흐롤푸르는 칠십 년 동안 왕 처럼 떵떵거리며 살았단 말입니다. 그렇지만…, 그 사람을 죽 일 생각은 전혀 없었어요."

"선생님이 밀었단 말입니까?" 질문은 불필요했다.

"몸싸움이 붙었는데 내가 밀쳤습니다. 순간적으로 너무 흥 분해서 그런 건데, 죽었다는 걸 알고 그대로 극장 바깥으로 뛰쳐나갔습니다. 그 때 우산을 놓고 나온 겁니다. 집으로 가다가 수정할 대본을 가지러 다시 왔을 때 습관대로 휴대품 보관소에 걸어뒀던 건데 말이죠." 팔미의 입에서 흐느낌이 새어나왔다. "죽일 생각은 전혀 없었습니다. 그 후로 하룻밤도 제대로 잠을 이룰 수 없었어요. 다 끝나서 정말 천만다행입니다."

"경찰서로 와주면 고맙겠어요, 팔미." 토마스가 부드럽게 말했다. "우리가 진술을 받아야 할 것 같으니 말입니다."

"으음, 그럼요, 물론이지요." 그는 몹시 당황스러워했다.

"한 가지 더 있습니다." 아리 토르가 말했다. "흐롤푸르가 낳았다는 아기 말입니다. 그건 거짓말이었나요?"

"그래요." 팔미가 수치스럽다는 표정으로 말했다. "정말 미안합니다. 살인사건으로 수사한다는 얘기를 듣고 너무 충격을 받아서 수사 방향에 혼선을 주고 싶었습니다. 진심으로 후회하고 있어요."

아리 토르는 그 마음을 의심하지 않았다. "그런데 제가 곧장 그 덫으로 기어들어갔군요."

"그 얘기를 들려드릴 때 전 니나를 염두에 두고 있었지요." 팔미가 말했다. 니나가 바로 옆에 있다는 걸 깜박 잊은 것처럼. "니나의 친부가 누군지는 아무도 몰랐거든요."

니나는 온 세상이 무너져 내리는 것처럼 절망했다.

"당신…, 당신은 나한테 죄목을 덮어씌우려고 했던 거예요?" 그녀는 못 믿겠다는 듯 말했다.

팔미는 죄책감을 담은 얼굴로 니나를 바라보았다. 마음속에서 자기 자신이 사라져 전혀 다른 별로 가 버린 것처럼, 니나의 눈빛이 한순간에 공허해졌다.

"우리 경찰서로 같이 가셔야겠습니다, 팔미." 토마스가 말했다.

★

리셉션 손님들은 경사가 팔미를 극장 밖으로 데리고 나가자 경악에 찬 표정으로 쳐다보았다.

울푸르는 팔미와 경찰 사이의 대화를 듣고 자기 나름대로 결론을 내렸다. 사실 울푸르는 뭔가 잘못됐다는 의심이 든 지는 꽤 되었다. 사건이 일어난 날 모두가 흐롤푸르와 헤어져서 저녁을 먹으러 집에 갈 때, 팔미가 극장에 수정할 대본을 두고 갔다는 걸 이미 눈치챘다. 하지만 다시 돌아와 보니 팔미는 어느새 대본 수정을 다 해두고 있었다. 그렇다면 아무도 모르는 사이 팔미는 놓고간 대본을 가지러 극장에 한 번 더 온 적이 있었다는 얘기가 된다.

그는 팔미에게 그 일을 추궁하지 않기로 했고, 굳이 경찰에게 그 말을 할 생각도 없었다.

그 남자에게 크나큰 연민을 느꼈던 것이다.

★

팔미는 미간을 찌푸리고 뒤를 돌아보았다. 시클루 피요두르

의 안개와 무서운 눈보라에 이미 집어삼켜진 사람 같은 얼굴
로.

그는 겁에 질려 있었다. 감옥에 들어가게 될까 봐 무서워 죽
을 것만 같았다. 하지만 그의 마음을 가장 크게 차지하고 있
는 생각은 공포심이 아니었다.

그가 가장 바라는 건 북부의 해안가에 있는 이 작은 마을
이 그에게 용서를 베풀어 주는 것이었다. 그 무엇보다도, 오랜
세월 살아오면서 알고 지냈던 사람들의 눈을 똑바로 바라볼
수 있게 되기만을 바랐다.

★

아리 토르는 팔미에게 질문공세를 퍼부을 때 의기양양했고,
심지어 자랑스럽기까지 했다.

그러다가 마지막으로 공연장을 둘러보는 팔미의 얼굴을 보
고 심한 충격을 받았다.

지독하게 불공평했다. 팔미는 경찰에 의해 구속되고 칼은
자유롭게 돌아다니다니.

잠시나마 아리 토르는 자기도 모르게 세상이 공평하다고
믿고 있었던 모양이다.

얼마나 뒤지게 한심한 생각이었는지. 어린 시절 고아가 된
쓰라린 체험을 통해, 정의가 환각 그 이상도 이하도 아니라는 걸 너
무나 잘 알고 있었으면서.

# 45

## 시클루 피요두르
### 2009년 1월 24일 토요일

칼은 마을을 빠져나가고 있었다. 아쿠레이리까지 태워주겠다는 사람이 있었다. 그는 옛날 친구를 통해 취직을 해서 다음 결정을 하기 전까지 그곳에 한동안 머물 생각이었다.

마을을 떠나지 말라는 토마스의 경고는 별로 심각하게 생각하지 않았다. 기소되기 전에 도망칠 기회만 엿보던 참이었다. 그런 점에서는 언제나 운이 따라주었다.

린다의 재산은 대부분 집에 남겨두고, 값나가는 물건들만 챙겼다. 물리적인 의미에서건 형이상학적인 의미에서건, 짐을 너무 많이 갖고 다니는 건 원하는 바가 아니었다. 보험금 천만 크로나를 날린 건 정말 거지 같은 일이었다. 그 돈이 있으면 쏠쏠히 쓸모가 있었을 텐데.

그는 사실 어째서 린다가 그렇게 형편없는 취급을 받으면서도 자기 곁에 남아 있었는지 알지 못했다. 손찌검도 한두 번한 게 아니었다. 물론 처음에는 꽤나 싹싹하고 매력적으로 굴면서 꼬드겼지만 말이다. 물론 과거의 검은 행각들에 대해서 린다에게는 아무 말도 하지 않았다. 그녀가 항상 자기를 구해주려 한다는 느낌을 받았다. 그 여자는 너무 착해서 탈이었다. 앞으로 다시 볼 일도 없을 것이다. 의사들이 절대 회복하지 못할 거라고 말한 마당에 굳이 레이캬비크까지 가서 마지막 인사를 할 생각도 없었다.

최근에 그에 대해 난 기사들은 별로 우호적이지 못했고, 따라서 이 마을은 되도록 빨리 떠나는 편이 좋았다. 대중의 여론이 이미 그를 유죄로 판결내린 상황이었다.

자동차는 터널을 지나갔고 칼은 뒤를 돌아보지 않았다. 할 수만 있다면 저 시리게 추운 마을을 다시는 보지 않을 생각이었다.

★

레이푸르는 공연을 마치고 나서 스스로가 뿌듯했다. 관객들은 그를 좋아하는 것 같았다. 그리고 놀랍게도 그 역시 스포트라이트를 즐기고 있었다. 아무래도 다음 연극에서는 무대 밖보다 무대 위에 더 많이 서려고 노력할지도 모르겠다. 자신이 정해 놓은 안전지역을 벗어났지만 기분은 좋았다.

리셉션에서는 심지어 안나에게 걸어가서 데이트 신청까지 했다. 안나는 예의바르게 거절했다. 하지만 적어도 시도는 해보지 않았는가. 그리고 내일 그는 경찰서로 가서 토마스를 위시한 경찰들에게 형을 죽인 뺑소니 차를 한 번 더 찾아봐 달라고 공식적으로 요청할 계획이었다. 물론, 마음속 깊은 곳에서는, 그런다고 나올 건 아무것도 없다는 걸 잘 알고 있었다.

너무 오랜 세월이 흘러버렸으니까. 그러나 그래도 어떤 마무리가 절실히 필요했다. 그래야 그도 이제는 과거를 잊고 그의 삶을 제대로 살아보려고 진정 노력할 수 있을 것 같았다.

★

칼의 잠정적 범죄에 대한 뉴스가 터지고 나서, 안나는 자기가 얼마나 구사일생으로 살게 되었는지 절감했다. 그 후로는 칼과 말을 섞은 적도 없고 다시 그를 만나고 싶은 마음도 없었다. 벌써 마을을 떠나버렸기를 차라리 바랐다. 고맙게도 그들의 관계는 대중에게 알려지지 않았다. 그리고 앞으로도 비밀로 남기를 바랐다. 하지만 이런 작은 마을에서는 비밀이란 게 민망스런 순간에 표면으로 부상하는 경향이 있다. 그 때까지는 학교 일에 집중하면서 앞날의 전망에 스릴을 느낄 생각이었다.

놀랍게도 그 소심한 남자 레이푸르가 연극이 끝난 뒤 그녀를 찾아왔었다. 물론 특유의 그 수줍은 태도로. 꽤 귀여운 데가 있어, 안나는 생각했다. 그렇지만 불륜이든 아니든, 한동안 남자와의 관계는 삼갈 생각이었다. 레이푸르에게는 칼에게 그토록 끌렸던 이유인 그 음침하고 위험한 자질이 없어도 너무 없었다.

## 46

### 레이캬비크

#### 2009년 1월 24일 토요일

크리스틴은 아리 토르에게 이틀 동안 전화를 했지만 언제나 통화 중이었다.

그렇게 갑작스럽게 떠나버린 그의 결심에 크리스틴은 화가 많이 나 있었다. 방금 함께 살기로 한 여자에게 제대로 알려주지도 않고, 의논조차 하지 않고 북부로 이사를 가버리다니. 크리스틴은 자기가 사랑할 수 있는 남자를 드디어 만났다고 믿었었다. 심지어 남은 평생을 함께할 수도 있다고 생각했었다. 그런데 그는 가버렸다. 시클루 피요두르로 짐을 싸서 가버렸다. 그녀는 너무나 오랫동안 아파트에 혼자 남겨졌다. 유일한 친구라곤 책뿐이었다.

크리스틴은 차마 그와 함께 시클루 피요두르에 갈 용기가 나지 않았다. 눈물로 작별하고 긴 시간 운전을 해서 남부로 돌아온다는 건 도저히 견딜 수 없는 일이었다.

어떻게 그는 한 번 뒤돌아보지도 않고 그녀 혼자 남겨둔 채 떠나버릴 수가 있었던 걸까?

밤낮으로 똑같은 생각들이 머리를 괴롭혔다. 머리가 고장 나 사고 회로가 돌고 도는 것 같았다. 그래서 교과서에 집중하려고 애를 썼다. 가끔은 정신을 딴 데 팔 수도 있다고, 그래도 된다고 스스로에게 허락해주었던 건 그 때가 처음이다. 사랑에 빠진 게 틀림없었다. 그것도 생전 처음으로.

그녀 자신의 감정을 이해하고, 다시 한 번 방향을 찾으려고 애쓰는 데 몇 주일이 걸렸다. 전화로 그와 이야기를 나누는 일은 갈수록 점점 더 마음이 아파졌다. 그가 얼마나 멀리 있는지 심장이 시리도록 절감하게 되었다. 그의 목소리가 얼마나 다정한지를, 아무리 손을 뻗어도 그녀에게 키스하고 그녀를 안아주던 그 품의 온기를 느낄 수 없다는 사실을, 잊고 있다가도 새삼스럽게 자꾸만 상기시켰다.

아리 토르가 시클루 피요두르로 떠나고 나서 얼마 되지 않아, 크리스틴의 아버지가 회사에서 해고를 당하고 그 바로 직후에 또 어머니가 잉여인력이 되었다. 그녀 삶의 안정성은 모조리 사라지고 없었다. 무엇보다도 크리스틴은 아리 토르에게 전화를 걸어 엉엉 울고 싶었다. 그는 그 어느 때보다 더 절실하게 필요한 존재였다.

그런데 크리스마스가 오고 그는 또 그녀를 실망시켰다. 휴일에는 레이캬비크로 온다고 약속해 놓고. 아이처럼 진지하게, 기뻐하면서 그 날만을 고대했는데, 바로 당일이 닥쳐서야 전화가 와서 근무를 해야 한다고 말했다.

실망감으로 할 말을 잃었다. 짤막한 인사로 전화를 끊고 어린 시절 이후 처음으로 흐느껴 울었다. 그를 그리워하는 마음에 이제는 몸이 아플 지경이었다. 그녀는 자기의 자존심을 저주했다. 감정을 표현하고 상황을 바로잡지 못하는 자신의 무능력이 개탄스러웠다. 그를 향한 사랑을, 그가 절실하게 필요한 이 마음을 솔직하게 툭 터놓지 못하는 자신이 안타까웠다.

그녀는 크리스마스이브에 전화를 걸지 않은 걸 쓰라리게 후회했지만, 너무 화가 나고, 상실감에 휘말려서, 도저히 감정을 주체를 할 수가 없었다.

조금씩 그녀는 삶의 균형감각을 회복하고 있었고, 이제는 상황을 바로잡을 때가 되었다. 통화는 뜸하고 간격도 길었어도, 두 사람의 관계는 오히려 깊어졌다는 생각을 했다. 둘 다 시간이 필요했던 것이리라. 아리 토르 역시 크리스틴은 원래 감정을 잘 드러내는 사람이 아니라는 걸, 가끔은 정말로 바빠서 통화를 할 수가 없었던 거라는 걸, 알아줄 거라고 믿었다.

그리고 이제 그녀는 두 사람의 관계를, 두 사람의 미래를 구하기 위해 한 발짝 크게 앞으로 내디딜 생각이었다. 그녀는 아쿠레이리의 종합병원에서 난 여름 단기취업에 신청을 했다. 시클루 피요두르에서는 출퇴근을 할 수 있으리만큼 가까운 거리였다. 그녀는 당연히 일자리를 차지했고, 외과 수련의 과정의 마지막 관문을 그곳에서 마칠 수 있게 되었다.

아리 토르처럼 그녀 역시 병원 측에 즉답을 주어야만 했다. 토요일에 아리 토르의 핸드폰에 전화를 걸어봤지만, 전화기가 꺼져 있는 것 같았다. 그래서 크리스틴은 마음을 굳게 먹고 그 제안을 받아들였다. 그리고 레이캬비크의 국립병원에서 제안한 비슷한 일자리를 거절했다. 그 자리는 금세 다른 사람이 낚아채 가버렸으니 이제 돌아갈 곳도 없었다.

토요일 밤 늦게 그녀의 전화가 울렸다. 낯선 핸드폰 번호였다. 받아보니 아리 토르였다.

마침내 그녀는 좋은 소식을 전해줄 수 있게 되었다.

# 에필로그

## 2009년 봄

토마스는 피요르드 해안 위에서 뭉게뭉게 피어오르는 안개를 바라보고 있다. 이른 아침이라 마을은 아직 잠들어 있었다. 낮은 길어지고 있어서 여름이 이제 코앞에 왔다는 사실을 알려주었다. 겨울에는 그토록 춥고 어두운 곳이지만 시클루피요두르는 여름에 아주 밝고 따뜻했다. 보통은 레이캬비크와 남서부보다 더 따뜻하다고 한다.

칼은 영원히 마을을 떠났다. 토마스는 최선의 노력을 다했지만 결국 기소는 모두 기각되었다. 칼은 어딘가 다른 곳에서 해악을 끼치며 돌아다니고 있을 테지만, 적어도 시클루 피요두르, 그의 마을만큼은 조금 더 안전한 지역이 되었다고, 토마스는 생각했다. 린다는 결국 의식을 찾지 못하고 세상을 떠났으니, 칼을 가정폭력 혐의로 기소한다는 희망 역시 모두 사라져 버린 셈이었다.

칼은 아리 토르에게 민원을 제기하고 나서 후속조치를 하지 않았다. 젊은 경찰은 운이 좋았던 셈이다. 토마스는 아리 토르가 마음에 들었다. 영특한 친구였다. 성깔이 있고 충동적이긴 해도 항상 최선의 의도로 행동했다. 그리고 그건 결정적으로 중요한 자질이었다. 아리 토르는 자기 사생활에 대해 별로 말을 하지 않았다. 그러나 토마스는 그가 레이캬비크의 여자 친구와 헤어졌다는 걸 눈치채지 않을 수 없었다. 아리 토르는 이별 후 외롭고 불행해 보였지만, 토마스는 여름이 되어 좀 더 화창한 날이 오면 그의 기분도 좀 더 좋아질 거라 믿었다.

토마스는 아리 토르가 아니라 흘리누가 그 모든 정보를 언론에 넘겨주었다고 믿고 있었다. 흘리누는 시간이 지날수록 점점 더 일에 집중을 못하고 딴 데 정신이 팔려 있었다. 그렇다면 젊은 경찰관의 심기를 어지럽히는 문제가 뭔가 있긴 있다는 건데, 토마스도 그게 뭔지는 확실히 짚어 말하기 어려웠다. 언론에 유출한 정보 역시 당사자를 불러 직접 따질 만큼 확실한 정보도 아니었다. 오히려 칼에 대한 정보가 유출된 반면 안나와 칼의 관계는 비밀로 묻힌 건 다행이라는 생각도 들었다. 흘리누가 배후에 있다면 적어도 옳고 그른 건 구분할 줄 안다는 뜻이었다.

토마스는 가만히 서서 지켜보았다. 해가 하늘에 떠올라 산등성이를 비추고 잔물결을 반짝거리고 빛나게 하자, 피요르드 해안와 산맥이 천천히 생명을 되찾았다. 아름다운 하루의 시작이었다.

토마스의 아내는 레이캬비크로 공부하러 떠나기로 했다. 그는 적어도 당장은 아내를 따라가지 않기로 했다. 아직 시클루피요두르를 떠날 채비가 되지 않았다, 아직은.

## 옮긴이의 말

눈부신 설경과 폐소공포증:

라그나르 요나손의 아이슬란드 미스테리

2014년 세계 평화 지표에서 아이슬란드는 세계에서 가장 평화
로운 나라로 뽑혔다. 인구가 불과 40만 명에도 못 미치는 이 극
지의 소국은 2013년에도, 2012년에도, 2011년에도…, 까마득하
게 오래 전부터 세계에서 가장 범죄율이 낮고 평화로운 나라로
꼽혀왔다. 그리고 이제 이 낯설고 평화로운 나라에서 아이러니
하게도 날카로운 범죄소설이 찾아온다. 바로 세계적인 명성을
쌓아가고 있는 아이슬란드 느와르다. 97년경 아이슬란드 느와
르의 황제라 불리는 아날두르 인드리다손을 필두로 재기가 빛
나는 추리소설 작가들이 잇달아 데뷔하면서 장르의 전성기가
펼쳐지기 시작했는데, 그 정점을 찍은 작가가 바로 2015년의 〈
스노우 블라인드〉로 영국과 호주에서 단숨에 아마존 베스트셀
러 1위에 오른 라그나르 요나손이다.

〈스노우 블라인드〉는 라그나르 요나손이 젊은 경찰 아리 토르 아라손을 주인공으로 내놓은 범죄소설 연작 '다크 아이슬란드' 시리즈의 첫 권이다. 17살 때부터 애가사 크리스티의 미스테리를 아이슬란드어로 번역해 출간했고 아이슬란드 느와르 페스티벌을 주최하기도 하는 열혈 미스테리 팬인 라그나르 요나손은 영어로 써서 영국 언론에 투고한 아이슬란드 느와르에 대한 단상에서, 경찰들이 무기조차 소지하지 않을 정도로 평화로운 아이슬란드에서 범죄 소설을 쓴다는 게 대체 무슨 뜻일까 고민한다. 그리고 결국 아이슬란드의 독특하고 극단적인 공간성이 범죄소설의 근간인 '분위기'를 창출하는 데 강력한 강점을 갖는다는 결론을 내린다. 그 중에서도 요나손이 가장 주목하는 키워드는 '어둠'이다. 아이슬란드의 겨울은 햇빛이 단 한순간도 비치지 않는 어둠의 연속이다. 그런가 하면 여름은 백야로 점철된다. 끝이 나지 않는 어둠과 백야, 눈과 비와 우박이 하루에 공존할 수 있는 이 극단적인 자연환경은 서늘한 살인의 배경으로 한없는 매혹을 지닌다는 것이다.

요나손에 따르면 인구밀도가 극단적으로 낮은 지역사회의 특성 역시 가장 클래식한 살인 미스테리의 포맷을 효과적으로 활용할 수 있는 지렛대가 된다. 관계가 얽히고설킨 양상이 될 수밖에 없는 작고 외진 마을은 아이슬란드의 자연환경과 만나,

철저히 폐쇄된 공간 속에서 인간성의 숨겨진 섬뜩한 면모들이 미스테리의 해결과 함께 서서히 드러나는 '밀실(密室) 살인 미스테리' 장르의 클래식한 포맷을 새롭게 적용할 수 있는 최상의 환경을 만들어낸다. 자칫 살얼음판이라도 만나거나 한눈을 팔면 그대로 절벽으로 추락할 위험이 있는 산악도로와 산을 관통하는 위험천만한 터널뿐, 외부와 이어지는 연결점은 전혀 없는 시클루 피요두르는 그 속에 갇힌 인간들이 서로에게서, 그리고 자신의 자아에게서 도망칠 수 없다는 사실을 뼈저리게 절감하게 만든다. 이 공간의 폐쇄성은 범죄자와 함께 밀폐된 공간에 갇혀 있다는 사실을 극단적으로 증폭시킨다. 이러한 설정은 누구나 잠재적인 피해자이며 살인자의 얼굴이 너무나도 일상적이고 친숙하게 우리 가운데 있다는 섬뜩한 자각을 일깨우는 동시에 범죄자에게도 퇴로가 없다는 절박한 인식을 심어주게 되어 여러 각도에서 흥미를 배가시킨다. 요나손이 사랑해 마지않는 애가사 크리스티가 즐겨 활용했던 클래식한 미스테리의 소설적 장치를 새로운 공간과 시대에 맞춰 절묘하게 업데이트한 포맷인 셈이다.

특히 〈스노우 블라인드〉는 '다크 아이슬란드' 연작 고유의 특별한 공간성에 또 한 가지 결정적인 요소를 덧붙였다. 새하얀 눈이다. 이 소설에서 눈은 단순한 배경이 아니라 제3의 인물이라 해도 과언이 아니다. 보드랍게 날리는 도톰한 눈송이로부터 앞이 보이지 않도록 휘몰아치는 눈보라에 이르기까지 시클루피요두르의 겨울을 장악한 눈은 시시각각 천의 얼굴로 변화하며 살인 미스테리의 진척에 따라 미묘하게 역할을 바꾸어가며 적극적인 '플레이어'로 이야기에 개입한다. 눈이 멀어버릴 정도로 새하얀 백설이 어둠 속에서 섬뜩하게 빛나는 광경은 서사에 시각적인 긴장 요소를 부여하며, 결정적인 살인 장면에 등장하는 진홍빛 피와 새하얀 백설의 강렬한 색채 대조는 미학적인 쾌감마저 더해준다.

하지만 이 스릴러의 진짜 강점은 아마도 범죄자가 응징을 받는 고전적인 살인 미스테리의 카타르시스를 추구하지 않는다는 데 있을지 모르겠다. 역자 후기에서 자세히 논하고 싶지는 않지만 호불호가 갈릴 수 있는 이 소설의 결말은, 라그나르 요나손의 진짜 관심사가 결국 뭐니 뭐니 해도 '사람'에 있을지 모르겠다는 심증을 굳히게 한다. 개인적인 단상을 조심스레 말하자면, 번역가이며 소설가이며 변호사이며 레이캬비크 대학에서 저작권을 강의하는 교수로 활발한 활동을 펼치고 있는 재주꾼 라그나르 요나손의 '다크 아이슬란드' 시리즈의 속편이 기대되는 가장 큰 이유가 바로, 전형적 틀로 구획할 수 없는 매력 넘치는 인물들과 그들의 이야기를 펼쳐낼 때만큼이나 독특하게 쓸어 담는 특유의 방식이기 때문이다.

## 옮긴이 김선형

역자 김선형은 서울대학교 영어영문학과를 졸업하고 동 대학원에서 석사와 박사 학위를 받았다. 해리포터 시리즈의 저자 조앤 K. 롤링의《캐주얼 베이컨시》, 메리 셸리의 소설《프랑켄슈타인》, F. 스콧 피츠제럴드의 소설《벤자민 버튼의 시간은 거꾸로 간다》, 교보문고 종합 베스트셀러 1위에 올랐던 조조 모예스의《미 비포 유》, 맨부커상 수상작인 힐러리 멘텔의《튜더스, 앤불린의 몰락》, 현대 영문학을 대표하는 작가 이언 매큐언의《이노센트》등을 번역했다. 2010년에는 유영번역상을 수상하기도 했다. 현재 서울시립대학교 연구교수로 재직중이다.

## 스노우 블라인드

**초판** 2016년 5월 10일 초판 3쇄
**저자** 라그나르 요나손
**옮긴이** 김선형

**출판사** 도서출판 북플라자
**주소** 경기도 파주시 문발동 파주출판단지 535-7
**전화** 070-7433-7637
**팩스** 02-6280-7635
**홈페이지** www.book-plaza.co.kr

**ISBN** 978-89-98274-66-5   03850